U0415230

随感录第一辑

第二版

人民的福祉是最高的法律

王利明/著

第二版序

在理论层面上，我们完全可以把法治讲成一种宏大叙事；在价值层面上，法治梦想的实现的确也需要宏观的制度设计。但就我作为一个法律人的四十年的教学科研经验来看，法治在我心中并不完全等同于宏大叙事和宏观制度，它同时还是由诸多微观事件组成的社会实践，只要我们能耐下心加以细致的观察，就像滴滴朝露能折射七彩阳光一样，见微知著，这些微观事件也能细致地反映出宏大和宏观。其实，不少法学先哲在探讨法治时，都不是从抽象的蓝图出发的，而是着眼于社会践行法治的细节，从具体细微着手，阐述出振聋发聩的道理，这一点在卢梭、托克维尔等人的伟大作品中均可见一斑。

法治随笔可以讲出生活中的法治故事。在我国的社会背景下，法治更是多维度的。新中国成立以来的法治实践表明，法治是一种理想的社会治理方式，它贯穿着人类治理社会的理念和价值，包括公平、自由、民主等社会主义核心价值。对这些理念和价值的理解，当然可以从人类社会发展的理想的价值取向和未来的理想追求等大道理入手，但历史已告诉我们，细节更有力量，无论是对无锡冷冻胚胎案的思考，还是对随意乱停车现象的拷问，或者是对几位教师因 AA 制聚餐受罚的讨论，都揭示出具体事件对人们内心的冲击力，以及对法治进步的推动力。我个人通过教学观察，发现生活中细微的具体事件蕴含着大道理，它们本身就是中国故事，把它们讲好了，对广大学子和普通民众更有吸引力，更能让人感受到鲜活的法治实践。

法治随笔可以成为法治日记。近些年来，我在写理论文章和著作之余，也写了一些法治随笔。采用这种写作形式，完全出于个人的习惯。现在想来，写法治随笔，首先就像写日记，既记录下不同时期社会中发生的典型案件和事件，同时又记录下我的思考心得，算是雪泥鸿爪。但这又与写日记不同，日记纯属私人每日工作和生活记录，主要记载个人的生活琐事，属于个人隐私的范畴。而写随笔，主要还是想从看似生活琐事的细节中挖掘出一些法治道理，从生活琐事中感悟法治的道理，借此与读者进行聊天式的交流和沟通，以求为我国法治事业的进步提供助力。

法治随笔可以包容宽泛的法治主题。由于随笔的形式比较灵活，借此能讲题材不同的内容，除了社会中发生的具体事件，还可以探讨当前的改革热点，如对当前推行的立案登记制、法官员额制等制度的思考，就纳入这部随笔集中；不仅如此，除了现实事件，历史经验也能在同一主题下拉进来，比如，我对我国传统法制审视已久，在这部随笔集中，我分析了古代法家思想对现代法治建设的借鉴作用。当然，这部随笔中也记载了我对一些日常生活点滴的法治思考，如从遛狗行为、公园钓鱼及游泳等现象中思考规矩的法律塑造问题等。法治随笔还有一项重要功能，就是通过法治的点滴实践，来思考法治体系性建设的问题。虽然上述内容看上去比较庞杂，但它们都围绕着法治及其在我国的发展而展开，故而，随笔集虽然不像教科书那样有严谨的体系性，但也不是碎片化的观点集合，各种法治实践及其建设都有其内在的逻辑关联，都是法治系统工程建设的具体展开。

苏力说过，法学研究对社会共识的形成犹如一场场春雨，对法治建设共识的形成具有一种“随风潜入夜，润物细无声”的作用。法治建设不完全是国家层面的宏伟目标，也是一种植根于社会生活的文化，生活中的小事，往往隐藏着法治的影子。就像花木需要精心培育一样，法治也需要培育基础，夯实根基，法治思维、法治素养、法治文化都需要积少成多、聚沙成塔，而要做到这一点，就需要有形式多样的法治培育方式。与其他法学作品一样，法治随笔也可以起到法治培育的作用。作为法律人，我们都深刻体味到，普法是一项社会责任，这一点对从事教学工作的法律人更是如此。借助随笔的灵活形式，通过对生活细节的观察和考究，管中窥豹，可以提醒人们从生活的点滴了解法治理想，进行法治观念的沟通。

近几年来，法律随笔的书出了不少，我写随笔似乎是在赶潮流、追时尚，但实则不然。我一直在思考中国的法治问题，从未懈怠，也收获了一些心得，日积月累，随感而发，随性而聊，此情此景无关风与月。而且，我认为，法治本身需要从生活、习惯中汲取营养，法治本身就是一种生活方式，我希望能从细微处去观察法治、体验法治，从生活中思考法治。正是在思考和写作过程中，我不断发现生活习惯中所蕴含的法治营养，也正是通过对每一个生活细节的深度检视，反过来也有助于我认清法治现状，同时也对法治的未来产生了不少憧憬和期盼。

苏洵曾道出他写作的冲动：“时既久，胸中之言日益多，不能自制，试出而书之，已而再三读之，浑浑乎觉其来之易矣。”（《上欧阳内翰第一书》）我对此深有同感。这部随笔集不过是我茶余饭后的点滴思索，是读报上网的灵光一现，是闲庭信步的随感心得，很难说是一种严谨的、系统性的思考，写出来也不是为了成为网络大V，而只是为了向读者展示自己法治思索的心路历程。“嘤其鸣矣，求其友声”，愿这部随笔集能和大家产生思想的交流和共鸣。

原书序

随感，顾名思义，是一种随时随地的感想，其实是一种有感而发。巴金在《随想录选集》中说："《随想录》……都是我现在的真实思想和真挚感情。……《随想录》其实是我自愿写的真实的'思想汇报'。"[①] 但是，过去我一直认为，随感欠缺严谨性，有可能只是一种兴之所至的随意表达，大胆假设有余，小心求证不足。更何况，涉猎问题过多，超出了自己所研究的领域，研究不深而未免会产生一些遗憾。"文章千古事，得失寸心知。"留在书面上的东西，最好写得扎实一些、论证严密一些。正是这一原因，使我一直不敢写随笔，更不敢开设博客、微博，发表时政评论和对社会热点事件的看法。

想起来，其实这种认识未必妥当。学术本身就是积累和探索的过程。随感也可能会有一些思想的火花，尽管它是微弱的亮光，但在人生的轨迹上，它仍然出现过。如果能够把它记载下来，至少可以反映出法治探索的历程和思考的轨迹。日积月累，或许对自己的研究能够起到一定的促进作用；如果不记载下来，则很可能像流星一般一闪而过，回想起来，也未免可惜。

我从步入法学研究的殿堂开始，三十多年来，每日坚持思考和写

① 巴金：《随想录选集》，生活·读书·新知三联书店 2003 年版，第 420 页。

作，已经成为自己的一种生活方式。遗憾的是，大量的随感写下来之后都被当作废纸扔掉了。现在留下来的大多是一些报刊上已经发表的和未发表的。要不要结集出版，我一直比较犹豫，忐忑不安。不过，身边的一些学生给我鼓励，希望我多写写轻松的小文章，算是法学入门的读物，或者是普法的读物。他们见到我的这些随感，也一再鼓励我汇集成册。特别是，北大出版社邹记东编辑一再邀请并反复敦促，我也在繁忙的事务工作中抽空整理了这本小书，使之得以面世。

随感者，有感而发也。法治随感体现了我对法律和法治建设的一些初步的认识，也是对自己参与立法、司法和法学教育、法学研究中的心得体会。如有不当不妥之言，还敬请读者多多包容海涵、批评指正。时值北国之春临近，万物正在料峭春寒中酝酿万紫千红。春暖花开、百花齐放、繁花似锦，自然如是，社会如是，学术亦如是。

目　录

第一编　法治的一般理论

第二编　立法制度

第四编 司法制度

第五编　法学教育

第六编　人生感悟

人民的福祉是最高的法律

第一编

法治的一般理论

人民的福祉是最高的法律[*]

法律究竟是什么，是每一位法律人时时会思考的问题。这一问题看似简单，但真要准确回答，却非易事。因为，横看成岭侧成峰，法律人可以从不同的角度对这个问题作出不同的分析与诠释。从法律的本质属性而言，它应当是立法机关制定的、体现人民意志和利益的规范性文件；从其功能和作用而言，它既是一种行为规则，也是执法和司法裁判的依据；从宏观层面来看，法律是一种社会组织的方式，反映了一个社会所选择的人际交往模式和组织模式；而从其法律规则的约束力来看，它又是由国家强制力保障实施的规则。

对于“法律究竟是什么”这一问题，我认为，古罗马的西塞罗在其名著《法律篇》中提及的、被后人广为流传和采纳的名言——人民的福祉是最高的法律（*Salus populi suprema lex esto*）——给出了最佳的答案。其本意是说，法律是人民意志的体现，最终要以人民的福祉为依归。当然，这只是西塞罗在当时所描绘的一种美好愿景，并不完全是现实。试想，在古罗马时期，奴隶根本就没有被当成人来看待，法律怎么可能体现他们的意志和利益呢？但可以肯定的

* 原载《法制日报》2012 年 6 月 28 日。

是，这样一句话，作为一种愿景，仍然不失为法律世界的一种美好向往和追求，且事实上也是现代国家法治建设的主题曲。

现代国家的规范体系虽然大都在宗教规范和道德规范之外选择了法律规范，但不同国家所信奉和选择的社会组织不尽相同，有的甚至存在重大差异。这些差异的形成，既有来自本国风土人情的影响，也有社会经济条件的制约，还有对历史传统的路径依赖。但无论如何，就像奥尔森在一篇题为《为什么一些国家富庶，而另一些贫困?》的演讲中所阐释的那样，一个国家所选择的法律制度体系、社会组织方式和个人行为方式对一个国家的经济发展、社会进步和人民福祉有着十分深刻的影响。好的法律制度和社会运行机制能够帮助贫困的国度走向富强，让富庶的国度持续地保持繁荣，而不好的法律制度则会让富庶的国家走向衰退，让幸福的人口陷入贫穷。[①] 19 世纪以来，人类社会发展的经验表明，市场和法治是国家兴衰的重要基石，是民富国强的基本保障。市场激发了人们自由创造财富的活力，而法治为市场的良性运转提供了制度保障。一般来说，一个国度的市场化和法治化的程度与这个国家的繁荣程度和人民幸福指数有着正相关性。这也是现代国家不断改革和前进的基本方向。从这个意义上说，法治化建设是符合人民的意志和福祉的。

“人民的福祉是最高的法律”首先回答的是法律的终极目标问题，即要以“人民的福祉”为终极归宿。这一概括当然并不意味着法律还有“最高”与“一般”之分，或者说法律之上还有其他“法律”的存在。今天我们来品读这句话的含义，首先是指，如果法律真正是以人民的福祉为终极目的，那么只有践行法治，才能最大限度地维护人民的利益。

---

① Mancur Olson, Jr.,“Big Bills Left on the Sidewalk: Why Some Nations are Rich, and Others Poor”, *Journal of Economic Perspectives*, Vol. 10, No. 2, Spring 1996, p. 22.

依法治国是增加人民福祉的最佳载体。依法执政其实也就是依照最广大人民群众的意愿来治理国家。法为民而治！法治体现的是按照大多数人民意愿治理国家的模式，因为法治本身体现的就是人民的意愿，而不是单个人的意愿。按照法律办事，就是按照最大多数人的意愿来办事。这样一种治理模式能够避免个人的专断、臆断和武断。所以依法治国从根本上说就是按照最广大人民群众的意志和利益治国。众所周知，社会主义的根本目的就是满足人民日益增长的物质文化需要，实现个人的自由与全面发展，满足人民的追求幸福生活的美好愿望，这与法治的目的是相一致。

人民的福祉是最高的法律，是检验中国法治建设成功与否的试金石。这就是说，人民的福祉是制定一切法律的立足点和出发点，也是一切司法活动的主轴。一是从立法层面看，增进人民的福祉就是立法的标准。法治的内涵是良法善治。这就是说，并不是所有的法律都称得上良法，都能实现善治。只有那些真正有助于扩大人们的行为自由，保障人们的基本权利，维护社会公平正义的法律才能真正增进人民的福祉。所以，评判一个国家立法的水准，关键在于判断其是否有助于增进人民的福祉。我们通常说法律的本质体现在法律的人民性之上，强调的就是立法过程要真正体现“立法为民”之精神。在我们一些地方官员的头脑中，提到立法首先想到的是怎么借此来扩张权力，管人、管事，立法就是要管老百姓的。显然，这种看法不符合法律的本质，也与这个时代的发展旋律相去甚远。法治（rule of law）不等于“以法来治”（rule by law），也不能把法律简单地理解为治理老百姓的工具。相反，立法要造福人民，以人民的福祉为出发点和归宿点。这就需要通过民主立法来反映民意、汇集民智、增进民利，使法律真正体现人民的意志和利益。二是从司法层面看，徒法不足以自行，人民群众的幸福生活有赖于良法的有效实施。再好的立法，如果得到不准确的理解和贯彻，顶多也只是水中月、镜中花；再好的立法，都经不起误解和滥用。因此，一个能够具有秉公执法、公正司法和司法为民的司法机构的存在是至关重要的。如此才能充分满足人民群众不断增长的司法需求，保障和实现立法给人民的美好预期。三是从行政执法层面看，公权力行使的根本目的是为了保障和实现人民的利益。政府必须依据人民的意志和利益行使公权力，自觉接受人民群众的监督。既然公权力是人民赋予的，那么，这种权力行使是否正当的根本标准，就是是否真正符合人民的意志和利益，是否为人民群众提供了良好的公共服务和让人民生活得更加幸福、更有尊严，是否让社会更加公正、更加和谐。

人民的福祉是最高的法律，法治必须造福于人民。这就要求法律以关爱人、尊重人和保护人为使命，最大限度地保护人们的人身和财产权益，从而维护和促进人民的福祉。如果一个社会中，人们的人身安全得不到保障，财产安全得不到维护，则必将人心惶惶，致使人们缺乏长远、稳定的预期，从而不利于人自身乃至社会经济的发展。因此，民法所形成的秩序，正是为了维护人民的福祉。只有人民的人身和财产利益得到充分的保护，只有社会形成一套公正的解决纠纷、缓和社会矛盾的机制，人们才能安居乐业、和睦相处，人民的福祉才能得到实现。迄今为止，我们有了一部全面保护老百姓财产权的物权法，有一部保护交易规则的合同法，还有一部全面保护受侵害民事权益的侵权责任法，现在还需要一部全面保护老百姓人格权益的人格权法。党和国家决定编纂民法典，最终都是为了广大人民群众的福祉，实现广大人民群众利益的最大化。编纂民法典，就是为了最大限度地保护好、维护好、发展好广大人民群众的人身和财产权益。除此之外，我们还需要进一步完善有关社会保障方面的立法，努力克服因为市场失灵、个体禀赋差异等引发的社会矛盾，通过强化对弱势群体的保护以及解决社会群体的生老病死等后顾之忧，努力缓解分配不公的矛盾，实现社会的公平正义。

人民的福祉是最高的法律，还意味着法律源于人民、依靠人民。人民是法治的源泉和动力之所在。法律作为一种行为和裁判规范，应当是人民意志和利益的体现，这也正是法律能够增进人民福祉的重要原因。中国古代法家主张以法治国，但主要是从管理人民的角度来理解法律的。例如，韩非说，“治民无常，唯治为法。”（《韩非子·心度》）可见，法家仍然将民众作为治理的对象，而并不承认其享有参与社会治理的权利，这与我们主张的现代法治相去甚远。在我国，民众不是单纯的被治理对象，还应当成为治理的主体。法律要真正得以施行和运转，法治建设得以全面推进，也需要靠广大人民群众在党的领导下积极参与、稳步推进。不能将人民仅仅理解为法律治理和约束的对象，其更应当是法治建设的参与者；人民也不仅仅是法治建设的受益人，而且也是法治建设的推动者，也是法律实施的监督者。法治水平的高低，在很大程度上取决于人民大众对法律的信仰程度、遵守意愿和监督能力。

我国正处在变动较大的发展时期，在相当长时期内，法律作为社会治理的基本模式并未完全取得“至上”的地位，在社会生活中没有发挥出应有的功能，这也导致社会生活中一些无序现象的产生。由“人治”向“法治”转型，是中国历史发展进步的必然趋势，也是实现国家长治久安、人民生活幸福的根本保障。在这个过程中，法律人必须勇于承担起追求法治、完善法律的重任。而秉持以“人民福祉”为根本标准的原则，将有助于化解社会对法律的误解，培养人们对法律价值的高度认可，充分发挥法律在社会治理中的基本功能，最终树立法律在社会治理系统中的最高地位。法律人的学术生命始终是和法治的进程联系在一起的，法律人应当始终以法律作为自己的信仰，以人民的福祉作为最高指针，崇尚法律，追求正义。就民法学的研究而言，也应当以人民的福祉这一至理名言作为指导理念。民之所欲、法之所系，而作为一个法学工作者，我们研究法律都应当是以实现人民的利益和福祉为最终目的。

什么是法治

要全面准确地回答“中国为什么要建设法治国家”这一重大历史问题，首先应确定“法治”的内涵。与“法律是什么”一样，这一问题看似简单，甚至被视为一个常识性话题，但真要回答起来却并不容易。因为这是一个多维的概念，意义取舍不当将直接导致方向性的错误。从历史上看，法治“rule of law”一词形成于13世纪的英国，在著名法官柯克与国王查理二世的争论中，柯克提出“法律是国王”的论断，这在实质上触及了现代法治的基本内涵，即法律至上。英国学者戴雪在其1885年出版的《英宪精义》（*An Introduction to the Study of the Law of the Constitution*）中使用了这个术语，“法治”一词在其他西方国家表达中有所不同，如德国、法国均表述为“法治国”（德语 Rechtsstaat，法语 Etat de droit），但意蕴大致相当。与此相比，中国古代也有“以法治国”“使法择人”“使法量功”等法制表述，如法家强调“以法为本”“法不阿贵、绳不挠曲”，但正如沈家本先生在其《新译法规大全序》中所指出的，这种法治与西方法治只是形式相似，无法掩盖二者在“宗旨”，即精神内核方面的区别。法家所说的法制，其实是专制主义统治的工具，正如黄宗羲所说：“然则其所谓法者，一家之法，而非天下之法也”（《明夷待访录》）。因此其与现代意义上的法治存在本质区别，故而，严格地说，现代法治理念主要还是来源于西方，虽如此，在中国语境下法治又必须符合中国的国情和现实需要。

在此基础上，我认为，法治的基本内涵主要包括如下几个方面：

一是法律至上。这是法治的首要内容，即法律应是社会治理的最高准则，任何个人和组织都不享有法律之外的特权，公权力来源于宪法和法律的授权，而宪法和法律应高于公权力。早在美国建国初期，潘恩就指出，在法治国家里，法律是国王，而非国王是法律。依法治国是人类千百年来历史经验的总结，本质上是一种“法律至上”之治，强调只有讲规则，才能最大限度地维护人类的秩序、增进人类的福祉。“法律至上”的内涵，首先指任何政府机关及其工作人员都必须受法律的约束。任何权力都来源于法律，并受到法律的约束。究竟是权大还是法大？“法律至上”的含义就是法律最大。“法律至上”还意味着任何人都不能以个人意志代替法律。

二是良法之治。古希腊哲学家亚里士多德指出，“法治应当包含两重意义：已成立的法律获得普遍的服从，而大家所服从的法律本身又应该是制定得良好的法律”。① 这是探讨法律在价值上的正当性的最早主张。尽管学理上也曾有“遵守法律，即使恶法亦然”的说法，但其主要强调法律的权威性及其普遍适用性对于法律实施的意义，并没有否定良法的重要性。既然法治是依法治理，那么，只有良法才能最大限度地得到民众的认同，才能最大限度地发挥法治的效力。什么是良法？我认为良法就是指那些符合公平正义且有益于人民、社会，能够增进人民福祉的法律。在我国，我们的法律反映了最广大人民群众的意志和利益，反

① 〔古希腊〕亚里士多德：《政治学》，商务印书馆1965年版，第199页。

映了市场经济的发展规律以及社会生活的基本需要，这就体现了良法的特点。

三是人权保障。人权一般指人在社会、国家中的地位。德国学者哈特穆特·毛雷尔认为，基本权利保障原则是现代法治国家的标志性原则。[①] 在我国，人权作为人最基本的权利集合，体现了人民群众的根本利益，因而保障人权也是我国社会主义制度的根本任务。建法治社会的终极目的是为了实现个人的福祉，因而法治也必然要以保护人权作为其重要内容，而人权的保障状况也成为在现代社会中区别法治国家和非法治国家的重要标志。当然，保障人权在维护个人自由和尊严的同时，还能有效地防止政府的侵害，从而规范公权，这也是法治的内在含义。我国《宪法》将尊重和保障人权作为一项基本原则加以确认，也充分体现了现代法治的精神。

四是司法公正。古人说："徒法不足以自行"，法律必须在实践中得到严格的适用才能发挥其效力，也就是霍姆斯所说的要将"纸面上的法"（law in book）转化为"现实中的法"（law in action），否则再好的法律也只能形同具文。而法律要准确适用，离不开公正司法。在现代市场经济中，平等主体之间的纠纷有多重的解决机制，如协商、调解、谈判、仲裁等，但从纠纷解决的权威性和终局性来看，由独立的、中立的、享有公共权力的司法机构来解决无疑是最佳选择。申言之，法治不仅意味着法律的至高无上和依靠良法治理，还应经由公正的司法活动来贯彻实施。司法公正的功能不仅在于惩恶扬善，弘扬法治，同时也是对民众遵纪守法的法治观念的教化，是对经济活动当事人高效有序地从事

① 参见〔德〕穆特·毛雷尔：《行政法学总论》，高家伟译，法律出版社2000年版，第105—107页。

合法交易的规制。司法公正固然需要有司法的独立和权威的保障，需要体现出实体上的公正，同时也不能忽视程序公正，即司法必须在法律程序内运作，必须展示出一套法定的、公开的、公正的解决社会各种利益冲突的程序。

五是依法行政。法治的本旨是要把公权力关进制度的笼子中。在法治社会中，最高的和最终的支配力量不是政府的权力而是法律，人民需要受政府管理，但政府也必须依法行政，而不能以治者自居，把人民视为消极的被治对象。历史经验反复告诉我们，公权力有被误用和滥用的风险。政府享有的行政权具有强制性、单方性、主动性、扩张性等特点，一旦失去了约束，将严重威胁处于弱势一方的公民合法权益。因此，法治首先是依法治官，依法规范政府及其公职人员的行为，而不是首先依法治民，仅仅规范行政相对人的行为。对政府而言，法无许可不可为。通过法律手段来调整政府和公民的关系，必然要求行政权的行使要获得法律的授权并受到法律的限制，并遵循法定的程序。

还应指出的是，按照一些西方学者的观点，法治有形式意义和实质意义之分，或者称为“薄维度的”（thin）和“厚维度的”（thick）之分，前者体现了富勒所说的法律的一般性、公开性、预见性、明确性、一致性、可适用性、稳定性和强制性，后者则强调法律的价值和实体性正义，尤其是强调与政治民主制度之间的联系。一些研究中国问题的外国学者认为，中国的法治是一种“薄维度”的法治。我认为此种观点不当。一方面，我国的法治不是对西方法治的简单复制，而是以社会主义基本经济制度和政治制度为基础，坚持中国共产党的领导，坚持社会主义政治制度的特点和优势，符合我国当前基本经济和社会状况，维护社会的基本秩序和稳定，因而不能完全用西方的标准来判断我国法治实践成功与否。另一方面，我国实行的社会主义制度和实现法治国目标并不冲突，社会主义制度就是要充分保障人民的民主权利，维护其参与国家政治和制定法律的权利，并在得到全体公民认可的法律下依法治理国家，规范国家公权力，保障人民利益，这和法治的内涵是完全一致的。因此，我国政治语境下的法治并非是“薄维度”的法治。当然，中国的法治有待进一步的发展和完善，这也是我们法律人未来的共同奋斗目标。

厉行法治体现了广大人民群众的共同意志，凝聚了广大人民的共识。在我国，法治既是一种伟大的社会实践，又是一种崇高的社会理想，它激励我们为实现法治社会而不断追求、努力。每一个平凡的中国人都有一个共同的中国梦，这就是实现国家富强、人民幸福、政治进步、法治昌明。

法律至上是法治的要义

法治概念的内容是十分丰富的。其中有一项内容就是法律至上。这里所讲的法律不仅仅是部门法，还包括宪法。法律人讲到法律至上时，常常会联想到17世纪初发生在英国王座法院首席大法官爱德华·柯克（Edward Kock）与国王詹姆斯一世之间的经典对话：

> 詹姆斯一世：依朕意，法是以理性为基础的，故朕及他人与法官具有同样的理性。
>
> 柯克法官：不错，陛下具备伟大的天赋和渊博的学识。但是陛下并没有研读英格兰领地的各种法规。涉及臣民的生命、继承、所有物或金钱等的诉讼的决定，不是根据自然理性，而是根据有关法的技术理性和判断。对法的这种认识有赖于在长年的研究和经验中才得以获得的技术。
>
> 詹姆斯一世：如此则国王被置于法律之下，汝等的主张应当以叛逆罪论处！
>
> 柯克法官：布莱克斯通有句至理名言，"国王贵居万众之上，却应该受制于上帝和法律"。①

---

① 转引自季卫东：《法律职业的定位——日本改造权力结构的实践》，载《中国社会科学》1994年第2期。

这场争论导致柯克法官被监禁半年。但后来在光荣革命之后，“王在法下”的原则在1689年英国的《权利法案》中得到了确认，该法案明确了个人的自由和权利不受国王和政府的侵害。后来柯克因反对詹姆斯提议对涉及自己的案件召集法官密商而丢掉职位，但他起草的《权利法案》获得了议会的通过，法律至上的思想成为普通法中法治的基本思想。柯克同时也明确地论述了《权利法案》与1215年《大宪章》的关联：《大宪章》“是英国所有基本法律的根源，它不仅确认，也奠定了习惯法法治基础”。后世学者讨论到法治的概念常常从英国柯克与詹姆斯一世的争论中发现“王在法下”的概念，也大多认同“法律至上”是法治的要义，如英国学者戴西也认为，“法律至上”是法治的主要特征。美国《布莱克法律词典》将“法治”一词解释为“法律的至高无上地位”。

法律至上的提法曾经受到一些学者质疑。例如，在自然法学者看来，这种提法忽略了对法律正当性的考察，他们认为在实证法之外，还存在一种检验实证法正当性的、永恒的自然法则存在，如不得剥夺他人的生命、遵守契约、损害赔偿等原则。后世的实证主义法学家其实也认为在实证法之外有一种应然的法，这是因为受于人类理性的限制，立法者制定的法律不可能是完美的，可能存在一定的瑕疵。法律总要不断地修改完善，而“法律至上”的观念容易导致法律神话或法律崇拜，不利于其适应社会、经济的需要而不断发展。其实，自然法学派的观点并未从根本上否定实在法的作用。相反，即使反对早期自然法的理性主义法哲学家如康德，也认为在实证法的背后，有人类的理性存在，作为实证法正当性的基础；认为即使存在自然法规则，也是人类理性认识的结果。当前，尽管存在种类繁多的法学流派，但对法律至上作为法治的重要内容，已形成了基本共识，只不过各自的限定条件有所差异。现在人们普遍认为，法治国家最基本的要素之一是法的优先性（Primat des Rechts）。[①]

以法治代替人治，最根本的标志就是确立“法律的统治”，确立宪法和法律至高无上的地位，它要求任何组织和个人都必须服从法律、遵守法律。我国已将依法治国、建设社会主义法治国家的战略载入宪法，而法治的内涵当然应当包括宪法、法律至上。在这一背景下，我们所说的法律至上主要包含如下含义：一是，要维护宪法和法律的权威。法律至上首先表现为宪法至上，或称为“宪法优位”。宪法是国家的根本法，是治国安邦的总章程，具有最高的法律地位、法律权威、法律效力，具有根本性、全局性、稳定性、长期性。任何法律和规范性文件都不得与宪法相抵触。我国宪法序言也明确规定，“宪法具有最高的法律效力”。除宪法外，法律也具有普遍的拘束力，法律应当成为全社会行动的准则。二是，法律要平等地约束所有人，任何人都不享有超越于法律的特权；法治的基本精神就是坚持法律面前人人平等，平等是社会主义法律的基本属性，也是社会主义法治的基本要求。要保证有法必依，执法必严，公正司法，全民守法。三是，任何公权力不得超越宪法与法律。公权力依据宪法和法律产生，并受法律的制约。任何组织和个人都必须尊重宪法和法律的权威，依据宪法、法律行使权利，履行职责和义务，而不能以言代法、以权压法、徇私枉法。

为什么要坚持宪法和法律至上？这是社会主义法律的本质决定的。我们的法律是在党的领导下，汇集广大人民群众的意志制定的。法律能够体现广大人民的根本意志，并且经实践证明，其能够很好地实现和维

---

① Konrad Hesse, Grundzüge des Verfassungsrechts der Bundesrepublik Deutschland, C. H. Müller, 1999, S. 87, Rn. 195.

护人民的根本利益，因此，法律至上也就体现为人民意志和利益至上，尊重宪法和法律在社会治理中的主导地位，也就是最大限度地尊重人民意志和利益。法律保持应有的权威，也就是维护执政党的权威和国家的权威。另一方面，法治是治国理政的基本方式。在社会主义制度下建设市场经济，是人类历史上一次伟大的创举，但市场经济是法治经济。我国在向市场经济社会转型过程中，经济体制深刻变革，社会结构深刻变动，利益格局深刻调整，思想观念深刻变化。人们利益之间往往会出现交叉与冲突，这就需要依靠法律制度来进行调整，划定人们自由的空间，约束人们的行为，防止社会出现无序的状态。全球化的发展更进一步凸显了法治在社会治理中的重要作用。因为没有法制就没有市场，也无法应对管理复杂社会的需要。法律本身具有统一性、明确性、规范性、连续性等特点，不因某个领导的观点改变而改变，因而处理复杂利益关系时更具优势。

坚持法律至上是推进依法治国方略的基本要求。党的十八大报告指出，“更加注重发挥法治在国家治理和社会管理中的重要作用”，社会治理本身是一种手段，其最终服务于人民的福祉，判断某种社会治理模式是否妥当的主要标准是看其能否有助于实现人民的福祉。在今天我们提倡法律至上，选择法律作为社会治理的模式，其主要原因在于，宪法和法律至上体现了一种最优的社会治理模式，宪法和法律至上体现了规则的统一性和明确性，相对于人治而言，其更具有确定性和可预期性。从农业社会到市场经济社会，人们所在的社会生活群体更加复杂多样，这也就对依照法律规则约束人们的行为提出了更高的要求。严格按规则治理社会，会带来社会的安定有序，能够切实保障人民群众安居乐业，维护社会秩序的稳定，保障国家长治久安。

坚持法律至上并不是一句空泛的口号，而应成为我们行动的纲领。具体而言，第一，要树立宪法和法律的权威。习近平同志指出，新形势下要特别强调依据宪法治国理政。执政党应依法执政，党必须在宪法和法律范围内活动，真正做到党领导立法、保证执法、带头守法。法律至上，就是要让法律在每个人心中占有崇高的地位，每个人都应该服从制度和规则，而不是服从个人的意志和权力。任何组织或者个人，都不得有超越宪法和法律的特权。第二，应强化依法行政，建立法治政府。我们的政府是人民政府，表明其宗旨是为了人民的利益。但是，如何才能保证政府在任何情况下都以人民利益为出发点和归属地？这就需要法治来进行规制。依法行政，核心就是政府的一切行为都应当受到法律的约束，遵从体现人民意志的法律。第三，应强化依法裁判、实现司法公正。马克思指出，法官是法律世界的国王，除了法律就没有别的上司。在各种纠纷解决机制中，司法裁判更应当强调其受法律的拘束。与其他纠纷解决方式相比，司法裁判更强调“依法裁判”，即“以法律为准绳”。在司法裁判之中，裁判者必须服从于法律，严格依据法律来确定当事人的权利、义务和责任。因为法律本身就界定了裁判的标尺，只有依法公正裁判，才能使人民群众从每个个案审判中感觉到公正。第四，应实现全民守法。法律至上能够促进一种平等理念的传播，从而形成人人守法的文化，使法律深入人心，走入人民群众，并真正成为全体人民的自觉行动。这才是法治的要义所在。

在社会主义法律体系形成之后，当我们从立法转向司法的过程中，能够真正实现行动中的法律，最关键的还是要在全社会树立起宪法和法律至上的理念。无论法治理念的内涵多么丰富，其最重要的理念始终应当是宪法和法律至上。

依法治国首先要依宪治国*

宪法是国家的根本法，是治国安邦的总章程。习近平总书记在《首都各界纪念现行宪法公布施行30周年大会上的讲话》中指出："依法治国，首先是依宪治国；依法执政，关键是依宪执政。新形势下，我们党要履行好执政兴国的重大职责，必须依据党章从严治党、依据宪法治国理政。"总书记的讲话，从宪法作为国家根本法的地位出发，明确了依法治国首先要依宪治国，并为我国推进依法治国明确了方向和步骤。

宪法是国家的最高法，在我国社会主义法律体系中居于统帅和核心地位。因此，推进依法治国，首先是要落实依宪治国。我国的所有法律都是依据宪法制定的，是对宪法精神、原则和制度的具体化，例如，我国民法体系中的重要法律《物权法》，开宗明义规定"根据宪法，制定本法"，这就表明宪法是部门法的立法依据。

推进依法治国，必须维护国家法制的统一。由于宪法具有根本法和最高法的地位，决定了任何法律、行政法规、地方性法规和其他规范性文件都不得与宪法相抵触。任何违反

---

* 原载《光明日报》2012年12月9日。

宪法的法律规范都是无效的。这一方面要求所有的法律规范在制定时必须严格依据宪法，避免与宪法相抵触，另一方面也要求进一步完善宪法监督制度，加强对于违宪的法律法规的审查，让宪法成为维护国家法制统一，保障国家政令畅通的基础和准则。

推进依法治国，必须依据宪法规范公权力的运行，依法行政、建立法治政府。宪法规定了国家的根本制度，规定了国家公权力的组织体系、职责权限和行为标准，确立了国家权力的分工和相互监督机制。监督和制约权力的运行是宪法的基本功能，依法治国必须严格实施宪法，规范国家公权力的运行，形成对公权力的有效监督。任何国家机关都必须按照宪法规定的职权范围和程序来行使权力，履行其应尽的职责。任何国家公职人员，都必须依法履行职责，不得滥用职权，更不可以失职渎职、执法犯法甚至徇私枉法。只有严格依据宪法规范公权力，才能够落实习总书记提出的“依据宪法治国理政”的要求。

推进依法治国，必须依据宪法保护公民的基本权利。宪法确立了公民的各项基本权利，是各个部门法所保障的公民权利的源泉。保障民权，首先应当从宪法中寻找依据。部门法规定的公民的各种权利，都是宪法规定的公民基本权利的具体展开。宪法所确立的公民的人格尊严、人身自由，在民法上表现为生命健康权、姓名权、名誉权、荣誉权、肖像权、隐私权等各项权利，在刑法中表现为对非法拘禁、侮辱诽谤、诬告陷害等犯罪行为的制裁，在刑事诉讼法中表现为保障公民不受非法逮捕、不被非法限制人身自由的各项制度。贯彻落实宪法，就要求全面落实部门法所规定的各项保护公民权利的规则和制度，完善权利保障的体系和机制。同时，法律中如果存在对公民基本权利保障不足或者不当限制的情况，必须依据宪法予以纠正。行政机关在行使公权力的过程中，不得违反宪法和法律的规定，侵犯和妨害公民的基本权利。我国《宪法》第135条规定，“人民法院、人民检察院和公安机关办理刑事案件，应当分工负责，互相配合，互相制约，以保证准确有效地执行法律。”但在实践中，个别地方公检法三机关只讲互相配合，不讲互相制约，甚至实行三机关联合办案，以至于造成了一些冤假错案，曾经发生的佘祥林案、赵作海案，都与当地公检法三机关之间不讲制约有关。这也充分说明了只有严格依据宪法行使权力，才能有效保障公民基本权利，尊重和保障人权，保障人民享有广泛的权利和自由，才能够落实习总书记提出的让宪法“深入人心、走入人民群众”的要求，保障人民群众对美好生活的向往和追求。

推进依法治国，必须牢固树立宪法意识。宪法意识是法律意识的重要内容。法律思维就是要在工作中树立办事依法、遇事找法、解决问题用法、化解矛盾靠法的理念。五千年的华夏文明给中国留下了取之不尽的精神财富，但历史长河中的封建思想和传统也成了当前法治建设的一大障碍，并将成为今后很长一段时间需要面对的问题。正如邓小平同志所指出的：“旧中国留给我们的，封建专制传统比较多，民主法制传统很少。”因此，不仅一般民众而且一些领导干部也深受封建特权思想影响，人们的权利意识和平等观念十分淡薄，且等级观念、长官意识、官本位思想等，在社会中盛行。这些都是和现代法治精神不符的。只有树立宪法意识，才能落实总书记所提出的在法治轨道上推动各项工作的要求。

我国已将依法治国、建设社会主义法治国家的治国方略载入宪法，依法治国首先是依宪治国。我们应当按照总书记的要求，注重宪法的实施，加强宪法的权威，全面推进科学立法、严格执法、公正司法、全民守法进程。

从“法平如水”谈起*

中国古代的“法”称为“灋”，《说文解字》对该字的解释为：“灋，刑也。平之如水，从水，所以触不直者；去之，从去。”“法平如水”，也成了我们千百年来对法的基本理解，是具有重要文化含义的意向性比喻。因此，法与水结下不解之缘。我认为，中国“法平如水”的说法概括了中国几千年的法治文明的精髓。我在做中国人民大学法学院院长期间，在装饰法学院楼大厅的雕像时，主张在雕塑中体现“法平如水”的理念，后来就用水纹装饰了雕塑。我之所以如此坚持，就是基于上述认识。

为什么以水来形容法？

我认为，“法平如水”的第一层含义首先体现的是“平”，也就是公平。不仅我国数千年来民众常以“良法”或“恶法”来评价法律；在西方，拉丁法谚也有云：“法律乃善及公平之艺术”（*Jus est ars boni et aequi*）。可见，公平正义是自古以来人们的美好愿望和不懈追求，不仅是中国人民的一种信念，也是世界各国人民的共同追求。正义体现了某种秩序的内在要求，是构建普适性秩序的内在需要。换言

---

* 原载《法学译丛》2012 年第 6 期。

之，法律作为行为规范，以调整社会关系为目的，必然以正义作为其基本价值。正义是一切规则存在的正当性基础。无论是立法还是执法，最终都是为了实现社会的公平正义。具体而言，“法平如水”包含实体公平和程序公平两个方面。前者强调法律作出的价值判断要体现社会主体关于公平的基本共识；后者则强调执法也要体现公平——执法要严格，要讲原则，执法的态度要刚直不阿。

“法平如水”的第二层含义体现在水所具有的“包容万物”的特性上。水具有变通和灵活的特征，在我们心中，法律也同样如此。首先，“如水”体现了我国文化的博大和包容。水具有包容性，《道德经》有云，江河之所以能为百谷王，因其能善下，以天下之至柔，驰骋天下之至坚。正所谓“山不厌高，水不厌深”、“海纳百川、有容乃大”。水所体现的“刚柔相济”的互补性、“抑高举低”的平衡性，对立法和司法都是一种启示。法也应具有水的包容性的特点，也要能够博采兼容、理顺差异、相济互补、动态平衡。在立法过程中，应当根据不同的情况设置不同的法律规范予以调整，在司法过程中，法官也要灵活运用各项法律规则，不可僵化执法、机械执法。其次，水体现了一种变通和灵活，水无论遇到悬崖、大石、峭壁，都能善于变通、应付自如、从容流过，能够包容和化解一切事物。这就启示我们，法也要保持灵活与开放，不可一成不变。水是流动的，而法也要应时代社会的需要而发展变化，并不存在一种固定不变的、完全相同的抽象正义标准。水体现了一种圆融变通之本性，在我们的传统法律文化中，大量体现了这种水的精神。法平如水，又强调在公平的前提下，法官要结合天理、人情，灵活运用法律准则，将我国古代的天理、国法、人情有机地融合在一起，实现当时社会所秉持的公平正义观念。最后，法平如水，还启示我们，水可以渗透到自然的各处，而法同样也渗透到社会的各个层面。应该充分发挥法在调整社会生活中的规范作用。毋庸讳言，我国目前一些地方政府与百姓之间关系紧张，在相当程度上是政府未能善解宪法与法律如水的灵性，态度生硬，执法机械。

"法平如水"的第三层含义主要体现在"水是生命之源"的特征上。水利万物而不争，水是自然的起始，乃生命之源、万物之本、文明之根，水象征着生命之道。法对于社会而言也具有同样的意义，堪比水之于自然的意义。在"法平如水"的描述中，以生命的源泉比喻法律，无异于认为法和水一样都是人类社会不可或缺的，所以中国才会有"水治"的说法。法治的"治"也是和水联系在一起的。古希腊哲学家泰勒斯曾经说过："水是生命的灵魂，它对人类而言是最具亲和力的物质。"老子在《道德经》中讲到："上善若水。"为何赞美水的美德，以至于认为它代表着一种至高的道德境界？归根结底，是水这种物质形态背后所包含或体现的伟大哲理和深刻法律思想。古人云，"智者乐水"。《韩诗外传》解释到："问者曰：夫智者何以乐于水也？曰：夫水者缘理而行，不遗小间，似有智者。"而法也是人类智慧的结晶，人类创制了法，意味着人类已经学会运用规则来规范自己的行为，管理人类社会，因此，法是保持人类社会长治久安的根源。可见，从这一点看，水与法一样，也是人类智慧的一种象征。

虽然"法平如水"内涵博大精深，但是，我们也不能过度宣扬水的柔和性和变动性，水只有在河堤的范围内才能有序地流淌及利于万物，法平如水的第一层含义最为重要，即法首先要如水平，"平"是法的第一目标，不能牺牲此目标而单纯地强调灵活和变通。水利万物，但一旦水突破河堤的防线，则有泛滥成灾之虞。法平如水的"平"，对于法律而言，实际上就相当于河堤的防线。中国传统文化的痼疾就在于过分灵活变动，缺乏规矩意识。“车到山前必有路”“船到桥头自然直”“活人不为尿憋死”“见着红灯绕着走，见着绿灯快步走”等等反映的就是国人规划意识乃至规则意识的缺乏。另外，传统文化具有强烈的社会人情特征，这与传统文化强调的“天理、国法和人情”密切相连，也符合国人悲天悯人、同情弱者的善良天性。但是，如果“法外开恩”“法外有法”被泛化，甚至产生所谓“良性违法”“良性违宪”的提法，则将严重背离现代法治理念。

而今，每当看到中国人民大学法学院体现“法平如水”理念的雕塑，我就浮想联翩，引起我一系列关于中国法治建设的思考。

法治应该成为一种生活方式*

据《新京报》报道，联合国首次发布“全球幸福指数”报告，比较全球156个国家和地区人民的幸福程度，丹麦成为全球最幸福国度，于10分满分中获近8分，其他北欧国家亦高居前列位置。中国香港排名67，得分约5.5分，中国内地则排112，处于中等偏后的位置。在各种幸福指数的衡量指标中，除了个人的收入等因素以外，社会因素也很重要，影响到幸福指数的社会因素包括安全感、社交网络、贪腐等因素。这些因素其实都和法治有着密切的联系，因为这些问题涉及收入分配的公正、社会秩序的稳定、国家机关及其工作人员的廉洁公正高效、对个人权利的充分保护、社会保障机制的健全，等等。这些问题的彻底解决都有赖于法治的健全和良好运转。

因此，提升国人的幸福指数，一个重要的内容就是要厉行法治。在法治社会，国家机器本身也要受法的统治，人民乃是法治的最高主体。依法治国是促进我国市场经济的发展，保证国家稳定，实现社会长治久安的关键，也是促进社会精神文明建设和文化进步的客观需要。在现代西方发达国

* 原载《北京日报》2012年2月27日。

家，法治首先在政治生活中得以充分表现，同时也是商业、家庭生活、宗教事务等活动的重要组织工具，可以说是无处不在。在法治社会，充分保障公民的人身权、财产权、基本政治权利等各项权利不受侵犯，保证公民的经济、文化、社会等各方面权利得到落实，如此才能实现人民群众对美好生活的向往和追求。所以，法治不仅仅是保障了国家的长治久安，而且也保障了人民的幸福生活。因此，法治不仅应该成为一种治国方略，更应该成为一种生活方式。

任何社会治理模式是否成功，归根结底还是要看是否能够给社会成员带来福祉。人类总是渴望生活在一种有序、稳定的环境之中。人们都有追求幸福美好生活的愿望和权利，而法治则是这种幸福美好生活的重要保障和实现手段。法治是以规则治理为主要特点的治理模式，而法律最大的特点就是明确并且公开，而且在当今大多数现代国家中，法律的制定必须经过社会成员整体的充分讨论，在很大程度上能够反映社会多数成员的利益需求，遵守法律也就是实现大多数人的意志。英国学者 Wilkinson 等研究发现，在注重平等的国家，无论是经济增长质量、社会稳定、居民幸福指数、犯罪率等都优于贫富差异过大的国家。①

法治是人们幸福生活的保障。幸福是什么？对此问题，千百年来人们作出过各种回答。法国伟大的启蒙思想家、哲学家卢梭说过，人类活动的唯一动机就是追求自身的幸福。对于古希腊人而言，践行美德是一种幸福。基督教神学家认为人要达到幸福的境界，不是对财富、名誉、权力和肉欲的享受，而是在宗教德行中，在对上帝的热爱和追求中。在我国，社会主义的根本目的就是满足人民日益增长的物质文化需要，实

① Richard Wilkinson, Kate Pickett, *The Spirit Level: Why Greater Equality Makes Societies Stronger*, Bloomsbury Press, 2009.

现个人的自由和全面发展，满足人民追求幸福生活的美好愿望。实现小康社会就是要使人民过上幸福生活，幸福不仅体现为人们物质生活水平的极大提高，而且体现为人们能够有尊严地生活。法治使人们能够自由、有尊严地生活。法治也保障着人民的尊严。在法治社会中，人是作为公民而存在的，人人都处在平等的地位，只有在这样的社会中，人才能够真正成为国家的主人，才能够真正享有尊严。法治充分保护每一个人的人格权和财产权，这就从根本上保障了个人的人格尊严。

法治是自由的保障。法律既是自由的起点，也是自由的界限。正是在这一意义上，古罗马思想家西塞罗说："为了自由，我们应作法律的奴仆。"在法治社会中，实行"法无禁止皆自由"的原则，只要是法律不禁止的，都应当允许人们实施，只要人们严格按照法律规则行为，就应当能够享有广泛的行为自由。基于对守法的预期，人们便可以有计划地安排自己的生活，给人们的生活提供确定性，从而获得自由。从这一意义上说，法律也是人们行为自由的保障。

法治是安全的保障。只有在法治社会中，人们才能有安全感。在第二次世界大战期间，美国总统罗斯福曾致信国会，要求允许其根据租借法案，把必要的武器装备提供给那些总统认为其防御对美国利益至关重要的国家。在该信中，他提出了四项"人类的基本自由"，其中一项就是"免于恐惧的自由"，对这种自由的保障其实就是法治的重要功能。在法治社会中，较低的犯罪率、良好的社会治安，是人民生活幸福的重要内容。在法治社会中，政府是按照宪法组织起来的，政府的权力是通过宪法获得的，公权力不能随意侵入私人领域，必须严格按照宪法和法律的规定来行使权力。弱肉强食、恃强凌弱、以势压人的现象在法治社会中是不能被容忍的。因此，在法治社会中，民众不会对公权力抱有恐惧感，也不会因为符合法律行使自己权利的行为而担心受到强权的打击和迫害；国家也不能够随意地占有和剥夺民众的财产和人身权利。在法治社会中，公民能够感到制度所提供的持久的安全；民众相信法律会保护自己，从而形成一种真正的安全感，进而对未来有更稳定的预期。

法治是人们有尊严生活的保障。人的尊严的维护是宪法和法律存在的最高价值，是一切国家权力活动的基础和出发点。我国《宪法》不仅宣告保护公民的人格尊严和人身自由，而且宣告“国家尊重和保障人权”。人在社会中生存，不仅要维持生命，而且要有尊严地生活。因此，人格尊严是人之为人的基本条件，是人作为社会关系主体的基本前提。康德提出的“人是目的”的思想也成为尊重人格尊严的哲学基础。理性哲学的另一个代表人物黑格尔也认为，现代法的精髓在于：“做一个人，并尊敬他人为人。”① 任何一个中国人都有向往和追求美好生活的权利，美好的生活不仅要求丰衣足食，住有所居，老有所养，而且要求活得有尊严。中国梦也是个人尊严梦，是对人民有尊严生活的期许。这就需要依靠法律广泛确认公民所享有的生命权、身体权、健康权等各项人身权益和财产权益，并且为个人各项合法权益提供强有力的法律保障，从而保障个人有尊严地生活。

法治能够为人们提供良好的生活秩序。法治表现了一种社会的有序状态，在这种状态下，人们文明有礼，安居乐业，遵纪守法。在法治社会中，人们都应学会按照规矩来行事，每个人行使权利时都要尊重他人的权利，不得侵害他人的权利。在发生了纠纷之后，人们能够依循法定的程序去寻求救济、有序地解决纠纷。在一个法治的社会，不是运用“丛林法则”来解决纠纷，也不是依靠与官员的关系来解决纠纷，而是

① 转引自贺麟：《黑格尔哲学讲演集》，上海人民出版社2011年版，第46页。

要依据程序来实现救济。尽管法律也可能存在缺陷，执法者也可能会有不公，但在法治社会中，正义是在法律的框架内实现的，司法程序是人人可及的。人们完全可以通过相关程序，纠正执法和司法中的错误，从而可以在法治的框架内寻求到救济。

法治能够给社会带来公平正义。中国古代“法”一字的概念，本身是指去除掉不义的状态。追求社会公正是人们千百年来的理想，也是人民幸福的内涵之一，只有在法治社会才能够真正实现社会的公正。一方面，法治意味着法律面前的人人平等，在一个真正实现法律面前人人平等的社会，人们才能切实感受到社会的公平正义。另一方面，法治能够通过有效分配社会资源，解决公民生老病死的社会保障问题，保障公民安居乐业、幸福安康。在法律面前，不管个人之间在身份、能力、财富占有等方面有多么大的差异，他们是平等的。由于法律具体规则能够涉及社会财产的一次、二次分配，涉及对加害行为的惩罚和对损害的补偿等社会因素，所以，这种在法律面前的平等有时不仅仅指的是形式意义上的平等，而且也包含了实质意义上的平等，从而可以增加社会成员的幸福感。

每一个平凡的中国人可能具有不同的人生愿景和生活期盼，但都拥有一个共同的中国梦，即生活在一个人民幸福、国家富强、政治进步、社会文明的法治社会之中，这也是我们要建设的小康社会的重要目标。

小议民主

记得上大学时读到了林肯于1863年所作的《在葛底斯堡的演讲》。在这篇为纪念在葛底斯堡战役中阵亡战士所做的简短演讲中，林肯提出“that the government of the people, by the people and for the people”的口号，直译是“政府为民有、民治、民享”，其中所体现的民主观念，直至今日仍记忆犹新。

民主是什么？顾名思义，就是人民当家作主。但人民究竟如何才能实现当家作主，是需要有一套政治体制和法律制度来保障的。因此，当我们谈论民主时，常常说的并不是“人民当家作主”这个目的，而是指能够保障和实现这个目的的社会政体。从语源上来看，民主（democracy）一词出现于公元前5世纪的古希腊，其词根来源于希腊语的“demos（民众）kratia（支配、权力）”。不过，民主一词在古希腊并未受推崇。例如根据亚里士多德等的观点，民主不仅是多数人的统治，而且是穷人的统治，而这很容易导致权力滥用。可见，亚里士多德对民主一词仍持谨慎态度。但是雅典城邦中，仍不乏民主的实践。

在18世纪以前，民主作为一种政体形式并没有受到特别的尊崇。民主真正被采纳为现代政体的一种模式，是在美国独立战争和法国大革命期间。自此以后，民主真正开始成为国家的治理模式，在历史上第一次成为得到普遍认同的价值观念和宪法原则。经过对美国民主实践的考察，法国学者托克维尔在《论美国的民主》一书中曾预言民主将成为一种世界性的发展趋势。此后，虽然民主在世界各国有了很大的发展，但其在各国实践中的表现形式并不相同。

按照马克思主义的观点，“民主”概念属于上层建筑的范畴，其首先指国家的政治制度。在民主体制下，国家主权的最终拥有者是人民而不是立法者或政府。当然，由于现代国家人口众多、规模庞大，人民通常无法直接行使权力，现代民主主要是一种委托式的民主，即实行代议制的民主，由公民通过他们自己选出的代表行使权力来管理国家和治理社会。基于此，熊彼特在《资本主义、社会主义与民主》（*Capitalism, Socialism, and Democracy*）一书里也认为，民主制度只不过是一种由人们定期选出政治领导进行统治的制度。只是在例外情况下，才可能实行直接民主（如全民公投）。从这个意义上说，很多学者认为现代民主就是所谓熊彼特式民主。相对于专制制度而言，现代国家对民主制度的理解和样态各不相同。西方资本主义的民主制，通常以“三权分立”原则、普选制度、多党轮流执政制度等为标志。

在中国古代，民主一词早有记载。例如，《书经·多方》云：“天惟时求民主，乃大降显休命于成汤，刑殄有夏。”然而，文献中所说的民主，是指天为民求人主，不过是将君王称为“民之主”，“民主”不过是“主民”的意思。这与民主的本意有实质的区别。自清末变法以来，一代又一代仁人志士为了国家的富强和民族的强盛，苦苦探索救国、强国之道。早在五四时期，仁人志士就提出并倡导“民主救国”的精神，但民主梦并没有真正实现。新中国成立以后，人民当家作主，真正开始实现民主。民主就其本意来讲，是指人民主权，是作为一种政治制度而存在的。马克思、恩格斯指出，“工人革命的第一步就是使无产阶级上升为统治阶级，争得民主”。这里，马克思、恩格斯所谈的“民主”，就是指人民享有主权，即人民主权或主权在民，也就是说，权力不是掌握在少数人手中，而是掌握在全体人民手中。党的领导、人民当家作主和依法治国的有机统一是中国特色社会主义民主的根本特征。在我国，民主不仅仅是一种政治制度，而且也被应用为一种社会治理方式。这就是说，要从社会治理层面不断扩大公民的民主参与，使国家民主扩大为社会民主，加强民众对国家公权力的监督。

从过去几百年来的社会发展经验来看，应当认为，民主是人类发明的、治理国家和社会的最为有效的模式，它最大限度反映了人民追求美好生活、自我管理的愿望，充分激发了人民改造社会、实现美好生活的动力。民主也真正地保障了国家的长治久安。中国封建社会数千年，如果把汉朝分为东汉、西汉两个朝代，则存续时间最长的宋朝不过319年，“秦皇扫六合，虎视何雄哉”的秦朝也不过14年而已。在朝代初始大多强盛，但逐渐衰落，都无法跳出王朝兴亡的“历史周期律”。1945年，在延安的一座窑洞里，中共领导人毛泽东与来访的国民参政会参议员黄炎培，曾谈论中国共产党领导的政权如何摆脱历代统治者从治到乱、从兴到亡的“历史周期律”。黄炎培问：“我生六十多年，耳闻的不说，所亲眼看到的，真所谓‘其兴也勃焉’，‘其亡也忽焉’，一人，一家，一团体，一地方，乃至一国，不少都没能跳出这周期率的支配力。”[①] 毛泽东同志当时毫不犹豫地说：“我们已经找到了新路，我们能跳出这周期律。这条新路就是民主。只有让人民来监督政府，政府才不

① 黄炎培：《八十年来》，文史资料出版社1982年版，第148—149页。

敢松懈。只有人人起来负责，才不会人亡政息。”①

毛泽东同志的这一观点准确地把握了民主的实质。在我国，民主的真正含义是《宪法》第2条所规定的“中华人民共和国的一切权力属于人民”。民主首先要讲的是权力的归属问题，突出权力的主体问题，确立人民主权的原则。在我国，人民当家作主，是国家的主人。社会主义民主制度之所以具有优越性，其原因在于：民主是维护国家长治久安的法宝。民主能够保证权力的移转按照既定的程序有序进行，不至于因为权力的交接发生权力斗争，甚至导致动乱和战争。民主制度能够形成自身的纠错机制，保持国家和社会的生机与活力。任何政党和个人都有可能犯错误，但民主可以将犯错误的几率降到最低的限度，避免那些本可避免的错误。正如亚里士多德所说的，“一个人可能因感情冲动而做错事情，但所有人不可能因感情冲动而做错事情”②。这也是为什么民主化成熟度高的国家发生社会动荡的概率相对较低。民主本身就蕴含了一种纠偏机制和校正功能，从而使国家能够保持旺盛的生命力。这就是说，民主是真正保持国家长治久安的法宝。

民主是维护社会稳定与和谐的基石。因为法治与民主是不可分割的。它们如车之两轮、鸟之两翼。从历史上看，依法治国作为一种社会治理方式，其完全可能在人治社会为一些开明君主所局部利用，但是这并不是真正的法治，法治背景下的民主则需要将民主与法制相结合、以民主政治为基础。同时，现代民主只能是法治化的民主，否则就是多数人的暴政。在我国，法治是一种以民主为基础的社会治理模式。只有通

① 黄炎培：《八十年来》，文史资料出版社1982年版，第148—149页。

② 转引自於兴中：《作为法律文明秩序的“法治”》，载《清华法治论衡》，清华大学出版社2001年版，第37页。

过民主程序产生的法律，才能反映广大人民群众的意志，才能最大限度地代表人民群众的利益。欲解决好民主和法治的关系，必须立足于坚持党的领导、人民当家作主和依法治国的有机统一。民之所欲，法之所求。民主和法治都有着共同的价值理念，这个价值理念就是人民主权、民主监督、人格平等和反对特权。人们在宪法和法律规定的范围内依法直接行使民主选举、民主决策、民主管理和民主监督等权利，积极参与国家管理和社会治理的各项事务，依法对公权力进行监督，从而能够有效地维护社会的稳定和有序发展。

民主是促进社会发展的动力。民主不仅有助于确保国家管理权力的有效行使，也最大限度地激发了人民参与国家建设、社会发展的积极性。在成熟的民主体制中，社会大众不仅有主体感，而且有主人翁意识，有自觉参与和推动社会进步的动力。目前，截至2016年6月，中国网民规模达7.10亿，其中手机网民规模达6.56亿，占比达92.5%。互联网普及率达到53.2%。互联网改变了整个社会的联系方式，也大大地促进了社会大众参与社会组织和治理。从网民在网上发表的各种观点来看，民众参与公共决策的热情空前高涨。民主可以使社会充满创新活力，通过行使民主权利，选举自己信赖的官员管理国家和社会，依法授予其权力并依法对其进行监督，有助于保证其真正代表人民来管理自己的国家。人民通过各种途径和形式管理国家和社会事务、管理经济和文化事业，共同建设，共同享有，共同发展，成为国家、社会和自己命运的主人。民主是发现人才、使人才在竞争中脱颖而出的有效机制，通过贯彻民主、竞争、择优方式，选贤任能，使优秀的人才有机会参与国家的治理，实现人尽其才、人尽其用。民主也是解决民生的方法，它最有助于发现民众的生活需求。人民将一些重大决策通过民主程序进行讨论决定，有助于防止重大的决策失误。

民主是防范腐败的有效手段。民主制度最大的优点就在于政府不仅是人民选举产生的，而且政府所享有的所有公权力都是人民所赋予的，政府应当对人民负责。人民的对政府的信任不能代替对政府的监督。在民主机制的保护下，人民能够有效地监督政府，让权力在阳光下运作，防止公权力的腐败。人民有权罢免政府官员，能够有效地监督政府。这样就能保证政府真正地为人民的利益行使权力。发挥社会主义民主的优越性，才能够防范腐败分子以权谋私，真正使掌权者真心实意地把自己视为人民群众的公仆，认真接受人民群众的批评和监督，全心全意为人民的利益服务。

民主是法治的基础，法治是民主的保障。一方面，法治本质上就是要落实人民主权，是实现人民主权的一种有效途径。另一方面，只有在一个民主的社会政治模式下，法治才能得以充分的实现。法治的精髓在于规范公权和保障私权。厉行法治首先需要治官，保证官员能够严格依法行政。民主制度本身给官员权力的行使设定了边界，同时为其权力行使设定了监督机制，例如民主决策程序、公开程序，民主必然要求决策具有透明度，使权力在阳光下运行，这就有力保证了依法行政和以人为本。

人类社会发展的历史表明，世界上并不存在唯一的、放之四海而皆准的民主模式。民主作为一种社会治理的方式，可以运用在方方面面，但其最核心的内涵还是应当作为一种政治制度来理解。正是因为这个原因，我认为，政治体制改革的核心是解决好民主与法治的关系。尽管民主制度本身也存在自身的缺陷，在信息不对称的情况下，民意可能被操纵，且民众的选择未必都是正确的，尤其是在民众教育程度普遍不高的情况下，大多数人的决定也未必都是理性的。但是人类迄今为止还没有能够发明一种比民主更能够保证国家长治久安、人民安居乐业的政治制度。当前应当更加注重健全民主制度、丰富民主形式，保证人民依法实行民主选举、民主决策、民主管理、民主监督。六十多年前，毛泽东在延安窑洞的论断放在当下还是振聋发聩，发人深省。沿着民主法治的道路前行，中华民族的伟大复兴必将实现！

通过法治推进民主

在我国，党的领导、人民当家作主和依法治国是有机统一的，依法治国与人民当家作主密不可分。一方面，法治以民主为前提，在民主的基础上，人民自主选择治理国家的模式，只有在人民主权的思想基础下依法治国，才具有正确的目标和方向。民主是依法治国必备的政治基础，没有民主，就不可能使法律充分体现民意，此种法律也不能体现广大人民的意志和利益。另一方面，民主又必须在法治的基础上有序进行。在法制体制内，国家不是由个别人当家作主，而是由人民当家作主。法治本质上就是要落实人民主权，是实现人民主权的一种有效途径。民主的完善必须通过法律使其制度化和程序化，并由法律提供充分的制度保障。人民群众管理国家和社会都是通过宪法和法律规定的权限与程序进行的。总之，离开法治搞民主必然会导致社会混乱无序，甚至出现无政府的状况，也无法真正实现民主。离开民主搞法治，也无法建立真正的法治国家。所以推进依法治国的战略方针必须与社会主义民主制度的建设相配合、相协调，否则任何的努力都将功亏一篑。现代民主政治本身必须包括法治在内。但实现民主是一个渐进过程，且什么样的民主模式是最适合中国的政治治理模式也需要反复探索。我在哈佛法学院访学期间，曾听到昂格尔教授讨论的一种社会理论，具有一定的启示意义。他提出，如果我们认为社会和社会理论是一种人为创造的产物，那么，我们就可以尝试采取不同的模式去构造我们的社会和社会理论。关于民主的模式同样如此，很难说当今世界上的某一种模式是绝对的真理。中国民主制度的构建本身也需要与中国的国情相结合。因此，我们需要通过统筹规划我们的民主制度建设，使其在法治的轨道上，逐步、有序、顺利地推进。

通过法治推进民主首先意味着通过民主立法来汇聚民智、凝聚民意、保障民生、促进民利。而立法的过程本身就是一个民主决策的过程。所以，越是良法越需要民主的立法程序为保障和基础。为了保障公权力正确行使，并防止公权力被滥用，人民需要通过立法的办法对公权力予以规范，将权力关进制度的笼子中。同时，良法的出台也反过来强化民主的机制，提升民主机制的成熟度。其次，法律的执行也需要一个民主的环境，依赖于执法机构与社会大众的民主互动，尤其是依赖于一条公开透明的法律实施机制，有助于社会大众监督法律的执行活动。

通过法治推进民主就需要通过法律保障人民群众依法行使选举权和被选举权、监督权等权利，从而真正实现人民当家作主。我国宪法确认了国家一切权力属于人民的基本理念，相关的法律依据宪法的规定将人民享有的各项权利具体化，因此，通过法律充分保障人民享有的选举权、知情权、参与权、表达权、监督权，最广泛地动员和组织人民依法通过各种途径和形式管理国家和社会事务、管理经济和文化事业，这本身就是民主的含义所在。我国宪法与法律对国家机关的产生和权限作出了详细规定。法治的实现，也就意味着政府官员的遴选根据这些规定开展。其中最为重要的一项内容就是人民代表大会制度以及选举制度。例如，我国《选举法》规定了年满18周岁的公民依法享有选举权和被选举权。切实保障公民选举权的实现，实际上就是民主的另一重要体现。在实践中，有人认为，民主选拔干部成本过高，殊不知，通过民主选好一个人可造福一方，而选错一个人则祸害一方，其危害可能更大、成本更高。人民享有的各种民主权利应当依法受到保障，这本身就是对民主的一种有力推进。追求法治的过程也是实现人民群众的意志和利益的过程。

通过法治推进民主，要求通过法治对公权力的规范和制约。推进权力运行的规范化、公开化，完善党务公开、政务公开、司法公开等制度，健全民主决策机制和程序，建立问责和纠错制度，从根本上就是要保障公权力的行使符合人民群众的根本利益。治国首在治吏，法治重在治权。民主社会的法，是制衡权力的法，是治理和管理国家的法。法治要求行政机关及其工作人员依法行政，行使公权力需要遵守法定的程序。权力与责任应当是相辅相成的。只有对那些不正当行使权力的行为课加严厉的法律责任，才能够促进官员积极和正确行使公权力。近年来，我国官员问责制度开始逐步实施，严格执行问责制度，强化人民群众对公权力行使的监督，才能保障公权力的积极行使。自《行政诉讼法》颁布以来，推进“民告官”制度，强化人民群众对公权力的监督，这本身就会极大地推进民主的进程。

通过法治推进民主，要求通过严格遵循公正的程序，实现决策的民主化、科学化。法治也称为程序之治，法治不同于人治，一个重要方面就体现在是否存在合法有效的公正程序并按照程序办事。法定的、公正的程序本身体现了民主的价值，因为公正的程序要求整个决策的过程是公开的、透明的，裁判者应当是独立、公正、不偏不倚，与案件没有直接的利益纠葛。决策或裁判的程序是民主的，各方当事人能够平等对话，充分表达自己的诉求，决策的结果即便有误，也可以通过程序救济予以保障。程序也是凝聚共识的平台。公正的程序具有平等参与和理性对话的价值，可以为人们提供讨论、辩论、充分说理和沟通的基础和平台，这有利于人们充分表达自己的观点和诉求，理性地讨论，从而在最广泛的范围内形成共识。所以，严格遵守程序，也是保障政府决策民主性、科学性的条件。实践中，有的地方官员“拍脑袋决策，拍胸脯保证，拍大腿后悔，拍屁股走人”，就是违反决策程序的结果。

通过法治推进民主，意味着要通过法治实现社会自治，从而推进自治民主。对于那些能够由特定社会群体实行自我管理、自我教育、自我服务的领域，应当尽量避免公权力的介入。这些领域包括村民自治、行业自治和社区自治等。在这些领域，特定群体成员通常比政府享有更好的信息和决策能力，公权力的过度介入不仅损害了群体的自治能力和水平，而且势必增加社会管理成本。例如，我国《物权法》规定，社区业主可以通过订立管理规约，组织社区生活，规范业主的行为。业主可依法选举业主委员会，民主协商社区以及物业管理的重大事项。事实上，社会自治就是民主权利的重要体现，村民自治就很好地说明了这一点。近年来，中央政府逐步减少许可事项，规范审批程序，其实也就是要扩大社会自治的范围。从未来发展趋势来看，凡是那些不对特定群体之外的成员产生影响的群体活动，应当通过鼓励社会成员自治的方式来实现。

通过法治推进民主，也表现为通过弘扬法治理念，传播民主思想。法治的重要内容必然要求法律面前人人平等，所有人都要遵循共同的规则，任何人不享有法律之上的特权，任何公权力都要受到法律的有效制约。“君臣上下贵贱皆从法，此为谓大治”（《管子·任法》）。古代法律文化中也包含了法不阿贵的宝贵法治思想，法律面前人人平等本身就是民主政治的重要内容。由于法律本身就是民主的产物，因此通过这些制度的实施，本身就可以有力地推进民主。

改革开放三十多年来，我国法治建设的成就有目共睹。法律制度从无到有，从少到多，从凌乱到体系化。不可忽视的是，三十多年的法治化进程同样也是社会民主化的进程。随着社会主义法律体系的逐步建立，人民享有的民主权利也通过法律在逐步落实。随着《选举法》的颁布，乡镇官员的选举在规范性上取得了重大进展。随着《行政诉讼法》的颁行，人民监督官员的制度得以建立和发展。随着民事法律的发展，网络也在民主监督中发挥了重大作用，网络民意也成为政府决策的重要参考。《村民委员会自治法》的颁布和实施，使村民自治成为现实。随着《政府信息公开条例》的颁布，人民大众要求政府披露公务信息的诉求明显增强。从这个意义上说，法治进程与民主进程是同步的。目前中国特色社会主义法律体系已经形成，法律意识、法治观念在人民群众中逐渐得到认同，司法逐渐确立了解决社会争议的主导地位。与此相伴随，民主的意识也在公民中间得到普遍的增强。广大人民对民主的理解和诉求，也是推进我国民主化进程的重要条件。在社会经济取得巨大发展的同时，如何科学规划民主法治建设，是关系到中国社会未来如何持续、有序发展的重大问题。

民主是一个渐进的过程，需要与中国的国情相结合。民主的推进是需要集思广益，不断探索和努力的。我国近几十年的法治化和民主化进程也表明，通过完善法治来逐步推进民主也是可行的。这也说明了民主与法治的紧密依存关系。社会各界需要共同努力，一边完善法治，一边推行民主。

依法治国需要进行科学规划[*]

一、 法治需要进行科学规划

我国自改革开放以来，经过三十多年的努力，法治建设所取得的成就是巨大的。从立法方面来看，我们用三十年的时间走过了西方国家数百年的道路，中国特色的社会主义法律体系已经形成。

从司法方面来看，司法已经逐步成为最终解决纠纷的有效机制，司法程序日趋完善，职业化的法官队伍也已经初具规模。从执法方面来看，依法行政、建立法治政府已经成为行政机关基本的工作规范和目标。但是，我们确实也应当看到，我国正处于转型时期，这个转型不仅是从农业社会向工业社会，从计划经济向市场经济的转型，而且，也是从人治社会向法治社会的转型。向法治转型是中国社会发展的必然趋势，但对于中国这样一个有着漫长封建历史包袱的社会而言，全面推进依法治国是一项长期而重大的历史任务，也必然是一场深刻的社会变革和历史变迁。需要靠一代又一代人的努力，在这个过程中，要使整个法治建设有序推进，必须要做好科学规划。

---

* 原载《法制日报》2012 年 2 月 15 日。

法治需要进行科学规划，首先是因为法治建设本身是一个系统工程，涉及立法、司法和执法、法律适用和公民守法等方方面面。要实现科学立法、严格执法、公正司法、全民守法就必须要进行科学的规划，使各个方面的法治形成有机的衔接和互动。再好的立法，没有一个有效的实施机制也难以发挥社会调解作用。同样的道理，再好的司法体制和理念，面对一个杂乱无序、观念落后的法律文化基础，以及严重匮乏的法律人才储备，都是难以发挥应有的作用的。要实现法治建设规划的科学性，就需要使整个法治系统相辅相成、互相促进、相得益彰，实现综合效应和体系效应。

法治需要进行科学规划，是因为法治发展本身是一个历史渐进的进程，不能一蹴而就。法治不能大跃进，不能脱离国家社会发展的实际水平。在我国，三十多年经济的高速发展，在经济实力大幅提升、人民生活得到很大改善的同时，也带来了大量社会矛盾和社会问题。解决这些社会问题只有通过法治，也必须依靠法治。但这并不是说实现法治就能够一蹴而就，也不是说有了法治就能一夜之间解决所有问题，在转型时期，实现法治必须依据法治本身的规律和我国的现实情况科学规划和稳步推进，才能够最终实现我们的目的。

为了推进法治建设，我们需要一个战略规划。在运作层面上，法治主要是一种法律秩序和法律实现的过程及状态。法治本身就是一个动态的过程，因此法治建设的推进也必须在党的领导下，有序稳步推进。为此，社会主义法治国家建设进程需要一份“路线图”。这份“路线图”就是对法治这一宏伟目标的最终到达作出战略性规划，设定数个不同的实现阶段，以及每一阶段所要达到的阶段性目标，指明每一阶段的具体任务和衡量指标体系。

制定这一战略规划的必要性在于：一方面，通过战略规划可以实现向法治国转型中的社会稳定有序。法治不能大跃进，不能脱离国家社会发展水平。在推进法治的过程中，必然会遇到各种困难和障碍，甚至可能遭遇社会动荡。如果有了战略规划，我们就可以按照所设想的步骤逐步推进，并可以制订预案，即在总体法治战略规划制定之后，各级机关、各部门也应当围绕本部门的各项任务，确定本部门具体落实计划以及相关应急预案。这样，通过富有前瞻性的战略规划以及相关配套政策、措施，就可以有效避免或者缓解对社会可能带来的冲击。另一方面，通过战略规划也有助于推进社会主义民主政治的不断完善。在现代社会，民主和法治是始终不可分离的。民主是依法治国必备的政治基础，没有民主，就不可能使法律充分体现民意，法律在实践中就难以甚至无法得到社会大众的认同。

二、 战略规划推进法治建设切实可行

通过分解法治实现过程中的步骤和措施，制定战略规划是完全可行的。法治目标的实现，不可能完全依照边实践、边摸索的逻辑，而需要事先作出战略性规划。这是因为，法治作为人类文明发展的普遍性成果，在数百年的法律发展史中已经形成了一些具有共性的规律和路径；不同法律传统的法治仍然具有一些基本的共同原则。我们更需要从国情出发，根据社会发展情况制订战略规划。

从我国法治建设的实践来看，采取规划的方式推进改革是行之有效的。从立法来看，我们历来都有立法规划，立法规划确保了法律体系的科学性和完备性，从而稳步推进了社会主义法律体系的形成；从行政执法来看，国务院在2004年颁布了《全面推进依法行政实施纲要》，这一

纲要就其性质而言，就是依法行政的规划，各级行政机关正是按照纲要的要求，推进依法行政和建设法治政府，从而稳步地推进了政府法治建设；从司法来看，最高人民法院在司法改革方面一直采取规划的方式，曾经颁布了《人民法院第二个五年改革纲要》等，系统部署了2004年至2008年法院改革各项措施，启动人民法院新一轮的全面改革，为司法改革的有序推进发挥了重要作用。目前，已有十多个省制定了全省的法治发展规划，并设计了具体的评价法治建设的指标，但是，从全国范围来看，我们缺乏全面推进法治的规划。

三、法治建设战略规划的目标

我认为，制定法治建设的战略规划，首先就要明确宪法确立的“依法治国，建设社会主义法治国家”的目标，在此目标之下，可以将法治建设的内容分解为如下几个部分，并分别拟定规划，确立各阶段发展目标：

第一，依宪治国规划。依法治国，首先必须是依宪治国。法治的形式性要求是，政府所行使的一切权力都必须来源于宪法的授权，并受宪法的制约。构建法治建设的战略规划，必须回归宪法进行顶层设计。我国宪法以国家根本法的形式，确立了国家的基本制度，确定了国家权力的合理分工，规定了依法治国、建设社会主义法治国家的目标。依宪治国，不仅要全面贯彻和实施宪法，还要建立和完善宪法监督机制，使一切违反宪法的行为都得到及时纠正。要充分保障人民的知情权、参与权、表达权、监督权，加强对公权力的有效监督，进一步完善宪法的监督和实施制度、预决算公开和监督制度、选举制度的完善等。依据《宪法》“依法保障人权”的原则加强对公民基本权利的保护。

第二，立法任务规划。在社会主义法律体系建立之后，我国立法还需要与时俱进，不断完善。例如，加快民法典的制定、完善有关社会保障法、对程序法进行必要的修改，等等。通过劳动和社会保障制度的完善，来实现公民的社会性权利。要改革财税体制、建立结构优化和公平的税收及法律制度，等等。

第三，司法改革规划。在司法方面，我们应当逐步建立公正、权威、高效的司法机构，保障司法机关依法独立行使审判权。我们应当继续推进法官职业化，完善诉讼程序、审判监督程序以及法律援助、冤假错案的纠正与赔偿等一系列制度；进一步推进司法公开，完善法院经费保障、法官薪酬、培训等相关司法保障制度；进一步完善执行程序，化解“执行难”、“执行乱”的问题。

第四，依法行政与建立法治政府规划。为尽快建成法治政府，一方面，要规范行政权的行使，坚持科学决策、民主决策、依法决策，健全决策机制；进一步界定政府与市场、社会的关系，促进政企分开、政资分开、政事分开、政社分开；进一步压缩政府审批权限、明确行政权力界限、规范行政行为程序、加强行政信息公开，切实维护公民对行政机关的监督权利。另一方面，要进一步加强对行政相对人的保护，完善行政诉讼、复议等制度，逐步扩大对行政行为的司法审查范围和强度。

第五，法治社会建设规划。法治社会需要从公民守法、社会自治、行业自律等多个维度来同时展开，以培育一种法治的文化习惯和社会生活方式。法治的关键还在于引导公民树立社会主义法治理念、养成遵纪守法的良好习惯、形成全民守法的氛围。公民权利的保护是法治建设的重要目标，这其中不仅包括公民宪法基本权利的保护，也包括其他权利的保护。这就需要进一步完善立法、切实落实宪法关于基本权利的规定；努力降低犯罪率，规范多元纠纷解决机制，化解各种社会矛盾，充分保障公民的财产人身安全和私权。

第六，法学教育和法治人才的培养的规划。徒法不足以自行。正如宋代王安石所说，“守天下之法者，莫如吏”。法律的生命力在于实施。全面推进依法治国战略，离不开一支高素质的法治队伍。因此，需要统筹规划，整体布局，推动法治人才体系的改革。为此，应当进一步加强普法和法治教育的力度，积极探索法治宣传新手段的运用，进一步改革和完善法学教育以及司法考试制度，为国家法治建设培养合格的法律人才。

法治是一个持续性、阶段性的过程，只有进行科学的规划，才能够扎实地、稳步地推进法治建设事业，才能够早日把我国建设成为一个社会主义法治国家。

法治与人治

人治主要是指以统治者的主观意愿来管理社会事务的治理模式。人治本身是一种管理模式，实际上是指“一人之治”，个人可以凌驾于法律之上。我国有几千年的人治历史，其中存在过许多盛世时期，如文景之治、贞观之治、康乾盛世，等等，并创造过灿烂的文化，在世界上产生了深远的影响，从历史发展的惯性规律上来讲，这种社会治理模式中有不少可援用的经验。基辛格在其2011年出版的《论中国》一书中提到，中国注重采用传统社会中的治国经验和智慧，这是一项可行的经验。但是，人类社会已经进入到了现代化时期，过去的一些做法在今天显然已经不合时宜。比如，在封建社会，一个县官可以仅带着一两个随从去治理有着十余万人的大县。这与当时的农业社会“超稳定结构”、无讼的乡土观念以及农业社会的自治结构等是相适应的，但在现代社会显然是不可能做到的。从社会发展状况来看，在我国逐渐摆脱农业社会，进入到工业社会乃至所谓后工业社会后，社会关系的性质与状况发生了重大的变迁，原来的“熟人社会”逐渐演变为“陌生人社会”。在这一背景下，我们的现代化进程中遇到了一些前所未有的矛盾和挑战，传统的农业社会和计划经济时代的治理结构很难适应和应对这些新生的矛盾，这样，以法治为中心的“规则之治”对推动社会的治理和发展至关重要。

应当说，人治社会并不绝对排斥法律的作用，我国历史上的王朝也注重法律在社会治理中的重要作用。中国历史上也不乏“君臣上下贵贱皆从法”“王子犯法与庶民同罪”等思想，但是这只是从处罚层面所说的平等，其实在封建社会，封建特权大量存在，人被分为三六九等，法律规则本身就是不平等的。但法治和人治的最根本区别何在？通过对法治与人治的对比分析，不难看出法治在社会治理功能方面有不同于人治的以下特性：

第一，法治具有明确性。法律的规定通过成文法或者判例的形式表现出来，其条文或者内容具有明确性，使人们清晰地知晓自己行为的后果，实现社会的规范和有序，这诚如荀子所云“君法明，论有常，表仪既设民知方”（《荀子・成相》），即规章制度设立后，人民了解，则方向明确。而人治是“一人之治”，即完全根据特定个人的判断、选择与决定来进行治理，往往由个人的言语发布命令、指令，其最大特点在于个人的随意性和内容的模糊性。而且，人治的决策过程不公开，在决策程序上就难以保证最终决策结果是科学合理的。

第二，法治具有稳定性。法治之所以能够成为一种良好的国家治理策略，很大程度上是因为其能够塑造一种稳定的社会秩序，提供一种长久稳定的制度保障，让人们有一个稳定的交往和生活预期。与其他社会治理方式的随意性、不确定性相比较，法治的治理方式更为科学合理。历史经验证明，制度更带有根本性、全局性、稳定性、长期性的特征，不因个人的变动而变更。只有实行法治，才能保障国家稳定、社会昌明。但在人治社会中，虽然也具有一定的秩序，但是这种秩序是难以长期维系的，不具有长久的稳定性。从中国历史上来看，朝代的更替是非常频繁的，大多数朝代的历史都在 100 年左右，超过 200 年的很少，强大的秦王朝也不过二世便亡。中国古代政治哲学提倡“有治人，无治法”，即提倡为政在人，但由此造成的就是缺乏制度的合理安排，所谓“禹、汤罪己，其兴也勃焉；桀、纣罪人，其亡也忽焉”。这不利于国家的长治久安。相比之下，英国从 1689 年君主立宪到现在已经三百多年了，美国从 1776 年建国到现在也有两百多年的历史。社会治理如果被某个人能力所直接决定，就会导致所谓“人存政举，人亡政息”。人治社会中缺乏对统治者的监督和制约，容易导致个人的专断和权力的过分集中，这对于现代社会的发展和稳定是有害的。

第三，法治具有可预期性。法律必须是明确的、具体的，这样才能够使人们预测到自己行为的法律后果，从而更好地发挥法律引导人们行为的作用，这样也有利于限制法律适用过程中的任意性。在法治社会中，法律一经公布，就昭示天下，成为人们的行为规则，每个人都可以按照法律的规定去作出或不作出各种行为，而不必担心出现难以预见的后果，因为每个人行为的后果在法律上都已经作出了规定。这样，法律就为人们提供了长久的预期，使市场交易得以有序进行，从而减少社会中交往的成本，提高整个社会的效率，人们可以安居乐业。而人治则容易朝令夕改，命令的颁布、废止和更替甚至取决于当权者个人的喜怒哀乐和情绪变化，因此人治之下的规则不具有长远的可预期性。

第四，法治具有科学性。在法治社会，法律的形成与颁布，是众人参与的结果，立法的过程可以说是集众人之长，而司法的过程也是职业化、专业化的法官对法律进行适用的过程。而在人治社会，命令的颁布往往是个别有权者的决定，从概率上看，个人的决定不如多数人商议而作出的决定科学，而世界上并不存在柏拉图所期待的“哲学王”（philosophy-king），人的理性是有限制的，这一固有缺陷决定了完全依靠个人能力来治理社会具有巨大的风险。法治本身是一种程序之治。依据程序办事才能够保障公共决策在一个公开、透明、规范和科学的轨道上运转。所以法治本身可以形成一种纠错机制，正如亚里士多德所说，一个人可能因感情冲动而做错事情，但所有的人不可能因感情冲动而做错事情。小河容易干涸溃烂，而巨川则能长流不息。法治体现的是众人智慧，而人治是个人智慧，众人智慧显然胜于个人智慧。[①]

第五，法治具有社会凝聚力。在法治社会，法治一则要求全民参与，制定良法；二则要求法律至上，法律面前人人平等；三则将自由、平等、人权等作为其价值观念予以贯彻，强化了对人民的人权和自由的保障。通过这几个方面可以实现社会公众意愿的有效表达，形成一种社会共识，使公众对法律执行的效果在心理上能够予以接受。在人治社会，如果遇到贤明的君主、清廉而又富有能力的官吏也可能形成一定的凝聚力，但这种人治社会不可能从根本上反映最广大人民群众的利益，因而这种凝聚力是有限的。

第六，法治具有规则的统一性和普遍适用性。在法治中，法律是至高无上的，法律具有最高的地位，法治中包含法律面前人人平等，其规则具有普遍适用性，而在人治中，尽管也强调法律的作用，例如法家主张“奉法者强则国强”，但是在人治模式下法律只是一种统治工具，其并不具有至上地位。在人治社会中，权力的地位常常高于法律，法律必须服从于权力。故宫养心殿对联：“惟以一人治天下，岂为天下奉一

① 参见〔古希腊〕亚里士多德：《政治学》，吴寿彭译，商务印书馆 1983 年版，第 163—164 页。

人。”这就表明人治治理模式中居于至高地位的仍然是统治者的个人意志。

正因为法治有异于人治的上述功能特性差异，法治也成为符合现代社会特点的基本治理模式，一方面，现代社会是以大工业生产、大分工、商品和服务高度流通为特点的陌生人社会，古代熟人社会中的人治方法，在现代社会中难以再发挥有效的作用；另一方面，历经三十多年市场化的改革，我国经济迅速发展，人民生活水平也得到了极大改善，人的自主性和个体性也日益增强，价值判断日趋多元，利益关系日益复杂，交易方式多样化，各种纷繁复杂的社会现象层出不穷，如人口的大量、急剧流动使得社会的控制较之以往更加困难，这无疑加剧了社会治理的难度，市场经济就是法治经济，原来适用于人治社会和计划经济时代的管理模式已经难以再维系下去，只能采用法治的方式管理国家和社会。

尽管法治与人治存在质的差异，但它们均是组织社会管理的途径，且都要求有高素质的人来进行社会管理，这一点在人治社会表现得更为突出，无论是中国古代的“圣王”理念，还是柏拉图的“哲学王”思想，均为适例。在中国古代虽然是人治社会，但历代思想家都强调人的作用，主张举贤任能，贤良治国。墨子曾经提出“尚贤”的思想，韩愈在《原道》中也提出，没有贤人的作为，人类将不可能存活。这些都是主张要由贤人治理国家。唐代白居易说：“虽有贞观之法，苟无贞观之吏，欲其行善，不亦难乎？”宋代王安石也说：“守天下之法者，莫如吏。”其实，法治社会也不完全排斥这一点，在一些实现法治的国家（如新加坡），就特别强调推行精英政治，把各界精英都吸收到政府担任高级领导人，从社会招揽人才。即使是在法治社会，如果吏治腐败，也可能会遇到比人治更糟糕的问题。再好的法律都需要靠人来执行，古人讲“徒法不足以自行”，就是这一道理。所以即使在法治国家，也要特别注重建设一支公正廉洁的公务员队伍来保障法律的正确实施。如果吏治腐败，任人唯亲甚至买官卖官，即使是再好的法律制度，也难以发挥良好治理的效果。

此外，还应当看到，法治也不是万能的，法律调整方式具有刚性和非人格化的特点，立法也具有一定的滞后性。因此，法律调整方式可能在追求普遍公正的同时牺牲个案的公正，所以，现代法治在坚持法律权威的同时，往往赋予执法者或司法者一定程度的自由裁量权，这也吸收了人治的一些合理因素。

尽管人治与法治相比较具有更悠久的历史，所积累的经验也更为丰富。但是，既往的社会治理经验，已经使人们形成共识，即法治具有人治所不具有的优越性。邓小平同志曾经说过：还是靠法律靠得住。这就是对这种共识的形象概括。

法治是值得信仰的

苏格拉底之死的故事两千年来一直被法律人所传诵，并且成为历史学家、哲学家和法学家所共同探讨的话题。后文我们将讨论其体现出来的对程序的尊重，苏格拉底以其自身之死宣扬了尊重程序正义的理念，同时也以自己的殉难昭示了一种对法律的信仰和尊重。当他陷入囹圄时，好友都前来营救，但苏格拉底断然拒绝。他临死前说道："如果我无耻逃亡，以错还错，以恶报恶，毁伤的不仅仅是法律，而且是我自己。"[①] 那么为什么苏格拉底会认为其死会毁坏他自己呢？这是因为，他始终相信，公民与法律之间是一种契约关系，遵守法律实际上就是遵守公民和国家之间的契约，国家即使对公民不公，公民也不能报复。苏格拉底认为他必须遵守雅典的法律。接受审判是他信仰雅典法律的体现。这也是他与雅典城邦之间订立的一种契约。苏格拉底以自己的死证明自己遵守了契约，成全了自己一生坚持的德性原则，同时，也使得雅典法律的权威得以保全。

苏格拉底之死被后世法学家所传诵，认为他彰显了一个

---

① 参见〔古希腊〕柏拉图：《游叙弗伦、苏格拉底的申辩、克力同》，严群译，商务印书馆 2003 年版，第 112 页。

公民在法治社会中的美德，这就是对法律制度的信仰和尊重，这不仅仅是一个公民的基本义务，而且也是一个公民的良好美德。所以在西方社会，一个良好的公民必须是一个守法的公民。这是一个社会的法律能够得到遵守的最基本的文化心理基础。

美国法学家哈罗德·伯尔曼曾说过一句非常著名的话："法律必须被信仰，否则它将形同虚设。"① 这句话常常为一些新自然法学派学者所质疑，因为人类的理性是有限的，立法者也会犯错误，因此，不能企盼立法者制定的每一部法律或者法律中的每一个条款都是科学的，或者是永远正确的。此外，法律的滞后性和法律漏洞都是在所难免的，这就决定了法律在颁布之后，需要对其进行不断的修改和完善，如果法律能够像宗教那样成为信仰，法律就无法被修改。更何况，在人类历史上，任何国家都有可能存在恶法，因为即使是通过民主程序制定的法律，也会存在剥夺少数人自由的情形，法律也可能为利益集团所左右而不能代表大多数人的利益。实证主义不承认恶法，坚持国家的法律都是正当的，但从古代自然法学派到以富勒等为代表的新自然法学派都对信仰法律持一种质疑的态度。

应当看到，人类的理性限制确实无法保证立法者能够对未来的一切通过法律作出完美的安排，法律的滞后缺陷都是在所难免的。从这个意义上说，不能说每一部法律的每一个条文都应当被信仰，而且法律本身作为一种文本，不可能作为一种理想、信念被信仰。但是，法治作为一种理念或一种目标，是值得信仰的。法治是一种理想，是一种理念，它只有作为一种理想和信念被信仰，才能引导人们树立一种法律至上的理念，也才能召唤人们为了这种理想、信念去献身。当苏格拉底被判处死

---

① 〔美〕伯尔曼：《法律与宗教》，梁治平译，中国政法大学出版社 2003 年版，第 3 页。

刑时，他虽然有机会逃脱，但仍然坚持一个公民必须遵守法律的信念，最终以身殉法。所以，苏格拉底实际上是将法律作为一种理想、信念去追求的。我理解伯尔曼的观点并非意味着法律要像宗教那样被信仰，而只是强调对法治的忠诚和尊重，这正是我们这个社会所需要大力弘扬的法治精神。伯尔曼所言的法律应当被信仰，针对的并不仅仅是单个法律制度被信仰，而是“法治”这种社会治理模式应当被信仰。如果我们看看伯尔曼的《法律的性质与功能》（*The Nature and Functions of Law*），就不难发现，伯尔曼认为，法律是一种工具，其核心功能在于构建一种人类所追求的社会秩序。这种社会秩序当然是由法律来组织和构建的。在这个意义上，信仰法律实际上就是要信仰“以法律来组织和构建社会秩序”的精神。所以，伯尔曼对法律的信仰是一种对社会治理模式的信仰，而不是对单个具体制度的信仰。诚然，就单个法律制度而言，我们很难说具有绝对的真理。同样一种社会现象，可能存在多种规则可供选择。例如，北京治理交通拥堵问题，可以在限行、限购等多种模式中选择一种，或者多种模式共同使用。我们很难说哪一种方法就绝对是好的。但是，无论法律最后选择哪一种，都应当是一种规则之治、法律之治，该规则的讨论制定和具体实施，都应当严格符合法律的程序性要求，并反映大多数公民的利益。规则一旦制定出来，就要严格遵守，这本身就体现了“法律”在社会治理中的重要功能。虽然不少人对大量具体制度持有异议，但这并不影响具体制度的支持者和异议者共同选取法治模式。因为，从长远和整体来看，法治模式都是符合大多数人利益的。

只有全民信法，才能树立法律的权威，保障法律的实施。亚里士多德指出，邦国虽有良法，要是人民不能全部遵循，仍然不能实现法治。“法律所以能见成效，全靠民众的服从，而遵守法律的习性需经长期培养。”[①] 在我国，全面推进依法治国的重点应该是保证法律严格实施，做到“法立，有犯而必施；令出，唯行而不返”（唐王勃语）。一方面，人人信法意味着每一个社会成员从内心自愿接受法律约束。守法是公民的基本义务，也是道德良心的基本要求。应以守法为荣，以违法可耻。基于这样一种信仰，人人自觉遵守法律、服从法律，并依据法律规定安排自己的行为。只有社会全体成员信仰法律，才能保障法律的有效实施，在这个意义上，卢梭的概括极为精辟：“一切法律中最重要的法律，既不是刻在大理石上，也不是刻在铜表上，而是铭刻在公民的内心里。”另一方面，只有把法律作为一种信仰，才能引导公民树立社会主义法治理念、养成遵纪守法和用法律途径来解决问题的良好习惯，真正使法治精神深入人心，最大限度降低法律实施的成本。

只有全民信法，才能建成法治社会。这就是说，全体社会成员要相信，只有依靠法律才能有效化解社会矛盾和权益纠纷，保障人民的人身和财产安全，维护社会的公平正义。相反，如果“信权不信法”“信钱不信法”“信访不信法”，甚至认为出现纠纷时，应通过“大闹大解决，小闹小解决，不闹不解决”的办法来解决纠纷，就不可能真正实现公平正义，真正建成法治国家或法治社会。法治是人类社会历史所证明的最为有效的社会治理模式，法治具有权威性、稳定性、可预期性，能够在最大范围内和最大程度上调和人们的各种利益诉求。只有人们信仰法律，使各种社会矛盾纠纷都能够纳入法律的范围内解决，纠纷解决的结果都具有可预期性，才能使人与人之间的各种关系纳入法律的轨道，法治社会的建设才能最终完成。

---

① 参见〔古希腊〕亚里士多德：《政治学》，吴寿彭译，商务印书馆 1965 年版，第 82 页。

只有全民信法，才可以在最大范围内凝聚人们的共识，实现社会的有效治理。我国当前的改革已经进入到“深水区”，处于攻坚战阶段，触及深层次矛盾和重大利益调整，牵一发而动全身。各种社会矛盾纷繁复杂、频发叠加。在这样的背景下，若存在对法律的信仰，则可以在法治框架下解决有关的矛盾冲突，从而最有效地化解矛盾，凝聚共识，推进改革有序进行，促进社会经济健康发展。

要实现全社会对法治的信仰，执政党就要依据宪法和法律治国理政。党领导人民制定并实施宪法和法律，党自身必须在宪法和法律范围内活动，真正做到党领导立法、保证执法、带头守法。任何组织和个人都不得凌驾于宪法和法律之上。任何人都不得以言代法、以权压法，甚至带头违法。实现全社会对法治的信仰，执法者应率先垂范。使法律成为全社会行动的准则，法律深入人心，成为人们的自觉行动。在人与人之间发生纠纷之后，首先想到的不应是走关系、找后台，而应当是通过法定的程序解决纠纷。任何人在法律面前一律平等，能够平等地获得公正对待的机会。

当苏格拉底被判处死刑时，他仍然坚信他作为一个雅典的公民有义务遵守雅典的法律。他的殉难也是向世人表明，公民对法律的遵守与服从也是法律真正得到遵守与执行的关键。改革开放以来，随着民主法治进程的推进，公民的权利意识在苏醒，但是受长期的封建意识和传统，以及计划经济时代“权大于法”的观念影响，法治建设尤其是执法过程中仍然存在很多问题，导致民众对法律的信赖度仍然不高。中国是一个人情社会，无论是发生纠纷后的处理还是在行政管理服务过程中，我们想到的往往不是法律规则，而是如何进入官场、寻找有权有势的人物疏通打理。例如，就交通违章后被罚款、甚至被扣押执照，国外一些发展中国家的公民都能够自觉接受处罚，但在我们国家比较流行的做法是找人疏通、争取免于处罚，这种现象非常普遍，这是我们长期缺乏法治环境造成的，但改变这种现状，不仅需要领导干部带头守法，还需要培养广大民众的守法的意识，只有人民群众有了良好的法律意识，才能形成对不遵纪守法现象的制衡。

法律是世俗的，宗教是超世俗的，具有神圣色彩。但法治为什么应当被信仰？这一问题，学界存在不同看法。人们一讲到信仰，似乎总是和宗教联系在一起。而法律不是宗教，所以法律不能成为信仰。确实应当看到法律是世俗的，是我们日常生活的组成部分，不可能远离我们的生活。从这一意义上讲，它和宗教是不同的。法治之所以是值得信仰的，除了上述原因之外，还在于法治作为一种事业，是我们追求的目标，信仰就是我们行动的指南，也是我们努力奋斗的目标。信仰能够给人们提供一种去追求目标的动力。只有我们有了信仰，我们才不会迷失方向，才能持之以恒地去奋斗，而不仅仅只是把法律当作一种实现目标的工具。依法治国实际上体现的是最广大人民群众的根本利益，尊重法律其实就是尊重民意。信仰是我们的行为准则，能够给我们的行为提供明确的指引。法治是理想的社会治理模式，人类社会在近几个世纪的经验也告诉我们，法治是可以实现的。一些国家和地区的法治历史经验启示我们，法治在中国同样是可以实现的。现在在中国建设法治社会，已经形成了最广泛的共识，法治既是一种实践也是一个伟大的理想，需要我们不断为之而奋斗。

今天我们从苏格拉底之死中得到的启示就是，仍然需要信仰法治，相信法律是维护我们自由和权利的圣经。建设一个人民主权、法治昌明、民富国强的社会，是我们孜孜追求的目标。只有践行法治，才能真正实现中华民族的伟大复兴！

法治：规范公权、保障私权

据新浪新闻报道，重庆市民彭洪2009年因在天涯论坛上转发重庆打黑漫画《保护伞》，加点评“这把伞好怪哟”，结果被以诽谤罪判处劳教两年。更荒唐的是，彭洪在进劳教所后，因为《劳动教养处罚决定书》被搜走，而无法提起要求撤销劳教决定的行政诉讼。此后，因种种原因，他为洗冤又四处碰壁。

彭洪案引起了社会的广泛关注，也再次使我们去思考公权的边界以及规范的必要性问题。一个公民仅仅只是因为一句戏谑性的，或者说具有调侃性的言语而获罪，被剥夺两年的人身自由。这不仅给彭洪带来了始料未及的生活遭遇，而且给其家庭、尤其是其正在妊娠的妻子带来了不可想象的生活困难。这一事件再次让我们看到，一旦公权力被滥用，个人基本的人身自由都无法得到保证，更谈不上家庭幸福和个人的自由发展。在强大的国家机器面前，个人都是弱小的。一旦公权力被滥用，弱小的个人无法抵挡强大的公权力机器的侵害，难免成为牺牲品。

彭洪案深刻地说明了规范公权的重要性。法治的核心是规范公权，保障私权。我国是社会主义国家，实行主权在民，人民当家作主。社会主义的本质特征就要求我们在管理国家和社会事务的过程中，应该以人民为中心，这也就必然要求依据人民的意志和利益对公权进行规范。因为政府的一切权力来源于人民，并由宪法和法律授予，依法行使。权力的取得、行使也需要根据人民的意志和利益，依法加以规范，这也是法治的核心要义。同时，公权力以保障人民的权利为目的，需要体现人民的意志和根本利益。尽管政府的权力应当坚强有力，但不得任意逾越其边界而侵害公民权利的领域。相反，公权力行使的根本目的是保护公民权利不受侵害。还要看到，公权力行使的好坏，要以人民的意志和利益为根本判断标准。权为民所赋，权为民所用，政府行政权力行使根本目的在于实现广大人民群众的根本利益，在法治的视野下，我们应当提出以人民为中心，而不是以政府为中心，行政权力的行使绝不能以侵害公民权利为代价。

从西方法治文明发展来看，法治最初起源于对王权的约束。后来从君权神授到人民主权发展的过程中，法治在规范公权过程中的作用越来越明显。从以法治国（rule by law）到依法治国（rule of law），体现了重大的观念转变。这一转变的核心就是如何看待法治的核心意涵，是治官还是治民。在以法治国的观念下，政府以治者自居，把人民视为被治理的对象，而不是被服务的对象。而现代法治的精髓首先是把政府公权当成被治理的对象，然后才是规范人民的社会行为。日本学者滋贺秀三曾经把法律比喻成阀门，意思是法律可以有效规范政府的权力。西方学者常常将法律理解为一种控制公权力的机制，这主要是源于他们对于政府权力膨胀的担忧，“米兰达”规则在一些人看来有点不合情理，但西方社会却奉其为经典，这实质上是因对国家公权力的一种担心而形成的制约。因为，公权力具有天然的扩张性。一旦失控，国家权力很可能随意侵犯个人自由，侵害公民的权利。近代西方法治理论的首创者英国的詹姆斯·哈林顿提出必须实行权力制衡，“权力导致腐败，绝对的权力导致绝对的腐败”。洛克认为对个人自由权利的最大危害是政治权力的滥用，因此，政治权力必须受到法律的约束。法国启蒙思想家孟德斯鸠提出“一切有权力的人都容易滥用权力，这是万古不易的一条经验”。这些论断都被认为是关于公权力制约的经典名言。公权力必须受到遏制和约束，已经被实践证明是一条不易之论。规范公权，保障私权也成为重要的法治理念。

在我国，随着新中国的建立，人民当家作主，但是人民通过何种方式管理国家，历史和现实的经验都证明，必须推进民主、厉行法治，尤其是需要借助法治来解决对公权力的有效监督问题。而我国长期以来缺乏规范公权、保障私权的文化理念。邓小平同志说，“旧中国留给我们的，封建专制传统比较多，民主法制传统很少”。在中国封建社会，一直将法律理解为国家最高统治者统治国家、社会的一种工具。皇权至上，可以凌驾于任何法律，皇帝口含天宪，言出法随。我们常说，法治能够实现国家的长治久安，就是因为它解决了一个权力监督的问题，特别是对最高权力的监督问题。强调通过法治规范公权力，从而摆脱历史上所谓人存政举、人亡政息的现象当然重要。但同样重要的是，如何通过法治来保障公民的基本权利，真正实现人民的当家作主。

规范公权、保障私权，首先涉及主权在民原则，通过法治规范公权力实际上也就是依法保障人民群众当家作主的权利真正获得实现。人民群众当家作主，需要通过其选举出来的代表制定法律，设定并规范公权力行使的边界。同时，通过行使宪法和法律监督制约的权力，来防止公权力滥用。实践中一些重大的贪腐案件的出现也表明，要从源头上治理以权谋私、权钱交易、滥用权力等行为，必须健全权力运行制约和监督体系，推进权力运行的公开化、规范化，让人民监督权力，让权力在阳光下运行。尤其应当看到，公权力失去规范，有可能会出现滥用并侵害人民的自由和权利的现象。由于私权是人民群众根本利益的体现，关系到个人的人身和财产安全，关系到民生，只有运用法律规范对公权力进行约束，确定公权力的行使主体，划定公权力的范围和界限，规定公权力的行使程序，才能真正对公权力形成约束，保障个人自由，实现真正的法治。

公权力本身具有强制性和天然扩张性，所以有进行制约的必要性。公权力对于人民有一种管理的权力，一旦失控，很可能对于人民的私权利造成伤害。如果公权力不加规范和约束，就可能会使公权力过度扩张，有可能会出现霍布斯所说的“利维坦”（Leviathan）（在《圣经》中指一种力大无比的海怪）现象。所以，在法治社会中，规范公权的必然要求是保障私权，只有规范好了公权，才能保障好私权。我们可以以前述案例为例，彭洪仅仅只是转发了一个帖子，就因言获罪，招致两年的劳教之灾，这就是典型的滥用公权力侵害私权的例子。还应当看到，规范公权力必须与充分保障私权结合起来，因为私权本身就是对公权的一种制衡。公权的行使不得以侵害私权为条件，因此，私权保障越充分，对公权的规范也就越完整。可以说，法治社会就是人民的私权利得到严格保护的社会，只有保护私权，才可能建成一个和谐有序、人民幸福安康的法治社会。在法治社会中，人民的福祉是最高的法律，人民的私权是其福祉的核心体现。保障私权既是尊重人民的意志和利益的当然要求，也是最大的民生，私权中的人身权和财产权是人们生存和发展中必不可少的条件，例如公民的房屋财产权就是对公民基本居住权的保障，是公民最基本的生活资料。以彭洪案为例，如果我们确实有一套严格保护公民人身权利的制度，则必然要求对公民人身自由的强制手段作出明确的限制。

在法律上应该如何规范公权，这是一个亘古难题。通过法律限制公权，主要从如下方面着手：第一，必须明确“法无授权不可为”的职权法定原则。任何公权力都必须依据宪法和法律产生，按照法定的程序来行使。而且对公权力而言，必须坚持法无规定即不得为的原则。我在某地调研时曾经发现，当地政府公开贴出标语，“只要法律没有禁止的，都可以先行先试”。这个提法显然不妥。我认为，对公权力而言，必须严格坚持职权法定原则，这有助于防止公权力任意扩张、肆意逾越其边界。如果公权力行使机关在没有法律授权的情况下都可以自主行为、自立规范，那势必会破坏法制的统一。第二，要依据宪法和法律科学配置国家权力。从我国历史传统看，我国国家权力一向比较集中，地方官吏既执掌行政权、又执掌司法权，历史上的“父母官”称谓就准确地表达了这一做法。应当看到，国家权力配置问题是法治国家的核心，其包括国家权力的合理分工和有效制约。必须使国家权力的分工法制化，建立各个权力之间的良好的关系。比如说，依据《宪法》第135条，公检法三机关应当遵守“分工负责、互相配合、互相制约”原则。但是在实践中，一些司法机关在办案时，只注重互相配合，而不注重相互制约，甚至搞联合办案，以至于出现了像佘祥林案、赵作海案等重大冤案，这都与这种只讲配合、不讲制约的方式有直接联系。第三，要进一步完善权力行使的程序。程序法定是行政法的基本原则，也是法治的基本原则。政府决策活动对法定条件和程序的严格遵从，可以说是公权力活动的一个核心特征。即便是对该框架本身的变更，也需要在一定的法律规则框架下进行，规范政府行为要规制政府行政活动的范围，也要规制政府行使权力的方式，即要明确政府公共行政活动的程序，实体规范与程序规范缺一不可。第四，要进一步规范行政自由裁量权。传统上，依法行政主要强调的是行政机关要依法办事，尊重程序。但行政法的新近发展趋势开始从程序深入到实体，强调行政决策特别是行政自由裁量要具有实质性的妥当性，包括目的正当性、比例合法性、信赖保护原则等要求。行政执法不能拘泥于法律文字、机械执法，但同时也不能滥用职权，导致对公民、法人的侵害。所以，规范行政裁量成为依法行政的关键。第五，通过保障私权来规范公权。私权的明晰也能起到限制公权的作用，这就使得公权力不得逾越其边界，随意进入私权利的领域，从这个意义上，通过民法典确定公民依法享有的私权，也就为规范公权确立了相应的边界，而公权行使的根本目的，都是为了维护最广大人民群众的根本利益，因此需要通过保障私权来实现对公权的规范。司法机关应该强化对行政权力的合法性审查，畅通“民告官”的途径，以有效约束政府权力。

规范公权力绝不意味着削弱公权力的权威，而是指通过相关的规则、程序规范公权力的行使，这样不仅不会削弱公权力权威，反而会使公权力得到更好的发挥。在法治社会，个人不是完全屈从于公权力的管理，而是基于对法律的信仰，从而接受其管理。对国家权力的控制要求通过制度设计约束国家权力，但是在法治的发展进程中，又要发挥公权力的作用，强化公权力的权威，以便使公权力在现代化进程中能够发挥协调矛盾、驾驭全局的作用，而只有受法律规范的公权力才能有效树立其权威、真正提高其效率。

在我国，要尽量在规范公权和私权保护中达成平衡，这涉及整个市场经济体制的构建和运行效率的问题，因为，计划经济时代的单一公权控制模式已经远不能满足现代市场经济社会的治理需求。但是，强调私权的无限膨胀和公权的极度控制也不利于社会的高效治理。西方社会近三十多年来发展所出现的弊端，就是过多地受到新自由主义的影响，因而过于强调私权的无限扩张甚至否认公共利益，其结果是在经济治理结构上出现了某种失衡。近年来的经济危机也有力地说明了这一点。但不可否认的是，我国向市场经济社会转型才短短三十多年，行政权力对市场的干预仍大量存在，计划经济时代“权大于法”的观念仍然盛行，侵害公民合法权利的现象依然存在，私权尚有待强化保护。要完成这一观念转变，除了通过侵权责任法等私法在平等主体之间来充分保障私权外，更要通过限制和规范公权力来为地位相对弱势的私权利提供保护。

法律乃公平正义之术

关于法治的本性，古罗马法学家塞尔苏斯有言："法律乃公正善良之术。"自此以后，公平正义成为法律固有的属性。所谓"术"就是指一种技艺和工具。一方面，法律是一种实现公平正义的技艺，法谚云："法律是善和衡平的艺术"（*Jus est ars boni et aequi*）。所谓"艺术"，就体现了法律作为人们长时间智慧积累的结果，公平正义的实现也需要法律职业者不断提高自己的从业技术。另一方面，法律相对于公平正义而言具有工具价值，是实现公平正义的最重要手段。

英国学者宾汉姆曾借用英国19世纪末期、维多利亚时代的著名诗人丁尼生（Tennyson）对法治的赞美：

> 政通人和的国度，
> 悠久的公正之地，
> 自由缓缓扩展，
> 从先例到先例。（《你问我，为什么……》）①

这首诗大致描绘了一个充满正义和自由的法治国度。在

---

① 〔英〕汤姆·宾汉姆：《法治》，毛国权译，中国政法大学出版社2012年版，第6页。

这个国度中，所谓从先例到先例，强调的不仅仅是法律的渐进发展过程，而且还强调了每一个案件所体现的公平正义精神。

公平正义是一切法律所追求的价值，是法律的精髓和灵魂。正义体现了某种秩序的内在要求，是构建普适性秩序的内在需要。换言之，法律作为行为规范，以调整社会关系为目的，必然以正义作为其基本价值。约翰·罗尔斯在《正义论》中指出："正义是社会制度的首要价值，正像真理是思想体系的首要价值一样。"19世纪的《法国民法典》曾被称为是自然法的产物，反映了自然法的要求。波塔利斯指出，"实定法是永恒的正义的要求，一切立法者都不过是这种永恒正义的诠释者，否则一切法律都会具有随意性和不确定性"。他把法律作为自然道德法则中正义价值的一种体现。尽管对法律的最高价值究竟是什么，不同的学派仍然看法不一，但按照大多数人的看法，公平、正义是法律的最高价值。一方面，法律是公平之术。"法不阿贵，绳不挠曲。"是非曲直，一准于法，法为评判是非曲直的准绳，其具有公平的特点，这就要求法律面前人人平等。公平也体现为法律上相同情况相同处理，不同情况不同处理。只有实现法律面前人人平等，才能够在此基础上真正实现民主法治。可见，法律作为公平之术也是民主法治原则的当然要求。另一方面，法律也是正义之术。其在立法和司法的方方面面都有所体现。这就是说，在立法上要体现分配正义的要求，立法要本着公平的原则来配置人们的权利义务关系，规范人们的行为。在司法上要体现正义的要求，当立法上的分配正义在现实生活中受到阻碍时，就需要通过司法的途径来进行矫正。

"法律是公平正义之术"的说法，在今天仍然是具有现实意义的。社会主义的本质属性就是公平正义。而人民群众所向往的幸福生活也主要包括了符合公平正义观念的社会组织和生活方式。所以，公平正义也是法治的核心目标和发展取向。首先，既然公平是法律的最高目的，那么，立法中要以公平正义作为其追求目标，并据此配置当事人之间的权利义务关系。立法为民就应当以立法实现社会公平正义。正义是一切规则存在的正当性基础。例如，在我国，《合同法》的重要目的是保障合同严守，而遵守合同就是交易正义的当然要求。《物权法》要全面保障物权，因为按照洛克的看法，在没有财产权的地方，也就没有社会的正义。所以保障物权也就是实现社会正义的应有之义。《侵权责任法》确立了不得损害他人，造成损害应予赔偿的原则，这些都是千百年来流传的正义法则。检验法律究竟是“善法还是恶法”，说到底就是要判断其是否可以体现正义的价值。公平正义不仅在所有的价值中处于最高的位阶，而且，如果缺乏正义价值，相关的制度和规则就不可能在冲突利益之间作出合理的选择。因为在法律中可能存在多种价值，各种价值也可能相互冲突，但是，价值的位阶性就可以妥当地解决此种冲突。所以，公平正义价值能够指导立法中法典价值体系的统一性。

其次，公平正义价值也是司法活动的最高指导。正义及其实现是一个多维的问题。正义通过立法维度得到确认，通过执法维度得到落实，通过司法维度得到保障。司法是实现正义的关键维度，既可以保证立法表达的正义观得到实现，也可以纠正执法过程中出现的正义扭曲。在纠纷的解决方面，正义也是一项重要的原则。过去我国法院裁判中一直主张公平效率是司法的永恒价值。我认为，公平和效率价值存在一定的主次关系，公平是司法的基础和前提，也是司法活动追求的目标，不能单纯为了追求效率而牺牲公平。不能以效率价值取代公平正义或者将其置于公平正义价值之上。正义是平衡各方利益、解决社会矛盾的基础。现在在司法中以“案结事了”为办案目标，从化解矛盾的角度看，这一提法是正确的，但“案结事了”必须以公正为基础和前提。否则，不可能实现案结事了。所谓司法为民，其实最根本的就是要维护司法公正，使得人民群众在每一个个案中真正感受到正义，而绝不能让不公正的司法审判伤害人民群众对正义的感受。“无私谓之公，无偏谓之正。”这就要求司法审判人员应当在司法裁判中做到公正司法，明辨是非、依法裁判。平衡相互冲突的利益和化解矛盾必须考虑是否符合公平正义，这些都是司法裁判的当然任务。

公平正义是社会主义制度的内在要求，也永远是法治的价值和基本理念。只有秉持公平正义的理念，在立法中公平解决各种利益的冲突，合理分配各项权利，在司法过程中保护各项权利并妥善解决各项权利之间的冲突，才能将依法治国战略部署落到实处。

法治与法制

讨论法的概念，学界多年来对于“水”治还是“刀”治，也就是要采用法治还是法制，争议不休。法制是法律制度的简称，属于制度的范畴，是一个国家或地区现行法律规范的总和；法治是从治理国家的方略、策略的角度提出的。两者实际上所对应的范畴也不同。法制对应的是完整的制度结构，英文为 legal system。而法治则是相对于人治而言的，英文为 rule of law，是一种治国原则和方法。应当指出的是，今天我们所讨论的“法治”概念是我国古代所不具备的，但是中国古代存在“法制”的概念。例如，自商鞅变法改法为律，从秦汉到明清，都是以律代替法。律最初用于军律里面，突出其强制性和惩罚性。所以古代历来存在着法制，但是并无现代意义上的依法治理的法治。

今天讨论法制与法治的区别并不是没有意义的。从严格意义上说，法治是资产阶级革命的产物，是资本主义时代才产生和确立的，所以讨论法治一般都从近代西方资本主义法律中去寻找，尤其是从英国普通法能够约束王权等开始作为其根基。从历史上看，法治“rule of law”一词形成于 13 世纪的英国，在著名法官柯克与国王詹姆斯一世的争论中，柯克提出“法律是国王”、“王在法下”的论断，这在实质上提出了现代法治的基本内涵，即法律至上。而法制是从法律出现以来就有的，其伴随着人类社会中国家的出现而出现，法制在奴隶社会国家治理中就已经存在。在中国几千年法制文明中，虽然没有“法治”的概念，但是“法制”的内涵则极为丰富并源远流长。法家历来主张以法治国，以法为最高准则，提倡“官不私亲，法不遗爱，上下无事，唯法所在”(《慎到·君臣》)。主张严刑峻法，赏罚分明，执法公正。其实中国古代的法制也是具有深厚的文明积淀的，但却始终没有形成“法治”，根本原因在于皇权至上，可以凌驾于任何法律之上，皇帝口含天宪，言出法随。故宫养心殿有一副对联：“惟以一人治天下，岂为天下奉一人。”这也说明了法律仍然不过是专制的手段和工具。因而，中国古代的法制并不是现代意义上的法治。

法治作为一种社会治理模式，包含了约束所有公权力的内涵，这就意味着要运用法律约束国家、政府的权力；实现立法者在利益分配上的平衡。法治的固有含义，是以规范公权、保障私权为目的。一方面，法治的含义是规范公权。法治主要是治官而不是治民，法治是一种控权的工具，而不是简单的管理老百姓的工具。另一方面，法治的含义是保障私权。法治以保护公民权益为其基本宗旨。当然，法治的内涵和价值是多元的，其应当遵循的准则也是多样的。例如，法律面前人人平等、良法之治、无罪推定、司法独立等。

法治作为一种社会治理模式，是相对于“人治”而言的，它本身体现了与民主的紧密结合。从世界范围来看，法治的思想渊源中，主要包括否定神性、提倡理性，反对等级特权、提倡普遍人权，反对专制、提倡人民主权和多数人的统治；单纯的法律制度本身并不意味着法治。法治还包含着人权、民主和平等等价值理念的法律秩序，在历史上它是西方民主革命或社会政治改良的结果。在法治社会，法治以民主为基础、以实现民主为内容。法学界常常区分应然的法和实然的法。真正的法治应该以人民的福祉为最高的利益。法律依据宪法制定，宪法则是人民意志和利益的集中体现。在我国，依法治国的主体是人民，人民才是治国安邦的决定力量和主体，人民当家作主的基本内容是人民有权管理国家事务，管理经济文化事业和社会事务，但人民管理这些事务都必须依法进行，所以依法治国的目标就是保障人民民主实现。但一般认为，法制自古有之，与民主制度并没有必然的联系，而法治则是近代社会发展的产物，其与民主制度紧密联系在一起。

法治是现代社会治理的主要方式。法治是按照大多数人民意愿治理国家的模式，因为法治本身体现的就是人民的意愿，而不是单个人的意愿。按照法律办事，就是按照最大多数人的意愿来办事。这样一种治理模式就能够避免个人的专断、臆断和武断。法治体现为一种理想的状态，它是我们社会治理过程中不断追求实现的一种动态状态，而法制则是一种静态秩序，其可以为法治的含义所包涵。可见，法治包涵了更加丰富的内容。法治不仅仅是静态规则的集合，更是动态治理的实现。

总体上，我们之所以区分法治和法制，就是要看到，法治和法制并不等同，现代社会所理解的法治是“以民主为基础和前提的法制”，有法制并不一定就意味着法治，而法治则必然需要具备健全法制的要素。1999 年 3 月，由全国人大通过的《宪法》修正案第 13 条正式确认了法治的价值和建设社会主义法治国家的治国方略。将“依法治国，建设社会主义法制国家”改为“依法治国，建设社会主义法治国家”，宪法文本“以水治代刀制”，这是法治理念和法治思想的重大变化。自此之后，我们高兴地看到，法治一词已经运用得十分广泛，如法治理念、法治思维、法治方式等概念，都已广泛使用于有关政策法律文件，甚至像法治指数、法治媒体等，都已见诸报端，这表明法治不仅仅是一种目标，也成了一种伟大的社会实践。

法治与法律人

法治和人治虽然有着本质的区别，但是它们都有一个共同的特点，就是社会治理过程中需要有人的参与。亚里士多德说过，法律执业者处于法治的核心地带。没有这个群体对于法律的效忠，法治是很难运作的。亚里士多德的观点在今天看来仍不过时。我国古代思想家历来强调执法者的素质对保证法律的正确执行的重要性。如白居易指出："虽有贞观之法，苟无贞观之吏，欲其刑善，无乃难乎"（《长庆集》卷48），王安石提出："理天下之财者法，守天下之法者吏也，吏不良则有法而莫守，法不善则有财莫理"（《临川先生文集》卷83）。今天，全面推进法治，法律人是关键，因为法律的生命力在于实施，法律的实施在人，法治的实践也离不开人的作用。所以，法律人的职业素质、职业能力等，将直接影响和关系到法治建设的成败。

然而，中国古代确实缺少独立的法律人职业，也不存在真正意义上的法律科学和法学家群体。日本著名的中国法专家滋贺秀三曾经指出：中国古代几乎找不到与国家权力相分立的法律精英从事法学研究。这一看法未免绝对，但是说中国缺乏独立的法律人，确是一个客观事实。因为我国古代行政和司法不分，行政官员主导了整个司法，虽然历史上曾经有过讼师职业，但其并未形成真正的法律人群体。在今天推进社会主义法治进程中，我们需要培养一个独立的、庞大的法律人群体，这是法治建设的基础和主要推动力量。法治是一项系统工程。对于这个工程而言，政治家是决策者，由其来决定工程是否启动、何时启动，而其具体操作，则必须由具备良好的职业道德、专业化知识和技能的法律家群体来完成，他们是这个工程的工程师和操盘手。

法律人应该是立法的积极参与者，是科学立法的献言献策者。知行合一，学以致用。法学理论工作者为社会所应作出的最大贡献就是为立法的科学化、体系化作出理论上的贡献。艾伦·沃森曾言："在法典化的前夜，民法法系里的英雄人物是法学家，而非法官。"① 在罗马法时代，法学家的学说构成了罗马法的重要内容，例如，《学说汇纂》和《法学阶梯》几乎都是由法学家的著述所构成的。在中世纪，罗马法复兴之后，法学家对罗马法的解释在许多国家成为对法院具有拘束力的渊源。在近代民法典编纂阶段，由于没有既有的法典作为蓝本进行借鉴，《法国民法典》等法典的制定，都大量地参考和借鉴了法学家们的学说和理论成果。各国学者对罗马法进行注释、整理，将散乱的、矛盾的规则体系化，这一过程实际上极大地推动了民法制度的研究和构建。例如，《法国民法典》三编制立法体例的形成，首先经历了多玛、波蒂埃、布琼尼、波塔利斯等人的理论发展。《德国民法典》的五编制模式，也是从注释法学派开始，经过萨维尼、海瑟、温德沙伊德等人的发展，是德国数代民法学者智慧的结晶。《瑞士民法典》草案第一稿实际上就出自于欧根·胡贝尔之手，甚至被认为是胡贝尔的一部个人作品。今天仍

① 〔美〕艾伦·沃森：《民法法系的演变及形成》，李静冰、姚新华译，中国法制出版社2005年版，第236页。

有人认为，1992 年的《荷兰民法典》在某种程度上说是荷兰学者梅杰斯（Meijiers）的学术作品。在我国，虽然我们不主张完全实行专家立法，但法学家参与立法应当是民主立法、科学立法的重要体现。因为现代社会纷繁复杂，法律规则也日益精细化、专业化，每一部法律都应当有理论的支撑，才能保证其科学性，而如果缺乏法学家的参与，将是很难做到的。

法律人应当是公正司法的参与者，是法律的捍卫者和实践者。在现代社会，法律形成和运用本身就是一个日益专业化的过程。社会关系的日益复杂化决定了法律制度和法律适用方法的复杂性。此种复杂性就决定了，人民大众的法律认知和运用活动需要专业法律人士的辅助，以构建一个更好的社会秩序。实际上，司法的专业化是国家权力分工合作的必然要求。在社会分工体系中，司法工作不仅应当成为专门化的职业，而且应当具有特殊的职业要求，也就是法治社会所必须具备的法律职业化要求。在现代社会，法官不仅实际操作法律机器，而且保障着社会机制的有效运作，而整个社会的法治状态在很大程度上要依赖于他们的工作和努力。法院依法裁判体现了司法的规范性特征，柯克曾经说过："法律是一门艺术，它需要经过长期的学习和实践才能掌握。"这主要是因为，一方面，法律成为现代社会规范人们生活的行为规则，法律部门越来越细化，法律知识越来越庞杂，对此种知识和规则的掌握需要经过长时间的专业学习，这也是社会分工产生的必然结果。法律人应当形成一个共同体，这个共同体是由法官、检察官、律师等构成的，他们常常被称为是推动法治建设的"三驾马车"，这些人应当具有相同的理念，接受相同的训练，掌握相同的技巧，才能在此基础上形成一个法律人的共同体，护佑法治之舟的平稳航行。正是因为法律人接受了共同的训练，具有共同的思维，他们才能够在审判的过程中对法律规则形成共同的理解，并且能够以法律思维而不是以普通的经验思维来看待每一个具体的争议个案，从而真正保证了法律的确定性和可预期性。所以，现代社会法律日益复杂多元化，人民群众的需求也在不断增长，没有一支精良的、专业化的队伍，是无法满足人民群众的需求的。如果司法者缺乏必要的执法素质，再好的法律也难以得到严格遵守。而司法者如能具备良好的执法素质，即使法律存在着漏洞，也能够由司法者作出恰当的填补，从而保证法律的价值充分实现。没有专业化的法律队伍，司法公正、高效、权威的要求就难以实现。

法律人应当是依法行政的实施者、法治政府的建设者。在行政权行使的过程中，法律人应当始终秉承法律的理念，运用法治的方法来从事各项工作，化解各种矛盾和纠纷。运用法治的思维和方法，就是要严格讲规则、讲程序，按制度办事，将公权力的运行置于法律的规范之下。“法无授权不可为”，公共权力要法定，没有国家法律的明确授权，公权力机关就不得任意从事行为，如此才能防止公权力膨胀、甚至行使失控？行政机关从事任何行政行为，都应当严格按照法律规定进行，实践中行政执法出现了行政不作为、选择执法、行政权力寻租甚至滥用公权力侵害公民和法人的合法权益等现象，这些都表明依法行政任重道远，为此需要一支具有良好品行和道德，具有坚定的法律信仰，知法、懂法的执法队伍。只有依靠他们的严格执法行为，才能保障公权力依法行使，保障公民的合法权益免受公权力的侵害。

法律人应当是民众遵守法律规定的表率。法律人对法律的坚守与信仰，必将弘扬法律精神，构建全民守法的良好氛围。从这个意义上说，中国推进法治，必须有一大批道德品行优良、专业技术精湛的法律人。

首先，一个法律人应当具有对法治的理想和信念，从内心深处崇尚民主和法治，维护社会公平正义。法治是理想的社会治理模式，人类社会在近几个世纪的发展轨迹也告诉我们，法治是可以实现的。而法治只有被信仰，才能树立法律的尊严和权威，人民从心底崇拜法律而不是崇拜权力，从而做到人人守法。要全社会信仰并追求法治，法律人首先必须要有法律至上的信念，形成法律人的职业理念和操守。只有这样，才能形成法律适用的良好社会基础。法律人共同体中的每个成员都应该秉持法律至上的理念，知法懂法并信仰法律，心存正义并公正廉洁，具有良好的分析和判断能力、正确的法律思维，能够在法治社会中不屈不挠地为实现法律的目的而献身。法律人要以自己的廉洁奉公、忠于法律、严格执法、维护正义的行为，来真正践行法治的理想，为民众信仰法律作出表率，坚定人们对法律的信仰，树立对法治的信心。

中国法治建设呼唤一大批法律人，法律人是社会主义法治事业的践行者和建设者。法律人队伍越强大，法治建设的进程就越快，中国的法治事业必将兴旺发达。

天理、国法、人情*

河南内乡县衙是目前国内保存最为完整的古代县衙，它的二堂屏门上挂一横匾，上写“天理、国法、人情”六个大字，遒劲有力，凝重浑朴。这幅横匾指明了中国古代司法的运作原则，也引起了现代法律人的深思。

顾名思义，“国法”是指国家的法律，县官判案要遵守国法，自不待言。“天理”是指天道，即合乎自然的道理。放在西方法律的背景下，国法与天理的关系，就相当于制定法与自然法的关系。“天理”在明清时期的判词中几乎是必引之词，在今天也是老百姓的日常用语，所谓“天理昭昭”，它其实就是一种自然权利、自然秩序，是任何人都应当遵守的基本规则。有人认为，“天理”是看不见摸不着的，如何对待，全赖执政者一念而为。其实不然。中国人所讲的天理，相当于西方人所讲的自然法，而国法就相当于西方人讲的制定法。在中国古代社会，道家认为“法之无法、法乎天然”。法是从道中衍生出来，要符合自然的规律，反映万物的内在秩序。这就是讲，法要符合天理，这也正是为何在国法之外要有天理，且天理在国法之前的根本原因。

---

* 原载《法制日报》2012 年 8 月 3 日。

天理无形，但存乎每个人心中，我们通常讲的杀人偿命、欠债还钱、不得恃强凌弱、不得伤害他人，均是天理。而且，如同苍天不老一样，天理也有长久的生命力和广泛的适用性，千百年来在任何国家、任何社会、任何民族，都有相同或相似的规定存在。无论是刘邦的“约法三章”，还是《圣经》中的“摩西十诫”，都有一些内容高度相似，体现的都是一种自然的公理，一种任何人都应当遵守的基本秩序。在世俗世界中，其实最重要的天理就是公平正义，“公平与善乃法律之法律”这句法谚是对它的最好写照。公平正义看起来很抽象，看不见摸不着，但又确实存在，甚至是无处不在。一个案子审判得是否合理，人心自有评价，“百姓心中有杆秤”。而且，无论法律如何变化，法律目的和裁判目的均不变，仍然是要实现社会正义。就此说来，公平正义是裁判者始终应当秉持的基本理念。现在有一句响亮的口号，叫做“案结事了”，从社会稳定角度出发，这句口号是正确的。但是，如果把它当作司法的终极目标，就值得推敲了。因为司法的最终目标不是事了，而是公正。只有公正才能实现最终的事了；不公正的审判则只会导致“此案虽结，彼案又起”的情况出现。

说了天理，再看人情。儒家学说强调人情，最初人情是指个人发自内心的七情六欲，《礼记·礼运》明确指出：“何谓人情？喜怒哀惧爱恶欲七者，弗学而能。”《性自命出》中说“凡人情为可悦也”，凡人情都是可接受的，并说“苟以其情，虽过不恶，不以其情，虽难不贵。苟有其情，虽未之为，斯人信之矣”，这就是孔子所强调的真情实感。汉以后，也有儒家学者指情为恶，如董仲舒认为“情者，人之欲也”、“情则为贪”。但人情逐渐演化成人与人之间的交往关系。人情在不同语境下具有不同的含义，在“人情大于王法”的语境下，人情在一定程度上可以凌驾于法律之上，在这个意义上，人情是个贬义词，它反映了传统社会中人情对法律的侵蚀和破坏；而在“天理”“国法”“人情”的语境下谈人情，则有不同的理解。

一种理解是指“民情”“民心”。这里的人情是从民情或民意的角度所讲的人之常情，而非人与人之间的私情。“凡治天下，必因民情”（《韩非子·八经》）。这就深刻揭示了体恤民情在治国中的意义。日本著名学者滋贺秀三在研究中国法时，就非常重视“情理”或“情谊”，他指出，“情谊即在这样的情境之中，被培育起来的人与人之间的友好的关系”。由此出发，既然每个人都出生在特定的场所、特定的关系之中，并在这种格局有限的时间内生存，那么，审判就必须充分考量每个人所处的具体情形。也就是说，审判并非严格遵从伦理道德，而是必须重视有限生涯中芸芸众生悲喜交集的普通生活，考虑人们对生活感怀的自然心情。在西方人看来，法律是不带人情味的行为规则，执法过程不应受人情的影响。但在中国，历来重视法律与人情的结合。例如，郑板桥的《潍县署中画竹呈年伯包大中丞括》一诗中写道：“衙斋卧听萧萧竹，疑是民间疾苦声。些小吾曹州县吏，一枝一叶总关情。”重视人情的本意是司法、行政都要体现民意、民风、民俗，但是到了后来，人情嬗变为人际关系，司法过程就成为了人情往来的过程，从而出现了大量的人情案，导致司法不公的现象屡屡出现。这实际上是对“天理、国法、人情”中“人情”的一种曲解。

另一种理解，人情是指法律体现的人文关怀。司法中固然要抛弃导致不公的私情，但法律又不是冷冰冰的条文，也应当体现对民众，特别是对弱者的关怀。所谓“天下之情无穷，刑书所载有限，难以有限之法穷无限之情”。可以说，重视人情，就是直面人性、仁慈爱民，关爱弱者。此时，人情是与人民相对应的概念，是个褒义词，在这个意义上使用“人情”的概念，则应当做到“法顺人情”。以最近在郑州发生的并在媒体上引发广泛讨论的“保姆偷窃案”为例，一个农村妇女在郑州苏先生家做保姆，干了四十多天活，一直没领到工资，一气之下盗窃雇主的一部手机。没想到这部手机居然价值 6 万多元，后来该保姆获刑 10 年，并被处罚金 2 万元。毫无疑问，在该案中，保姆盗窃他人手机理应追究其刑事责任，且因为其数额巨大，依据有关司法解释，应处以 10 年以上有期徒刑。法院判处 10 年有期徒刑，依法有据。但是，法律的适用并不应当是机械的、僵硬的，我们不主张“法外开恩”，但也应当讲究情理。本案中，雇主拖欠工钱在先，保姆只是为了拿回其工资而偷盗，虽不应成为其犯罪的理由，但是在情理上应予考虑，更何况，其盗窃时并不知道手机的真实价值，而是按照其自身的认识进行判断的。判决其构成盗窃罪、获刑 10 年，不符合情理。可以说，“人情”的权衡，是对行为人行为的动机、生活的环境、以后改过自新的可能性大小以及民意的综合权衡。在司法过程中，既不能采用机械主义的思维模式，也不能采用功利主义、结果导向的思维模式，把人或事简单化。梅利曼曾经警告过分僵化的法律适用模式：“大陆法系审判过程所呈现出来的画面是一种典型的机械式活动的操作图。法官酷似一种专业书记官。”[①]这种模式过度强调了法律形式主义和概念法学，完全把法律看做是一个逻辑三段论的自然衍生。在我国，法官要有一种对民众关爱的情怀，有一种对弱者关爱的情怀，应充分考虑社会相对弱势群体一方的利益和诉求，给予相对弱势的一方充分表达自己意思的途径，充分尊重其人格尊

① 〔美〕约翰·亨利·梅利曼：《大陆法系》，顾培东、禄正平译，法律出版社 2004 年版，第 36 页。

严，保障其合法权益。秉持这样一种情怀，才能拉近法官与民众的距离，使“司法为民”不仅仅体现在口号上，更体现在具体的案件中。

总之，在司法过程中，讲“天理”，意味着法官要始终保持一种正义的信念，维护社会的公平正义；讲“国法”就是要严格依法裁判，维护法律的尊严；讲“人情”，就是要了解民情民意，在裁判过程中体现对人的关怀。但是讲人情绝不是说要去拉关系、走后门，办人情案、关系案，这和古代“天理、国法、人情”中“人情”的本意也是不相符的。裁判的过程并不是机械地适用冰冷的法律，而是天理国法人情的统一与运用，最终形成的裁判文书也不是呆板的逻辑推理结果，而是通过对法律的解释来向当事人讲述生活中的基本道理。一份好的判决文书，一定是遵守法律、符合道义、体恤民情的论法说理的产物。天理、国法、人情，在新的时代依然闪耀着中国人的司法智慧，是司法者应当牢记的铭训。

法治与社会自治

在我国《物权法》起草过程中，一个争议很大的问题就是如何界定业主大会和业主委员会的团体性质。有人认为小区内不宜设置业主大会和业主委员会，所有小区的事务管理都应由居委会来承担。因为我国法律既然已经承认了居委会制度，再设立业主大会和业主委员会就可能导致职能的重叠。我认为这个问题涉及是否承认业主自治，往更深层次说，涉及如何通过业主自治体现社会自治。

居委会完全不能替代业主大会和业主委员会。居委会在法律上虽然是群众自治组织，但它受托行使了街道办事处的一些公权力职能，这与业主大会和业主委员会的性质完全不同。居委会代行公权力职能，维护的是全体公民利益，而业主大会和业主委员会维护的是业主利益。业主自治是构建和谐社区、解决纠纷的最佳方式。我国城市居民大多居住在小区中，粗略计算有近五亿人，人与人之间也难免发生一些摩擦和矛盾，居委会人员往往编制有限，如何处理众多的业主纠纷？更何况大量的事务是业主间的私人利益，不涉及公共利益，怎能请求居委会进行公共管理？我国《物权法》最终采纳了业主自治的观点，该法第75条到第80条，都体现了尊重业主自治的精神。既要保护业主权利，也要尊重业主自治。业主自治要通过召开业主大会、设立业主委员会、制定管理规约等方式来实现的。

业主自治是社会自治的一种形式。所谓社会自治是指市民社会中的成员通过法定或者约定的程序自主决定、管理共同事务，自我负责的一种治理方式，以业主自治、公司自治、行业自治、团体自治等为表现形式。社会自治与市民社会（civil society）的概念是紧密联系在一起的。在现代社会，实现了国家管制和市民社会自治的有机结合，这是社会治理方式的重大转变和完善。社会自治本身也是一种社会治理方式，作为公民，个人在市民社会中依法在平等的交往中形成一些共同的规则，以此规范其私法关系。这种治理模式的特点在于：一是治理主体和事务的私人性。治理的主体不是公权力机关，而是与相关事务密切结合的利害关系人。社会自治领域所涉及的事务并非直接体现社会公共利益，而仍然是涉及特定多数人群体的私人事务。社会大量的私人事务如果均由政府管理，会加重政府的负担，也会加重社会纳税人的负担。二是治理方式的自主性。在社会自治过程中，自治团体的成员可以通过达成一定的决议来调整自身的行为。对于此种决议，其作为成员的行为规范，只要符合法律和法规的规定，就不应受到行政权的不当干预。三是治理方式的程序性。社会自治通常体现为一些自治团体的成员通过一定的程序形成有关的决议，一旦形成该决议后对全体成员具有约束力，该决议对成员而言就是具有法律效力的行为规范。例如，业主通过法定程序作出的决定应当对小区内的全体业主都具有约束力，即使未参与投票的业主也应受该决议的约束。四是对违规行为的依规处理性。例如，业主在团体规约中明确规定不按期缴纳物业管理费用的情况下，违约业主应该依约缴纳滞纳金，这就是全体业主通过管理规约所自愿承担的可能的不利后果，应该依法予以尊重。在我国，一些行业协会、行业组织对于本行业、本领域内部纠纷也应当依法发挥调解和纠纷处理的功能。例如，对于律师之间、律师与事务所之间的相关纠纷，通过律师协会来化解矛盾，更能促成当事人之间的和解，维护行业形象。

社会自治必然要求强化对私权的保护。正是在私权得到充分保障的环境下，个体才获得自主决定和自主处理自己社会关系的自治基础。广泛享有和行使的私权，有利于拓宽个人自主设计自己生活、参与各种社会关系的空间。长期以来，我国民法学理论一直否认市民社会的概念，这确实与我国长期实行的集中性计划经济管理体制和传统的封建等级特权观念有着密切的关系。由于不承认市民社会的观念，忽视了对民事权利的保护，使民事主体的许多权利长期缺乏充分的保障，反过来，民事权利的缺位也阻碍了市民社会的发育和完善。法治建设能够为社会自治赢得充分的空间，只有在排除任意的政治干预的情况下，才有可能形成法治约束下的秩序。社会自治与国家管理并行不悖，两者应该实现有机结合。

法治社会中要尊重社会自治，预留社会自治的充分空间。其原因主要体现在：一方面，社会自治事务涉及自治主体的私人领域，而每个人都是自己事务的最佳判断者，也应当对其自主判断自我负责。另一方面，国家法律不能包办一切，法律不是万能的，其无法涉及社会生活的方方面面，例如在社区治理过程中，业主不仅对共同的物业，而且对其共同生活都应该自我管理，这些事务非常琐碎具体，例如饲养动物、私搭乱建、车位管理等，法律管理过多，效果反倒不好。几年前，曾经发生过某法院对拒不缴纳物业费的采取拘留强制措施的事情，后因为效果不佳而停止，这是因为对大量的物业欠费问题，法院也很难审理，因为业主往往会提出各种欠费理由如物业服务不达标等，这些问题法院很难调查取证，往往导致能够判决却无法执行的结果，如果通过业主管理规约进行明确约定，就会大大简化权利实现的成本。再如，学术社团依照团体章程约定会费的收取，在会员拒不缴纳的情况下，法院往往也难以裁判。

社会自治靠法治保障。法律在社会自治过程中的作用也不能被忽视。一方面，社会自治并不是要形成一个外在于法律的独立王国，它也必须严格受法律规范。社会自治中团体规约的效力也是由法律规定的，团体规约并不能与法律平起平坐，其起草程序、具体内容、效力来源等方面都要受到法律的约束和调整。社会自治主要涉及一个人与其他人进行的社会交往，一个人自治同时涉及他人的自治。个人自治并不是个人意志和欲望的完全自由实现，其需要同他人的自治协调发展。如何实现有序的协调，则是法治的任务。另一方面，违反团体规约产生的法律责任也需要依法进行，不能随意乱设私刑，也不能通过团体规约强制个别成员从事有违法律和公共道德的行为。如果社会自治没有法律的控制，其结果也是非常危险的，有可能会成为多数人的暴政，甚至会产生黑社会滋生等不良后果。

社会自治也是培育民主的土壤。民主的固有含义是人民当家作主，现代社会，民主的含义有所扩张，其不仅限于国家事务的管理，还涉及社会生活自治的方方面面。正是从这个意义上，业主自治也被称为“社区民主”。市民社会本质上应该是个人依法自主决定的社会，不承认市民之间的等级特权，市民可以平等参与，达成共识，这本身就是民主的方式——个人集体决策和安排自己的生活。提倡社会自治实际上也是培育公民意识和参与民主生活的重要实践。公民意识包括公民权利和公民责任。提倡社会自治也是培育公民的责任意识，每个人在社会生活中应该自主负责，也应该在关涉他人事务的领域不侵害他人的合法权益，这也极大地降低了政府管理的成本和负担。

社会管理体制的创新需要培育社会自治，加快形成政社分开、权责明确、依法自治的现代社会组织体制，这不仅是建立市场经济的基石，也是完善社会主义民主政治的条件。这种社会组织体制建立的重要条件就是对诸如人格权、财产权、身份权等市民权利的确认和保护，同时要通过私法自治鼓励民事主体自主参与各种交易活动，并依法自主安排自身的私人事务。民法需要确认主体的资格、地位及其权利义务，赋予其实现自治的可能性，对其自治的范围和方式进行规范，并协调自治与法律强行性规定的相互关系。民法体现的私法自治就是各种自治的基本精神和理念，鲜明地展现了市民社会的基本价值。从这个意义上说，民法是市民社会的基本法。

法治与德治

本世纪初，哈佛法学院两位著名法经济学家 Louis Kaplow 和 Steven Shavell 在《哈佛法律评论》上发表了《公平与福利》(Fairness and Welfare) 一文，对法律和道德的关系作了深入讨论。他们认为，法律规范与道德规范常常是重合的，法律规范反映了道德规范。这主要是因为，道德规范体现了特定人群在特定社会的生活经验。这些经验蕴含了人们构建良好社会秩序的智慧。将这些道德规范上升为法律，将有利于利用道德的教化力量，实现良好的社会秩序，促进人们的生产和生活。但道德规范是通过言传和朴素的道德教化形成的，其合理性没有经历立法活动这样的正式讨论过程。这也就决定了，对于一些道德规范，法律人可以通过仔细的思考和讨论加以改变，进而形成更好的社会规范。这两位作者关于道德和法律的相互联系的讨论，是值得我们重视的。其核心问题就在于如何看待法律和道德这两种规范在现代社会治理中的角色和作用。

应当承认，中国古代曾以道德之治作为社会治理模式，而且在很多历史时期也被证明是成功的。中国古代法家、儒家对究竟应该以法治国还是以德治国，曾经形成了两种不同的主张。法家主张，人性恶才生法度，生而有奢望，才有声色犬马以致贼盗，必以律法而后正，以法治防范恶欲疏导人性向善。因为国之所以治，端在赏罚，一以劝善，一以止奸，有功必赏。而儒家则主张仁政德治，孔子说，“为政以德，譬如北辰，居其所而众星共之”（《论语·为政》）。儒家学说认为，道德是个人行为规范的基础，个人一切行为都应当通过道德自省来约束自己。所谓修身、齐家、治国、平天下，修身是国家治理的基础。社会可以借助道德的力量来维持，如果由具备高尚德行的君子来治理国家，下面的人就会自然跟随君子的言行来行为。这样就可以达到治理国家的目的。在道德与法律的关系上，儒家主张“德主刑辅”。孔子曰：“道之以政，齐之以刑，民免而无耻；道之以礼，齐之以德，有耻且格。”可见儒家并没有片面强调完全依靠道德或者完全依靠法律来治理社会。相反，儒家也强调礼法并举，明道安民，为政治国应当“以德以法”（《孔子家语·执辔》）。只不过法家将法律当作一种达到政治目的的强制工具，儒家则把法律当作实现道德的工具。

在今天看来，儒家关于“以德治国”的思想仍闪烁着智慧的光芒，也是治国理政的重要经验。但严格来说，在现代社会，道德本身不能作为社会治理的主要方式。这首先是因为，中国社会结构和组织方式已经发生了重大变迁，从原来的乡村的熟人社会走向了大都市的陌生人社会。原本在熟人社会具有良好行为指引和规范效力的道德规范，在陌生人社会的规范效力日益显得捉襟见肘。由于市场经济形成社会结构的多元化和利益群体的分化，人口的大规模自由流动，经济全球化导致的民族国家的对外开放，以及科技带来的人们生活方式的转变，这些都增强了个体的独立性与自主性，人们之间的关联日益松散，在不同程度上削弱了道德的作用。现代社会治理的复杂性，无法都通过道德进行评价，而只能通过法律规则来调整。还应当看到，在陌生人社会中，人与人之间的关系比较复杂，从财产到人身，各种利益多元化且交织在一起，需要靠缜密的规则来调整人们的行为。例如，居住在高楼大厦的小区中，人们之间互不相识，现在大量出现的拒绝缴纳物业费的现象，仅仅依靠道德教化是难以发挥作用的，还必须依靠相应的法律规则的约束、法律强制力的惩戒。

在陌生人社会，道德规范的如下特点决定了其在行为规范和指引能力上的局限：一是道德的非规范性，其没有明确的行为模式和具体后果，对人们的行为缺乏明确的指引。二是道德的非强制性，道德不是由国家制定或者认可，不具有立法机关通过的法律的强制力。三是社会生活中大量的行为规则无法用道德来评判。例如，北京实行的“交通限行”法律规则、高速公路的限速规则、公司注册资本制度等技术性规则，我们很难用道德标准来评价这些规则的合理性和正当性，因为这些规则本身具有技术的中性色彩。这些技术性的行为规则，并不存在道德上的可评价性。四是道德要求的高标准性，通常来看，法律是一种最低限度的道德，而道德准则的要求则相对较高，我们不能用法律强制的手段要求每一个个体都舍己救人、无私为他，也无法因为个人没有做到这一点而要求其承担法律责任。

但是道德教化永远是法治的基础。自然法学派认为法律与道德密不可分，法律必须符合道德的要求，违背道德的法律是恶法，而“恶法非法”。以富勒为代表的新自然法学派认为，道德是法律秩序的内在基础，符合道德的法律才具有正当性，“邪恶”的法律本身就丧失了法律的本质。从富勒与实证主义法学派的代表哈特的争论来看，其核心在于法律与道德的关系，即不符合道德的法律是否是法律，恶法是否为法。其实这场争论更多涉及的是法律正当性的问题，也就是对违反道德的法律，公民是否有义务遵守。道德作为法律的基础，意味着在立法过程中，应当将最低限度的道德法律化，赋予其强制力。这就要求在法律的制定过程中，应当尽量吸收道德中的有益因素，这也便于法律的遵守与执行。自然法学派的观点对我们的借鉴之处正在于此，尤其是在民事立法中，首先应当借鉴传统道德中的有益成分，另外，道德中的一些清晰的准则可以为法律所吸纳乃至成为评价法律正当性的标准。萨维尼认为，诚实生活、不害他人、各得其所是作为法律规范的道德规范，或者称为道德律令。民法中的大量规则都在一定程度上反映了道德的要求，像无害他人、诚实信用、欠债还钱、不得从非法行为中获利等。例如，诚信原则是整个民法的最高规则，被称为“帝王规则”“君临法域”。我国《合同法》不但要求在合同订立前、订立过程中遵循诚实信用原则，而且要求在合同的履行过程中、履行后也遵循诚实信用原则的要求。在我国《物权法》制定过程中，“拾得遗失物是否应该给予一定的报酬”问题就曾引发激烈的争议，经过反复讨论，在该法第 112 条规定了失主向拾得人支付一定的费用，但没有规定支付一定的报酬，其原因就在于法律强制支付报酬的做法与我国长期以来拾金不昧的道德法则相违背。在法律吸收道德中有益因素的同时，也应当注重道德的教化作用，这样就可以实现法律与道德的良性互动，从这个意义上来看，道德教化不是一种治理模式，而只是社会治理的一种辅助手段。

法律是成文的道德，道德是内心的法律。法律是最低限度的道德规则，民法将维护社会公德作为一种基本原则，并且作为认定合同效力的基本标准，甚至直接将诚实信用、公序良俗等道德要求上升为民法的基本原则。例如，中国传统文化是非常注重讲究诚信的，过去的说法叫

“父债子偿”“人死债不烂”“一言九鼎”“君子一言驷马难追”，这实际上就是道德的约束力在发挥作用。此外，法律也会通过一定的奖励性手段促进社会道德水平的提高，如法律对无因管理中管理人必要费用及损失补偿的规定就会起到鼓励乐于助人等义举的作用。在司法裁判过程中，法官可以援引道德准则作为说理的依据，但是无法依据道德准则作出裁判。儒家希望以道德作为人们行为的普遍标准，但是在现代社会，这显然已经不具有可行性。因为大量的道德上的义务（如见义勇为等）无法成为法律上的义务，法律可以提倡，但在公民未能履行义务时，难以给予制裁。正是从这个意义上说，应该将德治界定为道德教化，而不能将其作为与法治并行的治理模式。

法律制定出来之后，其真正被遵守和执行不能仅仅依靠法制宣传，更重要的是依靠道德教化的作用。法治教育和道德教育往往是相辅相成的，进行公民守法教育时，应该包括道德的教化。根据拉兹的观点，法治的主要功能是惩恶而非扬善，高标准道德更应该交由道德教化来实现。道德教化对于法律的遵守和执行具有重要意义，道德有助于打造实现法治的良好的文化基础，道德教化有利于减少纠纷的发生，也有利于纠纷的及时解决；同时，在一个人们都能够自觉实践道德的社会，道德能够在很大程度上弥补法律调整的欠缺。中国是一个礼仪之邦，现实生活中人们的行为举止、人际纠纷很大程度上都能够通过道德来约束和化解。古代一个县官只带着一个随从，就可以走马上任，治理好一个大县，这其中起主要作用的不是其他社会力量，正是道德教化。古语说以德服人、以德育人，也正是这个道理。有了好的法律，但是人们没有诚实守信的道德，则法律仍然难以发挥作用。例如我国当前存在的食品安全问题，其实相关的食品安全立法已经比较完善，但是有些商人缺乏诚信观念，没有道德底线，蓄意制造生产有毒有害食品并投放市场，以获取暴利。实践证明，如果人们普遍具有较好的道德水准，则即便法律有所欠缺，仍然可以实现社会的良好秩序。

总体上看，“徒善不足以为政，徒法不足以自行”。这句话深刻地说明了道德教化和法治不是截然分离的，而是紧密联系在一起，所以两者不可偏废。社会治理无法全部依靠道德教化，尤其是在现代社会，法治应该成为社会治理的基本方式；而法治本身也并非无所不能，道德教化也能够打造法治实现的良好基础。社会治理的过程中，必须将法治和道德教化紧密结合起来，单靠任何一方面，都无法达到预期效果。

性善性恶论与法律治理

性善论和性恶论是人性论中的两种基本立场。人到底是性善的，还是性恶的？这一问题从来没有真正的结论。实际上，这一难题与社会的法律治理密切相关。性善要求性善的法律，性恶要求性恶的法律。

三字经中第一句话就是“人之初，性本善”，这概括了中国传统社会对人性的看法，其认为人性在本质上是善良的。即使长大后作恶，也可以通过道德进行教化，通过此种教化，“人皆可为尧舜”。

儒家学说历来主张性善论。但孔子却把人分为君子与小人，认为他们的教化难度有别，应因材施教。相较而言，孟子的性善论更彻底。在孟子眼里，人皆性善。通过提高人的精神境界，从而达到“内圣”。孟子曾经用水的高低来比喻人性的善恶，“水信无分于东西，无分于上下乎？人性之善也，犹水之就下也。人无有不善，水无有不下”（《孟子·告子上》）。意为就像水都会往低处流的性质一样，人心都是向善的。孟子强调，人的“德性”来自不断反省和保持天生的善心。在现实生活中，人们往往不知道守护自己的善心，好像鸡和狗走失一样，需要去将它们找回来。“欲仁仁至”“求仁得仁”，仁政的基础也在于引导人们向善。因此，按照性善论的观点，人心向善，虽然我们可能受到一些坏习惯的影响，阻碍身体和道德的成长，但向善的本性会一直保持下去。人生存于天地之间，只有互助互爱，才能使人群不断繁衍，并存共荣。在这种性善论的指导下，强调通过道德教化来培养善，而不重视通过法治来抑制恶，“君子以仁存心。以礼存心。仁者爱人，有礼者敬人。爱人者，人恒爱之；敬人者，人恒敬之”（《孟子・离娄下》）。因为“法能刑人而不能使人廉，能杀人而不能使人仁”、“故圣人教化，上与日月俱照，下与天地同流”（《盐铁论》申韩第五十六）。而墨家认为，从本能上讲，人只能受私欲的冲动，人善之心只能靠后天培养。法家则大多认为，人性本恶，“今人之性，生而有好利焉，顺是，故争夺生而辞让亡焉；生而有疾恶焉，顺是，故残贼生而忠信亡焉；生而有耳目之欲，有好声色焉，顺是，故淫乱生而礼义文理亡焉。然则从人之性，顺人之情，必出于争夺，合于犯分乱理，而归于暴。”（《荀子・性恶》）因此必须严刑峻法、惩奸除恶。

在西方社会，受基督教的影响，历来主张性恶论，按照《圣经》传统，由于人类始祖亚当夏娃偷吃了伊甸园里智慧树上的禁果，就违背了上帝的意旨，犯下了原罪——人生来就有的罪过。奥古斯丁在《忏悔录》中阐发了这种观点，认为每个人一生下来就有罪，人性是恶的。德国哲学家黑格尔也认为人性本恶。按照这样一种传统，必须要通过法律来遏制人的性恶的一面。意大利著名的政治学家马基雅维里将性恶论发展到极致，他认为，人类愚不可及，总有填不满的欲望、膨胀的野心；总是受利害关系的左右，趋利避害，自私自利。人都是“忘恩负义、心怀二志、弄虚作假、伪装好人、见死不救和利欲熏心的”；人是自私的，追求权力、名誉、财富是人的本性，因此人与人之间经常发生激烈斗争，为防止人类无休止的争斗，国家应运而生，国家是人性邪恶的产物。为了遏制性恶，国家有必要颁布刑律，约束邪恶，建立秩序。性恶论对西方法治理论产生重大影响。一种流行的观点认为，为约束邪恶，需要依靠法律来调整社会的方方面面。甚至像邻里关系、夫妻关系、父母子女关系等，都要靠法律规则来维系，以至于西方学者认为，西方社会已经陷入到社会的“过度法律化”的问题中了，哈贝马斯称其为法律“对于人类生活世界的殖民化”。过多的法律可能会使得人们在规范选择面前变得无所适从，法官的法律适用也变得异常困难。因此，有人指出，西方社会患了法律依赖症。

很多学者在比较中西法律文化时，都谈到了性善论与性恶论的差异。根源上来讲，这种差异不仅是一种宗教的、伦理的、文化的差异，也造成了法律文化的差异。今天我们还是应当肯定性善论的历史功绩和对我们的影响，中华民族几千年被称为礼仪之邦、文明古国，这与主流传统文化教导人们向善有密切的关系。可以说，时至今日，道德教化仍然是我国社会中不可或缺的约束力量。但是，我们也必须看到，社会进入到今天，单纯靠道德教化来衡量人们的行为是不够的，还需要有大量具体的行为规则和必要的惩罚、规制来约束各种逾越道德底线的恶行。当然，除了惩罚外，对恶行还应当进行预防。对此，法律固然有威慑和预防的功能，但仅凭借此种方式是不够的。比较而言，西方社会除了规则的约束以外，还存在宗教的教化。而在中国历来欠缺宗教约束，如果出现信仰真空、行为失范，对内心的恶如何约束和防范，就成为了一个难题。道德教化是解决此种难题的重要选择，当然其也具有一定的局限性，必须与法律及其他机制协同运作。

我认为，简单地将人性说成是性善性恶，并不妥当。其实善与恶，都是社会化之后的观念，人生来并无什么善与恶之分，也不能简单推断一部分人是善、另一部分人是恶。“文革”时候，我印象最深的两句话是“龙生龙，凤生凤，老鼠生来会打洞”和“老子英雄儿好汉，老子反动儿混蛋”。这种血统论简单而粗暴地在每个人出生伊始就根据父辈的成分将其界定为社会的善类或恶类。这是一种建立在错误逻辑基础上的形而上学的论断。实际上人都是社会的人，人一出生，无法判断社会上的善与恶。善与恶都是在社会中形成的。每个人的人性中都有向善的一面，这是人区别于野兽的本性。正是因为人性向善，所以要通过道德的教化、规则的引导来促进人们向善。但正是因为人性有恶的一面，所以需要依靠制度来约束。正如“美国宪法之父”麦迪逊所说：“如果人都是天使，就不需要任何政府了；如果是天使统治人，就不需要对政府有外来的或内在的控制了。”但现实生活中没有天使，即便性善者也很难是完人。正如韩非子认为，通过人治治理国家，则“千世乱而一世治”，而以法治国则能实现“千世治而一世乱”（《韩非子·难势》）。而且即便是像尧、舜那样的圣贤治国，其也无法完全依靠个人的品格、才能治理国家，而必须依靠法律。这也是为什么需要发挥内在道德教化和外在法律约束的社会调节合力。

比较而言，道德教化在熟人社会中的调节作用更为明显。在熟人社会中，人口流动较少，大家通常生活在一个彼此熟悉的、相对狭小的共同体中。该共同体在性质上、形式上与一个扩大的家庭类似。这样一种环境，既有利于形成充分的道德共识，并通过同族长者进行道德教化的方式完成对人们行为的规训；同时，对于违反道德教化的行为，也更容易察觉和有效地防范。然而，中国经过三十多年的市场化的变革，逐渐从熟人社会向陌生人社会转变、从农业社会向工业社会转变。在这一背景下，道德教化的作用虽然重要，但显然不能单纯依靠道德教化来治理国家，还必须借助法律来对社会进行治理，因为从哲学层面看，道德治理的前提是所有的人性都为善的，但现实并非所有人都向善或性善，所以道德教化不可能作为一种主要的社会治理方式。在复杂的社会环境下，无法完全依靠道德治理社会。

据《中国城市发展报告（2011）》显示，2011 年，我国城镇化率已经达到 51.27%，城镇人口首次超过农村人口，达到 6.9 亿人。全国共有 30 个城市常住人口超过 800 万人，其中 13 个城市人口超过 1000 万人。每年农村人口以 1500 万左右的速度向城镇转移。而城镇社会其实就是陌生人社会，在陌生人社会中，由于人口流动、迁徙的频繁，个体的独立性大大增强，人与人之间的关系呈现出“点对点”的模式，其工作、生活、人际交往领域常常互不重合，因而不再具备原有熟人社会中人们彼此相互了解的特征。即使在同一个单位工作，在八小时以外也是“社会人”。在这种情形下，单纯的道德教化将难以对人们日常的生活和工作产生有效的约束力，进行道德教化的难度也显著增大。人口的大量流动、迁徙，使得适用于熟人社会中的道德教化难以发挥作用。此时，必须借助具有国家强制力的法律规则来实现对人们行为的指引和规制。当然在这个过程中，必须要与道德相互协调，共同发挥对社会的调整作用。

人性中确实有“性恶”的一面，从近来食品安全频发的事件中就可以看出，一些奸商为追逐非法利益，不断逾越道德底线，危害民众和社会。某些官员利令智昏，徇私枉法，滥用职权。还有一些黑恶势力，为非作歹，欺压百姓，危害社会。这些社会的阴暗面根据“性善论”，依靠道德教化显然是不够的，必须要靠强有力的法治才能够保护人民的生命财产安全，惩罚犯罪，维护社会的公平正义。法治其实在一定程度上也有对付邪恶的作用，这通过法律的预防功能和惩罚功能体现出来。中国古代法的本来含义就是去除邪恶，“灋，刑也，平之如水，从水；廌，所以触不直者去之，从去”。这正是因为有人可能作出的违法行为。俗话说，“善有善报，恶有恶报”。如果我们不把这种报应当作来世的报应来理解，而是当作惩罚来理解，那么，法律就是给恶者以惩罚、给善者以保护和补偿的制度。

法治与人情

中国社会是一个人情社会。众所周知，中国古代社会具有“礼治”的传统，汉字中的“礼”字，除了具有规范的含义外，还兼有馈赠的意义，而送礼就等于是送“人情”，这也是情和礼相融合的表现。费孝通先生认为，重人情是传统社会的固有特点，他在《乡土中国》中提出了著名的“同心圆”比喻，认为传统社会中的人是人际关系同心圆的核心，不同关系的亲疏远近就像水的波纹一样，一圈一圈推出去，越推越远，也越推越薄。本质上，重人情充分体现了传统社会的团体性特征。对此，李泽厚提出“情本体”的看法，认为儒家把人情看做人存在的基本方式，这与西方基于独立、自主的个体的个人存在方式具有重大差异。西方社会本质上是以个人本位为中心建立起来的，更注重的是行为规则。在我国这样一个注重人际社会关系的社会，往往忽视个人的独立人格与平等。这些看法都不无道理。

何谓人情，其实并无统一的说法。在孔子看来，人情指的是人的本性，《礼记・礼运》曾明确指出：“何谓人情？喜怒哀惧爱恶欲七者，弗学而能。”可见，人情主要指的是人的真情实感。情是人性中的一个很重要的方面。在“天理国法人情”的语境下，人情的含义可以理解成尊重社情民意、民风民俗，也可以理解为对人的关爱。古人说，“律意虽远，人情可推”，可见人情、民意是法律应当追求的价值取向，也是法官判案时应当考虑的重要因素。但在普通民众的生活中，人情往往被理解为一种人际关系以及在这种关系中所包含的亲情、友情等。同个人与其亲人、朋友的亲疏关系相联系，关系越密切，则人情越重；关系越疏远，则人情越轻，这就是中国古代所谓的“爱有差等”伦理思想的心理基础。

在我们这样一个人情味很浓厚的社会，存在着与西方法律文化的诸多差异。例如，西方社会即便是在家事关系中也强调产权的清晰界定，在家人之间、夫妻之间常常采用分别财产制。但在中国人看来，这种分别财产制与“亲情”“夫妻之情”是相违背的。若结婚时就要约定财产的分别所有，且约定离婚后财产的安排，则一般人会认为这一对夫妻缺乏真正的感情，很难长久维系。又如在父母子女关系上，西方社会中父母在子女成年之后就不再负担抚养义务，有的成年子女住在父母家中甚至要支付房租，即使家庭殷实，子女一般也具有充分的独立意识，不会再依赖父母的资助与其他支持；而在当前的中国社会，即便子女已成家立业，也仍然可以要求父母给予经济支持、帮助提供结婚资金甚至买车买房，极端者，可以演化为不工作的“啃老族”。但对这种现象，我国一般民众并不认为不妥，甚至认为这本身就是一种亲情的体现。实际上，我国社会所具有的人情特性也有其合理性。社群主义者认为，在任何一个社群中，社群与成员之间、成员与成员之间都存在紧密的纽带联系，包括经济的、政治的、文化的和情感的联系。在一个人情味很浓的社会，人们经常感觉到亲友的温暖和关爱，这种友情和亲情，是人类最为美好的感情之一。因此在任何时候都需要弘扬人与人之间的互爱互助精神。中国人重情尚义，讲究知恩图报。因此，“点滴之恩，涌泉相报”

“得人恩果千年记”等谚语也是不胜枚举，这也是中华民族优秀品质的体现。在人与人之间的交往中，重视人情也是做人的基本道理。俗话说，“人情大如债，顶着锅盖卖”“在家靠父母，出门靠朋友”，这些民间谚语都非常形象地说明了在中国人情的重要性。

但是，法律与人情具有各自的逻辑，两个维度不同但仍然各自发挥其影响，如果允许人情过多地介入到法律中来，会产生负面的、消极的作用。法律是什么？亚里士多德回答说，法律是没有感情的智慧，它具有一种为人治所不能做到的“公正性质”。在他看来，人治中的“人”，尽管聪明睿智，然而他带有感情，因而会产生不公道不平等，从而导致政治腐化。只有靠法律的统治才能避免这种人为的不公正现象。西方主要是一个法律统治的社会，人与人之间都靠法律规则来约束，但个人之间、家庭之间常常缺乏中国人所熟悉的人情。西方人做人行事往往依规则而行，这种人际关系又是清晰和简单的，因为有明确的法律规则作为指引，人们彼此之间的权利义务十分清晰。西方人对人际关系的思考远远没有中国人考虑得复杂，熟人之间、朋友之间出现纠纷后可以对簿公堂，但在案件了结后仍然可以继续交往，甚至可以继续作为朋友。但在中国，因为传统社会注重人情，又缺乏相应的法律规则来约束人们的行为，因此人际关系往往显得较为复杂。出现纠纷后，往往采用息事宁人的方法解决，不主张对簿公堂，即使“有理”，也不诉诸法庭，因为可能即使赢了官司，也伤了和气。俗话说“一场官司十年仇”就反映了这种认识。其实，过度重视人情的处理和维系的观念，应当有所改变了。在现代利益多元化、复杂化的社会中，以法律为纽带来规范人们的行为、调整人际关系，才能更有效地维护一个社会的和谐和有序。而试图以人情为纽带来维持和睦往往是不够的、成本高昂的，尤其是人情味过浓，就有可能变味，形成人情网、关系网。所谓任人唯亲，其实就是人情味变味的结果，把选拔人才、任命干部的标准，变为个人之间关系亲疏远近的标准，而不再是唯才是举、选贤任能。

人情味变味，很容易影响司法公正。执法不能重人情、讲关系，在“人情大于王法”的语境下，人情在一定程度上可以凌驾于法律之上，在这个意义上，人情是个贬义词，它反映了传统社会中人情对法律的侵蚀和破坏。古代法家历来强调法不阿贵、赏罚分明、执法公正。在这一点上，法家的思想与现代法治的精神有一定的相似性。法官为了保持其独立公正，不能受人情左右。“执法而不求情，尽心而不求名”（苏洵《上韩枢密书》）。应当看到，由于中国几千年农业社会的传统习惯，人们的亲属观念、地域观念十分严重，尤其是在广大农村，家族的、宗族的、本土的观念十分浓厚，人情、亲情、友情常常左右着法官，所谓“案子一进门，两头都找人”，有的法官处在各种人情的包围之中，难免会导致“关系案”、“人情案”的出现。一旦法官受人情和亲情驱使，徇私枉法、出入人罪，则对社会的危害是非常严重的。

人情味变味，对依法行政也会形成一定的障碍。现在一些地方和部门的政府办事并不严格按照规矩来进行，时常受到关系、人情的左右。有关系不该办的也办，没有关系，该办的也不办，这种情况，让人已经习以为常。例如在因违规被罚款时，很多人首先想到的是如何找人疏通。有的行政官员已经习惯于为自己的亲朋好友批条说情，如果不能为其亲朋好友办事，可能使其认为权力失去了意义。有人深陷于人情网、关系网之中而不当行使权力甚至滥用权力。尤其是涉及行政审批的领域，政府权力过大，管制越多，审批越多，寻租机会越多。从已经披露的大量腐败案件来看，很多都是为亲朋好友的利益滥用职权，导致腐败。据有关媒体报道，商务部条法司前副司长郭京毅受贿一案，就是陷入人际关系之中，收受贿赂，滥用职权，从而触犯法律、沦为阶下囚。

在现代社会中，人与人之间需要亲情和友情、需要温暖，从而使生活变得更为温馨。但同时又需要明确的规矩来约束人的行为，防止人们的行为逾越一定的界限。古人说“王法无情”也讲的是同样的道理。所以，我们需要建设一个充满人情味而又遵守规矩的社会。

小议法律与宗教*

据报载，2010 年，住在云南玉溪市某寺庙的方丈释永修不幸遇害。案发后在整理其遗物时发现，释永修存有四百余万存款和二十余万的债权单据。其女认为，她有继承父亲遗产的权利，依据国家法律，僧人具有普通人的权利和义务。信仰宗教的僧人也是中国公民，具有法律主体资格，在没有任何法律特别规定的情况下，僧人享受一般公民的民事权利和义务，根据我国《继承法》，其子女有继承其遗产的权利。但该要求被寺庙拒绝。寺庙认为，僧人四大皆空，不应有个人财产，自然也就没有遗产了，其所用和所持有的财产属于寺院共同财产的一部分，因此不能继承。本案给我们提出了一个十分重大的议题，即法律与宗教戒律的关系问题。

对每个人来说，一生中最牵挂的有两件事，一是如何保护自己和亲人的身体安全，以及被称为“身外之物”的个人财产的安全；二是如何守护好自己的心灵，使自己心有所安。前一件事情是由法律来解决的，而后一件事情在西方则往往要求助于宗教加以解决。

在西方社会，法律和宗教交织在一起、贯穿于整个西方

* 原载《新京报》2012 年 9 月 22 日。

文明发展史，因此，讨论法律问题自然离不开宗教。在政教合一的情形下，法律实际上是臣服于宗教的，如中世纪的寺院法，很大程度上不过是宗教的教规而已。中世纪后期，随着宗教与世俗权威的逐渐分离，政教合一统治的合法性开始动摇，法律作为一种主要的社会治理模式逐渐取得了主导的地位。到 1791 年，美国《宪法修正案》的第 1 条确认了政教分离原则，从而清晰地界分了宗教和国家的界限，既维护了个人的宗教信仰自由，又维护了法律的尊严与权威。其基本理念是认为宗教是与国家无关的、私人的精神自由，属于个人信仰和思想自由的范畴。在政教分离的情形下，国家的治理主要通过世俗的机制进行，而法律便是这一机制的主要形式。当然，如下文所述，尽管宗教在政教分离后退出了对国家治理的直接影响，但其作为背景性的社会规范，仍然在制度上、思想上深刻地影响着人们的行为。

在我国，儒、释、道统称为“三教”。但其是否属于真正意义上的宗教，学界一直存在争议。主流观点认为，儒学内容宽泛，包括齐家、治国、平天下的政治思想，也包括对大自然规律的认识和感知的哲学思想，还包括忠义、孝悌等修身做事的道德理念，因此不应简单以宗教加以概括，儒学不能被视为宗教，也不应把孔子变成神。至于道、佛是否属于宗教，的确取决于宗教的概念如何定义，限于本文主题，对此不拟加以深入探讨。总体而言，我倾向于认为，如果把宗教定义为以神为主体、以灵魂不灭为基础、以到达彼岸世界为精神追求的体系，则中国传统上并没有此种意义上的、土生土长的宗教。所以，在 20 世纪 20 年代蔡元培、王国维等人提出以“美育代宗教”的观点，这在很大程度上是结合中国自身的社会现实和社会思想资源提出的解决方案。他们认为，人类的三种基本精神活动“智识、意志、情感”，可以分别对应于科学、道德教化与美育，因此也就未必需要宗教。正是因为中国传统社会缺乏一种与法律交织在一起的宗教，我们的宗教没有和法律混杂在一起，我们没有一种政教合一的传统。中国人历来相信“天理昭昭”，“善有善报、恶有恶报”，但是仍未形成与西方宗教相类似的观念和信仰。比如说相比于基督教传统，中国哲学传统缺乏“heaven”（天堂、天国）、“calling”（神召）、“incarnation”（道成肉身）、“the way”（上帝指示世人之路）等明显有着超越世俗意味的词汇。

宗教与法律都属于社会的上层建筑，并共同服务于特定社会的经济基础。伯尔曼在《法律与宗教》中考察了西方国家宗教对其法治传统的影响，认为宗教因法律而具有社会性，法律因宗教而获得神圣性，没有宗教的法律，会退化成为机械僵化的教条，没有法律的宗教，则会丧失其社会有效性。我的理解，伯尔曼的观点实际上是指，在西方社会中，宗教的存在很大程度上让法律具有了充分的正当性。因为，在早期西方社会，宗教戒律曾经是法律的基础。同时，法律的存在，也让宗教具有了规范性而不仅仅是抽象的道德教化。此外，宗教信仰也确立了人们的一些基本的道德行为准则，一定程度上也弥补了单纯靠法律的强制力来进行社会管理的不足。宗教和法律的相似性，还表现在他们都是特定社会的一种文化。宗教与法律一样，也注重仪式。仪式在本质上是一种程序。而无论宗教信仰还是法律上的正义，在很大程度上都需要通过特定的程序来加以实现。在西方社会，法庭的神圣性受到了宗教仪式的影响。法官的袍服，法庭的布置，开庭前要求肃静，严格的出场顺序，誓言、致辞的形式，以及法庭上的各种仪式都旨在使正义的审判形式化、外在化。法谚云：正义不但要伸张，而且要以看得见的形式伸张。而法庭的这种仪式安排，就是试图使正义的形式能够表现得更为充分。仪式性是宗教的固有特点，只要这些仪式和宗教活动不损害他人利益、不违反公共利益，法律就应当允许。

在政教严格分离的社会，法律毕竟是世俗的，宗教则是一种个人的信仰。法律和宗教有各自的调整领域，并且任何宗教都不能够违背世俗的法律，不能超越世俗的规则，宗教信仰也不能引导人们违背法律，这是全世界所普遍认可的。例如，西方许多国家规定宗教不能进入课堂，教育应当与宗教分离，这或许与许多宗教的规则是相冲突的，但宗教仍然要服从法律的规定。再如，法律规定实行一夫一妻，这可能与某个允许一夫多妻的宗教教义相冲突，但宗教的规定不得违背法律，否则，当事人仍然要受到法律追究。宗教只能在个人信仰自由的范围之内活动，而不能去干涉国家的政治、外交、军事、教育等领域。还应当看到，在政教分离的体制下，宗教本身通常并不包含强制性的法律制裁。若有些行为既违背宗教教义，又触犯法律的规定，即便按照宗教的教义采取了补救措施，仍应承担法律责任。

我国实行政教分离政策。依据现行《宪法》第 36 条的规定，公民享有宗教自由，但任何宗教活动都不得违反国家的法律和法规。所有宗教人士作为公民，都依法享有权利，并承担相应的义务。回到前面这个案例，我们认为，既然该争议涉及财产问题，并且已经作为民事案件在法院提起诉讼，在诉讼过程中，寺庙本身已经作为一方民事主体，而不是作为一种宗教团体来出现的，既然双方的争议在于财产问题，那么，法院应当依据国家法律作出裁判。一旦法院判决作出，寺庙也应严格遵守。僧人的财产和人身也应受法律保护。某人自愿出家之后，并不意味着其放弃了法律上的财产权，所谓“四大皆空”，只是佛教戒律对佛教徒心理状态的一种要求。但“空”并不等于“无”，若将“空”等于

"无"，也等于否定了寺庙的财产权。所以，我认为，僧人享有的财产权利也应当受到法律的保护。其生前的私人财产，理应允许其亲属继承。但问题的关键在于，本案所涉及的财产是否属于该住持的私人财产。这是需要法院在认定事实的基础上作出裁判的。

伯尔曼从宗教的信仰出发，提出一个重要的命题，即法律必须被信仰，否则形同虚设。这句名言被法律人广为传颂，这或许是他研究宗教而得出的一个重要启示。研究法律和宗教的关系，有助于树立一种对人类社会普遍尊崇的基本规则的敬畏。康德曾经说过：唯头顶的星空与心中的道德法则令人敬畏。很多普适性的规则，如禁止杀人、盗窃、作伪证、欺诈，契约应当履行，损害应当赔偿等内容，在西方社会被通过宗教的形式固化为人们的道德信条，在我国同样也有所体现。中国传统社会虽然没有宗教的传统，但是我们历来有"头上三尺有神明"之说。敬畏之心是对世间事物心怀尊重的态度，以最起码的道德底线规范自己，来守住自己的良心和灵魂，使自己不至于逾越道德底线。正如朱熹说："君子之心，常存敬畏"（《〈中庸章句〉序》）。明代方孝孺认为："凡善怕者，必身有所正，言有所规，行有所止，偶有逾矩，亦不出大格。"当下那些行凶作恶的歹徒、鲜廉寡耻和贪得无厌的腐败分子、为追逐利益而制造危害他人生命健康食品的奸商的种种作为，都在告诉我们：在一些人缺乏敬畏之心和道德底线的社会中，法律的应有作用也会受到限制。法律再好，也可能遭到践踏。从这个意义上说，我们既要用法律规范人们的行为，保护好人民的身体、生命和财产安全，同时我们也要加强主流价值观的教育，劝导人们一心向善，守住自己的道德底线，这样，社会才能够真正和谐。

和谐社会应当是一个法治的社会

和谐社会和法治社会，两者的目标是一致的，都旨在追求规则和秩序范围内的社会和谐与进步。但和谐社会的内涵更为丰富，其内容包含了政治、经济、文化、道德、环境等广泛的领域，和谐社会要求政通人和，社会治理井然有序，人民安居乐业，社会公平公正。和谐社会是一个上位的概念，但和谐社会的建立必须以法治为中心，可以说和谐社会从本质上看就是法治社会。

之所以说和谐社会是一个法治社会，首先是因为和谐社会应该是一个有秩序的社会。亚里士多德说："法律就是秩序，良法就是良好的秩序（Law is order，and good law is good order）。"所谓秩序是指一种有规律、可预见、和谐稳定的状态。一个社会要做到有序运行，不仅仅是要求国家的政治制度健全有序，社会运行健康而有规则，经济的发展稳定并有活力，而且应当使人民群众的财产和人身都受到法律的充分保护，社会形成一套良好的法律秩序，人民安居乐业、和睦相处，出现任何纠纷，都能够通过司法来解决。秩序一旦形成，社会自身就具有了一定的自我维持、自我协调、自我发展的能力，从而就能减少、消除各种社会冲突和矛盾，形成符合人们期待的和谐。在秩序的形成过程中，尽管有多种力量可能发生作用，但其形成必须依托于一定的规则，不同类型的规则在秩序的形成过程中所起的作用可能是不同的，但在现代社会，起主导作用的应当是法律规则。为维护良好的秩序，有必要建立法律的权威，使法律能为人们所信仰；建立严格依法办事的机制，一切按制度、按规定、按程序办事，法律面前人人平等，“不别亲疏，不殊贵贱，一断于法”（《史记·太史公自序》），执法机关要依法惩治犯罪，保障公民权利，依法建立公正廉洁的法治政府；此外，还需要培育法治观念，为制度的形成奠定坚实的观念基础。

和谐社会应该是一个公正的社会。社会的和谐必须建立在公平正义的基础上，公正既包括政治层面上的法律地位平等与权利分配的公正，也包括经济领域中利益分配的公正，其所包括的内容非常宽泛。丧失了公正，社会成员就容易产生怨恨情绪，可能引发各种社会矛盾，从而就不能形成和谐稳定的秩序。一方面，维护社会公正要从立法层面充分反映广大人民群众的意愿和利益，努力协调好、维护好广大人民群众的利益。尤其需要注重在立法中通过国家对国民收入的再分配，解决好社会保障问题。在立法中应当强化对弱势群体的保护。另一方面，从法律适用层面维护社会公正。当前，实现社会公正的一个重要的方面就是要实现司法公正。在现代社会，由于司法不仅具有解决各种冲突和纠纷的权威地位，而且司法裁判乃是解决纠纷的最终手段，法律的公平正义价值在很大程度上需要靠司法的公正而具体体现。司法公正意味着公民法人的合法权益受到平等的、充分的保护，违法犯罪者受到应有的惩治，无辜的受害人能够获得应有的救济。为此，需要保障司法机关依法独立公正行使审判权，使人民群众在每一个司法案件中都能感受到公平正义，决不能让不公正的审判伤害人民群众感情、损害人民群众权益。如果连作为保障社会公正的最后防线的司法都出现了不公正现象，则不仅立法所追求的正义价值不能实现，而且整个社会的公正和正义也难以维持。因此，司法公正既是司法机关存在的原因和所追求的目的，也是建立法治社会的关键。

和谐社会应该是一个以人为本的社会。以人为本，在法律上就是指要充分尊重个人的意愿，使其享有人之为人所应享有的基本权利，在法律允许的范围之内，享有广泛的行为自由。国家和社会应当充分保障和实现个人的福祉，促进个人人格的发展，维护个人的人格尊严和自由。以人为本应当作为国家和社会的终极目标，而非作为实现其他目的的手段。现代化的过程是人的全面发展与全面完善的过程，它应始终体现对人的终极关怀，其重要标志之一是对人们人格权利的充分确认和保障。当前，在法律上贯彻以人为本的原则，一方面，需要在立法上充分反映人民的意愿和利益，在具体制度的设计上以有利于保障和实现人们的合法权益为宗旨。另一方面，要协调好个人与社会、个人与国家、个人与集体之间的相互关系，在尽可能地赋予个人行为自由的前提下，维护和实现社会公共利益和国家利益；在尽可能地尊重个体的独立性和自主性的基础上，维护集体的利益。对于私人之间的关系，只要不涉及国家利益、公共利益，国家原则上不进行干预。只有在当事人出现纠纷之后，国家才以裁判者的身份行使国家权力，解决纠纷。在正确协调好个人、社会与国家的关系的基础上，形成公民社会与政治国家既相互制衡，又相互促进、协调发展的和谐关系。

和谐社会是一个依法保障人权的社会。法治的固有含义就是保障人权、规范公权。保障人权，需要加强对人格权和财产权以及其他民事权利的保护，尊重与维护个人的人格独立与人格尊严，使人成其为人，能够自由、富有尊严地生活。公民的权利不受非法侵犯，不仅意味着其权利不受作为私法主体的第三人的侵犯，而且更为重要的是，它还意味着其权利不受来自国家权力本身的非法侵犯，这正是现代法治的重心之所在。为了充分保障公民的权利，一是要加强民事立法，尽快制定民法典，构建完善的权利体系，形成对公民权利的充分的全面的保障。二是需要完善行政立法，限制政府权力。我们国家曾经长期实行高度集中的行政管理体制，在这种历史传统影响下，个人的私权时常显得十分脆弱，因而保护公民的权利的前提是要限制和约束公共权力。三是要完善社会立法，建立良好的社会保障机制，全社会都要关注和保护弱势群体。只有制定完善的社会法，才能为构建和谐社会奠定必要的基础。

现代化的中国应当是一个富强、民主、文明、和谐的社会主义法治国家。当前，我国正处于向法治社会转型的时期，因而构建和谐社会的根本举措还在于建设法治社会。当然，法律手段也有其局限性。古人说“徒法不足以自行”，其实还有另外的含义，即仅仅有法律是不够的，还需要道德等规范发挥调整社会生活关系的作用。但从社会发展趋势来看，和谐社会必须以建设法治社会作为重要目标。

从“醉驾入刑”谈起

2011年，《刑法修正案（八）》确立了醉驾入刑的规则。该规则实施以来，因醉驾入刑的人，既有官员，又有明星。交警时常半夜在马路上进行抽查，一旦发现醉驾，则按照既定的程序规则迅速进行处理，效果明显。对现在饮酒之人而言，主动请代驾，或者将车辆停放原地而乘坐公共交通工具回家，已经习以为常。“醉驾入刑”遏制了大量的“马路杀手”。可以说，法律执行力度最大、效果最佳的，就是醉驾入刑的规定。虽然人们对酒后驾驶的危险性、打击“醉驾”行为的社会共识，也是醉驾入刑得到严格执行的社会基础，但“醉驾入刑”规定执行得好，主要原因在于以下几个方面：

一是严格执法、“令行禁止”。《刑法修正案（八）》一经通过，公安机关迅速行动，依法行使职权，一旦发现醉驾者，不论醉酒原因如何，一概严格依法处理，立即在全社会引起了震动。可见，执法部门严格执法，是法律能够被严格遵守的关键。法律的生命在于适用，我国社会主义法律体系虽然已经建立，但实践中执法不严、违法不究的现象仍然较为普遍存在，法律规则意识的缺失，始终是我们社会的一大通病。从整体上看，全社会还没有形成严格守法的理念，某些执法部门在执法中“见到利益争着上，得罪人的事争着让”，因此不少法律还只是停留在纸面形式，仍是像霍尔姆斯所说只是“书本上的法律”，而不是“行动中的法律”。不能完成这种转变的重要原因在于，法律从颁布到执行通常会出现“中间梗塞”，即执法者未能真正严格执法。我国关于食品安全的法律体系相对完善，但食品安全问题层出不穷，执法不严恐怕是其中的一个重要原因。我国虽然已颁布了不少保障交通安全的法律法规，但交通事故依然频发。君不见，马路上车辆随意变道、擅自停车，行人乱闯红灯、翻越护栏，电动车和摩托车在人行道上横冲直撞等，凡此种种，即便是坐在汽车内，也感到心惊肉跳，但这种现象在一些西方国家却很少见。媒体经常报道德国人半夜即便没有车辆，见到红灯依然静静等候。如果执法者严格执法，就是最有效的普法方式，引导人们养成人人守法的习惯。严格执行“醉驾入刑”的法律政策本身可以向人们传播一种健康的饮酒文化，改变人们酗酒的不良习性。严格执法的效果还在于，其有助于形成一种不能醉酒驾驶、否则害人害己的道德规范，这对我们实行法治积累了有益的经验。一个真正的法治社会，应当是一个对法律规则有着普遍遵守、敬畏的社会。人们应当自愿遵守法律，而不是被迫遵守法律，因为法律是保护每一个社会成员利益的规则。以交通规则为例，它保护了每一个人的安全，但又需要我们每一个人去遵从，否则就会形同虚设。中国人的灵活聪明是世人所称赞的，但如何将这一素质与“规则意识”结合起来，这是我们民族在21世纪所面临的新挑战。严格执法就是培养公民规则意识的一个很好的方法，即严格按照法律规定来追究行为人的责任，这就能使人们自觉按照法律规定来行为。如果能够像执行“醉驾入刑”规定一样，通过严格执法来灌输人人守法的规则意识，这将为中国的法治建设奠定良好的社会基础。

二是严厉追究、无法通融。从《刑法修正案（八）》的规定来看，该修正案没有给公安机关留下过多的自由裁量的空间，即一旦醉酒驾驶，就应当入刑，并不考虑案外因素，这也改变了人们长期以来认为某些法律像“一根橡皮筋”的观念。尽管有关自由裁量权的合理性以及给司法、行政机关多大的自由裁量权空间，仍然存在争论，但面对我国现有的执法体制和队伍素质，自由裁量权过大，必然会影响法律的适用效果，导致法律的不确定性。以醉驾为例，如果给执法者过大的自由裁量权，允许其自由判断何为醉驾、达到何种程度为醉驾、醉驾产生的原因以及是否造成醉驾的损害后果等来确定是否应当承担刑事责任，甚至允许公安可以以罚代刑，这必然导致执法效果大打折扣。正是因为“醉驾入刑”规则没有给公安机关留下太多的自由裁量空间，因此，一旦醉驾，不论何种原因，都应当承担刑事责任，如此一来，不仅产生了很好的执法效果，而且向人们传达了一个很明确的信号，即一旦醉驾，就要承担刑事责任，而无法通过其他方式逃脱刑事责任。

三是平等对待、一视同仁。对醉驾者，不论是普通百姓，还是文体明星、政府官员，均能依据规定一视同仁地处理，且立即处置，这真正体现了法律面前人人平等。醉驾入刑取得了良好的社会效果，根本原因就在于不给说情者任何机会，也不给执法机关“法外开恩”提供运作空间，这就能保证执法的公正与高效，而这一点正是目前我们社会所普遍缺乏的。真正的法治社会，应当是一个法律平等约束所有人的社会，“不别亲疏，不殊贵贱，一断于法”（《史记·太史公自序》），而这正是依法治国的根本。但在实践中，一旦违反规则，许多当事人不是甘愿受罚、迅速纠正，而常常是找领导批条、亲友说情、熟人疏通，“案子一进门，两头都找人”，以至于现在成了没有批条、说情的案子成为例外的、不正常的，批条和说情的现象反而常态化了。产生这一现象的重要原因，就是在法律适用中不能真正做到一视同仁，不徇私情。但这样一来又会扭曲规则意识。所以，“规则意识”的确立必须以法律面前人人平等的观念为前提。执法中，平等对待是对规则意识最有力的教化，这也提高了社会有序运行的整体成本，人们普遍树立规则意识，有利于增进社会整体福利。同样，在机动车驾驶活动中，如果大家都严格按照交通规则驾驶，不仅可以大幅度降低交通事故发生的几率，而且有利于保持交通秩序的畅通。

四是落到实处、常抓不懈。自“醉驾入刑”规则颁布后，公安机关雷厉风行，一抓到底，无论是白天执法检查，还是夜间设岗抽查，始终常抓不懈，这就提高了执法的威慑力度。此种执法力度可以说是前所未有的，从而产生了良好的执法效果。这说明只要加大执法力度、严格执法，自然会产生预期的效果。在执法实践中，经常出现雷声大、雨点小，或者因人、因事的选择执法，上面督促就抓一抓，上面不问就放下，不能真正将严格执法落到实处，这就容易导致法律被虚置。食品安全中存在的问题，大多与这种行政不作为、选择执法等具有密切关系。当然，“醉驾入刑”能够做到常抓不懈，也与社会舆论监督具有密切关联。公众普遍意识到醉驾害人害己，危害生命，对醉驾行为深恶痛绝，对马路杀手人人痛恨。公众的对保护生命健康和公众安全的共识以及监督也是督促执法机关严格执法的重要原因。

“奉法者强，则国强。”“醉驾入刑”的经验告诉我们，既然“醉驾入刑”的法律政策能够得到有效的执行，这说明整个法律规范同样都可以有效执行。问题的关键在于，我们能不能像执行“醉驾入刑”那样去执行所有的法律。如果我们所有的法律都能够像醉驾入刑一样得到严格执行，那我们离建成法治国家的目标也就不远了。

以法律手段保障食品安全

“民以食为天”，《诗经》说“民之质矣，日用饮食”，但食品安全在我国已经导致人民群众强烈不安，并成为严重的社会问题。从三鹿奶粉、大头娃娃到“瘦肉精”、“染色馒头”、“牛肉膏”、问题胶囊等事件频发，人们的基本生活安全无法得到保障，甚至在一定程度上也影响了民生。食品安全问题重重，也成为影响人们幸福感的重要因素。

法学界有识之士对保障食品安全，提出了诸多建议。应当看到，我国《食品安全法》颁布之后，从立法层面来看，在食品安全领域的立法应当是较为完备的，由《食品安全法》《侵权责任法》《产品质量法》《消费者权益保护法》《刑法》等多个法律部门构建了较为完备的法律体系。在法律责任方面，我国《侵权责任法》加大了对食品侵权的打击力度，制定了惩罚性赔偿制度。此外，还应当依法追究有关政府部门工作人员的不作为责任。2011 年通过的《刑法修正案（八)》增设了食品监管渎职罪，将食品监管方面的渎职犯罪单列出来，并规定了比滥用职权罪、玩忽职守罪更重的法定刑，将最高法定刑从 7 年有期徒刑提高到 10 年，加大了对食品监管渎职犯罪的打击力度，体现了立法对食品安全的高度重视。这些规定都极大强化了因为食品的缺陷造成受害人损害的保护力度，保护了消费者的权益。现在的关键是这些规定如何落实。

我认为，食品安全问题严重的一个重要原因在于出现了“中间梗塞”现象，即“纸面上的法律”向“行动中的法律”转变失灵。法律都写得很好，但执行中经常遇到“梗塞现象”，再好的法律都是虚置的。我们经常看到，一些执法部门在执法中“见到利益争着上，得罪人的事争着让”。可以说，行政不作为是食品安全事故频发的一个重要原因。例如，在河南瘦肉精事件中，违法添加瘦肉精的行为从饲养、收购、生产、销售等一系列的环节都畅通无阻，如果在任何一个环节中执法机关能够严格执法，问题食品就不会产生如此严重的危害后果。政府行政权力具有主动性和强制性，能够在食品安全的各个环节进行有效监管，阻止不合格食品的生产和流通。但现实是执法中对于不法商人的追究和查处力度不够，地方保护、选择执法、行政不作为大量存在，造成监管不力。执法的问题再次提醒我们，在社会主义法律体系建立之后，我们的工作重心应当从立法转向执法，强化对现有法律的执行，真正实现从“纸面上的法”向“行动中的法”的转变。

食品安全问题频发的另一个重要原因在于，黑心商人违法成本过低。这一方面表现在，其所欺骗和损害的是陌生的消费者，而被发现的概率很小，缺乏熟人社会的道德约束力量。另一方面，“找关系、走路子”的思维习惯，让他们相信，即便被抓到了，也能想方设法摆平而逃避法律责任。其结果就是视法律而不见。从法律经济学角度来看，通过合理的执法成本，使法律得到严格执行，将大大降低社会整体运行成本，提高社会整体和多数人可获得的福利。要使商人们切实感受到法律责任的巨大威慑而采取合理的安全生产措施，避免制造有毒有害食品和因此产生的损害事故，使商人所采用的降低成本的方法从“假冒伪劣”向“技术改进”转变，在降低生产成本的同时提高产品质量。

从法律制度的完善方面，一是要整合现有的食品安全方面的法律规则体系。食品安全领域颁布的法律众多，但是不同法律之间的系统性尚有欠缺。在实践中就某一食品安全纠纷经常会遇到《食品安全法》《产品质量法》《消费者权益保护法》《侵权责任法》《合同法》之间的法律规则适用的选择问题，也常常会遇到民事责任、行政责任和刑事责任的有效衔接问题，这些都存在通过立法进一步完善的空间。二是应当理顺食品安全的管理机构。现在食品安全监管方面存在多头管理。在一些问题上，多个部门职责不清、相互推诿的现象仍然比较严重，这就需要在政府监管部门之间实行有效的分工合作和沟通配合。目前国家成立了食品安全监管委员会，但是在实践中各个具体的管理机关之间的职责不清晰，亟需整合。三是进一步强化对消费者合法权益的保护，尤其是食品安全信息披露制度、食品安全标准的确定等环节均需完善，还有必要通过修改《消费者权益保护法》等来加大对消费者权益的保护力度。我国《消费者权益保护法》颁布二十多年来，极大地唤醒和促进了消费者的权利意识。但是该法毕竟已经颁行多年，很多情况都发生了变化，需要及时进行修改修订。比如，《消费者权益保护法》和《侵权责任法》都规定了惩罚性赔偿的条款，两者之间如何协调需要认真研究。四是法律需要与时俱进，不断解决食品安全领域出现的新问题。食品安全遇到的很多新问题和新挑战，比如说转基因食品等引发的食品安全问题、因食品缺陷导致大规模侵权、消费者权益的保护等问题，都需要认真研究以进一步完善相关法律。

保障食品安全需要加大执法力度，如何使有关食品安全的法律切实得到遵守，关键在于执法机关严格执法。要实现严格执法，除了要求执法部门加大执法力度，提高执法队伍素质，还要加强公众和社会舆论对执法部门的有效监督，从而让执法人员同时具有内在的动力和外在的压力去严格执法。保障食品安全，也需要调动社会各阶层力量的积极性和主动性。一方面要调动消费者的积极性和主动性，消费者是食品安全的直接受害人，损害赔偿金可通过利益刺激的方式促进消费者积极维权，这可能在某种程度上比政府监管还有作用，会起到政府监管产生不了的效果。应当增强消费者的维权意识，畅通消费者维权渠道，鼓励消费者积极理性维权。从多年的执法效果来看，罚款固然能够起到一定的惩罚效果，但是不能完全取代损害赔偿金的功能，应更多发挥民事赔偿的功能。更何况罚款等行政责任任意性、灵活性过大，导致执法中的任意性过大，甚至出现了选择性执法，这就不能够有效遏制危害食品安全的违法行为。另一方面，加大社会监督作用。政府监管获取信息的渠道毕竟是有限的。需要通过全社会广泛的监督，特别是调动消费者的积极性来进行社会监督。要发挥新闻媒体、中介组织等社会力量的监督作用，实行多措并举。

保障食品安全也需要重塑诚信体系，培养全社会的诚信观念。大量的食品安全问题都反映和暴露了市场经济中的一些消极因素。在市场经济条件下，市场主体在利益驱使下，置法律和道德于不顾，假冒伪劣、掺杂造假，这不仅仅是违法的问题，也违反了基本的商业道德和商人的良知。一方面，需要建立食品安全信用体系，将食品安全违法行为纳入诚信体系中，对存在此种信用瑕疵的主体加大惩罚的力度，使相关不良记录影响到其生产、销售的方方面面，这就有助于对违法主体的违法行为进行有效的遏制。另一方面，在食品安全领域，尤其需要强化公司的社会责任和商业道德。公司社会责任和商业道德在本质上是同一个问题。我国《公司法》第5条规定："公司从事经营活动，必须遵守法律、行政法规，遵守社会公德、商业道德，诚实守信，接受政府和社会公众的监督，承担社会责任。"这是我国立法第一次确立了公司的社会责任，具有重要意义。要加大宣传公司的社会责任和商业道德，让公司都明确其不应当仅仅为了获取商业利润而存在，还应当对社会负责。只追逐商业利润而不承担社会责任的公司，最终也会被消费者抛弃。法律是成文的道德，道德是内心的法律。治理食品安全应该多管齐下，尤其是应当强调道德和法律的互动配合。

以法治思维和法治方式维稳

数年前，我的一位在某中级人民法院工作的学生，和我讨论法院是否有必要搞“大接访”。他所说的“大接访”，就是每月固定一天或数天，由院长带领全院法官接待所有上访的群众，现场办公，解决问题，已经判决了的可以改判，已经执行完毕的，如果执行错误，当场可以决定回转执行。对此，法院内部一直有两种意见争执不下，所以想听听我的看法。我认为在政府机关实行大接访可能会有一些作用，也许能解决民众的一些实际问题，拉近政府与民众的距离，倾听民间疾苦。但是，法院实行大接访，要三思而后行。

法院是行使审判权的机构，其最大的特点，就是按照法定的程序来依法作出公正的判决。但法定的程序要求在认真听取当事人双方陈述、请求和辩论的基础上，查明事实，依法裁判。为此，要把双方当事人召集在一起，听取双方的意见，而不能偏听偏信。在大接访过程中，法官听到的是一方的陈述，而不是双方的陈述，怎么能够仅凭一面之词，就决定案件是否改判呢？如果仅仅只是听取意见，而没有经过详细地阅卷、开庭陈述、辩论、举证、质证等一系列环节，没有遵循法定的程序，法官又如何能够真正查清事实？在没有查清事实的情况下，就贸然宣布改判，这岂不是拿生效的判决当儿戏？更何况生效的判决本身就具有既判力，这是法律尊严和司法权威的体现。如果一个法官可以在大接访中随便推翻生效的判决，则庄严的法庭审理还有什么意义呢？

由此，我想到了近来我们经常出现在媒体上的一个说法，叫“信访不信法”。不少民众认为，发生纠纷之后不必找法院，而应当找党政领导，而且领导的职位越高则越能解决问题，以至于上访、告状甚至群体性上访成为一种常态。这种做法确实也受到传统观念的影响。中国传统社会就有拦轿喊冤、由青天大老爷做主的传统，在电视上，这些包青天式的历史故事为人们耳熟能详，所以许多民众认为，通过司法程序解决问题是困难的，只有真正找到包青天式的清官、大官，才能为民做主。这种观念已经深入人心。所以大量的信访确实与此有关。当然，司法功能不彰、司法权威低下以及一些法官和官员听不到人民疾苦和诉求，也是一个重要的原因。

人民有上访的权利，这种权利应当受到尊重。而解决上访中反映的问题，也确实是了解民间疾苦和诉求、甚至是化解社会矛盾的一个渠道。但由此带来的司法被边缘化以及对法治的冲击引起了法律界人士的普遍担忧。党的十八大报告指出，要提高领导干部运用法治思维和法治方式深化改革、推动发展、化解矛盾、维护稳定能力。这就要求我们以法治的思维和方式解决各种社会矛盾、维护社会稳定。

第一，必须将维稳工作纳入法制的轨道，强调依法维稳。在我国，发展是硬道理，稳定是硬任务，稳定压倒一切。当前，我国社会经济发展已经从低收入国家迈进中等收入国家，这一阶段的重要特征就是社会进入矛盾多发期，甚至社会矛盾有可能相对激化。实践中出现的个别地方治安恶化、上访和群体性上访增加、群体性事件包括无直接利益冲突的群体性事件的上升等都是这一特点的体现。另外，伴随着城镇化进程，失地农民增加、城镇居民就业压力加大等都有可能引发一些社会问题。各种矛盾和纠纷具有类型多样性、易扩散性、易激化性等特点。维稳的压力很大、任务繁重。但做好维稳工作，必须依据宪法和法律的规定按照法定的程序进行，在维稳中应当充分保护上访人的合法权益，依法处理各类纠纷。有人认为，维稳和法治之间是矛盾的，因为维稳就是要讲政治，“稳定就是搞定、摆平就是水平、没事就是本事”，只要能够搞定，就可以采取多种灵活手段，不计成本，甚至不惜突破法律条条框框的限制。这种认识显然是不妥当的，因为凡是不依据规则和程序而进行的维稳，即使暂时“摆平”，也会为新的纠纷的产生埋下隐患，而且从根本上不利于国家和社会的秩序稳定以及制度建设。所以在维稳中出现了所谓的“大闹大解决，小闹小解决，不闹不解决”的不合理现象，与采用这种非法治化的做法不无关系。

第二，必须从源头上依法治理并化解纠纷。在各类上访中，上访理由是纷繁复杂的，但相当多的纠纷是因为公权力行使不当，决策程序不公开透明，执法不符合程序，暴力执法，司法不公，甚至是司法腐败等原因造成的。解决这些纠纷还是应从源头上进行治理，即要依法行政，保障司法公正，严格按照法律的规定和程序办事。例如，一些地方因农村集体土地征收而引发纠纷，如果一开始就严格按照《物权法》等法律的规定来处理，就不会发生上访，甚至扩大成为群体性事件。还有一部分群体性事件的发生是因为，有关部门处理的结果可能是正确的，但是在处理的过程中，不按法定程序办事，整个处理过程不公开、不透明，导致群众对原本正确的处理结果也产生了怀疑。

第三，要坚持程序正义，引导人民群众通过合法程序表达诉求。程序正义是看得见的正义。程序的最大优点就是将纠纷通过技术的手段化解，而不至于转化为严重的社会问题，所以不能动辄将“技术化”的问题上升到政治层面来解决。我认为，在今后相当长的时间内，信访制度的存在仍然具有其合理性，人民群众的上访权利应当受到尊重。但是，着眼于建设社会主义法治国家的战略目标，我们应当尽量鼓励人民群众依据法定的程序表达诉求，引导人民群众尽可能通过现行的法律制度和程序来化解矛盾和纠纷，而不应该鼓励程序外的纠纷解决机制发挥主导作用。司法本身就具有将社会纠纷通过“程序中和”的方式加以解决的特点。在社会转型的时期，将各种社会冲突通过诉讼和审判机制予以吸收和中和，把尖锐的矛盾转化为技术问题，通过一定的程序使之得到公正的解决。因此，凡是能够通过调解、诉讼、仲裁等方式化解矛盾，或者已经进入法定程序解决的，应当依循这些程序来解决纠纷。尊重法定程序是中国实现法治的必然途径。因为程序正义是“看得见”的正义，如果离开了一定的程序来解决纠纷，对实体问题的判断就有可能出现“仁者见仁，智者见智”的现象，造成同一问题不同处理的局面，反而无法保证实体正义，甚至引发新的纠纷。

第四，应当充分发挥司法在化解矛盾、解决纠纷中的主渠道功能。“信访不信法”的直接后果是司法功能的弱化，这显然是与法治建设的需要不相符合的。中国要实行依法治国的战略方略，就必须发挥司法机关作为社会矛盾解决主渠道的功能。因为法治的固有内涵就包括了司法公正。司法机关本来就是按照宪法的设置和授权，专门解决社会纠纷的权威性、终局性裁判机关，这实际上是国家制度的一种安排，如果忽略了司法机关的这一功能，就背离了国家整体制度的设计要求，也造成资源的极大浪费。更重要的是，如果没有公正的、权威的司法，国家是不可能实行法治的。当然，我们的司法机关也存在不少问题，但是，不能因为存在这些问题就忽视司法作为解决社会矛盾最后一道防线的地位和作用。通过公正的司法程序解决纠纷，能够充分发挥法律引导人们正当行为的功能，形成对遵守规则的合理预期。应当看到，一些地方的领导干部针对涉诉信访作出了不少批示，有些批示确实有效地解决了纠纷，但靠这种办法来解决纠纷，是不可持续的。因为一些领导干部仅仅只是听到一面之词，并不了解整个案件的实际情况和历史背景，尤其是没有听到对方当事人的声音。在这种情况下就作出批示，也难免有偏颇之处。从效果上看，这种做法也会刺激上访的加剧，并使司法进一步被边缘化。

从法治的终极目的来看，就是要建立和维护一种和谐有序的社会秩序，实现社会的公平正义。公平和秩序可以说是法治追求的终极目标，这也是维稳所要追求的目的。所以它们的目的都是一致的。从政治层面来看，法治和政治也并不矛盾。社会主义法治作为党和人民意志的体现，最终也要服务于党和国家的大局，服务于社会主义事业的建设和发展，服务于国家政权的稳定。制度更带有根本性、全局性、稳定性、长期性的特征，只有实行法治，才能保障国家稳定、社会昌明。实行法治，保持国家的长治久安，就是服务于政治。从具体工作来看，法治也与维稳是相一致的。运用法治思维和法治方式维稳，就是要在维稳中要坚持讲规则、讲程序，依法办事，摒弃“搞定就是稳定、摆平就是水平”的做法，让群众对于事件的处理和今后的行为规则有一个稳定的预期。

以法治思维和法治方式维稳，将维稳工作纳入依法治国的治国方略之中，才能够真正实现社会的和谐有序、长治久安。

法典就是人民自由的圣经

马克思曾经有一句名言："法典就是人民自由的圣经。"借用这句话来概括法典的保障自由的功能是十分贴切的。同时，从这句话中我们可以领略出自由的真谛，即自由并非没有任何限制的行为自由，而是在法律规范之下的自由。

中国传统上没有自由的概念。我们从庄子的《逍遥游》中的确看到其对自由精神的追求，庖丁解牛的故事说明，人无时无刻不在罗网之中，但却可以游刃有余。在庄子看来，人的身体在社会中受到各种羁绊和约束，但精神是可能自由的。所以现代学者认为，道家也是主张人性自由的，只是，道家的自由思想并没有与现代意义上的规则设计相联系，这是一大缺憾。严复说，中国人常将自由误解为放诞、恣睢、无忌惮等劣义，因此，传统中国文化中，自由成为带有贬义色彩的概念。其在翻译约翰·斯图亚特·密尔（John Stuart Mill）的《论自由》（*On Liberty*）一书时，因找不到与自由（liberty）对应的概念，所以他采用了一种意译的办法，译为《群己权界论》，不过严复将自由称为群己关系，确实界定清楚了自由的本质。晚清时期，新式学堂在政法科的《学务纲要》中就已经提出了自由作为政治学的核心概念，其用权利来彰显自由的价值，并将二者视为一体二物。"五四"

时期，胡适等人呼吁过自由，以自由的概念开启民智，但并没有成为全社会能够接受的响亮的口号，也没有被社会广泛认可。

从这一点确实可以看出，在自由这个问题上中西传统文化存在的差异。一方面，自由在法律中的定位不同。西方存在自由的传统，法律的主要目的就是要维护自由。在罗马法中，承认罗马公民享有自由权。据学者考证，这种罗马法的自由权理念对近代启蒙思想家产生了巨大的影响。近代以来，随着思想启蒙和资产阶级民主革命的发展，自由观念才开始深入人心。许多启蒙思想家如卢梭等人都主张人生来是自由的，并认为，自由是个人享有的、与生俱来的、超越实体法的权利，无论是政府还是立法者都不得干涉个人的基本自由。否定个人依自己的意愿选择自己行为的自由，就等于否定了个人的人格，因此人身自由神圣不可侵犯。自由首先在宪法领域获得承认。例如 1776 年的美国《独立宣言》明确宣布："不言而喻，所有人生而平等，他们都从他们的造物主那里被赋予了某些不可转让的权利，其中包括生命权、自由权和追求幸福的权利。" 1789 年法国的《人权宣言》第 7 条规定："除非在法律所规定的情况下并按照法律所指示的手续，不得控告、逮捕或拘留任何人。" 1791 年美国的《人权法案》第 5 条规定："不经正当法律程序，不得被剥夺生命、自由或财产。" 自此以后，西方国家的成文宪法都相继规定自由是公民的一项基本权利。而我国传统社会虽有部分关于自由的主张，但法律在相当长的时间内是维护皇权的工具，而并不以促进个人自由为目标。

另一方面，自由和法律规则的关联性也不同。在传统西方社会，自由和法律规则是密不可分的，是不可分离的孪生兄弟。在亚里士多德看来，法对于人们行为自由的约束，并非对自由的限制，而是对自由或人的拯救。西塞罗指出，如果没有法律所强加的限制，每一个人都可以随心所欲，结果必然是因此而造成自由的毁灭。西塞罗有一句名言，“为了自由，我们才做了法律的臣仆。”早在1790—1791年间，美国著名大法官威尔逊（James Wilson）在费城讲学时就提出：“在一定意义上，法律科学本质上是一门关于个人自由的学问。那些指导法律制度制定和实现的基本原则应当融入整个社会，植入每个公民的大脑当中。”黑格尔曾经批评把自由当作任性的看法，他认为，自由不是为所欲为，而是要受到法的限制。

在西方社会，法律科学是一门同时关于法律和个人自由的学问，离开自由，法律不复存在；没有法律则自由更无从谈起。而从我国传统社会中的自由观念和主张来看，其虽然主张实现个人精神的自由，但主要是将其与道德、伦理等联系在一起，而没有与法律规则相关联，没有将自由视为法律规则下的自由。有学者认为，道家代表中国自由主义的传统，道家反对所谓的社会治理的秩序、控制，老子讲无为而治，顺其自然，人来自天道，顺其自然最好，无须人为改变动物习性，所有事物依道而行，自然而然，是从本性发展出的自由。但这并不是一种真正的规则约束之下的自由，更没有形成将自由与法律的结合。所以在中国传统社会中，自由始终不能成为一种制度，主要原因在于我们缺乏一套规范人们行为的规则，因此并不享有真正的法律约束下的自由。比如说，春秋战国时期就已经形成市场的概念，但是我们始终没有出现古罗马法那样有关债法的详细规则，交易仍然主要采用口头方式，交易规则并不清晰，这就使得人们从事经济活动的自由并没有获得法律的保障。

社会发展到今天，自由已经成为一项核心的社会价值观，也是当代中国社会能否真正成为充满创新活力社会的根本保障。中国改革开放三十多年，其实也是中国社会公众自由权不断增加的过程。例如，我国《宪法》没有规定公民享有迁徙自由，但实际上，目前人口频繁的自由流动已经使得社会公众事实上享有了迁徙的自由。再如，我国《宪法》没有规定公民享有择业的自由，但实际上，人们通过自由选择自己的职业而现实地享有了择业自由。改革开放前，农民被限制在农村土地上，不能随意流动，不论到哪里去，都要凭介绍信、通行证，否则买车票、住宿、吃饭都无法实现，寸步难行。改革开放成就的取得，其中一个重要的原因就是人民群众享有的自由不断增长。农民工自由进城、老百姓自由择业、企业自主经营，都是社会主体自由权不断增长的体现，客观上也促进了中国社会经济的发展。自由意味着机会，自由意味着创造，自由意味着社会主体潜能的发挥。中国社会的每一次进步，都表现为人民自由的扩大。因此，为了更好地发挥中国社会中个人和企业的创新意识，应当更大程度地保障社会公众的自由。所以，党的十八大报告第一次将“自由、平等、公正、法治”作为社会主义核心价值体系的重要内容，成为全体人民的共同价值追求。

但是，我们要重新讨论自由的概念，不能泛泛地从道德上理解，而必须将其与法律相结合。如果我们重温马克思的名言：“法典就是人民自由的圣经”，就会理解自由必须依赖于法律的保障，且必须在法定范围内才具有真正的自由。现代社会是一个多元社会和市场高度发达的社会，还是一个利益冲突频发的社会，人口众多，社会群体分化，社会组织越来越严密。在这样一个社会中，我们要提倡自由，首先必须要有良好的法律为我们确立自由的规则。在现代社会，法律在社会治理、社区治理、公司治理等各个方面发挥作用，深入到社会生活的方方面面。哈贝马斯说，这是法律对人类生活的“殖民化”。在美国，自由被视为最高的价值，许多权利如隐私等，都被归结为对个人自由的保护。美国历史上的西进运动和边疆开拓，都彰显了一种个人自由的精神。自由女神像被视为美国人自由精神的象征。但是，自由也受到了法律的诸多限制。例如美国许多州规定，定时倒垃圾、善待宠物、遛狗必须处理狗粪、不得随意抛弃垃圾、购酒必须出示身份证件，等等。一些美国人抱怨，他们的自由受到了太多的限制。一些长期在中国生活的美国人说，中国人在很多方面享有的法律上的自由比美国人享有的更多。因为，中国在很多方面并没有明确的法律规定。尽管如此，这些美国人还是愿意接受法律对其自由的限制。这主要是因为，这些限制人们自由的规定使社会更有秩序，人们能够普遍地在更为广泛的自由秩序中生活。道德教化虽然是社会治理的重要模式，教化能使人内心自我约束，但无法为人们提供精细、明确的规则。

自由在中国，首先应当理解为法律规范下的自由，否则就不是真正的自由，不可能回归到真正的自由的内容。法定的自由维护了人与人之间的和谐，自由确实是一种群己关系，法律下的自由就正确界定了此种群己关系。自由应当在法律的范围内行使。人生活在一定社会环境中，为了人类生活共同体的延续，必须按照一定的规则行为，自由不是随心所欲，没有界限的。自由应当以不损害他人的利益为界限，一个人的自由应当以不损害甚至促进社会共同体的繁荣和发展为目的。因此，个人的自由不是绝对的，必须受到一定的约束。在一个法治社会，自由是法律范围内的自由，不存在所谓的绝对自由的可能，没有所谓的无拘无束的自由。自由止于权利。也就是说，任何人的自由必须受到他人权利的制衡。我们从事任何行为都不能妨害他人的权利和利益。例如，夜半唱歌是个人的自由，但不能因此损害他人休息的权利；饲养宠物是个人的自由，但不能因此妨碍他人生活的安宁。在私法领域“法无明文规定视为自由”，但如果法律对个人权利的行使方式有明确的限制，则必须服从法律。

法定的自由须借助于法律来保障，人们才能享有真正的自由。自由是与生俱来的，法治是自由的保障。从私法领域来看，法律的重要使命就是要维护个人的私人空间和行为自由。因为，自由是激发人们的想象力和创造力，促进社会财富创造和积累，增进经济和社会发展的原动力。这也是为什么私法要确立和坚守“法无禁止即可为”的基本原则。在民法中，自由就成为核心理念。民法的所有规则都体现了对人格自由和财产自由的保护，并因此而确立了婚姻自由、契约自由、人身自由（包括身体自由和精神自由）等具体原则。对个人而言，只要法律没有明确禁止个人实施某项行为，个人即享有相应的行为自由。这实际上是采取了“非禁即入”的方式，肯定了个人享有广泛的行为自由空间。人类社会发展史其实也是一部不断拓展私人自由空间的历史，正是通过维护和拓展私人的自由空间来提高社会前进的动力的。从长远和系统的角度来看，对自由的限制本身其实也是为了自由的目的。因此，对个人行为自由的限制应当以法律明确规定为限，而且对于禁止的事项只能进行负面清单式的立法，在清单之外都是个人行为自由的空间，这就确保了个人享有较大的行为自由空间。

自由也应当与义务相结合。我们生活在社会共同体中，必须遵守一定的共同的行为理念，为了维护社会共同体的和谐有序，法律规定个人应当履行对他人、对社会的义务，这些义务就构成了对自由的限制。我们中国的文化传统重视集体主义，缺少个人自由理念，但是中国传统重视个人对他人、对社会的义务，这种理念在今天仍然具有重要意义。19

世纪法国法社会学家迪尔凯姆曾提出了社会有机体学说，认为社会是一个整体，每个人是这个整体不可分割的部分，个人自由要为了社会的整体利益而受到限制。在民主和法治社会，对于自由的限制，实际上是对他人自由的保障。所以，我们应当培养良好的公民理念，自觉遵守法律，在法律范围内行使自己的自由权利。法律确定了人民所享有的各种权利，而权利就是自由意志的法律体现。按照制度经济学的观点，权利之间总是相互冲突的，因此，一个人享有权利可以在权利范围内享有行为自由，但不得侵犯他人权利。而在这种状况之中，法典有助于确立内在的价值体系，法典本身就是规则的体系化，它清晰化了人民私权相互之间的界限，这就使得自由无法成为恣意，社会生活安定有序。

法定的自由还界定了个人与政府、公权与私权的关系。法律所确立的各种权利，说到底还是为了保护人们的权利、维护人们的行为自由。比如，保护人们的人身权利和财产权利，其实就是为了保护人身自由和财产自由。民法通过对权利边界的划定，具有保障私权和规范公权两方面的作用，通过权利边界的清晰化，政府的权力范围得以划定，未经正当的程序和正当的理由，政府不得任意限制和剥夺人民的权利。洛克在其《政府论》中就已经深刻地指出，政府存在的正当性理由就是保护人民的权利。霍布斯甚至认为，国家成立的目的之一就是为了保证公民的生命权不受侵害。所以，法治社会需要通过公权力保障个人的自由，严厉打击违法犯罪，惩治黑恶势力，保障人民生命、财产安全和自由。在保障人民自由的过程中，应当对国家公权力机关不当干预和侵害公民自由的行为，予以防范。而这同时构成了对政府权力的限制，也就是说，在政府不保护人民权利的时候，其存在的正当性就颇值疑问了。

从《秋菊打官司》说起

电影《秋菊打官司》一直是一个法律人热议的话题。在电影中，秋菊的丈夫因纠纷被村长踢伤，协商不成，秋菊便先后到县公安局和市公安局告状，但是都败诉了，秋菊不服，最后决定向人民法院起诉。除夕之夜，秋菊难产。村长和村民连夜踏雪冒寒送秋菊上医院。秋菊顺利地产下了一个男婴，秋菊与家人对村长感激万分，官司也不再提了。可当秋菊家庆贺孩子满月时，传来市法院的判决，村长被拘留。

关于秋菊打官司的故事，法律界已有很多有益的解读，引申出很多法律、社会方面的启示。有人可以从中解读出“为权利而斗争”的意味，也有人从中解读出传统社会与现代社会对法律的不同理解。但是一些民众对于秋菊为什么打官司不能理解。有人认为秋菊小题大做，过度强调自身的权利，干了一件自讨苦吃的事。虽然打赢了官司，但埋下了怨恨，其实是得不偿失的。苏力教授在其《秋菊的困惑和山杠爷的悲剧》一文中提出，秋菊历经千辛万苦所追求的，不过是一个“说法”而已。在村长帮秋菊度过“难产关”之后，秋菊和村长之间的矛盾已经化解。但村长最后被派出所抓走并按照法律方式加以处置，不符合秋菊的本意。所以，在这个案件中，秋菊讨说法的做法，导致法律扭曲了原有的乡村习俗，并没有真正实现社会的秩序。苏力教授的观点虽然不无道理，但我对这一故事持不同的看法。

诚然，法律诞生于特定的民族文化传统，但一个国家的习惯并非都是合理的，法律也不能完全迎合陈规陋习。尽管现存的大量社会习俗具有很多的合理性，反映了人们的生活经验，但毕竟传统的习惯未必能符合社会发展的需要，未必与现代生活方式相吻合。例如，在新中国建立初期，“父母之命、媒妁之言”是当时的习俗和传统，但政府在当时断然采取了与此相反的政策，主张婚姻自由。实践证明，一些陋俗是可以通过法制建设加以改变的，且此种改变能够增进人民的普遍福利。这种具有时代气息的做法，改变了千百万妇女的命运。应当看到，大量的乡村习俗今天仍然得到人们的认可与遵守，也成为人们自觉遵守的道德规则，其中很多规则已经上升为法律规则，但不能因此认为所有乡村习俗都不能进行任何的改变，对一些体现封建思想意识的、违反现代法律精神的陈规陋习，法律不能予以承认。例如，个别地方的习惯不允许寡妇改嫁、允许买卖婚姻、对宗族械斗者予以奖励、对违反族规者实行肉体惩罚甚至加以杀害等，都是法律应当予以纠正的。社会在发展，传统习俗也要与时俱进。今天的法制建设面临三千年未有的大变局，原有的习俗即使流传已久，但也要符合现有的法律和道德观念，而不能要求法律和道德必须符合所有的习俗。

法律制度的建设应当具有前瞻性，应当引导人们向现代化的、具有时代气息的方向发展。为此，我们要区分哪些习俗是合理的，哪些习俗是不合理的。回到《秋菊打官司》电影中来，我们需要讨论的是，“讨说法”是我们应当提倡的，还是限制的。众所周知，法律规则不同于道德习俗，法律是经过深思熟虑形成的社会规范，其与道德规范相比，蕴含了更科学的增进人们整体福利的智慧。只有法律得到严格的执行，法律所体现的此种集体智慧才能够获得实现。法律制度设计时，讨论者所关注的对象不能仅限于实际发生的个案，而应当关注特定规则对潜在行为人的行为诱导功能，即该规则对人们产生的整体效果。在秋菊打官司一案中，法律对故意伤害他人人身者给予行政或者刑事处罚，有助于预防潜在的危害行为，预防其他村长的危害行为。如果每个人在自己权利遭受侵害之后都采取忍气吞声、息事宁人的办法，不积极主张自己的权利，那么违法行为也不能得到有效的遏制、违法者也不能受到应有的制裁。相反，只有当权利人积极地主张自己的权利，才能够让那些潜在的损害行为人意识到损害他人的行为的后果，进而更好地发挥法律的预防作用。

“讨说法”其实体现的是现代法治所提倡的“为权利而斗争”的理念。耶林早在1872年就撰写了《为权利而斗争》一文，被西方社会普遍接受和广为赞赏。其在文中指出，“法律的目的是和平，但达到目的的手段则为斗争”。个人坚决主张自己的权利，是法律能够发挥效力的基础。主张权利就是捍卫法律，也是捍卫个人的人格尊严。耶林曾经举例说，英国人愿意为了一便士而付出十倍以上的金钱在法庭与人对簿公堂，这种斗争精神，在国内有助于民主政治的实现，在国际上有助于提高和维护国家的声望。在莎士比亚的《威尼斯商人》中，对于犹太商人夏洛克要求安东尼奥在不能按期还款时，按约定割掉安东尼奥一磅肉的主张，耶林尽管在道德层面持否定态度，但在法律层面，他认为这也是一种“为权利而斗争”的体现。这种观念在西方社会已经根深蒂固，不受中国语境下的“亲情”“人情”等因素的左右。即便在朋友之间发生权利冲突而走上法庭，法庭在裁判后各方往往可以做到自愿接受，并可继续往来，朋友相待。败诉者并不认为这是一种莫大的“耻辱”。在中国，情形则有所不同。如儒家经典倡导“和为贵”的无讼思想，深刻影响人们的观念。在儒家看来，“天时不如地利，地利不如人和”。因此传统文化不主张对簿公堂，即使“有理”，也往往不诉诸法庭，因为可能即使赢了官司，也伤了和气。俗话说的“一场官司十年仇”“饿死不做贼，冤死不告状”就反映这种认识，“讼期不讼”也成为一种司法理想。应当看到，法律的解决方案过分注重形式与程序，常常成本过高，另外也不能“治本”，即终极地化解人们之间的矛盾。另外，坚持所有纠纷都通过法律这一正式渠道加以解决，在我国人口众多、城乡二元结构存在的背景下，也不具有现实的可行性。从这个意义上说，我们应充分肯定传统文化中有益的一面，充分发挥传统的、多元的纠纷解决机制的作用，制订综合的纠纷解决方案。但是如果公民在权利受到侵害后都采取息事宁人、忍让、妥协以及“和稀泥”等方法解决，未必能够达到社会和谐的目的。在《秋菊打官司》电影中，如果村长踢人的行为不受到应有的惩罚，不仅不利于遏制故意伤人的违法行为发生，甚至相反，可能给同村人提供一种不正确的指引，即踢人可以通过花钱解决，可能助长其他人从事类似行为，则村子的和谐根本无法实现。即便秋菊和村长之间和谐相处，并不完全等同于一村的村民都能够和平相处了。一旦规矩被破坏，其实是没有和谐可言的。

问题在于，如果秋菊提起民事诉讼讨个说法，法院是否应当给予一个说法？不少人认为，法院不一定要对此种案件给一个说法，最好通过调解实现案结事了，息事宁人。这种看法确实符合中国“和为贵”的传统，毕竟秋菊和村长还要长期生活在同一个村子里。只要诉争个案中做到了案结事了，社会就和谐了。这种看法在很多情况下是没错的。但并非所有情形都如此。因为在有些情况下，案结并不等于事了。如果双方自愿调解，法院应当尊重当事人的意见，进行调解。当事人没有调解意愿，不分清是非地进行调解，很可能纵容一方当事人继续从事该行为。也就是说，一时的和谐并不等于长期的和谐。更何况，当事人之间的和谐并不等于一个共同体内部甚至一个社会的和谐。因为，调解活动所关注的主要是实际发生的个案。对个案的强制调解，并不能为潜在的冲突参与者指明行为后果，不利于充分引导人们遵纪守法、尊重他人的权利；不利于构建人与人之间和睦相处的关系，从本源上降低社会的冲突，实现更高程度的社会和谐。

“讨说法”本质上是在维护法律规则的严肃性和有效性，而规则正是维持和谐的根本保障，和谐实际上就是秩序的有序状态，而要维护这种和睦相处的秩序，前提就是大家都遵纪守法。古人说，“无规矩不成方圆”，管子说，“规矩者，方圆之正也，虽有巧目利手，不如拙规矩之正方圆也……虽圣人所生法，不能废法而治国。故虽有明智高行，背法而治，是废规矩而正方圆也”（《管子·法法》），这实际上解释的就是依规矩行事对于维护社会和谐的重要性，规矩一旦被破坏，就会鼓励恶行，必然导致秩序混乱、弱肉强食。在现代社会，法律都已经设计成具体的行为规则，只要人们按照法律规则的要求去行为，就能够安居乐业、邻里和睦相处，即便出现争议纠纷，都能够按照法定的程序解决纠纷，这样社会的和谐才能够真正得到维持。韩非子曾经有一句名言，称为“法不两适”（《韩非子·问辩》），其包含的一层意思是，法律不可能同时满足两方当事人的诉求。实际上，法律规则要求明辨是非，必须在争议双方之间有所取舍。当然，这种取舍并不一定是非此即彼，也可以是折中和妥协。规矩的作出，实际上就已经作出一种利益取舍。所以，正是从这个意义上说，秋菊打官司正是在捍卫法律的尊严，这是我们在新时期构建社会和谐秩序过程中应当鼓励的行为。

任何一个法治社会，公民的权利都不是被写进“法律”文本就能当然获得实现的，权利的实现无一不需要有意识地去争取。秋菊在协商不成的情况下，最终走向了公权力救济的途径，而不是完全忍让，这种做法还是值得肯定的。分清是非不仅对具体案件的公正解决有重要意义，也是有助于正义观念的实现。结合我国当前的现实，我们应当强调的是，解决纠纷的目的，最终是要通过明辨是非来贯彻和实现正义，以实现长久而稳定的和谐，而不在于短期的“息事宁人”或暂时性的“和谐”。从秋菊的行为中可以解读出民众权利意识的苏醒和自觉，解读出我国法治观念正在逐渐普及。当然，并非所有的纠纷都需要通过法院裁判来解决，为权利而斗争的方式有多种，通过法院裁判虽然有可能达到定分止争的目的，但是法院裁判程序严格、时间较长、成本较高，不一定是最有效的纠纷解决方式。在这种背景下，任何纠纷都交由法院解决，也未必是解决纠纷的最佳途径。我们应当在情理法融合的视野下，因地因事制宜，妥善寻找纠纷解决的最合理途径。同时，我们也提倡在发生争议后友好协商，通过自愿和解、调解解决纠纷，在分清是非的基础上，我们也应当鼓励沟通、协商和宽容。俗话说“退一步海阔天空”，必要的宽容、包涵仍需提倡。

何以要通过司法程序实现社会正义

我从网上看到一则消息，一位法学院的学生，父亲遭遇车祸，到法院打官司索赔，结果长时间拿不到赔偿费，而其住院的病友说，他们把肇事者铐在床头 3 天后，肇事者家属就乖乖把医药费送来。其病友没有依法维权，更没有按照法律的程序维护权利，但他们采取自己认为可行的方法实现了正义。这则消息使我深感震惊，类似的情况并不少见，如媒体偶有报道带有黑社会性质的讨债公司，运用暴力、胁迫等方法讨债；农民工要不回工钱就铤而走险；前不久在郑州发生的保姆因为要不到工资而偷雇主手机的事件；有的地方甚至发生以暴力索债导致死亡、伤残或群体性事件，等等。如果不能从根本上解决此类问题，那么社会的和谐与持续发展将是无法实现的。

在分析上述现象产生的原因时，我们不能简单地将其归结为一些老百姓的法律意识淡薄，其更深层次的原因是司法的权威性与公信力的缺失，人们无法通过法律手段与法律程序有效地维护自己的权利。司法公信力实质上是指社会公众对司法公正的信任和接受程度，司法的权威性则是指司法在民众心中所应有的权威性。从整体上看，我国司法公信力与司法的权威性并没有真正树立起来，司法执行难的问题长期不能得到根本解决，甚至出现判决书成为一张白条的现象，这也加剧了人们的这种认识，个别案件中司法腐败、司法不公的现象也削弱了司法的公信力与司法的权威性，以至于一些人不得已通过法律外的方式来维护自己的权利。我们要真正实现司法的权威、树立司法的公信力，仍需要培养人们的法律程序意识，即按照法律程序来解决纠纷的意识。

为什么要按照司法程序来解决纠纷？这首先是维护社会正常秩序的需要，也是人类发展过程中，经过长期选择后最终达成的共识，是人类文明摆脱了“以眼还眼”“以牙还牙”等同态复仇法则后社会进步的重要体现。在人类未使用法律程序之前，以暴制暴的复仇观念盛行，最终无法形成有效的秩序。因此，从罗马法开始，便通过法谚特别强调“禁止自行实现正义”。如果人们不是采用法律程序来解决纠纷，便必然要采用“丛林法则”（jungle law）解决纠纷。霍布斯在《利维坦》中曾经谈到，丛林法则所带来的问题首先是因情感所产生的过度报复，其次是欠缺独立的审判者所导致的更多纠纷可能性。运用丛林法则解决纠纷的一个很严重的后果就是造成私设公堂、滥施酷刑、弱肉强食，强权就是公理，甚至导致黑社会介入，暴力横行。解决纠纷所带来的危害极大，每个人都有可能成为丛林法则的牺牲品，这就可能导致人人自危。此外，丛林法则也产生过度报复的可能性，社会暴力丛生，正义就演变为强者的个人意志和力量，这离实现正义的距离就更远了。

私力救济也会导致更多的犯罪与不公。在前述例子中，受害人家属把肇事者铐在床头3天后，肇事者家属就把赔偿送来。但问题是，将人私自扣押，其本身已经构成了非法拘禁罪。如果造成他人死亡或伤害，还要承担相应的刑事责任。如果肇事者认为自己被铐在床头不公道，甚至对车祸本身有不同认识，其可能同样也要寻求相应报复，结果就是所谓“冤冤相报何时了”，最终个人不得安宁、社会不得安宁。

要实现社会的公平正义，维护社会的正当秩序，只能依靠法定程序完成。发生纠纷以后，西方人经常会说：“Why not sue the bastard!”（为什么不告这个混蛋!）这在很大程度上就是遵守秩序，寻求制度化纠纷解决机制的体现。程序正义，首先，需要存在独立、公正的第三者裁判。这个“第三者”，主要是法院、仲裁机构等裁判机关。在很大程度上，司法机关是维护社会正义的最后一道防线。将纠纷提交给法院审理，意味着人们在通过一种合法的途径寻求实现正义。其次，程序使当事人能够充分、理性地表达诉求，给予每个当事人辩护的机会，进而有助于最大限度地澄清是非曲直。通过司法程序，当事人也可以在排除了情感的理性战场上就纠纷所涉及的事实进行公开的辩论，从而达到更接近真正事实的目的。“真理越辩越明”，而辩论的理性展开需要通过合理的程序予以保障。司法程序完全按照法律规定进行裁判，人们行为的后果完全由法律进行规定，抑恶扬善、化干戈为玉帛，实现社会安定有序。

程序除了具有保护双方当事人、澄清事实的功能之外，还可以为裁判者提供明辨是非的工具，同时也可以限制裁判者偏听偏信，枉法裁判。通过司法程序解决纠纷，可以尽量消除上述个人决策解决纠纷过程中的信息不对称、理性有限、个人恣意等弊端：一方面，司法程序要求法官认真听取双方的意见，“任何人在受到不利影响之前都要被听取意见”是自然正义根本的要求，其目的在于保障案件当事人参与裁判过程、表达自身意志的权利。在司法程序中，任何人都有为自己进行辩护的权利，双方的意见都能够得以表达，这就使得法官能够尽可能多地了解与案件事实相关的各种信息，避免法官任意性决断的发生。另一方面，运用司法程序解决纠纷，法官的任何裁判行为都必须依法进行，这就提高了纠纷解决结果的可预测性。此外，司法程序中进行裁判的主体是受过专门法律训练的法官，这能够最大限度地减少司法裁判中所掺杂的个人情感。同时，程序的公开也会由于公众的舆论压力，而尽量避免决策的非理性和情感化。法官进行司法裁判时应当居中裁判，不得对任何一方当事人有所偏袒，一旦法官与其中一方当事人存在利害关系，则应当按照法定程序进行回避，这就保证了司法裁判的独立性与公正性。

在纠纷的解决过程中，程序还可以有效降低双方当事人的寻求救济的成本，为当事人寻求救济提供有效的技术性保障。在很大程度上，程序就像巨大的吸管，将各种纠纷吸纳进去，通过程序促使各方当事人有效地表达诉求，寻求救济，在程序进展的过程中展现人们的理性。对于纠纷的解决，程序的进行，又有一定的技术性特征。当然，技术性强也在一定程度上构成程序的弱点，如一方当事人因为经济上的原因无力聘请能最大限度运用程序的律师，并因此可能遭受不利的后果。为此，也需要通过法律援助等途径来弥补这些缺陷。

依据司法程序寻求正义，无疑是实现法治的必然途径。程序正义是看得见的正义。司法程序是完全按照法定程序进行，这些程序都体现了正义的价值。但是，程序的上述优点也建立在裁判者秉公执法、依法裁判的基础上。只有法官依法裁判，才能有效地展现出程序的上述优点。若非如此，程序可能被少数人利用，成为枉法裁判的口实。

要实现程序正义，也必须要求司法程序是人人可及的，所以程序法被称为“小宪法”，这是具有一定道理的。所谓人人可及，意味着司法本身是一个公共产品，应该将之提供给社会全体成员，人们在发生纠纷后都便于接近司法，都容易通过司法提供救济。最近关于劳动纠纷是否应该收取较高的诉讼费用的问题引发讨论，有人认为诉讼费用过低容易导致滥诉、会浪费司法成本。这其中确实存在一个司法效益的问题，但是我们认为，从维护弱势群体出发，使得劳动者的权利及时得到救济，诉讼费用仍然不宜过高。当然，要真正地通过司法程序解决纠纷，司法必须是公正的，公正的司法才能产生公信力和司法权威，才能使人民信任司法而避免使用丛林法则。司法程序本身必须是公正的，它必须奉行一些最为基本的原则，例如公开、当事人地位平等、回避等原则，还需要具备合理的证据规则。哈贝马斯虽然主张通过主体间的论辩达到理性结果，但他也承认这里需要一个“理想的对话情境”，而这种对话情境的法律体现就是合理的司法程序。

法治能够有效地规范人们的行为并为人们提供良好的生活秩序。法治表现了一种社会的有序状态，在这种状态下，人们文明有礼，安居乐业，遵纪守法。在法治社会，人们都应学会按照规矩来行事，每个人行使权利时都要尊重他人的权利，不得侵害他人的权利。在发生了纠纷之后，人们能够依循法定的程序去寻求救济、有序地解决纠纷。在一个法治的社会，不是运用丛林法则来解决纠纷，也不是依靠与官员的关系来解决纠纷，而是要依据司法程序来实现救济。尽管法律也可能存在缺陷，执法者也可能会有不公，但在法治社会中，正义是在法律的框架内实现的，司法程序是人人可及的。人们完全可以通过相关程序，纠正执法和司法中的错误，从而在法治的框架内寻求到救济。

法治与媒体

媒体通常被称为“第四权力”，此种权力并非属于国家公共机关所享有的权力，而是社会学意义上的社会性权力，它有足够的能力对他人产生影响。这种权力从根本上来讲还是来源于人民的授予，因为在法治社会，这种权力行使的目的是保障公民的知情权，从而起到对公权力的行使限制和监督的作用。诚如林肯所言，让人民知道的真相越多，这个国家就越安全。阳光是最好的防腐剂，通过媒体监督，可以保障公权力在阳光下运作。无论是保障公民的知情权，还是约束公权力的行使，媒体权力都可以发挥其独特的作用。尤其是在我国现有公权力行使的约束体制尚不完善的情况下，媒体监督至关重要。相对于其他社会力量的监督，媒体监督具有主动性、及时性、影响的广泛性、效果的明显性等优点，是其他任何社会监督力量无法取代的。正是从这个意义上讲，媒体记者被称为“无冕之王”，他们是政治权力合目的性运作和公民知情权的实现保障者。媒体监督能够弥补公权力行使过程中信息公开不足的缺陷，使得公民的知情权获得更加有力的保障，反腐倡廉、规范政府行为，很大程度上需要靠媒体的监督。

充分发挥媒体在舆论监督中的作用，就要依法保障媒体及其从业人员在行使监督权力中的言论自由。近几年来，经常出现所谓记者因为新闻报道监督政府过程中惹恼一些地方政府官员而被限制人身自由的案例，甚至出现了对记者进行跨省通缉、非法关押等现象。我认为，这种现象的出现是由于我国新闻法制不健全所导致对媒体保护不力的反映。媒体记者在行使舆论监督中的正当权力应当受到法律保护。但是我国一直欠缺一部《新闻法》，法学界人士呼吁了数十年而该法迟迟未能出台，在今天新闻媒体如此发达的情况下，新闻法立法应该再次提上立法的议程。因为记者究竟享有哪些权力、其权力的边界在哪儿及如何给予其特别的法律保护等均不明确，这就为一些政府官员随意干涉新闻报道自由提供了空间。我一直认为，为强化对新闻自由的保护，只要并非恶意侮辱诽谤，在对记者追究侮辱罪、诽谤罪的刑事责任时，其构成要件应该更加严格。即使是就民事侵权而言，也应当严格侵害名誉权等侵权责任的构成要件，并允许记者以言论自由和公共利益等事由提出抗辩。在美国 1964 年《纽约时报》有限公司诉沙利文案（*New York Times Co. v. Sullivan*）中确立了媒体侵权的“真实恶意”（actual malice）原则，依据这一原则，只要媒体并非恶意，就应保证媒体报道的“自由喘息空间”（breathing space），以防止法律对媒体报道过度介入而形成“寒蝉效应”（chilling effect）。“寒蝉效应”这个词的含义主要是指在新闻报道中，记者因为害怕其言论遭到处罚，或是必须面对的高额赔偿，不敢发表言论，如同蝉在遭遇寒冷天气时会噤声一般。

媒体行使舆论监督权力也会与公民权利保护发生一定的冲突。如媒体进行正常报道，披露一些违法和不道德的现象，就有可能对翻越栏杆、乱扔烟头、袒胸露背等现象进行拍照，这就有可能侵害公民的肖像权、隐私权等权利。我认为，在人格权和舆论监督之间发生冲突时，应对舆论监督实行优先保护，其原因在于：我国正在建设社会主义法治国家，充分发挥舆论监督功能对于建设社会主义民主法治、加强廉政建设十分必要。目前舆论监督机制尚不够健全，舆论监督的作用没有得到充分的发挥，这就应该鼓励广大新闻工作者大胆行使舆论监督的权利，新闻工作者对各种丑陋、违法现象进行揭露和批评总会遇到各种阻力和困难，这就需要对新闻工作者正当的舆论监督予以保护，不能动辄就认定新闻报道属于诽谤，如果诽谤判得太多，记者和传媒动辄受罚，这就可能出现“寒蝉效应”，在我们这样一个舆论监督本来就不发达的国家，只会从根本上背离人格权保护的立法宗旨。应当看到，新闻报道活动确有其特殊性，其通常过程环节多、时间短促、专业性强，记者为抢时间、抓新闻，难免出现轻微过失，如果将任何失实的新闻作为新闻侵权处理，会影响舆论监督的正当行使。

当然，媒体监督权力也应当受到一定的限制。自由止于权利，同样，新闻工作者行使舆论监督的权利时，也应当尊重公民、法人所享有的人格权，不得妨碍其正当行使权利。自 19 世纪末期以来，随着科技的发展与进步，利用大众传播媒介对个人隐私等人格权进行侵害变得更为容易，尤其是互联网的发展，微博和博客等自媒体广泛运用，一个自媒体的时代已经到来，其特点是每个人既是信息的接受者，又是信息的传播者，即人人都是媒体，“个个握有麦克风”。但由此也带来了言论自由与他人权益保护的协调问题，自媒体时代侵害人格权所造成的影响也更为严重，因此，法律必须加强对人格权保护，以限制滥用新闻自由权利的现象。我国《宪法》第 38 条、第 51 条规定，新闻工作者行使言论自由权、舆论监督权，必须严格遵守国家的法律和法规。人格权制度即是对新闻自由的一种限制，新闻工作者享有新闻自由、舆论监督权，同时负有尊重他人人格尊严、不得侵害他人名誉和隐私等权利的义务。法律的功能就是要划定个人利益之间的边界，同时对权力进行规制，媒体权力的运作当然也需要法律的规制。但媒体权力具有舆论监督的功能，因此法律对媒体权力进行规制的同时，应当保证媒体监督权正常的行使。如何在保护媒体自由与公民人格权保护之间取得妥当的平衡，需要法律人的审慎思考。我国《侵权责任法》在约束媒体权力方面也设置了一些规范，如该法第36条就通过网络侵权责任的规定来防范网络报道侵权。总体上看，媒体行使舆论监督权要依法做到如下几点：一是要注重合法的消息来源。目前引起争议较多的媒体侵犯私人权利案件大多涉及消息来源的问题，例如，有的媒体将道听途说的消息在未查证属实的情形下就予以报道，有可能侵害他人的人格权。因此，新闻媒体需要尽可能地求证和查实消息的合法性与准确性。二是新闻媒体行使舆论监督权时要尊重法律的程序。例如，在某地“打黑”过程中，在法院最终审判终结和作出判决之前，有些媒体已经将相关事件定性为涉黑，而且对一些未经法定程序确定的事实作为已经认定且确凿无疑的事实予以报道，或者将检察机关起诉的事实全部刊载，这就有可能影响法官对具体案件的裁判。三是要尊重他人所享有的隐私权等人格权利。目前，民众的隐私权观念还比较淡薄，媒体也较少考虑到他人隐私权的保护问题，为了发行量等商业性目的，媒体往往喜欢报道名人隐私等信息吸引眼球，甚至有一些核心隐私都非法披露，如披露他人的家人生活、父母子女关系、感情经历等，殊不知对这些信息的任意披露会侵害到被报道人的隐私，这就有可能构成媒体舆论监督权的滥用。

总之，在法治社会，媒体所具有的舆论监督权力是不可或缺的，舆论监督可以发挥约束、监督公权力行使、保证公民知情权的作用，从这个意义上说，媒体权力也是法治的重要保障力量。但如果舆论监督不当，也有可能侵害公民或者法人的合法权益，这就需要法律为新闻媒体的舆论监督权划定一定的范围。因此，需要完善相关的法律，既对舆论监督的自由加以保障，也对舆论监督的具体行使加以规范。

从苏格拉底之死谈程序正义

在为设计中国人民大学法学院图书馆壁画搜集素材时，同事们提了很多建议和方案。我也饶有兴趣地提了一些方案，其中最后被采纳的一个就是《苏格拉底之死》。这个故事讲的是，古希腊哲学家苏格拉底因主张无神论和言论自由，而被诬陷引诱青年、亵渎神圣，最后被判处服毒自尽。当时他的弟子们都劝他逃往国外避难，均遭他严正拒绝，他当着弟子们的面从容服下毒药。苏格拉底在临死前，阐述了他作为城邦公民的想法，他认为虽然判决的实体结论是错误的，但据以作出这个判决的程序却是合法的，因此，他作为城邦的公民，必须遵守法律的程序。这幅名画栩栩如生地描绘了苏格拉底服毒自尽的情节：牢狱虽然阴暗，但一束阳光从牢门中射进来，照在众人的身上。苏格拉底严肃地坐在床上布道，弟子们聚精会神地倾听老师的演讲，一个个神情悲戚；一位弟子难过地递上毒药杯，苏格拉底一面布道，一面用一只手去接那毒药杯。画面展现了他面对死亡毫无畏惧、视死如归的精神。

据史料记载，苏格拉底在喝下指定的毒酒前，从容地面对死亡，他清洗了身体，感谢狱卒的善意，甚至还就自己的境遇开起了小玩笑。当时，朋友们聚拢在他的床前，他不许朋友们哀悼，而是愉快地接受了他们的陪伴。因此，在苏格拉底死亡时，并没有强烈的悲痛，而是安详的、平和的，他要向世人表明，他在悲痛和苦难中享受一种超乎其境遇的平静。①

这个故事主要反映了程序公正的重要性。虽然苏格拉底认为通过程序达成的判决是不合理的和错误的，但是公民必须遵守法律，必须服从通过合法的程序所作出的判决。这深刻体现了公民的法律意识和遵守法律程序的意识对一个城邦或国家的重要性。程序正义概念，最早起源于古老的“自然公正”（natural justice）原则，而这一原则又起源于自然法的概念。在古罗马法中，流行着一条重要的程序规则，即“个人不能裁判有关自己的诉讼”，其中便蕴涵了裁判程序必须公正的内容。千百年来，西方人确实形成了遵循程序正义的法律传统，在这方面中西方法律文化存在着重大的差异。

中国几千年来的法律文明博大精深，但传统社会确实欠缺程序意识。我们一直注重结果的公正，认为程序无非是达成结果公正这个目的的手段之一，故而最终目的最为重要，程序作为手段相对于目的而言，则可有可无。按照马克斯·韦伯的观念，中国法是形式非理性但具有实质理性的法，即中国法对于行为的后果的评价体系是在礼或者情等外在的非成文法系统的评价体系。由于传统的中国法律文化注重纠纷解决所最后达到的社会效果，甚至在有必要时会从最后的社会效果来修正对行为的评价，这与西方法律体系有较大的差别。例如，中国古代存在着拦轿喊冤的传统，因为裁判官个人的素质和品行决定了裁判结果，只要实体是公正的，可以不考虑程序是否妥当。这种传统思想至今仍影响着人

① 参见〔英〕凯伦·阿姆斯特朗：《轴心时代》，孙艳燕、白彦兵译，海南出版社2017年版，第303页。

们的行为。在这种意识中，法律如同战场，要的仅仅是最终成功地攻城略地，至于如何攻占城池，无关紧要。东西方法律文化的差异很难讲明孰优孰劣，长时间以来，程序正义和实体正义孰轻孰重，一直是存在较大争议的话题。有的人认为应该重程序、轻实体，程序才是法治的生命；也有人认为应该重实体、轻程序。

我认为实体正义和程序正义两者不可偏废，但显而易见，法治首先要讲程序正义，“正义不仅要实现，而且要以看得见的方式实现”。我们在今天之所以要强调程序正义，其原因首先在于程序本身就是正义，程序本身蕴含了正义的价值考量，回避、禁止自证其罪等程序原则都体现了正义的基本要求，不讲程序正义，无法保证结果正义的实现。不可否认，在许多情况下，程序公正不一定等同于结果的公正，因为结果公正的产生涉及诸多的因素。即使裁判者依循了公正的程序，但裁判者在裁判时的偏见、私心、错误乃至于腐败等都可能导致在公正程序下发生错误的结果。然而，如果公正的程序被忽视，诉讼当事人依法享有的程序权利如上诉权、获得辩护的权利、要求公开审判的权利等被剥夺，那么如何保证其实体权利能够获得充分的保障呢？在某些情况下，严重违反程序的行为，如刑事侦查过程中采用刑讯逼供、非法取证等非法手段，即使其最终获得的裁判结果是正确的，也损害了整个制度的公正，因此从根本上说是不公正的。在封建社会，不讲程序导致了冤假错案层出不穷，鲁迅先生曾愤怒地指出：“自有历史以来，中国人是一向被同族和异族屠戮、奴隶、敲掠、刑辱、压迫下来的，非人类所能忍受的楚毒，也都身受过，每一考查，真叫人觉得不象活在人间”（《且介亭杂文·病后杂谈之余》）。所以，2012 年 3 月 14 日通过的《刑事诉讼法》修正案，规定了非法证据排除规则，增加不得强迫任何人证实自己有罪的规定，这对于遏制和防止刑讯逼供具有重要意义。

程序是司法的生命。司法的重要功能就表现在，其可以将各种纠纷转化为一定的技术问题，通过一定的程序加以解决。当事人进入诉讼程序之后，就需要依据法定的程序来表达其诉求，法官也应按照公正的程序来作出裁判。程序是诉讼的游戏规则，依据程序进行的诉讼才是法律意义上的诉讼，正如依循规则进行比赛才能称为真正的竞赛一样。依据法定的程序，有助于使得诉讼过程井然有序地进行，保证诉讼程序的有序性、进程的连续性、事件的可预测性以及实际结果的确定性和可预测性。裁判者只有依循法定的程序才能向公众昭示其行为不是恣意的产物，其裁判活动才具有合法性和权威性。尤其需要指出，公正的程序是保障裁判公正的基本措施。程序是诉讼活动规律的总结，依循渐进的程序进行，才最有可能获得公正的裁判。因为公正的程序充分尊重了诉讼各方对诉讼的平等参与权利，保障了裁判者的独立和中立，公正的程序要求保障诉讼参与人的人格尊严和自主意志，裁判者要充分听取诉讼当事人的意见，裁判活动要公开和民主，裁判权要受到必要的监督和制约，公正的程序强调各个诉讼参与者的功能自治，保障当事人的理性和平等对话，法官也可以通过程序的进行全面了解和发现案件的真实，并在此基础上作出公正的裁判。这些都表明程序具有保障裁判结果公正的重要功能。相反，那些违反程序的做法，如先定后审、与一方当事人串联沟通、非法取证甚至在刑事案件中刑讯逼供，只能导致错案的发生。公正的程序严格限制了法官的恣意，能够有效防止法官滥用自由裁量权。

在司法裁判过程中，程序正义也具有价值的独立性。程序正义是看得见的正义。程序独立完成也在一定程度上体现了公平正义，其并不依赖结果的正义。这就是韦伯所说的“形式合理性”。例如无罪推定、疑罪从无、非法证据排除等都体现了此种程序本身的独立价值。尤其是在法律赋予法官以一定的自由裁量权的情况下，在该裁量权的范围内作出裁判，可能难以认定其是否妥当，更不能确定其是否是错误的，但如果该裁判的作出是违反程序的，则可以认定其具有违法性。公正的程序本身就是立法者设计的保证法律得以准确适用的规则和常规机制，严格依循程序才能表明裁判是合法、公正的。例如，法律要求调解必须尊重当事人的自愿，违背自愿原则而进行调解，既违反了程序，也无法保护当事人的合法权益。

不讲程序正义，也无法实现社会的和谐。近来经常出现在媒体上的一个说法，叫“信访不信法”。不少民众认为，发生纠纷之后不必找法院，而应当找党政领导解决问题。不可否认，上访的方式有利于缩短领导与群众之间的距离，在矛盾比较尖锐的时候，例如因为拆迁、征收补偿等引发对立情绪时，这种方式或许能够起到某种化解纠纷的作用。但是在涉诉纠纷中，某个领导在没有依据程序听取双方当事人意见的前提下，仅凭一方的陈述就当场拍板、定案，显然不符合程序，甚至有可能引发新的不公正，并由此带来司法被边缘化以及对法治功能削弱的后果。实际上依据程序提出和解决诉求，才是保证实体公正、有效化解矛盾和解决纠纷的重要机制，程序本身就是社会治理和国家治理的重要方式，在这方面无需过多的创新。例如，当前发生的某些政府与公民之间的矛盾纠纷，有些就是因为政府不依据法定程序办事所引发和激化的。所以只有坚持程序正义，才能真正实现社会和谐。

每当我浏览到“苏格拉底之死”的画像时，都要驻足凝视，心中涌起对这位古代哲人的崇敬之情，也再次体会到程序正义的意义。

奉法者强则国强

在我国古代社会，法家韩非子曾经提出了“奉法者强则国强，奉法者弱则国弱”的说法。对于何为“奉法者”，却有不同的解读。

第一种解读，是将“奉法者”理解为执法者。按这一理解，执法者强大时，则国家强大。《慎子》有云：“以力役法者，百姓也；以死守法者，有司也；以道变法者，君长也。”这表明中国古代社会强调司法官吏严格执法。商鞅指出，不能满足于“国皆有法”，而要“使法必行之法”，其关键就在于官吏的严格执法。在现代法治社会，执法者严格执法是法治的关键。否则，即使制度很完善，若执法者选择处处规避和不作为，最后还会导致制度的虚置。

第二种解读是将“奉法者”理解为所有遵守法律的人。因此，这句话的含义就是说，如果在一个国家里，大多数人都能守法自律，那么这个国家就能保持强大；如果民众都不遵纪守法，则国家必然衰弱。其实，古人说“徒法不足以自行”，其包含的就是这个道理，它的本意即法律需要众人遵守，做到人人守法，国家就能强大。

第三种解读是将“奉法者”理解为厉行法制的国家。法治是治国之本、强国之道，“国无常强，无常弱。奉法者强则国强，奉法者弱则国弱”。从韩非子这一论断来看，奉法者应为厉行法制的国家。韩非子说，“抱法处势则治，背法去势则乱”；“事断于法，是国之大道”；“明法者强，慢法者弱”（《韩非子·饰邪第十九》）。可见，韩非子所说的奉法的主体应当是国家，只有以法治国，才是治国之本，强国之道。当然，在韩非子时代，所谓的法制，更多是法家所理解的法制，其不过是君主专制统治的一种工具，虽然如同现代社会一样，将法律理解为社会治理的工具，但在法家所在的时代，这一工具所欲实现的终极目标是君主个人乃至一小派贵族、家臣的利益，其与现代社会借法治追求共和、民主、平等乃至全体人民的共同福祉具有本质差别。不过，其所揭示的法制在治理国家中的重要作用，在今天看来，仍然具有重要意义。

对于“奉法者强则国强”的说法，上述三种解释都说明法制对于国家富强的关键作用，在我国具有重大的现实意义。中国几千年来的文化缺乏民主法治的传统，封建统治者长期推行封建专制主义政策。梁启超先生曾言，“自秦迄明，垂二千年，法禁则日密，政权则日夷，君权则日尊，国威则日损”。因此，中国要想由贫穷到富强，必须实行法治，即“法治主义，为今日救时唯一之主义”。当然，梁氏将法治看成救国的唯一疗方，无疑夸大了法治的功能，但其强调法治在促进国家富强上的作用，是颇有道理的。

法治的直接目的在于构建一种理想的社会秩序。在这种秩序中，人们共同理解并遵守特定的社会交往和行为规则。但良好的社会秩序本身并不是法治的最终目标。相反，法治的最终目标应当是让在“法治”社会秩序中的人们能够生活得更好，包括个人潜能的自由发挥、个人创造动力和能力的提升。古人云，有恒产者有恒心，法治通过保护私权，使人们对其创造财富活动形成合理、稳定的预期，从而激励人们积累和创造社会财富。从这个意义上讲，法治最有利于实现社会生产力的解放和发展，并能够促进社会生产和社会财富的创造，从而提升一个社会的整体和人均福利。近来，许多经济学家都已经证明了世界上任何一个崛起的大国，在崛起过程中莫不是以保护产权为其重要任务。反过来说，正是那些保护产权越完善的国家和地区，崛起得越迅速。例如，16 世纪曾经是葡萄牙人的世纪，但葡萄牙得以扩张的一个重要原因是，采取订立契约的方式将未知的海岸出租给愿意出资探险的私人并授予其特许权。17 世纪是英国人的世纪，但 16 世纪的英国已经建立了较为完备的财产权制度。英国后来成为日不落帝国，与其有一套比较完善的保护产权的制度具有密切的关联。20 世纪以来，美国的崛起及其发展也再次证明了这一点，美国从建立国家开始就以维护产权作为其中心任务，美国宪法以维护自由贸易、保护个人生命自由和财产为基本原则，并在以后一系列修正案中都确立了维护私有产权、征收征用必须合理补偿等原则。

中华民族对人类科技进步所作的贡献世所瞩目，古老的四大发明就是中国技术辉煌的表征。对于近代以来中国科技落后于西方的原因，国外中国问题专家有不同的论述。例如，曾撰写了《中国科技史》的英国学者李约瑟（Joseph Needham）认为，这主要是源于一些文化因素（如道家等无为而治的思想）阻碍了科技的创新。美国学者费正清（John Fairbank）则认为这种结果是源于政治的因素，认为封建专制的体制禁锢了人们的思想。其他人则认为源于经济的因素，“中学为体、西学为用”的思想影响等。我们认为，中华民族是聪明、勤劳的，也不乏创新精神，但我国科技落后的现象，有复杂的原因。其中的原因之一是缺乏相应的法律制度和社会秩序去引导人们发挥这种创造性才能，因此，古代的一些重要发明不能转化为科技生产力。例如，在16世纪时，英国女王统治时期就开始授予专利。1623年英国颁布了《垄断法》（*Statute of Monopoly*）。这就是现代专利法的起源，它不仅保护了科技创新发明，也为经济发展提供了制度动力。美国在建国后不久就颁布了系统全面的专利法，它也是当时最完备的一部专利法。而这一时期的中国，根本不存在类似的法律。

在中国的很多朝代，都呈现了繁荣的商业景象。韦伯曾经指出中国历史早期就存在资本主义萌芽且与西欧类似，但社会始终不能进入资本主义市场经济时代。究其原因，与当时经济发展的制度性原动力缺失有关。黄仁宇先生在其《万历十五年》等著述中讨论中国为什么没能进入资本主义社会时，曾认为中国几千年来未对私有财产权提供充分的保障是其中的主要原因。中国古代的航海事业也曾繁荣一时。郑和七下西洋，其在航海探险方面取得的非凡成就为世人所瞩目，但却并未因此使中国开拓全球的市场和贸易，这与哥伦布发现新大陆之后，欧洲人开拓全球贸易市场并从贫穷落后走向富强发达道路形成鲜明对比。这在很大程度上也与产权激励缺失等制度障碍存在密切联系。北京大学傅军教授在其《国富之道》一书中也谈到这一点。

庞德曾经指出：法律是社会控制的主要手段。法治为什么是一种社会治理模式？因为法治本身就是一种制度治理，是一种规则之治。法乃国之衡器、治国之本。马克斯·韦伯曾经将社会治理方式区分为三种理想类型：传统型统治、个人魅力型统治和法律的理性统治。法治是一种规则之治，是一种“非人格化”的统治，不依赖于与个人有关的身份或属性，它无差别地适用于所有人，不考虑适用对象的个人情况。法治体现的是按照大多数人民意愿治理国家的模式，因为法治本身体现的就是人民的意愿，而不是单个人的意愿。按照法律办事，就是按照最大多数人的意愿来办事。这样一种治理模式就能够避免个人的专断、臆断和武断。在市场经济条件下，法治与市场的结合成为国家治理现代化的重要手段，法治与市场是一体两面，二者相互促进，相辅相成。法治是市场有序发展的重要保障，市场主体为利益所驱动而相互竞争，彼此间有密切的利害关系。这种利害关系有损人利己的倾向，因而容易逾越正常的市场秩序。如果没有事先安排的规则去抑制彼此可能造成的损害，经济难以正常运行。这就有必要通过法治，明确政府对市场的干预权力和界限，通过政府依法适当干预形成正常有序的市场经济秩序。例如，通过反垄断法、反不正当竞争法遏制不正当竞争，防止垄断对市场秩序的破坏，为企业创新和资源配置提供优化的法律环境；通过合同法的违约责任制度以及相关法律责任，促进当事人信守合同、严守允诺；通过侵权法防止人们通过侵害他人权益来获取利益；通过刑法铲除以权谋私、权力寻租、官商勾结、权钱交易等腐败现象，打击经济领域犯罪，从而构建公平、高效的市场环境。

法治对于鼓励创新、推动科技进步也具有明显意义。知识产权保护制度的建立，也极大地鼓励了我国的技术进步和创新。例如，到 2006 年，我国专利申请总量已突破 300 万件，数量升为世界第一，而到了 2010 年我国国际专利增速也达到了世界第一。[①] 当然，我国当前专利质量不高，80% 的专利都是垃圾专利。随着人类进入知识经济时代，鼓励技术创新、增加知识存量、促进经济发展，都对知识产权制度的完善提出了更高的要求。现代社会，各国之间的竞争很大程度上是一种创新能力的竞争，而创新能力的竞争又体现为未来的科技竞争、知识产权的竞

① 参见《我国申请国际专利增速世界第一》，载《中国证券报》2010 年 2 月 1 日。

争。尤其是在我国，不缺“中国制造”但缺“中国创造”。我国出口商品中 90% 是贴牌产品，缺少自主知识产权，缺少世界知名品牌，我们不得不更多地依靠廉价劳动力的比较优势换来微薄的利益，成为低端产品的“世界工厂”。这种发展模式是难以为继的。因此，必须通过推进知识产权发展战略，加快提升自主创新能力。

法治能够实现社会的公平正义，一个社会的公平正义由法治作最后的保障。在一个法治的社会，不是运用丛林法则来解决纠纷，也不是依靠与官员的关系来解决纠纷，而是要依据程序来实现救济。尽管法律也可能存在缺陷，执法者也可能会有不公，但在法治社会中，正义是在法律的框架内实现的，司法程序是人人可及的。人们完全可以通过相关程序，纠正执法和司法中的错误，从而可以在法治的框架内寻求到救济。这样也才能真正有动力谋求个人的发展并在此基础上推动社会的进步。

21 世纪的国家之间的竞争是综合国力的竞争，在很大程度上是法治力量的竞争，中国只有走向法治大道，才能实现社会有序、国家富强、民族复兴、人民幸福，但法治是一个伟大的工程，必须要靠几代人不懈的努力。

一手抓经济，一手抓法治

2012 年 5 月 31 日，瑞士洛桑国际管理发展学院发表《2012 年世界竞争力年报》，香港连续第二年以满分 100 分登上全球最具竞争力经济体榜首。香港能够取得今天的发展成就，与其形成的良好法治环境具有直接的关系。经济学家威拉德·阿·夏普曾经分析了香港成功的十大因素，将香港具有一套良好的法律制度列为因素之一。香港社会之所以能够成功，根本原因在于其推行法治。从这个意义上说，良好的法治是香港成功的关键因素。试想，以香港这样一个弹丸之地，能够广泛吸纳各方面的资金人才，长期稳居全球最具竞争力经济体榜首，如果没有一套运行良好的法治，是无法获得成功的。在香港办事，令人印象最深刻的就是不需要去找关系、走后门，一些制度和规定都是公开透明的，公务员办事都是严格按照程序一丝不苟地进行。司法在社会上具有极高的权威性。一旦发生争议，人们首先考虑的是如何通过法律手段来解决争议，而不是去找关系、走后门解决纠纷。尽管香港的法治仍然存在不少问题，但民众对香港社会的法治仍然具有高度的认同感。

香港的成功给我们提供了一个重要的经验，就是坚持了市场加法治的发展道路。近年来，虽然香港地区因为所谓的民主诉求等问题引发了一系列社会问题，在一定程度上也妨碍了社会的经济发展和进步。但不可否认的是，香港在近几十年中所采取的市场加法治的发展道路是整个香港社会保持繁荣的重要途径。借鉴香港的经验，就是要在抓市场经济的同时，不能忽视法治，必须一手抓经济，一手抓法治，这两手是不可分开的。我们说发展是硬道理，在许多领导干部看来，只要经济发展了，所有的社会问题都会迎刃而解，因此，不少地方党政领导的精力主要集中在抓项目、搞招商、广引资上，主要精力围绕经济建设展开。有的地方领导认为，法治就是一个社会治安问题，由公安机关去抓就可以了，似乎认为法治和经济没有必然联系。这种看法确实令人感到担忧。

从香港的经验来看，地方政府注重维护社会秩序、打击黑恶势力、保障人民安居乐业是必要的，维护社会治安始终是法治的重要内容，但法治还有更为丰富的内容。如何构建良好的法治环境，才是促进地方经济发展的关键，这就需要推进依法行政、让公务员养成依法办事的习惯，充分保障公民的合法权益，防范官商勾结，严禁以权谋私、权力寻租等现象。树立司法的权威，使司法真正成为维护社会正义的最后一道防线。严格实行法律面前人人平等，让遵纪守法、依法办事的精神真正深入人心，营造良好的法治环境。我们党政领导重视招商引资是必要的，但是良好的法治环境就相当于必须筑好的一个巢，能把引来的凤凰留住。否则，一旦企业家投资之后，发现当地法治环境不好，仍然会把资金撤走。

以经济建设为中心是兴国之要，发展仍然是解决我国所有问题的关键，必须要推进市场化建设，以市场作为配置社会资源的主要工具。经过改革开放三十多年，我国已经成为世界第二大经济强国，世界银行预测中国经济规模在 2030 年超过美国。但是经济规模仅反映了社会的一个方面，仅仅是 GDP 的提升并不等于社会的全面发展。真正实现民富国强、经济秩序稳定发展、人民生活幸福、社会安定有序，在很大程度上又取决于法治建设的水平，通过制度的有效运行来实现社会治理目标，化解各种矛盾和冲突，使社会保持稳定、和谐。如果我们把经济比喻成一个国家的血肉，那么法治就是国家的骨架和脊梁。一方面，经济的发展并不必然带来社会的公平和有序，甚至在一定程度上使社会矛盾凸显，只有通过法治才能实现社会的公平和秩序。另一方面，经济的发展也并不必然意味着社会的全面发展，各种社会矛盾能够完全消除。必须在发展经济的同时通过法治建设维护社会稳定，为构建和谐社会，实现社会的长治久安提供制度保障。邓小平同志明确提出，要“两手抓、两手都要硬”“所谓两手，即一手抓建设，一手抓法制”。

经济发展并不会带来所有社会问题迎刃而解，与此相反，随着发展的加快，社会治理中社会矛盾凸显、群体性事件频发，仇官仇富现象严重。在一些地方，社会治安恶化，人民的人身财产安全不能够得到应有的保障，而因为拆迁征地等导致的社会矛盾不断增加。这些问题大量都是发展中的问题，但是也与一些地方只抓经济、不抓法治有关，同时也从一个侧面反映了发展经济并不等于自然解决社会矛盾。

从市场经济发展的角度看，法治是构建市场经济秩序的基本保障。市场经济本质上是法治经济，与计划经济时代不同，市场经济对资源的配置是通过竞争机制实现的，这就必须依循一套完善的市场经济法律规则，以将“看不见的手”对经济的调控规范化。法治在市场经济中的作用具体体现在：一是法治构建了交易正常进行的法律基础。科斯定理的要点，是要在产权界定清晰的背景下，促进交易的有效达成。产权的界定是市场有效运行的关键。市场经济本质上是交易的总和，物权法、知识产权法等确定了明晰的产权，为交易确立了前提；而合同法等法律则明确了正常的交易秩序和交易规则；侵权法、刑法则为产权的保护提供了法律依据，从而在此基础上构建正常的市场秩序。二是维护正常的市场秩序。在市场经济条件下，市场主体为利益所驱动而相互竞争，彼此间有密切的利害关系。这就有必要通过法治来形成正常有序的市场秩序。例如，通过反垄断法、反不正当竞争法遏制不正当竞争，防止垄断对市场秩序的破坏，为企业创新和资源配置提供优化的法律环境；通过合同法的违约责任制度以及相关法律责任，促进当事人信守合同、严守允诺。三是维护市场的合理预期。无论是房地产市场、商品市场、劳动力市场，还是证券市场以及货币市场，其稳定的基础在于制度的构建，没有法治，就没有证券市场、金融市场的存在。现代健全的金融市场体系，实际上都是以法律制度的健全性为基础，以交易当事人对制度的合理预期为前提；金融证券市场对法制具有天然的依赖性，而且对法制的完善十分敏感，制度一旦出现缺陷，就会立刻反映在市场中，因此，法制越健全，市场就会越平稳有序发展。四是保护交易当事人人身的安全和财产的安全。这两项安全的保护，形成市场经济体制下社会的经济“稳定器”和“安全阀”。只有有效保护这两项利益，人们才能有投资的信心、置产的愿望和创业的动力。没有健全的法治，将导致人才、智力的外流与财富的流失。五是有效防治市场发展所带来的“外部化效应”。我国在市场经济发展过程中，产生了诸如环境污染、资源掠夺、生态破坏等一系列副“产品”。其深刻的原因在于未严格地依法办事，以及政府部门的不作为。一些环境污染企业能够不经过全面的环评即可上马，一些企业的严重污染长期不能得到有效制止和查处，都反映了我国环境保护中，执法成本高、违法成本低的问题仍然没有解决，责任追究和赔偿制度仍未落实。六是可以提供有效的、可信服的纠纷解决机制。市场是交易的综合，其中充满了平等主体间的利益冲突。面对这些冲突，最有效的解决方法就是通过规则来解决纷争。

世界银行等重要的国际性组织经常会发布一些关于各国法治建设的报告。例如，在中国加入WTO十年之后，出现了一系列关于中国法治进程的研究报告。大多数在总体上赞赏我国在这十年中的法治发展成就。毫无疑问的是，在经济全球化背景下，这些报告客观上起到了鼓励世界资本进入中国市场的积极作用。市场经济法律体系的逐步建立，有力地保障了我国经济改革的顺利推进，推动了我国经济和社会的快速发展。因为上层建筑必然要对经济基础起反作用。西方一些学者认为，在中国的市场经济发展进程中，法治发挥的作用很小，这种看法显然是不符合事实的。回顾我们改革开放以来的成就，如果没有一套完备的市场经济法律制度，我们根本不可能实现如此卓越的发展。例如，在《物权法》刚刚通过不久，世界银行和国际金融公司（IFC）于2008年4月22日联合发布了《2008全球营商环境报告》，指出中国2007年因《物权法》的颁布，大大地改善了中国的商业环境，并因此将中国列为商业环境改革前10位之一。再如，中国的银行和金融秩序能够克服金融危机，保持稳定，很多专家和学者都认为，这和我国已经建立的较为完备的金融法律和金融监管制度不无关系。我们之所以能够在短短二十多年时间内，建立证券市场，并且能够保持有序的发展，没有出现西方曾经出现过的因股市大崩盘导致的整个经济萧条，很大程度上得益于我们的《证券法》、《公司法》等法律的颁布和实施。经济秩序的稳定发展，最终要靠法治。

市场和法治就好像硬币的两面一样，二者相辅相成，密不可分，市场是法治的基础，法治是市场的保障。正是从市场和法治的关系出发，我们强调必须一手抓经济，一手抓法治。

判例法与成文法的关系

在现代社会，西方国家都采纳了法治的模式，但从法律渊源上看，仍然可以大体分为两种模式：一种模式是如大陆法通过复兴罗马法传统，通过成文法来规范社会；另一种模式如普通法通过判例法形成规则约束行为。这些虽然都是通过确立依法治理的框架来回应社会治理的需要，但两种模式孰优孰劣一直是一个有争议的话题。今天，我国最高人民法院也在推行指导性案例制度，在尝试借鉴判例法经验。这也需要我们准确认识成文法和判例法的关系。

1999 年我在哈佛大学做访问学者访学时，澳大利亚学者、著名经济学家澳籍华人杨小凯先生也在哈佛进修，他送给我一本他的新著《当代经济学与中国经济》，并和我反复讨论中国究竟应当走法典化的道路，还是判例法的道路。按照他的看法，中国必须走普通法的道路、借鉴普通法的经验，他认为普通法是自我形成的制度。这种自我形成的秩序和制度才最有效。普通法一位伟大学者马太·黑尔认为，普通法是最适合英国民族民情的一个法律。如果我们看一看英美的财产法，就会发现，其基本概念完全来源于中世纪的封建土地制度。它承继了封建法律制度的一些概念，通过社会的发展对其改良演化，形成了真正的财产制度。杨小凯先生认为，大陆法的法典都是由政府刻意制定的，人为色彩浓厚，因此是低效率的。他甚至举出了一个调研数据，即凡是采纳普通法的国家和地区，例如美国、加拿大、澳大利亚、新加坡、中国香港等，在社会治理方面大多是成功的，而采纳成文法的国家，在社会治理方面大多是不成功的。我们为此进行过激烈的争论，我认为采纳普通法就成功、不采纳普通法就不成功的结论过于简单，例如日本、韩国等采纳大陆法系的国家，在社会治理上也是成功的。日本通过明治维新迅速进入现代化社会，实现了法制从传统向现代的转变，很大程度上与其移植德国、法国民法典有关。

自17世纪普通法逐渐形成之后，随着英国在世界上殖民统治版图扩张，普通法得到广泛传播。而19世纪初，以《法国民法典》为代表的法典的问世，就宣告了法典化运动的开始，而法国在世界范围内的殖民统治也带动了《法国民法典》的广泛适用，今天的世界其实已经主要分为大陆法系和英美法系两大阵营。然而，数百年来，关于两大法系孰优孰劣的争论，一直没有终止。

英国著名的法官柯克、“普通法之父”布莱克斯通等人认为，以普通法为主体的判例法优于制定法。理由是普通法是人类“完美理性”的自然表达，它以一般的习惯为基础，反映了人民的一般意志，而制定法往往是立法机关临时的甚至专断的产品。普通法作为管理人们生活的规则是人们自己选择的，它是人民自由的表达和保障；而制定法是立法机关从外部强加的，是创造的法律，这将危及“法律的本质”。然而，即便是在英美法国家，大量的学者对普通法也提出了一些批评。例如，英国著名的学者奥斯汀（John Austin）就认为普通法乃是法官造法，但法官造法使法律变得支离破碎，没有系统，只有在颁布法典以后，才不会出现立法和司法重叠的现象。而边沁（Bentham）从法律本身应是一套完整而且自足的解决纷争的体系观念出发，认为英国普通法是不可靠的。他认为普通法只是事后的评判标准，而不是事先的行为准则，因此难以指导人们的行为。

在大陆法国家，学者和法官大多对其国家的法典推崇备至，拿破仑曾经说过，其一生最大的成就不在于打了五十个胜仗，因为滑铁卢一战便抹去了这方面所有的记忆，但有一件事情将是流芳百世的，那就是他制定了《拿破仑民法典》（即《法国民法典》）。著名法学家艾伦·沃森讲过一句话：在西方很多国家，老百姓使用最多的两本书一本是圣经，另一本是民法典。从社会经济生活来看，民商法是市民社会的一般的规则，所以在很多国家民法典被称为"市民社会的百科全书"。概括起来说民法典的特点在于规则的统一性、价值的一致性、逻辑上的自足性和内容上的全面性。其功能在于统一规则、便利找法、统一裁判、规范解释、提供预期，等等。如果要概括出成文法的优点，并不是三言两语能够说清楚的。但是，和任何一个来自成文法国家的法律人讨论判例法与成文法的优劣时，他们大都会坚持选择成文法。

其实这个问题，很大程度上是与一种法律适用的习惯具有密切的关系。例如，当我们与德国的学者讨论个案时，他们都会告诉你，如果这个案件在德国处理，则涉及《德国民法典》的多少条和多少条，可见《德国民法典》已经深入人心，假如《德国民法典》不再适用，则这些法学家将手足无措，试想这些法学家如何去完全接受判例法？无论是成文法还是判例法，只要能够适应一个国家或民族的现实，就是好的法律，而不必苛求一定要作出一个明确的选择。我认为，讨论大陆法和英美法孰优孰劣本身就是一个伪命题，也是毫无意义的。从今天法律发展的趋势来看，呈现的是两大法系的融合之态，这也是符合全球经济一体化的发展需要的。随着 20 世纪以来经济全球化的发展，资源在全球范围内进行配置，世界市场的格局逐步形成，在此情况下，作为交易的共同规则的合同法以及有关保险、票据等方面的规则日益国际化，两大法系逐渐开始融合。在普通法国家，也颁布了大量的成文法。而在成文法国家，判例也成为越来越重要的法律渊源。例如，在侵权法领域，法国和德国都规定得过于简略，于是法官创造了大量的判例。

中国毕竟是大陆法系国家。自清末变法以来，中国基本上被纳入了大陆法的体系，我们已经大量接受了大陆法系的概念、规则、制度，经过长期的立法实践、法学教育和司法适用，大陆法系的概念规则等已经深入人心，成为我国民法文化的组成部分，不能轻易放弃。所以，我们应当坚持“以大陆法为体、以英美法为用”的原则。这就意味着我们仍然应当走法典化的道路，并研究在法典中我们应当如何构架民法典的体系，通过法典化的道路推动中国法律现代化的进程。不能够另辟蹊径，去走判例法的道路。这条道路是很难走通的。“自发生长论”与萨维尼历史法学观点极为相似，也可以说深受萨维尼学说的影响。然而《德国民法典》的制定及施行百年以来所获得的巨大成就，事实上是对萨维尼否定法典化主张的否定。如果说德国诞生了康德、黑格尔等理性主义的巨匠并具有理性主义的传统，尤其是德国在制定民法典以前对注释法学曾有数百年的研究积累，但其仍然实行法典化而未等待民法的自然生长，那么在中国这样一个封建的包袱过重且民法的引入不足百年历史的国家，等待民法自然生长的观点从历史上与现实上看都是行不通的。

从历史上看，中国没有民法传统，就连“民法”这个词都是舶来品。至于人格独立、人格平等、意思自治等精神，在我们民族的精神中并没有扎下根。甚至对私权的保护，历来也是不充分的。中国历史上尽管颁布过很多法典，但并没有形成较为完整的所有权、债权等制度。所以从中国的传统习惯中是不可能建立一套适应社会主义市场经济需要的民法制度的。今天，在建构市场经济体制、建立法治社会的过程中，我们必须依据现实的需要大量借鉴国外民法的经验与文明成果，而不可能从历史出发来建立民法制度，更不可能等待民法的自然生长。市场必须是在法律规范下运行的经济交往模式，而不是自发的毫无规范可言的无序的活动。市场的完善本身是一个不断发展的过程，是人们不断认识社会经济交往活动的规律之上总结形成的。人们创造和维护特定的市场经济交往秩序都是通过特定的法律制度来实现的。从这个意义上说，如果等待民法自然生长，且不说最终能否真正生长得出我们所需要的民法制度，仅从在自然生长的过程中市场将长期处于无规范的混乱状态而言，我们将会为这种混乱无序浪费多少资源、付出多大的代价？我们要尽快发展市场经济、富国强民就必须要尽快制定民法典，借鉴国外先进的民事立法经验，充分发挥后发优势，迎头赶上先进的发达国家。

但是，这绝不意味着我们要排除借鉴普通法的经验。英美法的许多经验对我们来说都是值得借鉴的。例如，英美法的信托制度、动产让与担保、产品责任制度以及金融、证券、保险等商业法律经验仍然是世界上较为成熟的经验，需要我们进行全面的借鉴。尤其需要指出，今天我们中国特色社会主义法律体系已经形成，并不意味着成文法可以代替一切、包打天下，事实上，判例可以使民法典的抽象规则具体化。因为法典不能自动适用，需要通过解释以后才能够适用。尤其是法典的条款具有较大程度的抽象性，法官对它的理解不可能完全一致，这种差异性的产生单纯地通过解释也不能解决问题，有必要通过典型案例指导，以例释法、以例说法，将抽象的规则通过个案的判决具体化，有利于法官在司法实践中正确理解和适用抽象的法律规则，保障裁判的公正性。判例可以保持司法裁判的一致性和权威性。通过适用判例，可以增进法律的确定性、安全性和可预测性，限制法官的自由裁量权。因为对于相同或相似的情况，必须适用相同的规则，从而使人们相信法律规则是稳定的、公正的，人们可以从这些规则中预知自己的行为后果，而对于相同的事实和情况，律师也可以给客户提供可靠的法律意见。目前最高人民法院正在推行指导性案例制度，这本身就是一种非常有益的尝试，反映了我国在吸取两大法系经验上的努力，以及两大法系在一定程度上的可融合性。

从法学教育层面来看，两大法系法学教育各有特点。总的来说，大陆法系，特别是德国式的教育更注重体系性教育和知识的灌输。但是，这种教育方式过于理论化，满足于体系的自我圆满，对于社会生活的新鲜事物反应不够敏感。英美法法学教育虽不太注重法律体系的完整性，但比较重视案件的实践操作能力。苏格拉底式教育方法都是问答式的，它总是从一个现实案件引导学生进行独立思考、判断，从而开启智慧。我认为，两种教育方式各有特点，很难简单判断孰优孰劣。应当将两种法学教育模式结合起来，在注重整体教育的同时，也要注重案例教学、诊所式教学等实践教学方式，并且有必要探索通过苏格拉底式教学法来增强学生的分析和解决纠纷的能力。

经济全球化背景下的法律现代化*

毋庸置疑，经济全球化是正在发生的现实，它促成生产要素和资源在世界范围内流动，并使之得以优化配置。也许不是每个人均能直观感受到这一点，但前段时间的媒体报道，却能提供绝佳的例证：欧洲大陆和中国的农村地理位置相隔甚远，但欧债危机却能够给安徽养鹅农户造成严重的销售困境。这就表明，地理距离和心理距离均无法阻止经济层面的地球村的形成。

在经济全球化的强劲驱使下，人们生活的方方面面均在改变，法律自然也不例外。最典型的表现，便是“世界法”概念的出现。美国著名法学家伯尔曼曾经提出过关于“世界法律”的构想，他认为遵守合约、不侵犯他人的权利和尊重别人的财产权，既是普遍的人性，也应是世界法的基本内容。无独有偶，美国里斯本小组在《竞争的极限：经济全球化与人类未来》一书中分析全球化对人类文明社会未来发展的影响时，也提出了建立在一体化发展逻辑基础上的全球社会契约以及全球调控协作机制的详细方案。不过，我认为，尽管经济对法律的影响至关重要，但两者终究不同。作为上

---

* 原载《法制日报》2012 年 11 月 7 日。

层建筑，法律必须根植于特定地域、特定社会、特定历史、特定群体之中，受到本土国情的根本制约。尤其要看到，无论是成文法还是判例法，法律均要受制于国家主权。正如耶林所说，法学是“需受国家边境界桩所限”的学问。当然，客观上讲，基于人性的共同性，无论何时何地，人们对法律的信仰和理念会有一定的共识，如伯尔曼所讲的就是法律的一些普世价值，但世界法永远只能是一个构想，因为只要有国家主权概念的存在，世界法就不可能实现，经济全球化也绝不会给我们带来一个乌托邦式的世界法。然而，不能否认全球化对法律的影响是深刻的。

全球化促进了法治观念在全球范围内的普遍认同，促进了反映市场经济规律以及人类共同价值的相关法律规则的广泛传播。在《法律与法律思想》一文中，哈佛大学法学院邓肯·肯尼迪教授认为，每一次经济和政治上的全球化运动都伴随着法律的全球化变革。大陆法系国家法律思想和法律制度曾经在18、19世纪深刻地影响了全球的法制发展和变革，而美国法在20世纪对全球产生的影响也十分明显。

全球化促进了法律的趋同化（convergency）。应当承认，英美法系和大陆法系的分离客观存在，但随着经济全球化的深度渗透，两大法系的法律规则越来越趋同，尤其是在贸易、金融等方面的规则上。比如，20世纪60年代以来的全球化基于西方特别是美国的主导，因此大量的国际惯例和规则的制定也主要是由美国来主导，产品责任制度与消费者权益保护由此深入到各个国家，成为全球性的法律运动和法律思潮，这提高了生产者、销售者的责任意识，对于促进技术革新、经营革新以及消费者权益的保护，无疑有相当突出的积极作用。在此意义上，的确也可以说，经济全球化在某些领域、某些制度上的确导致法律局部的全球化。

全球化促进了国内法与国际法的互动（interaction）。为了回应全球化的大趋势，各国国内法往往会积极改革，以求适应新动向和新环境，这反过来又促成各国法律在某些领域和制度上的高度趋同性，从而进一步加深了法律领域的全球化。换言之，为了维护和促进经济全球化，国内法与国际法形成了良性互动的局面。以民法为例，各国民事立法不断促进世界民事立法的国际化，此种国际化的成果又反过来影响国内法的发展。再深入地看，各国法律特别注重人的尊严的保护，以至于人法较之于财产法更加发达，则是另一个显著的例子。在经济全球化的背景下，公司企业越来越具有跨国性，资本的流动性增强，产品也在不同的国家进行组装生产，而单个国家的法律显然缺乏控制跨国的市场主体的能力，国内法面临的如何规范这些跨国公司在环境保护、劳工保护方面难题，就更加突出。

全球化促进了世界范围内关于各种最低保护标准的思考和讨论。在经济全球化过程中，出现了一种现象，即一些国家比另外一些国家提供了更优惠的经营条件，如税收、劳工保护标准、环境保护标准，等等。在各国竞争国际资本的活动中，因一些国家（通常是发展中国家）给跨国公司、外资企业提供了各种优惠的条件，以吸引资本，在特定历史时期，甚至出现了国家之间的“探底竞赛”（race to the bottom）。从一定意义上说，中国曾经是此种探底竞赛的受益者。但在我国今天的经济结构转型时期，为了实现国民经济的可持续和健康发展，国家先后制定了一系列法律法规，对劳工、自然资源和环境实行必要的保护。这也难免会导致一些资本流向其他第三世界国家。但我认为，对国际资本的吸引并不完全取决于这些最低的保护标准，还有赖于一个国家的法治发展状况、市场需求状况等诸多因素。许多学者呼吁，在环境保护、劳动者保护、消费者保护以及对基本人权的保护等方面，因缺乏全球性的统一的强制性的标准，才导致跨国资本在设立了不同保护标准的国家之间流动，不断突破保护底线。因此，有必要制定全球统一的相关标准。尽管发达国家和发展中国家对此存在较大的利益分歧，难以形成共识，但这种建议仍然具有一定的合理性。而且，毫无疑问，只要有关环境保护等标准形成了国际共识，并被纳入到有关国际条约和公约之中，此种国际化的成果必然会反过来影响国内法的发展。

全球化促进了法律渊源的多样化。在经济全球化过程中，被称为"软法"的具有示范性效力的规则开始出现。这些规范往往通过交易习惯的形式出现，然后逐渐成为全球性的规则。示范法通常是由某一领域的学术机构或者专家学者制定，主要是针对特定领域的问题而制定的一些具有较强技术性的规范，其本身不具有法律拘束力，但一旦被国家法律采纳，就成为了法律，从而具有了强制约束力。商事领域的示范法就是这样的规则，例如1985年的联合国国际贸易法委员会（UNCITRAL）制定的《国际商事仲裁示范法》以及1994年国际私法统一学会（UNIDROIT）制定的《国际商事合同通则》等。同时，如果当事人在涉外经济交往中将一些"软法"约定为争端解决规则，则这些示范法也对当事人具有法律约束力。这些规则成为了所谓的"替代性的规则供给"。因此，在涉外仲裁领域，实体规则可能会出现竞争，哪个国家提供的实体规则更有利于纠纷解决，就更容易被当事人选择，这就是所谓规则的竞争。在公司法人从事大规模的跨国经贸活动的时候，如果感觉到某一特定国家提供的法律规则不符合自己的要求，它们能够很方便地寻找到一种替代性的规则体系，来调整他们所从事的经贸活动。

全球化对国际法律服务人才也提出了旺盛的需求。经济全球化使得各国经济交往越来越频繁，对跨国法律服务的需求大大增加，尤其是对能够从事跨国谈判、缔约、代理、商标申请、财产登记、涉外纠纷的调解、仲裁等业务的高端法律人才的培养提出了更高的要求。今天，英美的律师事务所垄断了全球几乎所有高端的律师业务。因为用法律社会学的眼光来分析，本次全球化就是美国推行自己的法律治理模式并取得话语权的过程。在全球法律服务市场，随着 20 世纪美国对全球经济的影响加深，其法律服务行业也逐步在全球范围内扩张。富有商业精神的美国人甚至将多元纠纷解决机制改造成为营利性的商业模式向全球推广。所以，在法律服务行业中，以美国大型跨国律师事务所为代表的全球法律服务机构占有主导性地位。

自改革开放以来，我国已经逐步融入了经济全球化的进程，加入 WTO 则进一步推进了我国经济全球化的进程。我们现阶段经济的快速发展和人民生活水平的提高也得益于全球化的过程。但我们必须清醒地看到，全球化绝不能完全以西方为中心和主导，我国法律也不能完全复制西方的法律。我们应当积极借鉴反映全球市场经济与基本价值准则的规则，把它们有机地融入到我国法律制度之中，但却绝不能完全照搬照抄。虽然全球化促进了法律的趋同，但我们不能丢掉本土的法律资源和遗产，如一些反映我国经济文化特点的行为规则以及在我国经济发展中形成的法律传统，尤其是那些代代相传的法律传统和经验，凡是经实践证明具有合理性的，都应当保留，因为参照这些习俗和传统习惯制定的成文法，更能够被人民接受和遵从。

中国作为一个崛起的大国，既要尊重国际规则和国际惯例，积极参与国际交往，也需要积极争夺商业交往模式的规则制定权，要积极参与一些国际规则和“软法”的制定。中国要在这个过程中成为适应中国经济发展模式的相关规则的制定主体，找回我们自己的话语权。“师夷长技以制夷”，我国作为全球化进程中的主导力量，应当以开放的心态迎接外来经济力量，以良好的制度支撑、推动国内经济力量走向世界，并在全球化进程中发挥积极作用。此外，我们应努力培养出一大批通晓国际事务、能够娴熟运用国际法律知识处理国际法律纠纷的法律人才。这就要求中国的法学教育应当反映全球化时代精神和国际竞争能力的教育理念，优化中国高等法律院校的课程设置、教育范式，提高法学教育的质量体系，培养出大批具有跨文化沟通能力和交往能力的优秀法律人才。新世纪的法律人才应当具有全球视野、肩负全球责任，以自信的心态积极应对全球化带来的各种挑战。

从根本上遏制和防止刑讯逼供*

2012 年 3 月 14 日通过的《刑事诉讼法》修正案，是我国人权保障事业的一大进步。刑事诉讼法又有“小宪法”之称，主要是因为该法所规定的刑事诉讼程序直接关系到人身自由和人身安全的保障，而人身自由和人身安全又是公民生存和发展的基本条件，也是实现程序正义的重要保障。程序是看得见的正义，它也是实现实体正义的根本方式，现代法治的一些重要规则，如无罪推定、禁止刑讯逼供、裁判者的独立公正等，都是从程序公正中发展出来的，它们也是保护基本人权，实现司法公正的基本措施。

2004 年，我国《宪法》修改时，将“国家尊重和保障人权”写入宪法，标志着我国人权事业取得了重要发展。此次《刑事诉讼法》修改的指导精神和重要目的，就在于落实宪法原则，尊重和保障人权。这主要表现在修正案第 2 条，增加了“尊重和保障人权”的规定。虽然没有明确表明这是一个立法目的，但放在第 2 条，实际上表明了此次修改就是要落实宪法的规定，充分体现了对人权的保障，体现了社会主义司法为民的性质，这是此次刑诉法修改的基本精

---

* 原载《光明日报》2012 年 3 月 9 日，收入本书中略作修改。

神所在。充分保障人权，就刑事诉讼法领域来说，主要体现在通过对刑事诉讼程序的完善，来保障公民所享有的人身自由、辩护权和要求获得公正审判等权利。这些权利是公民的基本人权，尤其是人身自由，是最重要的人权。那么此次修改，在哪些方面具体体现了保护人权？

一是完善非法证据排除制度。在现有规定严禁刑讯逼供的基础上，增加不得强迫任何人证实自己有罪的规定。这一制度的完善将从根本上遏制和防止刑讯逼供以及其他非法收集证据的行为，保护犯罪嫌疑人的基本权利。近几年发生的冤假错案，大多与刑讯逼供有一定关系，或者说刑讯逼供是造成冤假错案的重要原因。从我国出现的情况来看，从佘祥林案到赵作海案，都说明了坚决防止刑讯逼供对维护公民人身安全的重要性。从根本上杜绝刑讯逼供，通过三令五申很难做到，只有从程序上将刑讯逼供取得的证据作为非法证据予以排除，才可能遏制刑讯逼供的发生，从而有利于防止冤案的发生。这可以说是真正保障了人权，保障了公民的人身自由。

二是进一步保障了犯罪嫌疑人和被告人的辩护权。辩护权的产生是现代人权保障进步的标志。从已经发生的一些冤案来看，与不重视律师的辩护有很大关系。这次修改，在辩护权方面作了一些重要完善，比如完善律师会见、阅卷的程序。因为《律师法》已经规定，律师凭“三证”就有权会见犯罪嫌疑人、被告人。但从实际操作来看，还遇到很多困难。此次刑诉法修改，作了明确的规定，规定辩护律师在审查起诉和审判阶段，也可以查阅、摘抄、复制有关案卷的材料；规定辩护人、诉讼代理人有要求回避、申请复议的权利，以及对司法机关、工作人员阻挠辩护权行使的行为有权申诉控告。这些规定，都是从根本上来维护和保障辩护权的重要措施，因而对于保护公民的基本人权也是非常重要的。

三是保障公民不受非法逮捕、非法限制人身自由的权利。强制措施关系到公民人身自由的基本保障，一旦滥用强制措施，公民人身自由无法得到保障。此次修改，为最大限度地保障公民的人身自由，在强制措施制度完善方面作了很大的修改，例如，完善了审查逮捕的程序，要求检察院审查批准逮捕时要讯问犯罪嫌疑人，辩护律师提出意见时，要认真听取辩护律师的意见；逮捕以后，检察院对羁押的必要性仍然应当进行审查，并且规定拘传期间应当保证犯罪嫌疑人必要的休息时间；等等。

四是保障犯罪嫌疑人和被告人获得公正审判的权利，完善了有关的审判程序。此次刑诉法修改，在很多方面进一步完善了审判程序，比如说建立证人强制出庭作证制度，有利于保障被告人的质证权；强化二审开庭审理，保障被告人获得公开审判的权利；规定原审法院对于事实不清楚或者证据不足发回重审的案件，原审法院作出判决后，二审法院仍然认为事实不清楚或者证据不足的，应当依法作出判决或裁定。这个规定是为了防止出现反复发回重审，判决久拖不决的现象。

以上这些修改内容，基本的出发点和目的，都是为了充分地保障人权。现代程序法的精髓就在于，“宁可放过一个坏人，也不冤枉一个好人”。此次《刑事诉讼法》修改，就是为了落实宪法“尊重和保障人权”的基本精神。如果说2004年人权入宪是进入新世纪以来人权保障事业的第一次飞跃、2007年颁行《物权法》以充分保障物权是第二次飞跃，那么此次《刑事诉讼法》修改强化保护人权，可以说是第三次飞跃，是我国人权保障事业新的发展和具有里程碑意义的重大事件，在这一点上值得充分肯定。

重申契约精神

“契约必须严守”（*pacta sunt survanda*），这是来源于罗马法的一项基本原则，它要求当事人双方都要受到其合意的拘束。通说认为，这是私法自治的具体体现，私法自治必然要求当事人依法享有自由决定是否缔约、与谁缔约和内容如何以及是否变更、解除等权利，私法自治也决定了当事人之间的合意应当优先于合同法的任意性规定而适用。只要当事人协商的条款不违背法律的禁止性规定、社会公共利益和公共道德，法律即承认其效力。千百年来，西方人将严守契约当作十分重要的自然法则。例如，柏拉图认为，守法践约是合法的、正义的，“这就是正义的本质与起源”。[①] 格劳秀斯（1583—1645）曾经指出：“依自然法，凡允诺做某事者，如果能做则应当去做。”[②]

虽然严守合同在西方具有深厚的历史传统，但并不能据此将其作为西方的专利，我国同样有这样的传统。在我国传统法律文化中，历来存在契约严守的精神，这也是儒家诚信忠义法律文化的当然要求。儒学认为，“与朋友交而不信

① 参见柏拉图：《理想国》，郭斌和、张竹明译，商务印书馆1986年版，第46页。

② Hugo Grotius, *De Jure Belli ac Pacis*, Translated by W. Kelsey, Oxford: Clarendon Press, 1925, pp. 12—13.

乎?”“人而无信，不知其可也。”在儒学中，信为“五常”之一，儒家文化将诚信甚至上升到一般的做人准则。这种思想深刻地影响了中国的传统文化，也影响了中国人的道德观念和行为方式。所以，我国民间历来也有“君子一言，驷马难追”、“君子一诺，重于泰山”、“言必信，行必果”等说法，这些其实都构成了契约严守精神的文化基础。所以，中国契约严守的观念在民间久存，甚至深入到中华民族的血液中。

可以说，诚信观念在历史上不仅仅体现在一般的道德层面，而且还直接地体现在法律实践层面。商鞅城门立柱、季布一诺千金等故事都反映了当时社会所塑造和推崇的诚信文化。而我国出土的汉墓发现了刻在砖石上的“买地券”，其中一些表述就反映了严守合同的精神，如《杨绍买地砖》载有“民有私约如律令”，《潘延寿买地砖券》写有“有私约者当律令”。[①]“民有私约如律令”不仅包含了严守合同、履行允诺的内涵，还将民间私契在当事人之间的效力与官府律令的效力等同起来，反映了契约神圣性的观念。我国古代著名的蒙学课本《增广贤文》也说“官有公法，民有私约”，这与“民有私约如律令”如同一辙，均将当事人之间私约的效力等同于国家的法律。[②] 我国古代把现代意义的合同称为契约，《说文》说：“契，大约也”。当事人订立一个“约”，表示他们愿意受其约束。“契”和“约”的基本涵义就是“合意”“约束”。古代最典型的两种契约形式“质剂”和“傅别”，都表达了相同的含义。[③] 也就是说，当事人做成契约，中间写一行字，从中间撕开，各执

---

① 张晋藩：《论中国古代民法研究中的几个问题》，载《政法论坛》1985年第5期。

② 需要指出的是，在西方，这种观念是到了1804年的《法国民法典》，才有明确表达，即该法第1134条规定：“依法成立的契约，对缔结契约的双方当事人具有相当于法律的效力。”可以说，与西方严守合同的传统相比，“民有私约如律令”表明我国古代的严守合同的观念出现和形成的更早，理念和内涵也更为深厚，是契约精神的象征。

③ 参见《周礼·天官·小宰》。

一半，合起来就称为“合同”。契约的“合意”和“拘束”意义反映了诚实守信的观念，它与“言必行，行必果”“君子一言，驷马难追”一样，一直是我们做人、做事的基本准则。

契约精神首先体现在市场交易中。无论是在熟人社会还是在陌生人社会，契约精神的高低都是检验一个社会的发展成熟度的试金石。只不过，熟人社会的契约精神主要是依靠熟人信用评价机制来维系的，陌生人社会的契约精神是依靠法律规则来促进的。现代市场经济在很大程度上是陌生人之间的经济组织形态。可以说，市场经济就是契约经济，孕育和发展市场经济的过程就是不断培育契约精神的过程，契约是人与人之间开展社会合作的纽带。进入到市场经济社会，市场正是由无数的交易组成，只有当事人之间订立的合同能够得到履行，才能保证交易的有序进行。正是从这个意义上讲，契约精神也是构建市场的基础。所以，缺乏契约精神，市场经济的发展也无从谈起。

契约精神也是最基本的商业精神和最低限度的商业道德。实际上，秉持诚实，恪守承诺，严守契约的精神是诚实信用原则的体现。我曾经经常听到一些国内商人抱怨，他们在和欧美的商人打交道时，对于已经谈妥了的事情，如果要落实到纸上，往往很费周折，因为外国商人对签订合同极为重视，咬文嚼字，甚至为一个字都要拖很长时间，但一旦签下合同，就得按合同办事。其实认真推敲合同正是商人严肃对待合同的表现，合同规定得越细，就越能防范未来的纠纷，也能够防止上当受骗。相反，如果合同约定得不仔细，将来很可能增加纠纷的发生概率和解决难度。可以说，契约精神也是维护正常的交易秩序的要求。一个合同签订得再好，对于不守契约的人来说，也无异于废纸一张。即使合同签订得再差，如果当事人都是严守契约精神的人，也会努力找到补充合同内容的机会。对一个诚实守信的商人来说，合同就是法律，与法律一样是约束自己的行为准则。还要看到，诚信生财，守信生利，金杯银杯不如口碑。单从构字法来说，“储”由“信”和“者”会意而成，它是说只有诚实守信之人，才最善于积聚财富。在此意义上，严守合同、诚实守信乃“万利之本”。这和儒学所倡导的“义利观”也是一致的。

契约精神不仅仅是一种生活道德乃至商业道德，更体现为一种守法的精神。契约就是商人之间的法律。一个故意不守合同的人实际上就是一个不讲信用的人，违约，尤其是故意违约，不仅违法，而且也是不道德的。一般来说，一个对商业合同尊重程度较低的国家，法治状况也好不到哪里去。那些不守契约的人也很可能是不守法的人。可见，契约精神不仅仅在市场经济社会的建设中意义重大，在法治社会的构建中也居功至伟。“重合同、守信用”“言必信、行必果”是中华民族传统道德的重要组成部分，也是社会主义商业道德的主要内容。任何违约行为都是不信守诺言、不符合道德的行为，至于那种公然视合同为废纸，甚至利用合同坑蒙拐骗的行为，更是对法律和道德准则的严重践踏，应当受到法律的制裁和道德的谴责。

契约精神不仅是社会大众应当具备的品质，同样是政府官员必须坚持的品质。经济生活中的商人应该遵守契约精神，市民社会生活中的每个公民也必须以此培育公民精神，甚至对公务员来说也应该秉持契约精神。现代社会是一个复杂的有机的系统，其高效组织和运行取决于个人、机构和政府等各类社会主体的诚信。社会信用对个人、机构和政府等各类主体都同样重要，是整个社会得以健康运行的润滑剂。无论是个人、机构，还是政府，都需要成为社会信用体系的建设者和维护者。从实践来看，政府不讲诚信，不依约办事的现象依然大量存在。诸如“新官不理旧账”“后任推倒重来”“合同刚签了，书记换人了，合同也就没了”等现象时有发生，让原本积极与某些政府合作交往的企业苦不堪言。政府信誉也因此大打折扣。有的地方政府因拒不履行债务，甚至上了法院的失信名单。据统计，在全国法院失信被执行人名单信息系统中，被纳入失信“黑名单”的“官员失信”案件目前超过1100件。[①]更滑稽的是，有的政府机关的主要负责人居然被法院列为失信机构负责人，禁止乘坐高铁和飞机，让政府的形象和信誉丢失殆尽。古人说，民以吏为师。如果要求老百姓诚实守信，政府和政府官员首先要率先示范，带头讲诚实守信用。如果连政府都不讲诚信，只能让世风日下更为严重，其结果也会导致民众对政府执法能力的不信赖。

契约精神在经济生活、市民社会生活乃至政治生活领域都是一种最基本的品行，对其作任何强调都不过分。契约精神也是我们做人做事的根本要领，也是基本的道德底线。一个完全不守契约的人，也很难想象他会尊重法律和道德。那些随意撕毁契约的人，也通常是生活中不可信、甚至是无法无天的人。因此，强调契约精神要强调的是一种基本的社会行为习惯，强调的是人在任何社会交往活动中都要值得信赖和交往。只有全社会都形成了一种人人诚实守信的习惯，人际关系才能变得更加融洽和牢固，人们的行为和交往才更具有可预期性，社会才能更加安宁、和谐和有序。

① 朱永华：《新官不理旧账还需法治破解》，载《人民法院报》2016年11月22日。

亲历法治建设三十余载*

党的十五大提出了到2010年形成中国特色社会主义法律体系的战略任务，这一目标已经基本实现。目前我国已经构建起以宪法为核心、以法律为主干，包括行政法规、地方性法规等规范性文件在内的，由七个法律部门、三个层次法律规范构成的中国特色社会主义法律体系，为市场经济构建了基本的法律框架，保障了社会经济生活的正常秩序。这一体系适应了我国社会基本经济制度和社会生活的需要，涵盖了社会政治生活、经济生活、文化生活、社会生活和人与自然的关系等各个领域。就民法而言，《民法通则》《合同法》《物权法》等一系列基本民事法律的诞生标志着我国民事立法进入了完善化、系统化阶段，为我国社会主义民法典的制定奠定了基础、开辟了道路。

我本人作为“文革”后的第一批大学生，步入大学的殿堂研习法律至今也已30年。这30年来，我经历并见证了祖国改革开放和现代化建设的历程，参与并见证了国家民主法制建设的发展。可以说，改革开放的30年，是我国经济快速发展的30年，是社会全面发展的30年，更是我国民主

---

* 原载《光明日报》2011年1月20日。

法制建设全面进步的30年。我深为我国30年来法制建设取得的成就感到骄傲，也因能够见证这一伟大历程深感自豪。

在年幼时，我目睹了“文革”动乱，经历了这场浩劫给中国人民带来的深重灾难。每当回想起当年社会的动荡、人民的贫困、精神的桎梏，以及对未来的迷茫，深深感到今天的成就来之不易。我当时在农村插队，艰难的生活令我想到了这样一个问题：我们的国家和民族究竟要走一条什么样的道路，我们的前途究竟在哪里？就在人们普遍陷入怀疑和迷茫之中时，党的十一届三中全会召开了，为国家的发展指出了新的方向，改革开放成为中国发展的一项基本国策。而在此之前，由于高考制度的改革，我个人的生活由此发生了重大改变，我从农村走进城市，从一个插队青年走进了做梦都没想到的大学，从此与法学和法律结下了不解之缘。

当我开始接触法律的时候，中国除了《宪法》《婚姻法》之外，几乎再没有什么别的法律了。我们当时学习的主要内容还是政策。原本就不健全的公、检、法系统在“文革”期间又被彻底砸烂，对我而言，律师也是一个十分陌生的职业群体。直到学完诉讼法，我还没有见过公开审判，也不知道什么是律师辩护。至于民法，在当时更是一个鲜为人知的词汇。在我学习期间几乎没有见到一本民法教材，全国能够讲授民法的教师屈指可数。直到我大学快毕业时，我才有幸从一位任课老师那里见到佟柔教授编写的一本薄薄的民法讲义。我读后感到兴奋不已，用了几天时间把这本当时唯一的民法讲义手抄了一遍，就是这本讲义引导我走入了民法的殿堂。

短短30年，中国的法制建设取得了巨大成就。就立法而言，我们在30年时间内走完了西方国家费时几百年走过的道路。在我上大学期间，我国先后颁布了《刑法》等7部重要法律。我到中国人民大学来读研究生时，又赶上1982年《宪法》的制定，听到老师介绍立法情况和立法精神，我感到十分振奋。在此之后民事法律制度开始建立，1986年《民法通则》的制定，是我国经济社会发展和法制建设中的一件大事。它第一次宣告公民、法人享有的各项民事权利，尤其是第一次在法律上规定了公民所享有的各项人格权，并确立了精神损害赔偿救济制度。可以说，这是我国人权发展史上的重大进步。联想到“文革”期间普遍存在的“戴高帽”“架飞机”“剃阴阳头”等侮辱人格、蔑视人权的行径，深感《民法通则》的重要性。在《民法通则》起草过程中，我曾协助佟柔老师搜集整理有关资料，并参与佟老师主持的多次立法讨论活动。后来，我还先后参与了《经济合同法》《合同法》《物权法》的起草和制定工作。就这样，我不仅见证了我国民事法律制度建立健全的过程，更深切体会到这些法律制度在保障公民的基本权利、规范经济社会发展方面起到的重大作用。1999年《宪法》修改，“依法治国，建设社会主义法治国家”被作为治国方略写入《宪法》，这是国家治理模式在根本大法上的确立，这意味着我国将在法治国家的道路上坚定不移地走下去。以此为基础，我国立法工作得到了进一步的快速发展，司法改革也推向深入，人民群众的法制意识也得到增强，国家在法治的轨道上稳步前行。

30年来，我也亲眼目睹了我国司法制度的改革和发展历程。“文革”期间暴力横行，各种所谓的“群众组织”打着“革命”的旗号肆意抓人、关人，形形色色的“造反派”以及后来的“革委会”都掌握着人民的生杀大权。即使无任何理由，也可将个人捆绑吊打，施以酷刑更是司空见惯。在那样的环境下，何谈人权?!在我上大学时，被砸碎的司法制度开始恢复。对“四人帮”的公开审判，极大地提高了全国人民的民主法制意识。湖北省开展第一次公开审判试点时，我有幸作为学生旁听，第一次近距离接触法庭，第一次感受到了法律的神圣和法庭的庄严。这也使我对当时将要从事法学工作的前途充满信心。这些年来，我从事司法改革的比较研究，作为最高人民法院特邀咨询员和最高人民检察院专家咨询员，参与了许多司法解释和重大疑难案例的研讨，切身体会到司法在社会生活中的影响力日益提高，人民群众的司法需求日益扩大，司法作为解决社会纠纷的最后防线的地位也逐步确立。

30 年来，我亲眼目睹了法学教育的发展历程。1977 年，全国仅有三所高校（湖北财经学院、北京大学、吉林大学）开了三个法学班，我有幸成为其中的一分子，并在后来成长为一名法学工作者。而今天，全国法律院校多达六百余所，学习法律已经成为很多青年学子的时髦选择。在我上大学的时候，法学研究可谓一片荒芜，甚至可以说是从零开始，但是今天法学研究从理论法学到部门法学、从国内法到比较法都呈现出蓬勃发展之势。图书馆里的藏书可谓汗牛充栋，书店里的法学著作令人目不暇接。法学正在成为一门显学，受到社会各界的普遍关注。法学从一门“幼稚”的学科逐渐成熟起来了，尤其可喜的是一大批富有才华的年轻学者加入到法学研究的队伍中来，使我们看到法学研究的明天充满生机和活力。

回顾30 年，我要发自肺腑地赞美和歌颂这30 年的成就。在30 年的求学、教学和研究经历中，我深切地感到，中国法学事业的繁荣发展，法学研究工作者自身的学术成长，都离不开党和国家实行改革开放的正确决策领导，离不开经济社会全面进步的时代背景。展望未来，我也对中国法制建设和法学事业满怀信心和期待。当然，我们仍应清醒地看到，几千年封建历史传统中的消极因素以及社会在转型中出现的无序现象，仍然是当前法制建设继续向前推进必须要着力破解的难题。现实生活中凸显出的各种社会问题也暴露出了我国法制建设中的盲点：时有发生的矿难引国人责难、山西黑煤窑事件让人痛心疾首、三鹿奶粉更令人愤愤难平、“躲猫猫”事件也发人深省……此外，贪污腐败之风未能有效遏制，涉案数额不断递增、所涉官员不断升级、各种权钱交易和官商勾结现象饱受诟病。凡此种种都表明，我们的法制建设之路任重而道远！但是，我们不能因为这些问题的存在，否定三十年来法制建设的成就，更不能因此而丧失对未来法制建设的信心。相反，正视这些问题，通过法治的进一步完善来解决这些问题，这或许是我们法制建设中所必须经历的过程。

世事虽无尽，人心终有归。建设一个富强、民主、文明、和谐的社会主义法治国家，是几代中国人孜孜追求的梦想。中国必然要沿着依法治国的道路坚定地走下去。只要沿着这条道路走下去，我们的国家一定能够重展汉唐雄风，我们的民族一定能够实现伟大复兴。

人民的福祉是最高的法律

第二编
立法制度

民法要体系化

法典化就是体系化，体系是法典的生命。我国自清末变法以后，古老的、自成一体的中华法系接受了外来的法制文明，大量借鉴与吸收大陆法系的法制经验，也逐渐形成了大陆法系的成文法背景和传统，并沿袭至今。由于大陆法系实际上以法典化为标志，因此，我国民法的体系化也应当通过法典化的方式来实现。从各国民法典制定的方式来看，有些国家采取一步到位方法，即一次性地完成整个民法典的制定工作（最为典型的是法国和德国）。也有一些国家采取分段制定的方法，即将民法典制定工作分为若干阶段和步骤，分阶段、分步骤来完成（如瑞士、荷兰、俄罗斯等国）。当前我国民法典的制定也是采取后一种方式，即分阶段、分步骤的制定方法。

应当说，上述两种模式各有利弊。分阶段制定模式的优势在于：根据民法典所包含的不同部门法的发展成熟程度，在不同阶段先后制定不同部门的法律，这样使得法律具有更强的针对性和更高的成熟程度。在不同阶段制定不同的部门法律，也有助于法律本身的不断完善，因为后制定的法律可以充分吸取先制定的法律的经验与教训。这是一种十分务实的做法。这种方法尤其适合于我国国情，因为我国处于社会转型时期，社会变化的节奏非常快，而对实践的总结与提升往往需要一个较长的过程。在这样的情况下，采取分步骤制定也是十分明智的选择。通过这样的立法方式，我们也可以将精力集中于现阶段需要迫切解决的问题。那种“毕其功于一役”的一步到位式做法的前提是相关理论准备已经十分充分。例如《法国民法典》的制定，虽然波塔利斯等人最后只花了4个月时间起草条文，但是此前康巴塞雷斯已经提出了数部详细的民法典草案。然而，我国并不具备这样的条件。尤其应当看到，一步到位的模式无法顾及民法不同部门在不同时期的立法政策的需要和差异，其后果可能是有些部门的法律过于超前，而另一些部门的法律过于落后。

然而，较之于一步到位的立法模式，分段制定模式也存在其局限性。一方面，不同部门的法律形成于不同的时期，因为受到不同时期的立法政策影响，很可能使得这些法律带有不同时期的特点和印记，从而影响民法典的价值和逻辑的一致性；另一方面，分段制定的模式往往持续较长一段时间，在这段时间内，由于立法者和法学研究者观念、认识的深化等原因，早期制定的一些法律往往在概念、范畴的总结与提炼方面存在着欠缺，容易使得早期制定的法律与晚期所制定的法律之间存在着较为明显的不协调现象，最终损害法典的价值一致性。此外，分阶段式的立法战略虽然反映了不同时期的具体社会需要，但是它难免出现顾此失彼的现象，因此，所有在不同阶段制定的法律仍然需要通过体系化进行整合，对所有的规则进行完善。民法典体系化研究是对我国民法典制定工作进行整体设计与宏观思考的过程。如果不解决好体系化问题，那么民法典的制定工作将是盲目的、混乱的。例如，我们在1995年制定《担保法》时就没有考虑到以后《物权法》的制定，更没有考虑到整个民法典的体系，担保只是规定了各种担保方式的适用规则，但这些担保方式涉及不同的法律关系，有的是人的担保，应当纳入到《合同法》范畴，有的是物的担保，应当纳入到《物权法》的范畴，显然《担保法》没有考虑到这种体系的要求。2007年颁行的《物权法》对物上担保作出了规定，与《担保法》的规则存在一定的冲突，由此也说明了不同时期的立法可能带来体系紊乱的风险。尤其是我国民法典的制定与法国、德国等的民法典的制定存在重大差异，即我们并不是一次性地制定一部完整的民法典，而是采取分阶段、分步骤进行的战略。这种制定方式也使得体系的研究在我国尤为重要。这就是说，在分段制定模式下，我们更需要进行周密的体系设计。

由于民法典的不同组成部分制定于不同的时期，最后再将不同部分整合和“总装”成为一部统一的法典，因此，在民法典各部分颁布之后，需要对各部分加以有机的融合与协调从而编纂成一部法典，这样就更加需要一个科学合理的、富有逻辑性和内在一致性的体系来整合民法典的全部内容。这部法典必须要存在着内在的一致性，这要求我们在具体实施各个步骤的时候，依据严密的体系进行安排和设计。通过体系化，可以将民法的价值与理念贯穿于整个法典的始终，对于不同部分的价值导向进行整体性的梳理。通过体系化，可以很好地协调一般法与特别法的关系。例如，通过体系化，民事基本法可以援引一些特别法的规定，或者对于特别法中过时的部分进行修正。在这方面，我国《物权法》对于《担保法》的完善与修正就是一个很好的例子。在分阶段、分步骤制定民法典的模式下，依据一定的体系对民法典的各个部分进行整合，显得尤其重要。

依据一定的体系整合单行法，并在此基础上制定民法典，也是法典化与单行法汇编的主要区别。法律汇编，英译为“digest”，法语译为“compilation”，法律汇编主要是按照一定的目的或者标准对已经颁布的规范性文件进行系统的排列，从而汇编成册的过程。法律汇编不需要改变法律的内容，因此，汇编本身不是一种创制法律的立法活动，只是一种对现有法律作出技术性编辑的活动。法律汇编并不能实现民法的体系化，它只是将各项法律法规按照一定的体例简单汇编在一起，各个法律之间并不需要构成一个层次分明的体系，更不存在着总则—分则的体系。尤其是法律汇编无法消除这些法律之间的内在冲突和矛盾，也就无法实现法律的内在一致性和价值一体化。举例来说，尽管2007年颁布的《物权法》已经大量修改了《担保法》关于物的担保的规则，但在司法审判实践中，不少地方的法院在处理有关抵押、质押的纠纷时，仍然适用《担保法》及其司法解释的相关规则。对产生这种现象的原因，我曾经做过调研，许多法官提出：虽然知道《物权法》修改了《担保法》的规定，但不知道哪一条修改了《担保法》的规则，而《物权法》对此也没有具体指明。如果采用法律汇编将《物权法》与《担保法》汇编在一起，这种问题仍然无法解决，只有通过制定法典的方式，才能从根本上消除这些法律之间的冲突。

从价值体系的一致性来看，法律汇编更不可能实现价值的统一。例如，《合同法》和《物权法》是分别制定的，其相关规则所涉及的立法者的价值判断也并不完全一致。某人将借用他人的摩托车非法转让，依据《合同法》第51条的规定，此种物权处分行为应视为效力待定行为，必须征得真正权利人的追认才能生效，该条背后体现的立法者的价值是要保护静态的财产安全，即保护真正的权利人。而《物权法》第106条规定，在无权处分的情况下，受让人是善意的，就符合善意取得的要件，可以取得物的所有权，该条体现的立法者的意图是保护动态的交易安全。因此，立法者在《物权法》与《合同法》中所做的价值判断也存在一定的差别，仅仅依靠法律汇编，显然无法消除这种价值判断之间的冲突。只有通过制定法典的方式，对各种价值之间进行整合，才能从根本上消除立法价值之间的冲突。

法律汇编虽然降低了立法成本，但是它大大增加了司法成本。众多的单行法将使得法官在寻找裁判依据时无从下手，裁判依据的查询成本较高。例如，就侵权责任纠纷的处理应当适用何种法律规定？我国有四十多部单行法的规定涉及侵权责任，法官很难查找法律。如果有民法典，只需要查找民法典中关于侵权责任的规定，就基本可以解决责任适用的裁判依据问题，但在没有民法典的情况下，法官找法则十分困难，所以只有通过颁行民法典的方式，才便利法官找法，减少了学法用法的成本。

当前，推进民法典的立法进程，还需要尽快制定“民法总则”。我国1986年制定的《民法通则》在一定程度上承担了“民法总则”的功能。但是，《民法通则》毕竟不是一部总则，它是特定历史时期对调整基本民事关系所作的概括性的规定。因此，其关于总则的内容较为简略，许多内容仍然欠缺。比如，《民法通则》主体制度中只规定了公民和法人，而没有规定合伙。再如，关于法律行为只规定了双方法律行为，而没有规定单方法律行为和单方意思表示。随着我国改革开放以来社会主义建设的发展，民事审判经验不断累积，《民法通则》中关于总则的内容也亟须修改完善。此外，我们还有必要制定人格权法，形成系统完善的人格权编。这些法律的制定，必然可以增强民法典整体的逻辑性和体系性。

民法，关乎国计民生和人们的衣食住行。民法典是一国国民生活方式的总结，是一国民族文化的积淀，从一个侧面展示着一个国家的物质文明和精神文明，所以在制定民法典的过程中，我们应当立足于我国实践，本着兼收并蓄、去芜存菁的宗旨，胸怀海纳百川之气度，广泛吸收借鉴各国民法的优秀经验，而不是狭隘、盲目地崇拜某国法，受教条主义或本本主义的束缚。唯其如此，我们才能制定出一部符合中国国情、反映时代需要、面向21世纪的民法典，才能构建科学的法律体系，为世界民法的发展作出我们应有的贡献！

向中国自己的民法典迈进*

在法学家眼中，民法是“社会生活的百科全书”，关乎国计民生和人们的日常生活。制定出一部有中国特色的民法典，是几代民法学人的梦想，更是当今广大民法学人的历史使命和责任。十年来，我国制定了多部重要的民事法律，正朝着中国自己的民法典稳步迈进。

早在20世纪80年代和90年代，我国就制定了《民法通则》和《合同法》这些重要的民事法律。1998年1月，时任全国人大常务委员会副委员长王汉斌邀请有关专家学者和实务部门的人士，组成民法起草研究工作小组，负责研究编纂民法典草案。2002年12月17日，九届全国人大常委会对民法典草案进行了第一次审议，此后，立法机关决定对民法典采取分阶段、分步骤的方式制定。

2007年3月，十届全国人大五次会议高票通过了《物权法》。《物权法》的颁行，是我国推进民主法治建设的重要步骤，是分阶段、分步骤编纂民法典的一个重要成果，具有里程碑式的意义。《物权法》是维护我国社会主义基本经济制度的重要法律。该法通过确认国家所有权、集体所有权

* 原载《光明日报》2012年10月25日。

和私人所有权等各类物权，来确认物权的归属；通过确认平等保护原则，维护市场主体的平等地位和基本财产权利。在《物权法》立法期间，我撰写了许多文章和著作，学术观点多次被立法机关采纳。比如，关于平等保护原则，我认为，《物权法》的平等保护原则是指物权的主体在法律地位上是平等的，其享有的所有权和其他物权在受到侵害以后，应当受到《物权法》的平等保护。对此，当时个别学者有不同意见。最终，《物权法》坚持了平等保护原则，体现了《物权法》反映我国基本经济制度的立法目的，不仅坚持了正确的立法方向，而且也具有很强的可操作性。

尤其需要指出的是，《物权法》是保护最广大人民群众利益的基本法律，它始终以维护最广大人民群众根本利益为目的。例如，《物权法》在住宅建设用地使用权和业主的建筑物区分所有权等很多方面充分关注民生、保障民权。同时，在物权的取得和变动、物权的行使和保护、担保物权类型和内容等方面充分借鉴两大法系经验，从而为市场经济建构了基本的法律框架。

2009 年单独制定的《侵权责任法》，是在《民法通则》的基础上形成的。在我国未来的民法典中，《侵权责任法》将占据独立一编。按照民法典的总分结构，《侵权责任法》共有 92 个条文，该法确定了以过错责任为一般原则、以严格责任为补充的归责原则体系，并确认了产品责任、环境侵权责任、医疗损害责任、机动车事故责任等典型的特殊侵权类型，从而构建了一个完整的、新型的现代侵权责任体系。《侵权责任法》是民事权益保护法，该法第 2 条第 1 款明确规定：“侵害民事权益，应当依照本法承担侵权责任。”众所周知，法治的核心就是规范公权力、保障私权利，我国法治建设的关键是要充分保障广大人民群众的私权利。《侵权责任法》的制定实施，为我国的法治建设奠定了坚实基础。

《物权法》《侵权责任法》这些起着支架性作用的重要法律的颁行，意味着我国在制定民法典的道路上迈出了坚实的步伐，标志着我国民事立法进入了完善化、系统化阶段，但我国毕竟还没有制定出一部民法典。由于民法典的不同组成部分制定于不同的时期，在民法典各部分颁布之后，需要对各部分加以有机的融合与协调，从而编纂成一部法典，这样就更加需要一个科学合理的、富有逻辑性和内在一致性的体系来整合民法典的全部内容。中国属于大陆法系国家，大陆法系的重要标志就是民法典，只有颁行民法典才能真正使民事立法走向体系化，也才能够真正为法官依法裁判民事案件提供依据。

当前，推进民法典的立法进程，需要尽快制定《民法总则》*。1986 年制定的《民法通则》，在一定程度上承担了民法总则的功能。但是，《民法通则》毕竟不是总则，它是特定历史时期对调整基本民事关系所做的概括性的规定，其内容较为简略，也有诸多欠缺，这就需要尽快制定民法总则。此外，我们还有必要制定人格权法，形成未来民法典中系统完善的人格权编。

“世易时移，变法宜矣。”民法是社会生活在法律上的反映，民法典更是对一国生活方式的总结和体现。因此，我们应当从中国的实际情况出发，在借鉴两大法系的经验基础上构建中国特色的民法典体系。广大民法学人需要认真研究中国的民法典理论，构建中国民法话语体系，从而为中国民法典的问世贡献智慧和力量。

* 本书修订版出版时，我国《民法总则》已于 2017 年 3 月 15 日在第十二届全国人大第五次会议通过。

民法典要符合中国的民情

春秋战国时期的晏子曾言，“橘生淮南为橘，生于淮北为枳”。法律也大抵如此，其作为一种根植于特定历史时期、特定社会环境的文化，反映了人们在相应时期和背景下的社会需求和价值取向。按照人类学家吉尔兹的观点，知识形态从一元化走向多元化，是人类学给现代社会科学带来的进步，任何知识一定程度上都具有地方性。每一个制度和体系安排，都要反映本国历史文化传统，符合社会的实际需要。拉兹曾经指出：“法律也就是一种行为场景。”法律都具有本土性，即便是比较法上的借鉴，也难以通过简单的继受来完成，比较法上的参考只有在具有实际国情的根基上才能够发生实际效用。华夏文明源远流长，法律文化作为其中的重要组成部分，也具有悠久的历史和深厚的传统。随着历史进程的推移，法律文化也在不断地自我更新和演进，在历史长河中动态地反映政治经济体制变化，并为动态的政治经济建设提供制度支撑。

摆在民法学者面前的重要任务，就是需要从中国的实际情况出发，借鉴两大法系的经验，来构建我们自己的民法体系。我国民法典体系构建首先应当立足于本国的国情，符合我国社会的实际需要。孟德斯鸠在《论法的精神》一书中认为：法的精神是支配人的规律，国家的自然状况、气候、生活方式、人口、风俗、习惯等都是决定法律的制约条件。他指出："为某一国人民而制定的法律，应该是非常适合于该国的人民的；所以如果某个国家法律竟能适合于另外一个国家的话，那只是非常凑巧的事。"① 就其强调法律应当反映社会生活习惯而言，其观点无疑是正确的。法为人而定，非人为法而生。每一个制度和体系安排，都要反映本国的历史文化传统，符合社会的实际需要。迄今为止，并不存在放之四海而皆准的普适的制度体系。任何制度体系的构建，最终都要符合社会现实需要。制度体系构建的过程中不能削足适履、盲目照搬，否则这样的体系只能是镜中花、水中月，好看不好用。任何体系只要符合国情就是好的体系。例如，德国一些学者认为《法国民法典》杂乱无章，概念不精确，难以理解其体系设计。但是法国人认为其民法典符合其民众和司法的需要。而《德国民法典》在很多法国人的眼里，晦涩难懂，甚至令人生厌。但是德国法官认为，其民法典符合德国的民众和司法的需要，其内容和体系的构建是完全成功的。所以归根到底，法律都是社会需要的产物，体系也是基于特定生活需要和文化历史传统而形成的。因而萨维尼强调，法律应当尊重民族精神，这毫无疑问是正确的。只不过萨维尼把它推向了极端，反对一切法典化，这又是不妥当的。

民法典编纂活动应当总结并吸纳广为社会认可的民事习惯。民事习惯，是指在某区域范围内，基于长期的生产生活实践而为社会公众所知悉并普遍遵守的生活和交易习惯。习惯作为社会生活的规则，它是人们长期以来生产生活经验的总结，确立了人与人正常交往关系的规范，是人们生产生活实践的一种惯行。此种惯行也得到了人们的普遍遵守，尤

① 〔法〕孟德斯鸠：《论法的精神》，张雁深译，商务印书馆1982年版，第6页。

其是一些习惯在长期的历史发展过程中，其效力已经得到了社会公众的认可，长期约束人们的行为，因此也被称为“活的法”，不宜轻易通过法律强加改变。一个社会，无论其发展变化多么迅速，它总是无法摆脱与过去的纽带关系，也不可能同过去的历史完全割裂。杜维明认为，经济全球化和文化全球化之间矛盾的关系来源于“原初纽带”（primordial ties）的存在。从比较法的经验来看，许多国家在法典化进程中大都注重对本国既有习惯做法的梳理和总结。例如，日本在明治维新时，整个照搬西方民法而实行法制的现代化，但是在家庭法领域无法复制西方的法律制度。否则“民法出，忠孝亡”。因此，其仍然保持了反映其固有法特点的家庭法。大陆法上的物权制度是在本国旧有的物权习惯和借鉴罗马法的基础上形成的，英美法也是在其封建的土地制度之上形成的物权制度。也就是说，从基本范畴上看，两大法系缺乏共同的、具有可比性的概念。因此，英美法的“财产”“财产法”以及“所有权”等概念，和大陆法系物权法上的概念相去甚远（英美法甚至完全没有物权的概念）。即使在大陆法系国家之间，各国的物权制度也相差甚大。例如，在德国有所谓土地债务制度，这是其特有的制度，在其他国家并不存在；而法国法上的人役权制度也没有被日本民法所采纳。这些比较法上的经验都说明了习惯做法在法典化过程中的重要性。

尊崇社会习惯的做法在我国近代史上也有经验可鉴。早在清末变法时，修订法律大臣俞廉三对制定《大清民律草案》的宗旨概括为四项，即“注重世界最普遍之法则”“原本后出最精确之法理”“求最适于中国民情之法则”和“期于改进上最有利益之法则”。其中所说的“中国民情”就包括了习惯。沈家本在清末变法时就曾经指出：“夫必熟审乎政教风俗之故，而又能通乎法理之原，虚其心，达其聪，损益而会通焉，庶几不为悖且愚乎。”其观点旨在强调法理与民情的结合，要抱着谦虚开放的心态，才能使得法律不悖于民情，充分吸纳民情民意，以符合现实需要，展现时代特色。在历史上我们也曾经进行过民事习惯的整理，如清末民初进行过两次全国性民事调查活动，民国时期也曾经整理出版过民事习惯调查报告。新中国建立以来，在诸多民事立法中，我们也充分考虑到了对生活习惯和交易习惯的尊重。如《婚姻法》第50条也曾经规定："民族自治地方的人民代表大会有权结合当地民族婚姻家庭的具体情况，制定变通规定。"这实际上强调对少数民族婚俗习惯的尊重。再如《合同法》中大量规则都特别强调当事人的约定和交易习惯可以优先于合同法的规定而适用，立法中经常提到"当事人另有约定或者交易习惯另有规定的除外"。《物权法》第85条处理相邻关系时就规定："法律、法规没有规定的，可以按照当地习惯。"在我国司法实践中也历来重视对民事习惯的尊重，如有些地方法院就曾经专门整理民风民俗，并研讨其对民事审判的影响。一些地方法院，法官也重视援引民间习惯来解释法律或填补漏洞。特别是在婚姻、继承和相邻关系这三类案件中民事习惯普遍存在，司法裁判中对其就应该有所回应。

尊崇社会习惯并非意味着将所有的习惯都毫无保留地纳入法律之中。我们之所以强调在立法中尊崇习惯，并非认为"习惯"都是合理的，而是因为大多数习惯符合法律精神和公序良俗，且已经成为人们遵守的惯性规则。但如果有比习惯更好的社会行为规则，立法应当积极地对该规则进行一定改变，以更好地调整人们的行为。法律遵从习惯，还有利于法律的施行，因为，被法定化的习惯通常已经为人们所广泛接受和自觉遵守，一般没有什么"守法"上的障碍。所以，我们在民法典制定过程中，必须对习惯予以整理，将那些符合法律精神的习惯纳入法律，同时也可以通过法律的引致规范引导法官针对某类具体纠纷来适用习惯。凡是那些不符合法律的习惯，应当予以排除。

需要指出的是，多年来，我国民事立法没有注意习惯的重要性，这就在一定程度上导致法律规则不能转变为人们的自觉行为，而且导致立法旨意和习惯的现实相悖，使法律的可操作性降低。我国现有民事立法在法律渊源的表述上，应该将法律渊源向习惯开放。例如瑞士民法典就曾经规定："在没有法律规定时，应该依照习惯进行判决。"这种经验值得我们借鉴，此种规定有利于保持民法典的开放性，实现法理与民情民意的有机结合。一部科学的、符合现实需要的、面向未来的民法典也应当是一部忠于历史传统、尊重民间习惯的法典。这样的法典才具有长久的生命力。

为民法典早日颁行鼓与呼*

30年前，当我还是一名研究生，初涉民法学习和研究时，佟柔等老一辈民法学人抱持的制定中国民法典的梦想便给我留下了深刻印象。那时，改革开放刚刚开始，商品经济逐渐活跃，社会主义民主法制也逐步得到恢复和发展。制定民法典，保障公民的人格尊严、私有财产，促进商品的自由有序交易，成为法学界面临的首要课题。

30年过去了，我国民事立法不断完善，《民法通则》《合同法》《婚姻法》《继承法》《知识产权法》等的制定或修改，特别是2007年《物权法》的制定和2009年《侵权责任法》的通过，使得民法体系中最主要、起支架作用的法律基本形成。但是，一部完整的、系统的、协调的中国民法典仍然没有产生。有人提出：中国特色社会主义法律体系已经宣告形成了，民法体系中最主要、起支架作用的法律也基本形成了，还有必要制定统一的民法典吗？

答案是肯定的。民法典不仅仅是一个国家人民日常生活的规范和指引，它已经成为这个国家法律文化的载体和表现。

---

* 原载《人民日报》2013年1月9日。

我国立法机关对民法典制定采取的分阶段、分步骤的战略，以适应改革开放不断深化、社会主义市场经济体制发展完善的客观需要，也符合人们对依法治国、建设社会主义法治国家认识的深入。但是，分阶段、分步骤制定出的民事单行法律，受到制定时的时代背景、经济社会发展条件、认识水平、立法技术的限制，不全面、不系统、不协调的问题比较突出，常常出现顾此失彼的法律冲突。比如：同样是“消费者以商品有瑕疵为由要求退货赔偿”，有的法官援引《合同法》，有的援引《侵权责任法》，有的援引《产品质量法》，有的援引《消费者权益保护法》……从庞大的单行法中去寻找裁判依据是非常困难的，找到的法律规定很有可能是相互冲突、矛盾的。

因此，在民法体系中最主要、起支架作用的法律基本形成的基础上，应该对现有民事单行法加以有机的融合与协调，从而编纂形成统一的民法典。这样做，可以实现“资讯集中”，即只要手中有一部民法典，就可以找到最为基本的裁判规则；可以实现“体系分明”，即形成了完整的“一般法—特别法”的总分结构体系，使人们先使用特别规定，在没有特别规定时，使用总则规定；可以实现“价值统一”，即将民法的价值贯彻在整个法典之中，获得立法目的协调统一。

制定民法典，不是“法律汇编”，而是用科学合理的、富有逻辑性和内在一致性的体系来整合现有民事单行法的全部内容。在制定民法典之前，当务之急是先制定民法总则，明确民法基本原则和基本规则；其次是制定人格权法，全面保护公民的生命、健康、姓名、肖像、名誉、隐私以及公民的个人信息、网络环境下的各种人格权益；最后，在民法典的各个部分，即民法总则、人格权法、物权法、合同法、婚姻继承法、侵权责任法等齐全的基础上，编纂形成统一的中国民法典。

放眼寰球，大陆法系国家几乎都制定有自己的民法典，有历史学家这样评价："拿破仑制定的《法国民法典》，奠定了法国乃至整个欧洲数百年的繁荣昌盛。"制定中国自己的民法典，是几代民法学人的梦想。这个梦想，也是宏大中国梦的组成部分。笔者建议，全国人大在研究制定新的五年立法规划时，应该将民法典的制定纳入其中。法学界、法律界人士也应该加快研究步伐，积极建言献策，为中国民法典的早日颁行鼓与呼。

法律不理琐事吗？*

法谚有云："法律不理琐事。"由于法律都是抽象的一般的规则，是一种普遍性规范，是在对纷繁芜杂的具体社会事务进行抽象的基础上作出的规定，因此，法律规范所规范的对象具有抽象性、一般性和非个别性，那些情况特殊且十分具体的琐事，难以纳入法律规范的视野。正是从这个意义上来讲，法律不理琐事，也一直是法律界普遍的共识。我记得，在我国《物权法》制定过程中，在讨论"相邻关系"一章的内容时，一个热议的话题是：业主深夜遛狗影响邻居休息、空调噪声和滴水影响邻居正常生活，《物权法》是否有必要对这些行为作出规范？这在当时有很大争议。很多人主张，这些琐事完全超出法律的调整的范围，应当交由道德来规范。后经过反复讨论，立法机关在正式颁行的《物权法》中删除了这类规则。这实际上是秉持了法律不理琐事的原则。

但本人近期在澳洲的访学之旅，使我对法律不理琐事的原则有了新的认识。在澳洲，我们经常乘坐大巴赴各地考察。在上大巴之后，司机所做的第一件事情就是告诉大家：

---

* 原载《法制晚报》2012 年 12 月 27 日。

根据澳洲法律规定，车上禁止抽烟、禁止吃东西、禁止站立说话；每位乘客都必须系好安全带。此外，每到一站，司机都要记载其工作时间和汽车的行驶状况。起初，我深感不解，便在停站后与某位司机攀谈起来。我问他，为什么澳洲法律要对这些琐事作出规定？司机为什么每站都要做记录？那位司机告诉我，因为吸烟危害公共健康，澳洲法律禁止公民在所有公共场所抽烟，大巴车内也是公共场所，当然也禁止吸烟。之所以禁止在车内吃东西，是因为任何一种食物留下的残渣都可能引诱蚂蚁等昆虫，影响乘客的健康。而不让在车内站起来说话，是因为紧急刹车可能使站立乘客摔伤，也可能给其他乘客造成人身伤害。要求系安全带也是同样的道理。之所以要站站记录，是为了让司机随时掌握驾驶时间，因为法律规定，司机每天最长驾驶不超过十个小时。防止疲劳驾驶，是为了维护乘客以及司机本人的生命安全。澳洲经常有交通警察上车检查行驶记录，如果司机记录不完整，就有可能面临重罚。

这段交流让我深有感触。在我们很多人看来，法律只管大事，像车上禁止抽烟、禁止吃东西、禁止站立说话等琐事何必要法律来管理，“杀鸡焉用牛刀”？为此，我进一步请教该司机：这些事情是不是用社会公德就可以解决，为什么还要兴师动众用法律呢？这位司机回答道：如果是公德，有人听从，有人不听从。对于那些不听从的，一旦出了事情怎么办？谁负责？但只要说是法律规定的，大家都得听从。

这引起了我对“法律不理琐事”原则的反思。一是法律是否对所有琐事都不理？什么是琐事？实际上，车上禁止抽烟、禁止吃东西、禁止站立说话等规则其实都关系到一个共同的问题，即关系到乘客的健康和人身安全。而生命健康无小事。正如美国法官莫尔在一个案例的判决中所说，“人类生命和肢体的价值不仅属于他个人，而且属于整个社会”。

法律的终极目的是为了人民的福祉，生命健康是个人最高的利益，因此，对关涉到生命健康的事，再小的事情，都是大事。这位司机提醒得好，一旦出了事情怎么办，谁负责？为了普遍保护公众的生命健康，就必须要运用法律予以规范。二是道德在社会规范体系中的功能到底如何？如这位司机所讲，如果是公德，有人听从，有人不听从。而如果说是法律规定的，大家都得听从。其实，这位司机的话反映了一种较为普遍的人类行为习惯。当某人规避道德哪怕给自己带来一丝好处和便利时，不少人就可能选择绕着道德走，以增进自己个人的利益。但是，某人在绕着道德走的同时，鲜有考虑到其行为可能给公众带来的或大或小的风险。对于那些蕴含重大公共危险的道德规避行为，道德的力量是苍白无力的。这就需要借助于法律予以规范。法律就是通过普遍性、强制性的规范，并运用国家强制力予以保证实施的，对关系到生命健康的事，法律不予以规范，而交由道德调整，则法律在保证人们生命健康方面就出现了缺位。

我国立法中历来有“宜粗不宜细”的说法，在一个转型社会，这对于保持法律的包容性和开放性是必要的，但在涉及人们生命、健康的领域，法律规定则“宜细不宜粗”。尤其是对于涉及公众人身安全的事项，无论其与人身安全、健康的联系是直接还是间接的，是强烈的还是微弱的，原则上都需要用法律的强制力给予规范。最近，为了克服乱闯红灯这一顽疾，我国相关部门正讨论将行人闯红灯等交通违规行为，通过法律予以调整，并设置相应的处罚措施，而不再完全交由道德予以调整。但在很多人看来，由法律来管是否小题大做？虽然有人经常闯红灯，但其一辈子可能就没有遭遇过交通事故，甚至没有亲眼目睹过交通事故，更没有被处罚过。但如果我们查看全国的道路交通事故统计数据，就会发现，每年因行人闯红灯而发生的道路交通事故以及人身伤害令人震惊。再将这一数据与澳洲、德国、美国等其他国家相比，就能看到通过法律规范这一问题的重要性。说到底，如果不通过法律对类似行为予以规范，就无法遏制此类行为，道德规范调整这些行为的功能是相当有限的。

当然，这样一来，很多人可能认为“法律无情”。但我认为并非如此。恰恰相反，法律对涉及人身安全的事项作出了细致的规范，才能真正体现法律对“人情”的关怀，这也是现代法律的人文精神的体现。因为，公众生命健康安全是关系每个人切身利益的大事，是最大的“人情”。法律对这些事项作出规定，保护每个人的生命、健康，才是对个体最大的关爱。而且，在这些领域中采用法律治理模式，并不必然排斥同时发挥道德规范的作用。因为，法律治理与道德治理分别针对了不同的社会群体。前者针对的是那些绕着道德走的人，后者所针对的是那些自愿遵守道德规范，以及那些可能被道德教化的人。从这个意义上讲，在强调法律规范的同时，强化道德教化，可以将那些本需要由法律制裁规范的人转变为主动遵守道德的人。其实，在我国几千年的道德文明中，对这些琐事确实是通过道德规范进行调整的，“己所不欲勿施于人”“人命关天”等就在很大程度上概括了我国传统道德文明中的精华。我国近几十年法治建设在撇除不良道德习惯的同时，也应当贯彻和弘扬优良的道德规范。但在现代社会，毕竟道德的调整功能有限，其缺乏一定的强制力，无法有效保证人们自觉遵守此类规范，只有通过法律对此类行为进行调整，才能够保证人们遵守此类规范，也在一定程度上保障了道德规范的实施。例如，通过法律规则规定人们不得闯红灯、不得在车内吸烟等规则，久而久之，人们将自觉遵守此类规范，也就进一步培育了人们的社会公德。如果能够通过法律规定琐事，重拾这些道德规范，经年累月之后，人们会逐渐意识到这些做法的好处，法律就内化成了道德和习惯。

其实，“法律不理琐事”并不是错误的命题。但关键在于，我们如何界定和看待琐事？如果琐事事关生命健康，尤其是他人生命健康，就不再是琐事了。例如，很多国家和地区的法律都规定，一定年龄以下的儿童乘车必须配置儿童座椅，监护人不能让未达到一定年龄的未成年独处家中，不能随便向车外抛掷杂物，等等。这些琐事事关生命健康，需要由法律作详细规范。再回头思考深夜遛狗、空调噪声和滴水等“琐事”时，我们发现，道德在这些领域的作用可能是有限的。实践中就已经出现了大量争议，这既破坏了社区的宜居环境，也影响了社会的和睦。如果我们换一个模式，以法律来禁止这些行为，这既未给深夜遛狗人和滴水空调主带来什么大的负担，也保护了其他人的生命健康，有何不可呢？

民事立法的中国元素

新年伊始、万象更新。盘点旧岁、感慨良多。2009 年，我们既迎来了新中国六十年华诞，也遭遇了百年不遇的“金融海啸”，然而我们处变不惊，从容应对，经济保持了高速增长，再次显示了中华民族的伟大力量。我们的民族和国家再一次经受了历史性考验，彰显了华夏儿女百折不挠、自强不息的民族气概，这也是五千年华夏文明得以延续和发展的重要因素。

社会主义法制建设也在六十年中取得了跨越式的发展，我们用短短的几十年的时间，走过了西方世界历经数百年才完成的道路。而在整个法制建设进程中，民事立法的成就尤为明显和突出。自清末变法以来，中国民法被纳入到大陆法系的体制之中，大清民律草案、中华民国民法等旧中国民法典基本上仿效《德国民法典》的模式构建，难谓有所创新。不过，自改革开放以来，民事立法不仅立足于中国的国情进行制度设计，而且还在广泛借鉴两大法系有益经验的基础之上，进行了大量的理念和制度创新，创造出了符合乃至引领世界民事立法的中国元素。

在制度构造上，从《民法通则》开始的一系列民事法律日益呈现出一些中国元素。《民法通则》将自然人和法人享有的人身权和知识产权各单列一节（第5章第4节和第3节），集中列举民事权利，构建民事权利体系，此为世界各国民事立法所仅有。《民法通则》采取列举的方法，概括公民和法人所享有的人身权，尤其是具体列举公民所享有的各项人格权，这在中外民事立法史上是少见的。这种列举权利的立法方式，既能使民事主体清楚地了解其可享有的具体民事权利，使其在权利受到侵犯时，依法维护其合法权益，也便于司法机关保护其合法权利不受侵犯。另外，《民法通则》还第一次以基本法律的形式确立了民事责任制度，包括比较完备的违约责任制度和侵权行为的民事责任制度。这些制度都是民事立法上的首创。

《合同法》在立法过程中对两大法系的立法经验进行混合继受，并在此基础上有所超越。预期违约制度就是一个典型的例证，在传统的大陆法系民事立法或者民事理论中，只承认“实际违约”这类违约行为形态，亦即只有在履行期届满，债务人不履行债务或者履行债务不符合约定才构成违约，《合同法》从英美法系移植了预期违约制度，确认非违约方在履行期届满前就可寻求法律救济，这种新型违约形态的引进，不仅与既往的“实际违约”形态契合无间，而且极大地丰富与完善了中国的债务不履行体系。

《物权法》对各类所有权分类规定并平等保护原则的确立，也可以看做是民事立法先进经验的中国元素。中国在公有制基础上实行市场经济，是人类发展史上前所未有的伟大实践，《物权法》制定过程中也反映了这一实践的经验，实现了本土化和国际化的有机结合。作为规范财产关系的基本法律，《物权法》基于我国公有制为主体多种所有制经济共同发展的经济体制对所有权进行类型化的规定，这就打破了传统大陆法系国家根据所有权客体进行分类规定的模式。而且，在分类规定之外，还确立了平等保护的原则，这也是两大法系既有的法律规定中未予设计的问题，具有重要的意义，其也是对民法平等原则的具体展现。此外，《物权法》试图通过引入“成员权”的概念，来明确集体所有权的主体。《物权法》还一体规定不动产和动产的善意取得制度，确立独立的空间权、海域使用权等准物权，亦为中国元素的明证。

《侵权责任法》的制定，预示着其将在我国未来民法典中占据独立的编章，并将使《侵权责任法》在民法典中独立成编的构想变成现实。尤其是，我国《侵权责任法》在独立成编的基础上，按照民法典的总分结构，通过92个条文构建了完整的侵权责任法体系，与分别制定于19世纪初的法国民法典侵权法部分（共5条）、20世纪初的德国民法典侵权法部分（共31条）相比，内容大为充实，体系更为完整。可以说，这是在成文法体系下，构建了一个新型的现代侵权法体系。《侵权责任法》规定了多元归责原则体系；在强化补救功能的同时，实现了与预防功能的有机结合；《侵权责任法》还妥当安排一般条款和类型化列举的关系，有效协调高度抽象与适度具体的关系；《侵权责任法》还丰富了侵权责任承担方式，实现了承担责任方式的多元化和可选择性。凡此种种，都体现了《侵权责任法》鲜明的中国特色。

在历史上，我国长期扮演法律输出国的角色，并以《唐律》为代表，形成古老的中华法系，这些都是中国传统法律文化上的瑰宝。而自清末变法以来，我国开始借鉴国外的法制经验，尤其是大陆法系国家的经验，我国逐渐转变为法律文化的输入国，这一趋势延续至今。值得注意的是，改革开放以来，我国立法者结合中国文化传统，在法律继受的过程中有所超越，提供了很多足以为世界立法借鉴的先进经验，形成了世界瞩目的立法中的中国元素。当然，“中国特色”本身不是我们所应追求的最终目的。注重“中国特色”，是因为具有该特色的制度是为了使我们的法律根植于中国大地，符合中国的国情，解决中国的现实问题，而具有中国特色的制度，也可以为世界法治文明的发展注入中国元素，并可以为其他国家和地区的法治建设提供有益借鉴。

法为人而定，非人为法而生。每一个制度和体系安排，都要反映本国的历史文化传统，符合社会的实际需要。一个国家的法律，也是一个国家文明的集中体现，作为一个大国，我国应当从中国实际出发，在借鉴西方立法经验的基础上，为世界民事立法提供更多引领世界民事立法的中国元素和中国经验。

光荣与梦想：纪念《中华人民共和国民法通则》颁布20周年的发言

2006年4月12日是《民法通则》颁行20周年的纪念日，这是一个永远值得我们纪念的日子，这是一个将载入中国法制史册的重要日子。我们在这里欢聚一堂，热烈庆祝《民法通则》颁行20周年。借此机会，请允许我对那些当年为《民法通则》的颁布作出重大贡献的立法机关的领导，以及积极参与《民法通则》起草的专家、学者，表示深深的敬意和谢意。

今天我们的会议主题为“光荣与梦想”。我理解的光荣就是荣耀，就是《民法通则》颁布对中国法制进步以及经济建设的发展所作出的重大贡献。这些贡献至今让我们这些民法学者深感荣耀与自豪。《民法通则》是我国第一部调整民事关系的基本法律。它是我国民事立法发展史上的一个新的里程碑。它的颁布实施，是完善市场经济法制、建立正常的社会经济秩序的重大措施。

我认为，《民法通则》颁布的伟大意义在于：

第一，制度的构建。《民法通则》为改革开放与市场经济的发展提供了民事法律的基本框架。作为新中国第一部民事基本法，《民法通则》虽然不是传统民法典的总则，更不是一部民法典，但它是一部基本的民事法律。所谓“通则”，顾名思义，就是要把那些贯通总则和分则、渗透于基本法和特别法中的共同原则、规范集中起来，自成一体。《民法通则》既是民事活动的基本准则，同时也为我国民事审判工作提供了基本的法律依据。它的诞生标志着我国民事立法进入了完善化、系统化阶段，为我国社会主义民法典的问世奠定了基础，也开辟了道路。《民法通则》为中国特色社会主义市场经济法律体系奠定了制度的基础，为我国民事法律体系的逐步完善提供了基本框架。

第二，体系的创立。《民法通则》不仅确定了民法的基本内容、原则以及基本制度，也确立了我国民事立法的基本体系。这表现在：一方面《民法通则》第2条正确界定了民法的调整对象，区分了民法与经济法。另一方面，《民法通则》确立了我国民商事立法的民商合一体制。尤其是《民法通则》确定了民法的平等、等价有偿、公平等原则，从而确定了民法调整社会关系的基本方法。

第三，权利的保护。《民法通则》第一次以基本法律的形式明确规定了公民和法人享有的民事权利。《民法通则》采取列举的方法，概括公民和法人所享有的财产所有权和与财产所有权有关的财产权、债权、知识产权和人身权。《民法通则》将公民和法人享有的人身权和知识产权各单列一节，集中加以规定，这在中外民事立法史上是少见的。尤其是《民法通则》以基本法的形式宣示了对公民人身权利的保护，强调人身自由和人格尊严不受侵害，从而突出了对人的尊重，体现了以人为本的理念，也充分体现了现代民法所贯彻的人文主义精神。由于《民法通则》确立了人格权，我们第一次在法律上享有了名誉权等权利。自《民法通则》后，侵害个人姓名、名誉、肖像等的人格权纠纷案件，才开始进入法院并获得精神损害赔偿等救济。可以说，《民法通则》的颁行极大地推动了我国民主法治事业的进程，标志着中国的人格权制度获得了长足的发展。当我们回顾过去，并且看到对人格权的保护仍在继续前进的状况时，不禁对立法机构和《民法通则》的起草者们的远见卓识及致力于中国法治建设的精神致以深深的敬意。

第四，制度的创新。《民法通则》在多处体现了制度创新。例如，《民法通则》第一次规定了人身权制度，《民法通则》还第一次以基本法律的形式确立了民事责任制度，包括违约责任制度和侵权行为的民事责任制度。这些都是制度的重大的创新，为未来民法典的人格权法、侵权行为法的独立成编奠定了法律依据。

今天我们研讨会的另一主题就是梦想。所谓梦想就是愿景。我们希望在《民法通则》所奠定的基础上，进一步制定和颁行一部科学的、符合中国国情的、面向未来、能够屹立于世界民法之林的中国民法典。这就是几代民法学人的梦想和愿景。新中国建立以后，曾几次进行了民法典的制定工作。我们要在 2010 年构建社会主义市场经济法律体系，我个人认为，关键在于民法典的颁行。自 1998 年 1 月 13 日全国人大常务委员会法工委委托学者组成中国民法典起草工作小组以来，围绕着未来中国民法典编撰方式、体例等各方面的内容，民法学界展开了前所未有的热烈讨论。广大民法学者以空前的热情和对国家民族的责任感，积极投身于民法典的制定工作，为中国民法典的制定献计献策。目前学者已经提出了多部民法典草案建议稿及理由书，民法学会也组织了大量的国际国内重大学术活动，对我国民事法制建设中所遇到的重大疑难问题进行讨论，推出了一大批成果。

我们期待着我国未来的民法典具有这么几个特点：第一，它应当是富有中国特色，立足于中国的国情和现实，是在总结、借鉴《民法通则》及其他重要民事立法以及大量的实务经验的基础上建立的。凡是《民法通则》中确定的一些已经被证明是先进的、科学的制度和经验，我们应当在民法典中予以吸收和借鉴。比如关于民事责任制度、独立的人格权制度，这些都是《民法通则》已经取得的伟大成就，我们都应当在民法典中予以坚持。第二，民法典不仅仅是中国的，也应当是面向世界的。随着经济全球化的发展，两大法系具有不断融合和趋同的趋势，国内法和国际法也出现了互动的状态。我国加入 WTO 之后，经济进一步开放，改革进一步深入，这些都为民法典的制定提供了契机，同时也要求在民法典中直接调整交易的规则应当尽可能与国际接轨，努力展现时代的风貌与特色。第三，民法典不仅要反映现实，而且要面向未来。民法典应当注重以人为本，以民事权利为核心，构建民法典的基本内容，从而为保障公民、法人的权利，构建民主法治、公平正义、诚信友爱、充满活力、安定有序、人与自然和谐相处的社会发挥积极作用。同时，随着互联网的普及化，人类进入了信息爆炸的时代，生活在地球每个角落里的人们能够方便沟通和交流；科技的发展对民商法的挑战也是革命性的。例如信息技术、基因、克隆等现代科技的突飞猛进，对传统民商法都提出了挑战。我们的民法典应当正视这些发展，应对这些挑战。第四，民法典既是体系的，又是开放的。我们要追求严谨的民法典的体系，但这个体系不应当是封闭的，而应当是开放的，能够适应时代的发展变化而不断完善。

各位来宾，同志们，《民法通则》给中国带来了荣耀，而民法典承载着我们的梦想。民法典的制定不仅是法学界几代人的梦想，也承载着亿万人民的期盼。我国民法典的制定已经提上了立法日程，在不久的将来，这个梦想即将成为现实。这是我们国家之幸，民族之幸，也是实现中华民族的伟大复兴的重要保障。

从“三尺巷”的故事谈起

关于“三尺巷”的故事，民间流传有多个版本，但最出名的是在安徽一带流传的版本，讲的是在清朝康熙年间，安徽桐城的张英中了进士，在京城做了大官。有一天，他收到一封家书，说邻居吴氏欲侵占他的宅边地，家人要张英借助官威压一压吴氏气焰，逼迫对方退让。谁知张英只是回了一首诗：“千里修书只为墙，让他三尺又何妨。长城万里今犹在，不见当年秦始皇。”这首诗的意思其实是很明白的，就是要劝告家里人做人做事要懂得谦让，不要为了三尺巷而仗势欺人。家人得诗后主动退让三尺。邻居吴氏闻之，受到感动也后撤三尺，这就造就了著名的“六尺巷”。

这个故事流传至今，三尺巷的所在地已经成了著名的旅游景点。游人到了这个地方，无不为张英的仁义所感动。后来，张英的儿子张廷瓒和张廷玉也都做了大官。相传桐城当地一直就有“父子宰相府”“五里三进士”“隔河两状元”的说法。张英父子的故事数百年来传为佳话，有人甚至认为，这实际就是张英当年行善的结果。

“三尺巷”的故事背后既有浓厚的道德意蕴，也有丰富的法治意涵，还涉及法律与道德的关系问题，值得细细品味。

在道德层面，“三尺巷”的故事体现了仁义这一传统价值观念的重要性。在“三尺巷”的故事中，我们看到了一个道德素养高的人物形象和特殊的纠纷化解方式。能够通过道德感化来化解纠纷，是一个省时省力、效果好的办法。法家主张严刑峻法，“轻罪重罚”“以刑去刑”，但这种做法会造成徒刑遍地，并不利于国家的长治久安。尤其是像涉及三尺巷这样的邻里纠纷，都通过刑法来解决并不妥当，也无助于促进邻里之间的和睦关系，只能造成纠纷加剧，邻里反目成仇。所以，要妥当处理此类纠纷，有必要发挥道德教化的作用。

但值得反思的是，为什么千百年来，社会大众乐于传唱的类似于“三尺巷”的故事并不常见？这大抵是因为，道德的感召力是有限的，即便是像三尺巷这样的邻里纠纷，也很难完全通过道德予以化解。良好的社会道德规范不像法律规则那样明晰、准确、具体，且具有公开性。道德规范还需要持续有效的引导和保障。一旦道德规范被机会主义者挑战，或者被有权有势者破坏，就容易在社会大众心目中失去应有的约束力。即便历史上曾经出现过“夜不闭户”“路不拾遗”等让后人怀念的黄金时期，这类依靠社会道德规范维系的社会秩序一旦面临威胁或者破坏，就难以在短期得到恢复，甚至永远无法回到主要依靠道德维系的黄金时期。也就是说，道德规范和道德感召是值得提倡的，但其实际发挥的作用还是有限度的。我们无法向包括官员在内的每位公民都提出“张英”那样的道德要求，无法要求人们都成为道德上的至善者。特别在发生纠纷的情况下，如果都靠道德去化解和解决纠纷，那是不现实的。

毕竟，社会现实纷繁芜杂，形式化的法律规则不可能保证时时刻刻都清晰明了。但如果有明确的法律规定，就为人们梳理了规矩，这就有利于减少纠纷的发生。至少在发生纠纷的情形下，纠纷各方有据可循，有理可讲，不会出现“公说公有理婆说婆有理”的现象。在三尺巷的故事中，张英完全凭借其仁义退让，但他究竟是否应当退让，邻居能否侵占，并不清晰。所以，千百年来，人们之所以传诵这样的故事，是因为张英身居高官，理应占便宜，而他不占便宜，反而自愿吃亏，值得赞扬，但人们通常没有深究，他是否真正吃亏了，他是否应当吃亏。有关三尺巷的纠纷，究竟应当依循何种规则。古往今来，在没有规则的情形下，不知为三尺巷闹出多少纠纷，甚至寸土必争，刀枪相见，打得死去活来。我国民间素来就有“寸土必争”的说法，为了区区三尺地，无论是官宦人家还是商贾大户，都各不相让。不要说邻里之间，就是兄弟之间，为了祖业也是吵得不可开交，闹到最终，“鸡犬相闻，老死不相往来”。在这样的情况下，即便有一个法律上的明确判决，也未必能够在纠纷和问题的解决上起到有效的作用。

我们要反思，三尺巷之类纠纷的产生与我国古代民法规则的缺失具有密切关联。考察历史可以发现，两千多年前的罗马法已经针对此类问题确立了非常详尽的规则。公元前5世纪中期《十二铜表法》第七表就土地和房屋的相邻关系问题做了如下规定：“一、建筑物的周围应用二尺半宽的空地，以便通行。二、凡在自己的土地和邻地之间筑篱笆的，不得越过自己土地的界限；筑围墙的应留空地一尺；挖沟的应留和沟深相同的空地；掘井的应留空地六尺；栽种橄榄树和无花果树的，应留空地九尺；其他树木留五尺。三、有关园子……祖产……谷仓……的规定（原文有缺漏）。四、相邻田地之间，应留空地五尺，以便通行和犁地，该空地不适用时效的规定。五、疆界发生争执时，由长官委任仲裁员三人解决之”。以后大法官法又规定房屋有倾倒可能的，邻居得申请法律救济，以防不测的损害。[1] 罗马法上甚至颁布了对“争斗行为”的禁令。

罗马法之所以能够深刻地影响西方世界，既如耶林说的那样成为了罗马人第三次征服世界的有力武器，也如邓肯·肯尼迪说的那样，是第一次法律全球化的源泉，其中一个主要原因还在于，罗马私法在当时的发达程度，比西方世界当时流行的宗教治理模式要更加有效和实用，能够起到更好的社会调解作用，促进社会秩序的更加有序、交往和发展。

反观我国历史，传统上就重刑轻民，刑民不分，以刑代法。在中国传统上，法律本意是当作一种尺度，一种规范，是和刑等同的。“生杀，法也。循度以断，天之节也。”[2] “骨肉可刑，亲戚可灭，至法不可阙也。”[3] 在我国古代社会治理方面，主要依靠道德教化和刑罚威慑来调整基本的社会关系，一直缺乏明确的协调和处理民事利益冲突的规则。这反过来也进一步强化了道德教化和刑罚治理的角色。而在诸如“三尺巷”的问题上，邻里之家究竟谁是谁非，刑法是管不了的，就只能靠道德约束。而在这些社会关系模糊的问题上，道德体系本身也很难提供明确的规则。在此情景下，道德规范要想发挥作用，只能是采用劝导退让的方式来化解纠纷。然而，这种道德劝让效果毕竟是有限的。一旦争议当事方不具备相应的道德情操，道德规范就很难发挥作用。

如果说社会道德建设旨在扬善，帮助人们树立高尚的情操，那么，法律调整的重要作用就在于避恶，即抑制人们的损人利己之心。与由道德和刑法组成的社会规范体系相比较，西方古代的《十二铜表法》则提

---

① 周枏：《罗马法原论》（上册），商务印书馆2002年版，第326页。
② 《鹖冠子·天则第四》。
③ 《慎子》。

出了明确的市民间利益冲突的协调规则，这也使得市民间利益冲突的解决有了相对明确的规则可依，即无须通过道德劝让来解决，更无须通过刑罚威慑来解决，这确实是一种社会治理的好办法。当然，这并不是说，对于民间纠纷的处理完全不能运用刑法，无论是在史书中，还是在现实生活中，我们都能够看到与张英截然相反的形象。有些官员及家属仗势欺人，有的商贾欺行霸市，还有一些恶霸更是欺男霸女，抢占田产，令百姓怨声载道。治理这些问题完全靠道德和民法调整，显然也是不行的，还需要依靠刑法的手段惩恶扬善。但必须指出，对大多数三尺巷的纠纷而言，本质上属于民事纠纷，仍然需要借助民法规则来明确各方的权利义务。

人们之所以传诵“三尺巷”的故事，实际上是寄托这样一种愿望，希望当官的都能够像张英那样讲仁义、讲道德。但面对纷繁复杂的社会现象，简单的道德劝让常常显得捉襟见肘，难以发挥切实有效的调节作用；而刑民不分时代的刑罚威慑也有违人文主义的社会基本发展方向。切实可行的办法仍然需要回到具有明确性和可预期性的法律规则上来。这也是当代社会治理体系中的基本方式。今天，我们说要提高国家治理能力的现代化，关键是要实行依法治理，这也是迄今为止人类社会治理所能找到的最佳方法。

民主立法与科学立法

立法本身既是一门技术，也是一门科学，更是关涉国计民生的国家权力行使活动，这就要求立法反映人民的意愿，实现民主立法和科学立法的有机结合。从两者的关系上看，民主立法是主导，科学立法是关键。立法是国家最高权力机关行使人民赋予其的国家立法权的活动，立法活动过程及其结果必须要反映人民的意志和利益，在此基础上需要科学合理确定人民权利义务及其与国家权力之间的分配关系。可见，没有民主立法，科学立法就会成为空谈，就无法真正体现公权力服务于人民的意志和利益的要求。

我们先谈谈民主立法。立法首先要秉持民主立法的要求。民之所欲，法之所系。我们的法律是人民群众根本利益的体现，所以立法的程序和结果都必须体现人民群众的根本利益，回应人民群众的基本要求。为此，就必须要在立法过程中广泛征求民意、汇集民智，达成最广泛的共识。应当说我们在民主立法方面已经有比较完善的立法程序设置，最典型的做法是将法律草案在媒体上公布向全社会征求意见，《劳动合同法》草案就征集了二十多万条意见，《个人所得税法》修订草案征集了三十多万条意见，实际上此种做法在国际上也是很先进的。我曾经和美国通用公司在中国的分公司法律部负责人讨论过这一问题，他说美国国会在制定法律时也从未将草案向全社会公开，而只是在国会进行辩论，大多数民众并不了解法律草案的基本内容，所以立法仍然是议员们的事情，他认为中国的做法值得美国学习。强调民主立法，就必须要使立法去行政化和利益集团化，因为无论是部门立法还是受利益集团影响的立法，都不是真正的民主立法。在美国近几十年来有关金融衍生产品和放松市场监管的法律法规，之所以能够出台，很大程度上是受到华尔街利益集团游说的影响，以至于引发严重的金融危机，这对我国立法也是一个教训。再比如，美国枪支管理失控，枪击案不断，对民众安全带来了极大的威胁，但有关管控枪支的立法始终无法通过，除了宪法的障碍之外，最重要的仍然是强大的利益集团的影响。我们现在已经意识到了部门立法的弊端，也应防止利益集团对立法的不当影响，使法律真正能够最大限度地反映民意，汇集民智，不断拓展人民有序参与立法的途径。征求民意的过程也是一个法律普及的过程，是对民众参与民主生活的有益训练，这对于法律的顺利实施起到了很好的铺垫作用。

在民主立法方面，《物权法》做了很好的示范，该法在通过以后之所以受到社会的广泛关注，也与其在制定过程中广泛地吸取民众的参与有很大关系。在这个过程中，有几点经验尤其需要引起我们的重视。一是充分尊重专家学者的意见。在《物权法》制定的前期，立法机关委托专家提出草案建议稿，作为立法的重要参考。由于专家建议稿里面有立法理由书，这也为立法提供了一些前期理论准备。尤其是在立法过程中，针对物权立法中的一些重大疑难问题，立法机关委托专家进行专题研究，从而对这些问题有了充分的理论铺垫。二是广泛听取各方面的意见和建议，使法律草案能够反映不同的观点、不同的声音。例如，关于小区车位车库的归属问题，立法机关就充分听取了业主、开发商、主管部门等的意见，尽管各方对这一问题的看法是不一致的，但对最终规则的形成，有重要的参考价值。三是向全民公布草案、征求意见。当草案比较成熟时，通过向全民公布，征求意见。2005 年 7 月 10 日，《中华人民共和国物权法（草案)》向社会公布，短短一个月内，全国人大法工委就收到了群众意见 11500 余件，8 月 11 日，全国人大法工委将 7 月 27 日至 8 月 10 日媒体以及群众来信提出的主要意见进行了分类整理，在互联网上进行了公布，作为立法中的重要参考，从而将讨论引向深入。在物权法草案公布以后，有大量公民积极建言献策，提出立法建议。这一方面反映了我国正在不断推进民主立法的进程，另一方面反映了我国公民参与国家立法事务的热情不断高涨。尤其令我感动的是，其中一位盲人通过盲文的形式提出了长达数万字的建议，其中不乏真知灼见。我相信，《物权法》是我国民主立法的一个良好写照，为今后立法工作的开展提供了有益经验。这些经验实际上是立法机关开门立法、民主立法，最大限度听取民意的充分体现，这为我们未来民法典的制定提供了重要的启示。

在强调民主立法之外，还要注重科学立法。科学立法要求立法反映客观规律，符合实际的需要。在金融危机爆发前，曾经有一种理论认为，有关市场的法律规则应当根据市场自身自发的法律秩序来构建，纯粹应当根据所谓“试错”的规则来不断调试，而不能完全依赖于立法者的理性，因为立法者的预见性是有限的，所以它的理性是极其有限的，是常常会犯错的。在这种理论指导下，美国近几十年来，在资产证券方面通过了一系列法案，不断放松监管，鼓励各种金融衍生产品的自由交易，以至于形成了严重的次贷危机。但是，德国很早就颁布了资产证券法，该法案严格按照市场的规律对金融产品的交易进行了干预，从而避免了危机的发生。这就说明完全否认立法者的理性而将立法完全交给市场，也是不妥当的。因为立法者虽然不能预见到未来的一切，但是立法本身是一门科学，立法者能够按照科学的要求，准确把握社会经济的规律、对未来的发展作出一定前瞻性的预见，并且能够引导市场秩序朝着一个正确的方向发展，而不是盲目地交给市场这个无形的手去控制。我国近几年在科学立法方面，立法机关也采取了一系列有效的措施：一是对立法立项的科学评估，即哪些立法议案应当获得立项，必须经过科学分析。同时在立法过程中也要进行科学评估，确定客观情况是否已经发生变化，该法在通过后是否会滞后。二是在执法检查中对立法进行评估，发现现有法律在适用中的问题，为以后的立法提供建议。三是广泛征求专家学者的意见，甚至将一些法律事先委托专家学者拟定建议稿。四是加强立法的前期调研工作，在立法过程中通过前期调研能够充分发现立法的需求。这些做法其实都是为了准确把握立法的客观规律，然后将之反映到立法过程中去。

从整体上说，民主立法和科学立法之间是不矛盾的。但是，在某些情况下，它们之间也可能存在一定的冲突。例如，在破产立法中，劳动债权是否可以优先于抵押权，引发了激烈的争议。如果要征求民意，大多数民众可能要求，劳动债权要优先于抵押权。而从科学立法的角度来看，抵押权优先于劳动债权，不仅符合法学原理，而且有利于鼓励交易，最终有利于社会的整体发展。所以，我认为，对民主立法和科学立法来说，两者不可偏废，前者强调立法要反映民意，但民意不一定都是符合客观规律的，所以又要通过科学立法来准确把握这些规律，努力提高立法的质量。

科学立法是确保立法质量的关键，当然，在科学立法过程中我们还存在很多不足，我认为要注重科学立法，还应该注意如下几个问题：一是立法既要保持适度抽象，又要保持可操作性。中国幅员辽阔、人口众多，各地差异很大，法律如果规定得过于具体化就有可能影响其在一些地区的实际效果。但是如果仍然奉行“宜粗不宜细”的做法，法律就会缺乏可操作性，不能发挥其实际的作用。因此必须协调好这两方面的关系。二是在矛盾冲突中善于作出决断。现在立法普遍会存在一种“搁置争议”的做法，凡是争议较大的问题，就采取了回避的态度，认为对这些问题的规范时机尚不成熟，在立法中应予回避。我认为立法不能回避社会矛盾，而应确定解决矛盾的规则。正像彭真同志所指出的，立法就是要在矛盾焦点上“打杠杠”。在社会转型时期，立法机关在立法时既要稳妥、慎重，又要勇于和善于对社会生活中的利益冲突作出妥当的决断。三是要解决好法律的前瞻性和稳定性的问题。立法既要注重时效，不能脱离现实，总结现实的经验，同时，立法也要有一定的超前性。我们强调，法律必须是经验的反映，但是，法律是对实践的经验总结，而不能完全等同于实践做法。在我国的转型阶段，立法没有前瞻性，就容易导致法律的滞后性，这必然要求不断进行法律的废、改工作，从而有损法律的权威。四是立法既要注重本土性，又要注重国际性。立法应当总结人类社会的规律，吸收国外的先进立法经验。在经济全球化的时代，对有关经济领域的法律规则，我们不可能游离于国际通行规则之外，我们要积极参与国际立法并努力争取在国际规则制定中的话语权，同时，我们对经济领域中的一些先进规则应大胆借鉴。当然，对一些婚姻家庭等固有法领域的规则，仍需保持我们的优良传统和生活习惯做法。五是应当注重对立法之后的实效评估。法律的出台并不意味着立法工作的结束，还要关注法律在社会生活中的实效。要充分关注有些法律没有发挥实效的真正原因，有的法律出台后就很快被束之高阁，没法有效发挥对社会生活的规范作用，这就需要我们认真评估并找出问题所在。同时，这也为以后的立法积累经验、总结教训。

法治的重要内容是良法之治。立法工作应该是一项非常严肃的、科学理性的工作，同时又是一个广泛吸纳民意的民主过程。只有将民主立法与科学立法结合起来，才能真正保证立法的质量、实现良法之治。

立法应当去部门化

在我国《食品安全法》的起草过程中，我作为法律委员会委员曾多次参与该法的讨论。起草过程中就涉及是否应当规定“电子监管码”的问题，引发了较大争议。电子监管码制度由国家质检总局于2005年4月开始推行的，要求在所有产品包装上粘贴或打印一个由条码和数字编码组成的电子监管码。该制度有利于实现产品的动态跟踪，验证真伪。但调研工作表明，食品种类成千上万，数量庞大。如果法律要求在每个产品上粘贴电子监管码，不仅费用高昂，会给消费者带来不必要的成本负担，而且缺乏可操作性。后来，有媒体披露，电子监管码背后存在部门利益。该条款也因此遭到食品生产和销售企业的强烈抵制。

最终通过的《食品安全法》删除了电子监管码条款，但这件事情使我深刻体验到立法过程去部门化的重要性。我们的不少法律草案都是由部门起草提交全国人大审议。这虽然有助于弥补立法机关工作人员在专业知识上的不足，有利于对社会事务的有效管理，但其潜在弊端也是显而易见的。具体来说，一是为政府有关部门扩权提供了机会。一些部门之所以争抢法案的起草，很大程度上是受到部门利益的驱使。二是可能导致部门利益的法律化。一些部门起草的草案都往往将重心放到部门监管权限和利益的配置上，其注重的往往是“设立机构、行使权力、收取费用、罚款没收”。例如，法律责任设定机制大量配置行政处罚等规定，但这些行政处罚规定往往有可能超出立法目的所必要的范围。三是部门立法很可能对公民民事权利的确认和保护不足。从当前的实践来看，部门立法普遍重视行政管理权的配置，但是对民事权利的确认和保护缺乏足够关注。四是部门立法往往导致部门之间相互扯皮、推诿或者争权，导致法律迟迟不能出台。这可能影响特定市场活动的及时有效培育，阻碍经济的快速发展。五是部门立法往往导致法律与其他法律法规之间发生冲突，从而影响法律体系的和谐。

立法的部门化实际上已经成为影响我国立法质量的重大障碍。众所周知，法律是广大人民意志的体现。我们要真正做到立法为民的宗旨，必须使法律最大限度反映最广大人民群众的意志和利益，凝聚最广大人民群众的智慧。民之所欲，法之所系。只有汇集民智、聚集民意，才能使法律成为良法，成为治国之重器、善治之前提，最大限度地增进社会大众的福祉。但行政部门在起草法律过程中，容易渗透部门利益，注重扩张部门权力（如审批权、许可权、处罚权和收费权）。这样的立法很可能无法代表最广大人民群众的利益，偏离了立法为民的宗旨。由这些想法主导的部门立法，也就自然难以获得社会的广泛认同。且此种被部门利益所主导的立法，往往不能设计出最科学合理的立法方案，也无法有效探索那些最佳的社会治理方案。部门起草的法律也未必真正能够在实践中获得很好的施行，因为其立法过程中往往没有充分关注到社会利益冲突所涉及的方方面面，其所设计出的立法方案往往会缺乏可接受性和可操作性。

部门立法的弊端已经显而易见。但仍有人认为，部门起草法律草案具有一定的优势。这主要是因为，与立法机关不同，这些部门的人工作在第一线，对实际情况更为了解，而立法机关并不熟悉部门管理事务，因此，部门立法能够更切合实际。我认为，此种观点并不妥当。在我国，依据《宪法》和《立法法》规定，立法权专属于全国人民大表大会及其常务委员会。立法机关可以根据需要委托行政部门立法。在改革开放初期，由于立法任务繁重，此种委托立法的形式是有重要意义的。但在社会主义法律体系形成之后，立法机关已经积累了丰富的立法经验，且各个法律部门中起支架性功能的法律已经制定出来。可以说，现有立法已经比较好地总结了实践经验，已经越过了“摸着石头过河”的阶段。因此，委托部门立法的必要性也就不大了。至于部门熟悉情况的优势，在由立法机关主导的立法模式中，同样可以得到有效发挥。若完全由行政部门指导，其考虑的利益很可能具有片面性，因为受部门利益的驱使，并不一定真正能够反映社会的客观需要。与今天我国立法机关的立法水平相比，部门立法存在很大差距。将政府部门从立法中解脱出来，也有利于将行政部门的精力集中于法律的执行。尤其是对于一些作为执法主体的部门而言，更应当将精力放在法律的适用上，而不是立法上。

立法去部门化，从根本上讲就是要使立法反映人民群众的意志和利益，保证立法的民主性和人民性。人民的福祉是最高的法律，我们所有法律的出发点和最终目的都是为了反映人民的意志和利益，但是部门立法由于受部门利益所限，往往会影响到立法对人民意志和利益的准确反映。立法去部门化也是推进中国依法治国方略的要求，法治的根本要义就是规范公权、保障私权。部门立法往往很难实现对公权力部门的有效制约，其也往往缺乏对私权保障进行充分关注。因此，要切实推进依法治国，在立法上就应该充分做到“规范公权、保障私权”，立法的去部门化就是亟须迈出的重要一步。

如何使立法去部门化？一是要从理念上恪守以民为本、立法为民理念，法为民而治，法律起草要从全社会利益出发，最大限度反映人民群众的意志和利益，而不仅仅是把人民当成被治理的对象。秉持这样一种理念才能每一项立法都符合宪法精神、反映人民意志、得到人民拥护。二是要完善立法体制、机制。健全有立法权的人大主导立法工作的体制机制，发挥人大及其常委会在立法工作中的主导作用。尤其是对于综合性、全局性、基础性等重要法律草案，应该由立法机关主导，吸收有关部门参与，从而跨越部门立法的狭隘界限。三是全国人大及其常委会在立法过程中，继续推进民主立法、开门立法的方式，邀请专家学者参与立法过程，广泛征求社会各界和人民群众的意见，认真总结和思考，并将法律草案向社会公布，听取各界的评论和修改意见。要明确立法权力边界，从体制机制和工作程序上有效防止部门利益和地方保护主义法律化。四是要加强和改进政府立法制度建设，完善行政法规、规章制定程序，完善公众参与政府立法机制；对部门间争议较大的重要立法事项，由决策机关引入第三方评估，不能久拖不决。五是对于一些法律草案，的确需要听取相关部门意见的，立法机关可以在立法过程中通过专项调研、征求意见、座谈等方式，积极邀请相关部门发表意见。如有必要，也可以将这些部门意见交给公众讨论。

人格权法让人们活得更有尊严*

改革开放三十多年来，我国已成功使4亿人民脱贫，人民群众的生活水平得到了极大提高，社会的变化对法律特别是民法的功能提出了新的要求，即不仅要保障人们的生存权，而更应当保障人民幸福、有尊严地生活。

人格权法的目的就是要让人们活得更有尊严。“文革”爆发时，我虽然还在青少年阶段，但今天想来，“文革”的经历就像噩梦一样，时常萦绕在我的记忆中。在“革命无罪，造反有理”“横扫一切牛鬼蛇神”的口号下，红卫兵、造反派把“走资派”以及“地富反坏右”游街示众，戴高帽、剃阴阳头、打花脸、“架飞机”，无所不用其极，我印象最深的是开批斗会。那时，学校经常组织我们小学生参加批斗会，批斗会一开始，镇上的造反派将那些“地富反坏右”和各种“五类分子”用绳子捆着，带到台上示众，然后批判大会开始。批斗者开始还比较文明，但一讲到激动之处，批斗者就忍不住上去对被批斗者扇耳光、施拳脚。被打者在台上叫喊连天，痛苦不堪，台下却齐呼口号，“打倒某某某”“某某某不投降，就叫他灭亡”。在那个年代，谁也

---

* 原载《法制日报》2013年1月2日。

没有意识到这些行为是严重践踏人格权的行为，相反，在“造反有理”口号的鼓舞下，人们对此已经习以为常，甚至认为是天经地义的。

正是因为吸取了“文革”的惨痛教训，我国《民法通则》的制定者第一次专设人格权制度，并对保护人格权作出了全面规定，这可以说是我国数千年来以来从未出现过的制度安排，中国人第一次意识到我们的人格、名誉、肖像、尊严是一种权利，并且应当受到法律保护，从此，侵害人格权的案件开始大量涌进法院。《民法通则》的起草提升了人们的人格权意识和观念，对加强人格权保护具有重要的推动作用，这也可以说是我国人权保护事业的重大进步。

自我国《民法通则》颁布以来，人格权的案例不断增长，人格权的保护也得到了进一步增强，但由于几千年的封建传统和积习，人们的人格权观念的整体水平还有待加强，人格权侵害的现象仍然大量存在。在行政执法中，野蛮执法、不文明执法也时常导致对人格权的侵害。十多年前，我在街头亲眼看见一个城管大声呵斥一个无照经营者，满口脏话，破口谩骂，缺乏对人的基本尊重。媒体也多次报道暴力征收和拆迁是中国快速城市化中的一大痛点。在公民之间，诸如散布谣言、恶意中伤、非法跟踪、非法窥探、私下监听、私闯民宅等现象也不少见。尤其是互联网技术的发展给人格权保护带来了巨大挑战。随着互联网的发展，各种“人肉搜索”泛滥，网络谣言、非法侵入他人邮箱的现象时有发生，贩卖个人信息，通过各种技术手段盗取他人的信息、邮件，窃听他人的谈话，网上非法披露他人的短信、微信记录等，诸如此类的行为严重侵害了人格权，也污染了网络空间。

今天，我们已经进入了一个互联网、高科技的时代，科技的爆炸给人们带来了巨大的福祉，但同时，各种科技的发明也使得人们无处藏身，严重威胁人们的隐私。过去童话小说中编造的故事，如在苍蝇上绑着摄像机入室拍摄，今天随着无人机技术的发展，这一想象已经变成了现实。本世纪初，华裔著名经济学家杨小凯就提出：如果中国仅仅重视技术模仿，而忽视制度建设，后发优势就可能转化为后发劣势。① 不能仅注重技术的引用，而忽视其可能带来的负面效果。因此，在高科技时代如何加强人格权的保护，是法律面临的巨大挑战，也是我们必须要回应的社会现实。

人之尊贵与荣耀，及其享有尊贵与荣耀的权利，理应是人类社会一切法制的发端与目标。人应当像一个人那样活着，每个人应当有尊严地生存，这就是黑格尔所说的“成为一个人，并尊重他人为人”的当然要求。经过改革开放三十多年的发展，广大人民群众的物质生活得到了极大的提高，在短短三十多年内，我们已使6.7亿人脱贫。据联合国《千年发展目标2015年报告》，全球极端贫困人口从1990年的19亿已经降至2015年的8.36亿，其中中国做出了超过70%的贡献。虽然我国人民的物质生活水平已经得到了极大的提高，但幸福的生活来源于很多方面。在人们基本的衣食保障得到满足之后，还需要形成安定、有序、公正的社会生活秩序，使广大人民群众活得幸福，活得有尊严。因此，在今天，加强对人格权的保护，尊重和维护人格独立与人格尊严，使人成其为人，能够自由并富有尊严地生活。这比以往任何时候都应当更加重视对人格尊严的弘扬与维护。对人格权的妥善保护，也是衡量个人幸福指数的重要指标。

随着现代化、工业化、城镇化进程的迅速推进，个人的迁徙自由、择业自由、住所选择自由等都逐步成为现实，个人通过互联网等新兴媒

---

① 参见涂子沛：《数字之巅》，中信出版社2014年版，第337页。

体进行意愿表达的空间也得到了极大的扩展，凡此种种，都进一步增强了个人的独立性。现代化的过程是人的全面自由发展的过程，这就必然要求法律进一步尊重人的主体性，始终强调对人的终极关怀，其重要标志之一是对人格权益的充分确认和保障。同时，随着人们物质生活水平的提高，对精神生活的要求也相应提高。马斯洛曾经提出所谓的需求层次理论，认为当人的生存需要基本满足之后，对文化和精神的需要将越来越强烈。我国经过改革开放三十多年的发展，人民的生活条件已经发生了翻天覆地的变化。据统计，我国人民生活的恩格尔系数也在逐年下降，用于满足基本生存需要，如食品、服装等方面的支出，逐年下降，用于满足人的精神需要的支出逐年增加。可见，在我国，人们对精神性人格利益的追求越来越强烈了。因此，人的尊严也越显重要，对精神性人格权如自由、隐私、名誉等权利进行保护的要求也较以往更加强烈。

我国未来民法典有必要采用人格权独立成编的做法，在现有立法的基础上，通过总结司法实践经验，对人格权法作出系统的规定。从全世界的范围来看，与财产、契约等已经为社会大众和知识界所熟悉的制度安排相比，人格权制度是现代民法新的增长点，加强和完善人格权制度，代表了现代民法的发展趋势。我国未来民法典现代性的体现之一应当是将人格权法独立成编，以及在维护人格尊严的基础上对人格权进行系统全面的保护。每一个平凡的中国人都有美好生活的向往，这种向往不仅仅要求丰衣足食，住有所居，而且也要求有尊严地生活。而人格权法就能保障人们活得更有尊严。

生命的价值高于一切

多年前，我参加《民法典草案（第一稿）》的起草讨论工作，其中涉及要不要在人格权编中规定生命权的问题。有人提出，生命的重要性是不言而喻的，无需法律规定。如果在法律上规定生命权，就可能承认个人自杀的权利，这反而不利于保护生命的利益，会起到相反的效果。这种看法也不无道理，但是，我仍然主张民法典不仅应当规定生命权，而且应当宣示生命的价值高于一切！

现代化的过程是人格全面发展的过程。现代化始终伴随着权利的扩张和对权利的充分保护。同样，法律现代化的重要标志也正是表现在对个人权利的充分确认和保障方面，以及对人的生命健康权的优先保护方面。人格尊严、人身价值和人格完整，应该置于比财产权更重要的位置之上，它们是最高的法益。财产是个人的，而人身安全、人的尊严等涉及社会利益。美国爱荷华州高级法院曾审理过的一起案件就很典型地表现了生命健康权的价值。在该案中，原告是一个无家可归的流浪汉，其到被告的一间长期闲置的小棚子里找一些水喝。当他推开小棚子房门进入这个屋子时，被告（房屋所有人）正好在这个屋子里面收拾东西。被告发现原告闯进来以后，没作任何警告，就开枪打断了原告的一条腿。之后原告诉请法院，要求判令被告赔偿。被告拒绝赔偿，理由是，他为了捍卫自己的财产不受他人的侵害，有权开枪自卫。该案件引起了很广泛的争论。被告的辩护人认为，英美法有一个古老的规则，就叫做禁止非法闯入。就是说，任何人不得非法地侵入他人的私人场所，否则，所有人有权自卫。对私人的财产而言，“风可进，雨可进，国王不可进”，这是一句古老的谚语，表达了私人财产的神圣不可侵犯性。那么，在私人财产受到侵害的情况下，所有人可以采取一切防卫手段，包括开枪，以保护个人财产。因此，被告开枪打伤原告，是一种保护自己财产的合法行为，被告不应当承担法律责任。

该案实际上涉及两种法益的冲突。一种是原告的生命健康权，另一种是被告的私人财产。当这两种法益发生冲突的时候，法律究竟应当向哪种法益倾斜？本案大法官莫尔认为，法律应当优先保护个人的生命健康权。他在判决里说，个人财产毕竟是私有的，是属于个人的，但是人的生命和健康是属于社会的，人的生命价值高于土地占有者的一切利益。在本案中，被告在其生命没有受到威胁的情况下，仅仅只是为了维护自己的财产安全而向原告开枪，打伤原告，显然构成权利的滥用。所以，最后判决被告败诉，承担给原告造成的一切损失。这一观点被美国《侵权法重述》所采纳。该观点其实就表达了现代民法的一个重要理念，即生命价值高于一切。重视对生命权的保护，并把生命价值置于整个法律保护中最高的位阶之上，这是现代法律发展的重要趋势，也体现了法律的人文关怀。

生命是人类社会生存和发展的起点，生命对每个人来说只有一次，人最宝贵的就是生命。在民事主体享有的各种人格利益中，没有任何一种人格利益可以和生命相提并论。《黄帝内经》中有“天覆地载，万物悉备，莫贵于人”的论述，佛教教义中有“救人一命，胜造七级浮屠”的说法，生命是最高的人格利益。生命权在民法中具有独特的地位，它甚至超越了一般民事权利的范畴。就人格权而言，生命权不仅仅是一项首要的人格权，而且还是各项人格权的基础，无论是物质性的人格权，还是精神性的人格权，都以生命权的存在为前提。故而，当生命权与其他权利发生冲突时，法律应当优先保护生命权。

整个民法乃至于整个法律都要以保护生命权为首要任务，霍布斯认为，国家成立的目的之一就是为了保证公民的生命权不受侵害。国家和法律的产生也可以归结到对生命安全利益的保护上，因为对生命安全利益的保护不仅意味着对自然人生命权的保护，而且也意味着维护了最基本的社会秩序。在人格权法中，既然生命是最重要的人格利益，那么在生命利益和其他人格利益发生冲突时，应该优先保护生命利益。如果自然人不享有生命权的话，那么他就不可能享有任何权利。任何权利与生命权发生冲突都要退居其次。只有确认生命权的优先地位才能为侵权责任法和其他法律对其的保护奠定基础。

与美国法上的前述规定相似，大量现代法律及法律改革都强调人身保护与财产保护的差异，几乎都确立了人身利益优先保护的规则。例如，在英国，人身保护令（habeas corpus）颁布之后，就确认了人身比财产应受到更为优先保护的法律规则。再如，德国《基本法》（即其宪法）规定，财产权负有社会义务，此种义务也应当包括对生命权的尊重。为了强化对生命健康权的保护，两大法系不仅在刑事法律中对那些侵害生命权的行为设置了严厉的刑事责任，而且在民事损害赔偿法中也强化了对受害人的周密保护。凡是对生命健康权保护的规则，通常都较为详细具体。但是，如果对人身自由进行限制，通常要有比限制财产更为严格的条件和程序。

我国《侵权责任法》在立法精神上总体体现了生命健康权优先保护的思想。例如，在第2条民事权益的列举次序上，把生命健康权置于各种权利之首，体现了立法者把生命健康作为最重要的法益予以保护的、以人为本的理念，体现了对人最大的关怀。《侵权责任法》如此规定，也符合现代侵权法从制裁走向补偿的大趋势。再如，《侵权责任法》第53条规定了道路交通事故社会救助基金垫付制度。因为对于机动车驾驶人发生交通事故后逃逸的情况，受害人难以及时请求侵权人承担责任，甚至在一些情况下，受害人无力支付抢救费用，或者死者家属无力支付丧葬费用。在此情况下，应当通过救助基金予以垫付。国家设立社会救助基金的根本目的在于缓解道路交通事故受害人的燃眉之急，保证受害人的基本生命安全和维护基本人权，其主要用于支付受害人抢救费、丧葬费等必需的费用。从这个意义上讲，只要受害人一方存在抢救费、丧葬费等方面的急切需求而又暂时没有资金来源的，就可以申请道路交通事故救助基金垫付。此外，针对大规模侵权，就同一案件造成数人死亡的情况，第17条规定了同一标准的规则，解决了普遍关注的“同命不同价”问题。

在我国《侵权责任法》颁布之后，有必要完善“人格权法”。不仅需要在该法中确认生命健康权，而且对生命健康权的行使和保护作出更周延的规定。在侵害生命健康权的情形下，如果行为人构成犯罪，受害人及其近亲属不仅可以要求国家机关对其课以刑事处罚，而且可以要求其赔偿各种物质和精神损害。总之，为了使我国的法律充分体现人文关怀精神，需要进一步对人的尊严以及生命健康权加以保护。

怎样看待网络环境下人格权的保护

互联网是20世纪最伟大的发明，它使我们进入了一个信息爆炸的时代，也使人们的联系越来越便捷，因此，有人说人类已生活在一个地球村中，这正是网络给我们生活方式带来的巨大变化。目前我国网民数量已达到7.31亿，手机用户也超过了7亿。互联网深刻地改变了我们的生活方式，我们的生活也离不开网络，但互联网技术的发展给人格权保护带来了巨大挑战，随着互联网的发展，利用网络披露他人隐私、毁损他人名誉等行为也不断出现，各种“人肉搜索”泛滥，非法侵入他人邮箱、盗取他人的信息、贩卖个人信息、窃听他人谈话的现象时有发生，通过网络非法披露他人短信、微信记录等行为更是屡见不鲜，更有甚者，利用网络散布各种谣言、披露他人裸照、艳照，使受害人痛不欲生。此类行为不仅污染了网络空间，更是构成对他人人格权的侵害。由于互联网登录和使用的自由性，使得通过网络侵害人格权的行为具有易发性，同时，互联网受众的无限性和超地域性，也使得侵害人格权的损害后果具有一种无限放大效应，也就是说，相关的侵权信息一旦发布，即可能在瞬间实现世界范围的传播，相关的损害后果也将被无限放大，这也使得损害后果的恢复极为困难。因此，在互联网时代，如何预防和遏制网络侵害人格权的行为，是现代法律制度所面临的严峻挑战。

网络环境下的人格权成为一个需要研究的新课题，人格权法应对此有所体现。应当看到，法律关于人格权的规定也可以适用于网络人格权，但网络虚拟环境下的人格权相对现实环境中的人格权具有自身的特点，主要表现在：一方面，网络环境中的人格权是各种人格权的统称，并非一种具体的人格权类型。网络环境下的人格权并不是一种新类型的、框架性的权利，而是每一种具体人格权在网络环境下表现出来的新形态。网络环境中的人格权，是以姓名、名誉、肖像、隐私、个人资料、甚至是声音等各种人格利益为客体的人格权。另一方面，因为网络的放大效应、受众的广泛性、传播的快速性等特点，使得一些人格利益成为需要保护的重要人格利益。例如，在网络环境下，具有个性化特征的声音、肢体语言、形体动作，甚至可被利用的个人偏好信息都有被法律保护的意义。在网络上，利用搜索引擎和云计算技术可以将资料的碎片汇集到一起，从而实现对各种个人信息的收集、整理、加工等，这些个人信息一旦被商业机构收集和利用，将会给个体带来不良后果。一些人格利益在一般的社会环境中，并不显得特别重要，但在网络环境下，一旦被非法利用和擅自披露，就会对权利人的权益造成重大侵害。此外，在网络环境下，各种人格利益通常是相互交织在一起的，对某一人格权或人格利益的侵害可能同时构成对其他人格权或人格利益的侵害。例如，在网络上非法披露他人隐私，可能既侵害隐私权，同时也构成对他人名誉权的侵害。

我认为，对网络环境下人格权的强化保护，首先是必须要采用停止侵害的救济方式。由于互联网具有多维、多向、无国界、开放性等特点，通过网络手段侵害他人人格权，一旦特定信息在网上公布，则会迅速传播、流转，影响极为广泛，损害后果无法准确估计，甚至可以说，会导致难以预测的后果。而且其侵害后果具有不可逆转性，可以在一定范围内消除影响，但往往不易完全恢复原状。如果完全采用一般的侵权损害赔偿，则在判决结果发布时，很可能已经为时过晚。实际上，对受害人最有效的办法，是一旦发现侵权信息，受害人请求法院发布禁止令，即命令有关网络管理部门立即删除侵权信息，有关费用可先由原告代为支付，也可以考虑由有关的网络服务企业从专门基金中代为支付，并在判决生效后向侵权人追偿。在网络侵权的情形下，停止侵害的基本方式就是及时删除侵权信息，如果某种侵权的信息为他人的网站所采纳储存，受害人也有权要求任何储存该信息的人予以彻底删除。如果侵权方式是非法收集使用个人资料信息，那么，停止侵害的方式就是立即删除存储于侵权者数据库中的个人资料信息。如果采用“人肉搜索”的方式侵权，停止侵害是指立即制止此种行为。

对网络环境下人格权的强化保护，必须要加大精神损害赔偿和财产损害赔偿的力度。在网络环境下，受众对象具有广泛性，且信息发布成本低廉，一旦造成侵害，后果将极为严重。在损害赔偿的计算上，应当考虑损害后果的严重性，以及侵权行为的成本和后果的不对称性。尽管我国侵权责任法对网络环境下的侵权作出了相关规定，但其并没有对赔偿的特殊性作出规定，按照一般的侵权损害赔偿机制，显然不能够对受害人提供充分的救济。事实上，在网络侵权的情况下，受害人所遭受的精神痛苦可能比任何纸质媒体的侵权更大。如果受害人的人格权已经商品化了，则在网络侵权的情况下，其经济利益所受到的损害也将更大。在损害赔偿的具体计算问题上，不能单纯根据现实空间中实际盈利的计算标准，更需要通过网络的点击量等来判断侵权后果波及范围，据此来确定损害赔偿的数额。还应当指出，在行为具有恶意且造成的后果极为严重的情况下，有必要考虑引入惩罚性赔偿制度，从而有效遏制通过网络侵害他人人格权的行为。

对网络环境下人格权的强化保护，也有必要加强网络服务提供者的义务和责任。应当承认，在网络环境下，信息是海量的，为了鼓励信息的传播，不宜对网络服务商课以过重的审查义务。但对于那些显而易见且受害人已经及时提出异议的侵权行为，依据我国《侵权责任法》的相关规定（第36条），网络服务提供者也应当采取删除、屏蔽、断开链接等必要措施。当然，就网络服务提供者而言，其所提供的网络服务不同，在所应当承担的义务与责任方面，也应当有所不同。如BBS、贴吧、搜索引擎服务各具特色，这样，不同的网络服务提供者所应承担的责任应当有所区别。为此，有必要要求我国有关机关尽快出台关于网络服务商隐私政策的指引，并要求网络服务商尽快制定相应的隐私政策。

如何在人格权法中对网络环境下的人格权进行规定？我认为从立法技术上而言，无法在每一项具体人格权条款下分别规定互联网侵权问题，否则不符合立法的简约化要求，而应当对网络环境下的人格权进行统一规定。可以借鉴我国《侵权责任法》第四章关于责任主体的特殊规定之立法体例，考虑在人格权法中设立单独一章规定“特殊主体及特殊环境下的人格权”，将其与死者人格利益、胎儿人格利益等特殊问题一并规定。

应当加大环境损害赔偿力度*

紫金矿业污染案件，经媒体曝光之后，在社会上引起很大反响。紫金矿业位于福建上杭县的紫金山铜矿湿法厂发生污水渗漏事故，9100 立方米废水外渗引发福建汀江流域污染，造成沿江上杭、永定鱼类大面积死亡和水质污染。此后，被判罚三千余万元，该判罚出台后紫金矿业的股票不跌反升，大大出乎人们的预料。这一事件表明，单纯依靠行政罚款或罚金的方式来处理环境问题，达不到惩罚违法行为、促使企业改过的目的。

改革开放以来，随着我国工业化和城市化的发展，我国的经济发展取得了举世瞩目的成就，成为世界第二大经济体，但也为此付出了沉重的环境污染代价。许多工业城市和地区的环境污染严重，曾经的青山绿水不同程度上受到排污的影响，水资源危机、海洋污染等现象已经给我们敲响了警钟。在这一背景下，如何采取有效措施，保护环境，治理污染，是全社会普遍关注的热点问题。中国社会能否可持续发展？我们能够给子孙后代留下什么样的环境？这些都是我们必须认真思考的问题。在人们解决基本温饱问题之后，随着

---

* 原载《法制日报》2006 年 6 月 29 日。

生活水平的提高，人们对生态环境的要求也日益提高。全社会已形成一个普遍的共识，即我们要建设的和谐社会，应当是一个环境友好型的社会。

环境污染的问题始终难以有效解决，在很大程度是因为违法成本过低。紫金矿业不过是众多的环境治理困局中一例而已。在此以前，广西左江“4·10”特大水污染民事赔偿案、震惊全国的“3·2”沱江特大污染事故，都因对污染单位处罚数额过低而广受诟病。

对于环境污染的治理，首先应当看到的是，过多地依赖行政手段来解决这一问题，已经被实践证明是行不通的。一方面，行政处罚并非以损害后果作为确定处罚数额的依据，甚至某些处罚与损害后果并无直接的关联。行政机关也会受其能力所限，难以对有关损害后果进行准确认定。因此，处罚的结果大多远远低于污染所造成的实际损失。如果某些地方官员从追求地方利益、部门利益考虑，或者受政绩观限制，只要能够追求财政收入或GDP持续增长，就不惜以牺牲环境为代价，即使出现了严重的环境污染问题，也能大事化小。而在罚款数额过低的情况下，以罚代赔，根本无法形成对违法者的有效制裁和惩罚。另一方面，行政处罚并不能够为环境污染受害人提供充分的保障。实践中，通过行政处罚所获得的款项是国有财产，应上交国库，而环境污染的受害人并没有因此获得补偿。因此，行政罚款并不能给环境污染中的受害人以有效的救济。这既不利于保护受害人，且不能通过利益机制，有效地调动受害人主张权利的积极性。环境保护不仅是政府的责任，公众亦应参与。国外在环保方面特别强调“公共参与”，而“公共参与”的一个重要机制就是通过损害赔偿来鼓励受害人的积极参与。实际上政府的公共行政资源是有限的，仅仅依靠政府来监管很难担当起环境保护的重任。

应当改变一种思路和方式，而损害赔偿的机制也是一种治理环境的可行的方式。

其次，在环境污染案件诉讼到法院后，损害赔偿机制未能发挥应有作用，是造成目前环境违法成本低的另一个原因。应当承认，“损害赔偿”相对于行政处罚具有明显的优越性。从公共参与的层面来看，受害人的请求可以对潜在的环境污染主体形成一种压力，且通过这种方式能够对受害人提供必要的救济，也在一定程度上有助于维护受害人的权益。但问题在于，是否损害仅仅限于直接受害人的损失？这是一个需要认真讨论的话题。紫金矿业案和其他类似案件的处理，都反映了这一问题。就环境污染而言，其损害可以说有两个部分：一是直接受害人的损失，如渔民鱼虾死亡的损害，周边居民饮水困难的损害等；二是生态环境的破坏，通常土地或河流在受到污染后，常常需要几十年、上百年的时间才能恢复，且治理的费用往往数额巨大。然而，在实践中，法院在作出赔偿时，多数仅仅只考虑前一部分直接损害，而忽略对后一部分非直接损害的赔偿，这也是造成目前损害赔偿数额过低的主要原因。的确，法院准确认定另一部分损失是有困难的，且法律上对此种非直接损害认定的依据与标准也不充足。但这绝不能成为对造成生态环境损害不予赔偿的理由。

环境污染损害赔偿应当加大力度。美国学者贝克尔和斯蒂格勒在一篇关于立法的规范方法与实证方法的研究中，提出对违法者的惩罚金额应与其所致损失的价值相当。该价值经过换算，应当超出违法者逃避处罚的盖然性。这也就是关于如何处理单次处罚强度与发现并处罚的概率问题。[1] 在环境侵权中，赔偿应当与损害相一致，使受害人恢复到损害发生前的状态，这是千百年来自然法上的通行准则。违法者应该对所造成的损害后果负责，将其生产成本内部化，这既是效率的要求，也符合公平正义的原则。在治理环境污染时，普遍存在企业违法成本低的问题，而所谓违法成本低，就是因为行为人造成了很大的损害且从致害行为中获取了极大的利益，但仅支付极为有限的赔偿。例如一系列环境污染赔偿案件中仅仅只是考虑直接受害人的损失，且这些损失是极为有限的，更何况在这些案件中受害人经常会遇到损害举证困难的状况，而使其实际获得的赔偿与其请求大打折扣。同时，这些案件也并未将对生态环境的赔偿计算进去，而这一块的损害比给受害人直接造成的损失要大很多。这种损失主要就是对生态的治理和恢复的费用。如果对此不加赔偿，将成本外部化，其结果是导致公众承担了这部分成本。生态环境本身是一种公共利益，破坏生态环境其实损害的是公共利益。环境污染之所以在法律上被称为公害，就是因为其损害了社会公共利益。对这种公害，即便受害人没有提出赔偿的请求，国家有关机关也应当介入。必要时，国家可以作为侵权受害人而向侵害人提出请求。最近在康菲石油渤海污染案中，国家海洋局出面寻求赔偿开了一个很好的先河。

加大环境污染的赔偿力度，确实有可能会遇到企业因无力承担而破产的困境。尤其是在发生大规模生态破坏的情况下，单个企业难以承担巨额的恢复重建费用。因此，需要通过建立环境保险机制，来预防此种风险。由于环境污染常常造成大规模侵权，即造成众多的直接受害人的损害，在保险之外，还应建立社会救助机制，向受害人提供有效的救

① Gary S. Becker and George J. Stigler, "Law Enforcement, Malfeasance, and Compensation of Enforcers", *Journal of Legal Studies*, 3 (1), 1974, pp. 1—18.

济。此外，环境污染侵害的不仅仅是私权，还侵害了公共利益，所以有必要考虑设立公益诉讼机制。在实践中确实有一些污染受害人可能基于各种原因并没有主动提起诉讼，所以有必要通过公益诉讼来追究污染行为人的责任。公益诉讼的提起人可以是有关环保部门、检察机关，也可以是有关环境保护组织和团体。公益诉讼的设立也将会为遏制环境污染提供一个有力的保障。

紫金矿业污染案件给我们带来的启示是，在运用法律手段治理环境污染的过程中，不能因循旧例，而应适应环保的需要，不断寻找新的方式方法。这就是说，我们应当从过去单纯依赖行政罚款逐步转化到注重损害赔偿，从过去仅赔偿受害人直接损失到逐步地增加对生态损害的赔偿，从单一的侵权损害赔偿转向多元化的救济机制，建立侵权赔偿、责任保险、社会救助基金相互协调、互为补充的多元化救济机制，多管齐下，以综合、有力的手段形成强有力的环境保护体制。

我们要建设的国家，应当是山清水秀、空气清新、蓝天白云、绿树成荫的美丽国家。我们要建设的小康社会，应当是环境友好、人与自然充分和谐的社会。为了保护好环境，为子孙后代留下可持续发展的空间，必须要加大损害赔偿的力度，以充分补偿损害，同时有效制止和预防可能发生的潜在环境损害。

没有隐私就没有真正的自由

我在大学学习民法的时候，还不知道隐私为何物。1986年我国《民法通则》颁布之后，最高人民法院制定司法解释，当时讨论到了“隐私”这个概念。大家都理解成是阴私，甚至是将其当作贬义词来理解，因为那时大家根本没有隐私的观念。

恰好在第二年，我受中美法学教育基金会资助，赴美国密歇根大学进修。在出国之前要进行例行的培训，教育部的官员给我们做报告，特别强调说中国人到美国去，总要向别人刨根究底问年龄、工作、家庭成员、婚姻状况等，这些问题美国人听到都很厌烦，因为这实际上有可能侵害他们的隐私。这给我留下了深刻的印象，开始意识到原来隐私并非阴私，它还是个人私生活自由的一种体现。我在美国学习后，就对隐私这个概念产生了浓厚的兴趣。结果发现，隐私权这个概念确实是美国人的一大发明。这一概念是沃伦（Wallen）和布兰代斯（Brandeis）在其1890年的《论隐私权》一文中最早提出的，现在它不仅仅是普通法上的权利，甚至是一种宪法上的权利。这个词不仅仅是在官员口中常常出现，在普通民众心目中也根深蒂固。比如说，在美国，未经许可不能进入他人办公室，否则可能侵害了他人隐私。更不要说私闯民宅，因为这不仅侵害了他人的物权，更是侵害了他人的空间隐私。我记得当时在密歇根学习时，美国曾经发生一个故事，一个外国人有可能想问路，敲一户人家的门，半天没人回应，后来其推门进入，结果被户主开枪打死。但后来据说被告也被无罪释放，原因是受害人已经构成了非法侵入（trespass）。

隐私是自由的重要内容。按照很多美国学者的看法，美国关于隐私权的价值理念，是建立在自由的基础之上的。他们认为这是美国的一个基本价值理念。美国在建国以前，就有一批清教徒认为，英国过于腐败，太奢侈了，他们来到美国，要谋求一种新的生活。这些人被称为保守的清教徒（现在这股力量在美国仍然是很强大的）。这些人在建国以前一直受到英国人的压迫，所以他们以自由作为其追求目标。美国历史上的西进运动和边疆开拓，都彰显了个人自由的精神。这种理念对美国隐私权的发展产生了很大的影响。美国的隐私和欧洲大陆隐私概念的区别究竟在哪里？耶鲁大学一位教授叫惠特曼（Whitman），他专门写了一篇文章比较两者的区别，他认为二者实际上的区别在于，美国的隐私权观念是建立在自由基础之上的，而欧洲人的隐私权观念建立在人格尊严基础之上。欧洲人在民法上为什么那么强调隐私呢？实际上是为了维护人格尊严。但是美国人不是这样认为的，美国人认为保护隐私是为了保护人的自由。从沃伦和布兰代斯谈独处权可以看出，他们认为独处是自由的一个基本范畴，后来隐私的内涵发展为私生活的自由、自主，强调的都是以自由为隐私的基础。欧洲为什么会以人格尊严为隐私权观念的基础呢？据惠特曼的考证，这主要因为在第二次世界大战期间人们的人格尊严受到严重的践踏。因此当战后在反思纳粹统治的悲剧的时候，人们普遍认为应当恢复的是人格尊严，建立隐私权的概念。因为这两种价值理念的区别，产生了美国的隐私权和欧洲的隐私权的巨大区别，实践的做法差别也非常大。例如，欧洲人普遍认为，媒体对莱温斯基事件的过度报道，已侵害其隐私，但美国人认为这十分正常。其实在两大法系中，隐私权作为重要的人身权利，其本质并不矛盾，都是要维护人身自由和人格尊严。

现在隐私的概念已经风靡一时，对隐私的保护成为法律上具有普遍共识性的问题。但是对隐私的限制和侵害，也在日益加剧。美国迈阿密大学福禄姆金（Froomkin）教授撰写了《隐私之死》（*The Death of Privacy*）一文，他在该文中说，日常的信息资料的搜集、在公共场所的自动监视的增加、对面部特征的技术辨认、电话窃听、汽车跟踪、卫星定位监视、工作场所的监控、互联网上的跟踪、在电脑硬件上装置监控设施、红外线扫描、远距离拍照、透过身体的扫描等，这些现代技术的发展已经使得人们无处藏身，他感叹“隐私已经死亡”，因此呼吁法律要进一步加强对隐私的保护。我想这可能是高科技带来的一个副作用。这也说明了隐私在现代社会为什么这么重要。可见，这不仅是美国社会的问题，这也是我们未来所要面对的一个新的挑战。

没有隐私就没有真正的自由，这是因为我们这个社会已经进入到工业社会，或曰陌生人社会，在熟人社会中是没有所谓的隐私的，就像费孝通在《乡土中国》中所说的，一个人对邻居家的老母鸡一天下几只蛋都很熟悉，小孩子都是邻居看着长大的，无所谓隐私的问题。但是在一个工业社会和陌生人社会中，人们居住在高楼大厦之中，邻居之间可能完全不熟悉，没有什么交流；住在对面的两户人家，生活数十年也不知道对方姓名，这就提供了隐私权存在的社会环境。也就是说在这样一个陌生人社会，隐私的观念强烈而普遍。我们可以举如下事例说明隐私的重要性。

一是私生活安宁。每个人都享有幸福生活的权利，而幸福的生活首先要求过上安宁的生活，不受他人的非法打扰。如果非法侵害他人的私生活安宁，不仅损害他人的健康，而且也会涉及对他人隐私的侵犯。例如，非法跟踪、电话骚扰、半夜敲门等。在实践中，性骚扰的行为时有发生，尤其是在工作场所发生的性骚扰，这实际上就是构成了对他人私生活安宁的侵害，侵害了他人的隐私权。

二是通信隐私。在一个信息社会中，人们的信息往来频繁，几乎每个成年人都有一部甚至多部手机，全国的手机数量已经远远超出了人口数量，许多人每天手机通话甚至长达数小时。但是现代技术又使得窃听、拦截手段极为发达，一旦手机通话被非法监听，就会使得人们处于一种受监视的状态，自由也就无从保障。英国畅销小报《世界新闻报》曾雇人侵入一名遭杀害女孩电话的语音信箱，并删除部分信息，妨碍警方对女孩失踪案的调查，构成对受害人隐私的重大侵害，该丑闻震惊世界。

三是互联网上交往隐私。互联网给我们带来极大的方便，我们的生活离不开网络。现在我国有 5 亿多网民，很多网民经常在网上进行各种形式的交往，通过网络交友聊天、恋爱等，互诉情感，这些通信记录一旦被人窃取，也会对个人的隐私造成侵害。更何况，如果在网上擅自发布他人裸照，披露他人隐私，影响后果难以想象。

四是住宅隐私。过去在农村，邻人串门、互相往来司空见惯，而在城市生活中，住宅隐私极为重要，住宅甚至是个人的核心隐私。私闯民宅不仅侵害了个人的物权，更有可能侵害了个人的住宅隐私。因为没有住宅隐私，个人也就没有人身的安全，其自由也就没有寄托的场所。我国曾经发生过民警未经许可进入他人住宅搜查黄碟的案件，该行为实际上就是侵害了他人的住宅隐私。

五是工作场所和生活的隐私。在工作场所设置探头、非法监控等，都是对我们隐私的威胁，都会给我们的生活带来不便。例如，某学校为了保障学生安全，反装猫眼，未经学生允许而监视其行为，可能对学生的正常生活构成一定的妨害和干扰，这也构成了对学生隐私权的侵害。

六是个人私人生活秘密。随着社会的发展，个人私人生活秘密的范围越来越宽泛，包括个人的生理信息、身体隐私、健康隐私、财产隐私、基因隐私、家庭隐私、谈话隐私、个人经历隐私以及其他有关个人生活的隐私等内容。此外，自然人的交友范围、消费偏好、住址、住宅、电话、日记和其他私人文件等这些信息，未经许可，不得加以刺探、公开，更不能通过网络进行传播。否则即构成对他人个人私生活秘密的侵害。

现代社会越发展，隐私范围越来越扩张。从农业社会向工业社会发展，从一个熟人社会向陌生社会发展，个人隐私越来越重要。有人概括现代社会的重要特点是，对政府行为越来越要求公开透明，而对个人隐私的保护应不断强化。尤其是高科技、互联网的发展给人类带来交往上的巨大便利的同时，也对个人隐私造成了极大的威胁。随着我国改革开放的发展和人民生活水平的提高，人们在物质生活条件得到极大改善的同时，对精神生活的要求也日益提高。隐私是一个人自由的重要领域，可以说，没有隐私就没有真正的自由。人们都有追求幸福生活的权利，但个人的生活安宁和自由是个人追求幸福生活的重要组成部分，个人生活越安宁，社会也才越有秩序，人与人之间和睦共处的状态才可能得以形成。隐私要求尊重每一个人私人生活的安宁，私生活不受到他人的非法打扰，而个人享有安宁的私生活，不仅是个人幸福生活的重要内容，也是人与人之间和睦相处秩序的当然要求。

此外，保护隐私权有利于确定国家公权力和私人生活之间的界限。在现代社会，国家公权力日益强大，对于社会生活各方面的干涉日益增强。而个人隐私又非常脆弱，很容易遭受来自政府公权力的侵害。所以，必须对国家的公权力予以一定的限制，而法律保护个人的隐私权，确定个人隐私的界限有助于防止国家公权力的滥用。特别是在我国，培养人们的隐私观念，要求政府在依法行使职权时，充分尊重公民的隐私权，不得非法搜集、公开他人的隐私，禁止对他人进行非法搜查等，这有助于区分政府和个人之间的行为界限，为政府依法行政确定明确的标准。

从王石婚变传闻看人格权立法*

前段时期，万科集团董事长王石婚变的传闻，成为媒体关注的焦点。各种消息层出不穷，有关其“新婚夫人”的照片，两人的合影，其前妻的照片，甚至所谓的离婚协议书等都在网络上流传，真假难辨。有的网站还为此制作专题进行报道，也有好事者对王石“新婚夫人”进行人肉搜索。但由此也提出了几个话题，即王石是不是公众人物？其隐私权是否应当受到限制？如果限制，应当限制到什么程度？

公众人物（public figure）是指在社会生活中具有一定知名度的人，大致包括：政府公职人员；公益组织领导人；文艺界、娱乐界、体育界的“明星”；文学家、科学家、知名学者、劳动模范等。这一概念最早起源于美国，在1964年沙利文诉《纽约时报》一案中，法官首先提出了“公共官员”的概念；3年以后，在巴茨案件中，法院提出了公众人物的概念。此后，公众人物一词便被广泛运用。公众人物并不是一个政治概念，而是一个为了保护言论自由、限制名誉权和隐私权而创设的概念，它更多地运用在诽谤法和隐私法中。

---

* 原载《检察日报》2012年12月20日。

按照美国的判例学说，凡是涉及对公众人物的名誉、隐私等权利的侵害，有必要对这些人的权利进行必要的限制，以充分保护言论自由。一方面，公众人物在社会事务中具有特殊的作用，他们都是一些著名的、有影响力的人，他们的活动、言行可能关系到公众的知情权问题，因此从维护公共利益的角度考虑，对他们的隐私、名誉应作必要的限制；另一方面，公众人物一般比非公众人物更接近媒体，因而有能力在遭受侵害之后通过在媒体上陈述哪些是虚假的哪些是真实的来减轻损害。

在我国，公众人物隐私权一直是大众所关注的话题，2002 年范志毅诉文汇新民联合报业集团侵犯名誉权案，首次在判决书上提出公众人物的概念。法院认为："即使原告认为争议的报道点名道姓称其涉嫌赌球有损其名誉，但作为公众人物的原告，对媒体在行使正当舆论监督的过程中可能造成的轻微损害应当予以容忍与理解。"据此驳回了范志毅的请求。在人格权领域，该案因确立了公众人物的概念而具有重要意义。自该案以后，公众人物的概念已经为人们所广泛接受。但迄今为止，在法律上遇到的两个难题仍未得到妥善解决。

第一个问题是，如何界定公众人物？换言之，谁是公众人物？我认为，公众人物就是指在社会生活中具有一定知名度的人，其因特殊才能、成就、经历或其他而为公众熟知。例如高官，其行为可能关系到公权力的公开透明运作，也可能涉及政府信息公开的内容，所以因为其特殊经历和职能，高官可视为公众人物。除了高官之外，还有哪些人属于公众人物？有人认为，王石等人不过是"体制外"的人物，其与高官、著名的文体明星相比，差距较大，没必要将其作为公众人物，因此其应当与普通民众一样享受到隐私权的保护。我认为，王石尽管是"体制外”的人物，但应属于“商贾名流”，其频频在媒体露面，具有相当的知名度，其身份无疑已经不再是一个普通的商人，而是一种明星。更何况王石是万科公司的董事长，而万科本身就是一个上市公司，万科公司本身的业绩和形象，也和公共利益结合在一起。公众有权了解和知道万科公司高级管理人员的道德品行等情况。从这个意义上讲，王石是一个公众人物。

第二个问题是，应当如何限制公众人物的隐私权？所谓“高官无隐私”的说法，似乎使人们认为凡是公众人物，就不再有隐私，或者说其任何隐私都不受法律保护。这种理解完全是不妥当的。公众人物虽然特殊，但仍然是普通的自然人。而隐私关系到每个人最基本的人格尊严、人身自由与生活安宁。如果其不享有任何隐私权，将意味着其很难以正常人的身份生活在人世间。例如，如果将王石的家庭住址、电话号码都在网上公开，王石的生活将不得安宁，甚至其人身安全都将受到威胁。我们说“公众人物无隐私”，其本意是对其隐私等权利进行必要的限制，而非完全剥夺其隐私权。那么，究竟应当限制到什么程度？我认为，对公众人物隐私权的限制，应当有一个界限，具体可以从以下两方面加以界定。一是要看是否涉及公共利益。正如恩格斯所指出的，“个人隐私应受法律保护，但当个人私事甚至隐私与最重要的公共利益发生联系的时候，个人的私事就已经不是一般意义的私事，而属于政治的一部分，它应成为新闻报道不可回避的内容”①。例如，对高官的财产申报，涉及对其隐私权的限制，由于高官财产申报涉及公众的知情权以及公权力行使的监督，所以该限制是合理的。二是要看对公众人物隐私权的限制是否涉及个人的核心隐私。这些核心隐私，指直接关系到个人的人格尊

① 参见《马克思恩格斯全集》（第18卷），人民出版社2001年版，第591页。

严、人身自由与生活安宁的隐私。如果对这些隐私进行限制，将使其隐私利益受到重大损害，难以过正常人应有的生活。更何况核心隐私本身常常不一定涉及公共利益，因此没有必要对公众人物的这些隐私进行限制。回到前述关于王石婚变事件的各种报道中，有些报道把王石家庭成员的具体信息、照片等全部都披露出来，这就超出了对公众人物隐私权进行限制的界限了。我认为，这些信息本质上并不涉及公众利益，因为王石作为万科的董事长，其家庭成员与此并不相关。再如，有个别网民通过人肉搜索披露出疑似冒充王石妻子的声明，这些信息与王石本身已经无关，远远超出了对人格权的必要限制，但其有可能构成对王石妻子隐私权及其他人格权的侵害。

在一个法治社会，既要保护私权，又要协调好其与公共利益的关系。既要限制公众人物的隐私权、满足大众的知情权，也要维护公众人物的合法权益。由于公众人物尤其是高官等人，其财产状况、言行举止以及他们所从事的活动常常关系到公共利益，理应满足公众的知情权以强化对其的社会舆论监督。阳光是最佳的防腐剂，对公众人物的隐私权进行必要的限制，对于反腐倡廉也是有意义的。但是，在限制公众人物的隐私权同时，也有必要界定限制与保护的边界。为此，需要加快人格权立法，对公众人物的概念及对公众人物隐私权的限制作出更清晰的规定。

知识产权保护是技术创新的巨大动力

在现代社会，国家之间的竞争主要是综合国力的竞争。而综合国力在很大程度上取决于一个国家的科技创新能力，从这个意义上说，国家之间的竞争就是科技创新的竞争。我每次到美国访学访问，都能深刻地感受到这个国家在科技创新方面的活力。这也是美国的综合国力在近几个世纪始终保持全球领先的重要原因。

我于1987年第一次去美国访学时，得知美国是计算机技术的发源地，第一台计算机就诞生于宾夕法尼亚大学。当时美国已经大量使用计算机，但主要是DOS操作系统。1989年我再次去美国访学时，发现计算机系统已经开始大规模地更新，Windows 3.0系统在大学被广泛采用。到了20世纪90年代中期，DOS系统已经基本被Windows系统所取代。1999年，我再次到美国访问时，无线上网并不普遍，且上网费用较高。但我于2004年再去访美时，发现无线上网不仅在计算机平台上广泛应用，而且还在手机等其他电子产品中风行。2008年我又一次访美时，发现无线网络技术已经成了美国民众的一个日常消费品，且苹果电子系列产品已经很受欢迎，Facebook、Twitter等社交网站已经崛起，并开始风靡全球。在近二十年中，美国人不仅发明了计算机，也创造了日益先进的互联网技术。毫无疑问，由美国引领的数字和互联网技术不仅改变了人类的交流和沟通方式，密切了世界各地人们的联系，使得全人类日益形成地球村的概念，还在全球贸易背景下极大地增加了美国的财富和保持了其国际领先地位。例如，苹果公司仅账面上的资产就高达463 亿英镑，富可敌国，而苹果公司财富的增长主要依靠的是持续的技术创新。按其价值来看，一部苹果手机的价值可以比得上近5000 斤小麦的价值，或者将近 2000 双袜子的价值；更为重要的是，很多地方并不需要小麦或者袜子，但苹果手机却能风靡全世界，这也充分体现了知识创新的魅力。

虽然我国改革开放三十年来在科技创新方便取得了巨大成就，但每次访美都让我感到，中美两国在科技创造力上还存在很大的差距。目前，美国人均国民生产总值仍然是我国人均国民生产总值的 6 倍。这个差距很大程度上还是因两国科技创新能力的差距造成的。而美国之所以能够在第二次世界大战之后一跃成为世界头号强国，也主要是因其强大的科技创新能力。不可否认的是，这种创新的背后有着知识产权保护制度的强大刺激作用。美国在建国后不久就颁布了系统全面的专利法，它也是当时最完备的一部专利法。近二十年来美国又颁布了《数字千年版权法》《打击假冒商标法》《技术转让商业化法》和《发明人保护法》等一系列重要法律。迄今为止，可以说美国的知识产权制度也是世界上最为完备、最为发达的。所以，科技创新是提高生产力和综合国力的重要支撑，要摆在国家发展全局的核心位置。

英国著名哲学家培根曾说，知识就是力量。今天，科学技术已经成为了首要的生产力。《法国民法典》的时代是一个蜜蜂、风车和水磨的时代，因此，其保护的财产主要是有形财产；到了《德国民法典》的时代，虽然股票、证券等有价证券的发展，已经使得无形财产的范围在逐步扩张，但并没有成为社会财富的主要形态。20 世纪 70 年代以来，科技的发展产生了知识经济的概念，人类社会从实物经济时代走向知识经济时代。这个时代的特点是以创新性的人力资源为依托、以高科技产业为支撑、以创新文化为表征。过去认为“有土斯有财”，古典经济学家认为，土地是财富之母，劳动是财富之父。因此，财富的形式主要是不动产。但人类已经进入到了知识时代、信息时代，随着计算机的出现和科技的发展，人们对财富形式的认识已经发生了重大变化，对知识的占有和掌控成为拥有财富的主要表现。以知识产权转让、许可为主要形式的无形商品贸易大大发展。据联合国有关机构统计，国际技术贸易总额 1965 年为 30 亿美元，1975 年为 110 亿美元，1985 年为 500 亿美元，20 世纪 90 年代已超过 1000 亿美元。1995 年信息技术产品出口贸易为 5950 亿美元，超过了农产品贸易，30 年间增加了 190 多倍。国际货物贸易中知识产权含量占货物价值的比重逐年提高，可见，知识产权已经成为财富的重要形态。

与传统的财产法一样，知识产权法通过确认创造者对新兴科技所享有的权利，不仅有利于鼓励人们去创造和积累科学技术，而且有利于营造有序的科技产权交易市场秩序，使科技财富能够自由流通，不断提升科技财富的社会价值。林肯曾经将专利制度描述为“为天才之火添加了利益之薪”，有人形容美国的知识产权法就像一台技术创新的发动机，它通过强有力的利益刺激来鼓励人们勇于探索技术难题、不断进行技术创新。通过创新不仅使得发明创造者获得应有的经济利益，更重要的是通过技术转化增进了财富的创造，并进而增强了一个国家乃至全球的物质创造能力，提高了人们的生活水平。

人类科技创造和积累是一个连续的过程。人类今天的科技创造通常是建立在人类昨天科技创新基础之上的，这在今天的信息时代尤为明显。无论是在人类认识到知识产权法制重要性之前，还是在人类广泛认可知识产权法后，这一点都是客观存在的。在法治社会，这一特点就要求立法处理好现有知识产权保护与未来技术创新之间的关系。在现阶段，我国还处于发展中国家的水平，鼓励发明创造，鼓励人们探索未知领域，必然要求进一步增强知识产权的保护力度，严厉打击盗版、假冒和伪劣商品。

强化知识产权保护始终是实施知识产权战略的核心议题，但是，我们需要同时协调好鼓励创新和防止过分垄断之间的关系。保护知识产权的根本目的是要提高人们的科技创造水平和速度，而现代科技创造通常不是白手起家，而是需要建立在前人科技认知基础之上的。因此，知识产权的保护也应当与一个国家的创新能力和创新水平相适应。如果过度地保护既有知识产权，就会极大提高后人利用已有技术的成本，反倒不利于刺激在已有技术上的进一步创新。并有可能促使潜在创造人去寻求或者创造新的创新平台（延长了科技创新的速度），进而挫伤新兴创造的投入和积极性，反倒阻碍了人类科技创新能力。

在我国近些年的立法讨论中，一些人出于保护知识产权、增进人们福利的良好夙愿，提出要在知识产权领域采用惩罚性赔偿和精神损害赔偿等严厉的民事责任制度。其初衷无疑是好的，但需要谨慎考虑，分情况对待知识产权侵权的责任问题。就惩罚性损害赔偿而言，我们要区分不同的知识产权侵权类型。对于盗版、伪造、仿造等那些纯粹盗取他人知识成果的恶意侵权行为，如果适用惩罚性赔偿有助于预防潜在的侵权行为，采用惩罚性赔偿或许是必要的。但对于那些在既有知识产权基础上利用进行创造的行为及其所引发的争议，适用惩罚性赔偿就有可能极大地限制科技创造的积极性和速度。在此情形下，不宜考虑惩罚性赔偿。关于精神损害赔偿，由于这类赔偿的初衷是弥补受害人遭受的精神损失，需要以知识产权人精神性人格利益遭受损害为前提。应当说，这样的情形在知识产权领域是十分有限的，因为绝大多数知识产权仅涉及财产利益。

在全球范围内，既有知识产权保护和鼓励未来创造之间的冲突已经受到了日益广泛的重视。知识产权共享也因此成为全球性话题。例如，在21世纪初，一份原在美国发布的知识产权共享协议（creative commons）开始在全球范围内产生广泛的影响。其宗旨在于适应网络的发展，推进知识的共享，这也表明了全球对知识产权过度垄断的担忧和积极应对态度。

我看个人信息资料的保护

据报载，某些地方倒卖个人信息十分猖獗，甚至将刺探而来的他人私人信息诸如手机号码、航空记录、开房记录、户籍资料、银行账户信息等进行明码标价，公开买卖。针对这种现象，我国专门颁布了《刑法修正案（七）》，将倒卖个人信息作为一种犯罪行为来处理。但是对于没有构成犯罪的行为如何追究行为人责任，则缺乏具体规范。我国《刑法》对侵害个人信息构成犯罪的规定是粗线条的，仅限于非法获取、出售和非法提供，未涉及非法利用等。而在实践中，侵害个人信息大多是合法获取但非法利用个人信息的情形，它们均处于《刑法》管辖之外。面对刑法保护的欠缺，用民法确认个人信息权，并提供相应的保护措施，由侵害人承担民事责任，是十分必要的。

个人信息资料（personal data）是指与特定个人相关联、反映个体特征的具有可识别性的符号系统，它包括个人身份、工作、家庭、财产、健康等各方面的信息资料。在我国人格权法制定的过程中，涉及对个人信息资料的保护问题。20 世纪 80 年代以来，人类逐渐进入一个信息社会（information society），在这个过程中，个人信息逐渐成为一项重要的社会资源，现代传媒、互联网络的发展使我们进入了一个信息爆炸的社会，信息的搜集、储存和交流成为生活不可或缺的组成部分。政府、各类商业机构都在大量搜集和储存个人信息，因而对个人信息的保护越来越重要，在法律上形成个人信息权。对个人信息提供法律保护的必要性日益凸显。

不少学者认为，个人信息资料可以归入个人隐私的范畴，不必单独在人格权法中作出规定。这种看法有一定的合理性。应当承认，从比较法上来看，一些国家确实是将个人信息资料主要作为隐私来对待。这种权利确实与隐私权有非常密切的关系。一方面，个人资料具有一定程度的私密性，很多个人信息资料都是人们不愿对外公布的私人信息，是个人不愿他人介入的私人空间，不论其是否具有经济价值，都体现了一种人格利益。另一方面，从侵害个人信息的表现形式来看，侵害个人信息权，多数也采用披露个人信息方式，从而与侵害隐私权非常类似。因此，在许多情况下，可以采用隐私权的保护方法为受害人提供救济。在这一背景下，有学者将个人信息权理解为隐私权的一部分，是可以理解的。

从比较法上来看，德国法中的信息自决权（Recht auf informationellle Selbstbestimmung）被认为是一般人格权的一项具体权能，而美国法中的信息隐私（information privacy）则被视为是对传统美国隐私权的重大发展。但这并不是说在我国法律语境下，个人信息权不能够成为一项独立的权利，其原因在于无论是一般人格权还是隐私权，在我国法律体系中的含义与德国和美国法下的含义，都有不尽相同之处，而这种含义上的不同也使得个人信息权很难被涵盖进去。

我认为，个人对于自身信息资料的权利应当作为一项独立的具体人格权对待，而不能完全为隐私权所涵盖。理由如下：

首先，个人信息权具有其特定的权利内涵。法律保护个人信息权，虽然以禁止披露为其表现形式，但背后突出反映了对个人控制其信息资料的充分尊重。这种控制表现在个人有权了解谁在搜集其信息资料，搜集了怎样的信息资料，搜集这些信息资料从事何种用途，所搜集的信息资料是否客观全面，个人对这些信息资料的利用是否有拒绝的权利，个人对信息资料是否有自我利用或允许他人利用的权利等。而隐私权制度的重心在于防范个人的秘密不被披露，并不在于保护这种秘密的自我控制与利用，这就产生了个人资料决定权的独立性。德国将其称为“控制自己资讯的权利”或“资讯自决权”。

其次，个人信息资料不完全属于隐私的范畴。从内容上看，个人信息资料与某个特定主体相关联，是可以用以直接或间接地识别本人的信息，其可能包含多种人格利益信息，如个人肖像（形象）信息、个人姓名信息、个人身份证信息、个人电话号码信息。但是，并非所有的个人信息资料都属于个人隐私的范畴，有些信息资料是可以公开的，而且是必须公开的。例如，个人姓名信息、个人身份证信息、电话号码信息的搜集和公开牵涉到社会交往和公共管理需要，是必须在一定范围内为社会特定人或者不特定人所周知的。这些个人信息资料显然难以归入到隐私权的范畴。当然，即便对于这些个人信息资料，个人也应当有一定的控制权，如有权知晓在多大程度上公开，向什么样的人公开，别人会出于怎样的目的利用这些信息等等。

再次，权利内容上也有所差别。通常来说，隐私权的内容更多是一种消极的防御，即在受到侵害时权利人有权寻求救济或者排除妨碍，而个人信息权则包含更新、更正等内容。隐私权最初主要是作为一种消极防御的权利产生的，即禁止他人侵害，排斥他人干涉。对其保护的重心在于防止隐私公开或泄露，而不在于利用。但是，就个人对自身信息资料的利用而言，其包括允许何人使用、如何使用，即他人或社会仍然可以在一定程度上利用个人信息资料，换言之，个人信息资料具有一定的利用空间。在这一点上，个人信息权与隐私权有重大的差别。

最后，个人信息权的保护方式与隐私权也有所区别。在侵害隐私权的情况下，通常采用精神损害赔偿的方式加以救济。但对个人信息资料的保护，除采用精神损害赔偿的方式外，也可以采用财产救济的方法。由于信息资料可以商品化，在侵害个人信息资料的情况下，也有可能造成权利人财产利益的损失。有时，即便受害人难以证明自己所遭受的损失，也可以根据《侵权责任法》第 20 条关于侵权人所获利益视为损失的规则，通过证明行为人所获得的利益，推定受害人遭受的损害，从而主张损害赔偿。

正是因为个人信息权与隐私权存在差异，因此个人信息权应当在《人格权法》中与隐私权分开，单独加以规定。个人对于其信息资料所享有的上述权利，就目前而言，在传统民法体系中还缺少相应的权利类型，据此，我认为，应当引入独立的“个人信息权”概念。个人信息权是指个人对于自身信息资料的一种控制权，并不完全是一种消极的排除他人使用的权利，更多情况下是一种自主控制信息适当传播的权利。隐私权虽然包括以个人信息形式存在的隐私，但其权利宗旨主要在于排斥他人对自身隐私的非法窃取、传播。当然，也不排除两种权利的保护对象之间存在一定的交叉情况，如随意传播个人病历资料，既侵犯个人隐私权，也侵犯了个人信息权。

关于个人信息资料的保护，是否有必要制定一部管理法？我认为目前最需要的仍然是通过人格权法强化对个人信息资料的保护。毕竟，个人信息权是一种独立的民事权利，因为个人信息都与特定的自然人相联系，具有辨别或确定特定人的特性和功能，对个人信息的非法公开、披露等，直接影响到个人生活安宁，是对个人私益的破坏，因此个人信息是应受法律保护的民事权利。在个人信息的立法思路上，应采用在民事权利基础上的“保护”思路，将个人信息回归于个人利益的范畴，赋予权利人自我决定和排除干涉的权利，而不应采用重视政府干预的“管理”思路。个人是私益的最佳感应者，能真切把握权利存续和缺失的意义。只有给权利人以充足的权利，才能使得政府的管理有的放矢，可以说，在个人信息的立法导向上，只有保护好才能管理好！

电子信息安全关乎人格尊严*

互联网深刻地改变了我们的生活方式，而我们的生活也与互联网不可分离。但网络给我们生活带来便利的同时，也为个人电子信息安全带来了一定的风险。当前，非法收集、擅自使用、非法篡改、毁损、泄露甚至倒卖公民个人电子信息等违法活动时有发生，损害了公民合法权益。近来，全国人大常委会正在审议关于加强网络信息保护的决定草案。从民法的角度看，笔者认为，该决定草案主要以对个人电子信息安全的保护作为强化网络安全的基本出发点，这不仅把握住了维护网络安全的关键，而且有助于解决现实中的突出问题。除有关实名制的规定外，该决定草案有许多亮点，主要表现在：

第一，决定草案明确了一个重要原则，即国家保护能够识别公民个人身份和涉及公民个人隐私的电子信息。确立这个原则，具有如下意义：一是保护个人隐私和生活安宁，保障公民和法人的合法权益。个人电子信息权是个人的基本人权，关系到个人的人格尊严和人身自由。保护个人的电子信息的知情权、个人的电子信息不受非法泄露、篡改、毁损等

* 原载《光明日报》2012 年 12 月 27 日。

权利，都是个人人格权的重要内容。除法律法规另有规定外，收集信息应取得权利人的同意，不得以偷拍、偷录、刺探等方式窃取他人信息资料。更不得非法出售和倒卖他人信息。保护个人电子信息权要求尊重每一个人私人生活的安宁，个人私生活不受到他人垃圾短信、邮件等的非法打扰。二是保护网络信息安全，维护国家安全和公共利益。网络信息中有许多涉及公共安全的内容，例如在网络中大量散布的谣言。如果允许这些有害信息在网络上随意传播，会对社会安定和公共利益造成很大的损害。三是规范网络活动，维护互联网的健康发展。

第二，决定草案规定了收集个人电子信息的目的必须正当合法。个人信息的收集必须基于与收集者本身职能有关，对个人电子信息的使用也必须合法。网络服务提供者和其他企事业单位，在业务活动中需要收集、使用用户或者客户的电子信息，应当向被收集者公布其收集和使用的规则。在这些规则中，应包括要收集客户的何种信息、收集这些信息的用途是什么、采用什么方式进行收集、信息保存的时间、采取何种措施对这些信息的安全进行保护、如何保护儿童的隐私信息，等等。通过公开这些规则，有利于保护客户的知情权，从而使其能够在知情的情况下作出判断，决定是否提交这些个人信息。

第三，决定草案规定了信息收集者的严格保密义务。所谓严格保密，首先是指应采取必要措施以防范电子信息的泄露。负有保密义务的主体包括了网络服务提供者、其他企事业单位及其工作人员，有关主管部门及其工作人员。保密义务的来源具有多样性，既来源于法律规定，也可以来源于当事人之间的合同约定。保密义务原则上是一项法定义务，即使当事人未作约定，信息收集者也应当承担保密义务。在电子信息被泄露等情形下，无论网络服务提供商等主体主观上是出于故意或过失，只要发生电子信息泄露的这一结果，就应承担相应的责任。如果当事人之间有特别约定，如约定不得将身份证号码或者银行账户等身份信息告知任何人，在不违反法律的强制性规定的前提下，保密义务还必须满足这些特别的约定。规定严格保密的原因在于，电子信息与一般载体信息的存在介质不同，电子信息更容易被传播和扩散，一旦扩散，其受众范围更加广泛。这就要求网络服务提供者或其他企事业单位对于所收集的信息负担保密义务，其程度高于对于一般载体信息所应当负担的保密义务。

第四，决定草案规定了网络服务提供者和其他企事业单位的维护信息安全的义务。这是说，网络服务提供商和其他企事业单位有义务采取相应的技术手段和其他必要措施，保护用户和客户的电子信息的安全，防止这些信息丢失、泄露或毁损。信息收集者有义务为个人信息的存放提供一个合适的安全环境，在这个安全环境中个人信息不能被他人所轻易窃取，也不会因为环境的不适当而造成毁损和丢失。为维护个人电子信息的安全，还要建立一套个人信息保护制度，明确责任人和内部管理流程，以及采取有效措施防范个人信息泄露的风险，发生泄漏时采取措施及时应对。信息收集者在达到目的后，应该将相关个人信息及时删除，以防止发生不必要的危险。

第五，决定草案还赋予了公民监督、举报和控告的权利。法律的有效实施，不能仅仅依靠执法部门，还需要社会的监督。只有这样才能有效治理侵害个人信息安全等网络违法行为，维护公民合法权益，比如，对利用网络从事诈骗或倒卖公民个人电子信息的，公民有权向有关机关控告、举报，这样有利于形成全社会共同监督、共同遏制违法行为的社会氛围。

第六，对于治理垃圾短信和垃圾邮件，决定草案也作了规定。垃圾短信和垃圾邮件打扰了私人生活的安宁，侵害了个人的隐私权，也有一些不法分子通过发送短信、邮件，实施诈骗活动，侵害公民的合法权益。从国外来看，有的国家已经通过立法或判例，禁止发送垃圾短信和邮件。要治理垃圾短信和垃圾邮件，一是要对电信运营商、网络服务提供者进行必要的规范，采取必要的措施防止垃圾短信。二是对发布垃圾短信和垃圾邮件的行为，依据情节轻重追究其侵权责任。对此种行为，公民有权请求停止侵害，对于侵害公民权利造成损害后果的，公民有权要求相关侵权行为人承担侵权责任。

总之，决定草案在维护网络信息安全方面，以主要保护个人电子信息作为立法的基本思路，这一思路贯穿于草案的始终，因为个人电子信息体现了个人的基本人格利益，这一立法模式跳出了单纯注重行政管理模式的窠臼，创建了一种保护、引导、管理的新型模式，通过赋予公民保护自身利益的途径的方式，鼓励公民自下而上地形成一种网络信息流转的良好环境。这就意味着，在个人信息的立法导向上，只有“保护好才能管理好”！

人民的福祉是最高的法律

第三编

法治的实践

保护百姓财产是最大的民生*

十届全国人大五次会议以高票通过了《物权法》。这标志着中国在建设社会主义法治国家的道路上又迈进了重要的一步。

《物权法》的重要特色之一，就是其平等保护的立法精神和理念。具体说来，无论是公有制单位，还是私人企业，无论是穷人还是富人，只要是其合法所获得的财产，都应该受到法律的保护。曾经有个别人声称：法律对于各种财产都予以平等保护，这实际上只是对富人的名车和豪宅的保护，因为穷人没有财产，不需要《物权法》的保护，因此，《物权法》所要保护的实际上是富人阶层。在我们看来，这一观点其实是十分偏颇和有害的。《物权法》要保护的是合法取得的财产，至于如何在社会范围内实现收入的合理分配，则属于相关经济政策及财税法律的范畴。只要是依法取得的财产，物权法都要保护，不区分所谓穷人和富人。法律进一步明确对于各种财产形态予以平等保护，这是建设社会主义法治国家的基本要求。其实在现代社会，穷富之间的划分并非绝对，也没有固定界限，而是可能相互转换的。《物权法》

* 原载《瞭望新闻周刊》2007 年第 15 期。

主张平等保护，就是要强调对各类主体的财产都要一体保护，否定那种因穷人和富人的区别而在保护方面区别对待的观点。

平等保护是我国《宪法》平等原则的具体体现。我国《宪法》规定了公有制为主体、多种所有制经济共同发展的基本经济制度；《宪法》还明确宣告：公民在法律面前一律平等，公民的合法的私有财产不受侵犯。很明显，《宪法》要求对于合法私有财产进行法律保护。此外，贯彻平等保护原则也是对公民的基本人权的保护。2004 年《宪法修正案》的重要内容之一，就是在《宪法》中庄严而神圣地写入了“国家尊重和保障人权”的内容。在一切法治国家，私有财产权都被视为公民最重要的权利之一，它与生命权、自由权一起被并称为公民的三大基本权利。私有财产权是直接关系到公民的生存权的问题，例如，某些地方的个别官员打着“公共利益”的旗号，进行非法拆迁并且拒绝给予合理补偿，这就直接威胁到老百姓的基本生存。所以，强调平等保护，也就是要保障老百姓的基本生存条件。尤其应当看到，私有财产权也关系到公民的人格尊严和自由。古人云：“仓廪实而知礼节，衣食足而知荣辱。”如果连基本生存条件都难以得到保障，人格尊严就无异于是空中楼阁。

平等保护是切实保护老百姓财产权的一项原则。《物权法》第一次在法律上把个人的财产和国家财产平等对待，目的就是要更充分地关注民生，保护老百姓的切身利益。什么是民生？在我们看来，首先是要维护老百姓的基本利益，这是最大的民生。平等保护强调了对老百姓私产的尊重，内涵是非常深刻的。其中，很突出的一点就是，行政机关在行使公权力过程中，要充分树立物权观念和尊重财富的意识，必须保护私人财产权。例如，警察执行公务，在没有合法授权和符合合法程序的前提下，不能随意进入私人住宅；对于违章摆摊设点，城管部门并不能随意砸毁商贩们的财物。西方人说，私人的茅草屋，“风可进、雨可进、国王不可进”，讲的就是这个道理。

平等保护并不会赦免所谓“原罪”。当前，贪腐问题已成为社会不公和民众不满的主要原因之一。对于贪污腐败分子以非法方式所取得的财产，《物权法》是否也会予以保护？其不法财产是否会借平等保护之名而被合法化？其财富积累过程中的“原罪”是否会因此被涤除？事实上，《物权法》所保护的财产都是合法的财产，而不可能是非法的财产。《物权法》的颁行绝不会产生所谓“非法财产合法化”的问题。《物权法》明确规定，财产所有权的取得必须合法；对于非法财产，法律并不会将其所有权合法化，更不会产生所谓赦免“原罪”的问题；包括国家在内的合法所有人可以采取法律手段追回这些被侵占的财产。

平等保护有利于缓解贫富分化。提倡平等保护，是否会导致“穷人更穷，富人更富”的局面？我们认为，这样的担心是对平等保护原则的误解。强调对于所有财产的平等保护，这有利于鼓励亿万人民积极创造财富。《物权法》虽然无法直接分配财富，但它却是鼓励创造财富的法律。构建和谐社会，就需要鼓励尽可能多的人富起来，实现共同富裕的历史使命；从这个意义上来说，平等保护原则正是实现这一历史使命的法律手段。更具体地说，《物权法》所追求的是穷人数量的不断减少、合法致富者数量的不断增加，逐渐消除贫富差距和社会不公，从而真正构建社会主义和谐社会。

孟子的名言曾为人引用：“无恒产而有恒心者，惟士为能。若民，则无恒产，因无恒心。”由此，法律制度的根本，就在于促使民众创造“恒产”、树立“恒心”，实现社会稳定和繁荣。在当代中国，《物权法》所极力倡导的平等保护原则，正是要在全社会形成一种尊重他人劳动成果、爱护财富的意识，让更多的人拥有恒产和恒心，民富则必有国强。

风可进，雨可进，国王不可进

《物权法》是保护老百姓财产权的基本法，其关乎国计、攸系民生。它的制定与颁行在我国法治进程中具有里程碑式的意义，必将对我国经济、社会的发展和社会主义和谐社会的构建产生深远影响。

提到财产权保护理念时，我想到了德国皇帝与磨坊主的故事。在19世纪，弗里德里希（1797—1888）担任德国皇帝时期，曾在距离柏林不远的波茨坦修建了一座行宫，而行宫的视线却被紧挨着宫殿的一座磨坊挡住了。弗里德里希派人前去与磨坊的主人协商，希望能够买下这座磨坊。不料这个磨坊主脑子一根筋，他认为这座磨坊是从祖上传下来的，不能败在他手里，坚决不卖。久经协商不成，皇帝派人把磨坊拆除了。而磨坊主一气之下将皇帝诉至法院，最后法院判决德皇败诉，要求皇帝必须"恢复原状"，并赔偿由于拆毁房子造成的损失。德皇事后只好原地复建磨坊。这处磨坊至今仍存，成为了波茨坦一大景观。德国人认为这是法治对权力的一个胜利标志，也是德国司法独立的象征，其代表了一个民族对法律的信念，像纪念碑一样屹立在德国的土地上。"德国皇帝与磨坊主的故事"给人的感触很多，这个故事的本意讲的还是"风可进，雨可进，国王不可进"的财产保护理念。

如果进一步考察，“风可进，雨可进，国王不可进”并非德国人的发明，而是18世纪中叶英国首相老威廉·皮特演讲中的一句话。后来该表述也成为被人们广为援引的财产权保护理念的精炼表达。这句话中展现的首先是一种平等保护的思想。也就是说，财产权的法律保护不以其权利人的身份地位而有所差异。即使是磨坊主的一个小磨坊，皇帝也不能任意加以拆除。此外，其也表达了通过司法限制公权力，保障老百姓财产权的理念。

“风可进，雨可进，国王不可进”也是现代国家治理的经验总结。这就像奥尔森在研究《国家的兴衰》时所指出的那样，市场经济要发展，必须要有两个基本条件：一是私人权利得到清晰的界定，让权利人有一个明确的权利预期；二是私人权利能够得到切实有效的保护，不会面临其他市场主体或者政府的强取豪夺，有基本的财产安全感。2010年，英国历史学家弗格森（Niall Fugerson）在他新近出版的《西方和其他世界的文明》（*Civilization：The West and the Rest*）一书中，概括了西方文明的六大优势地位。弗格森将其称为六大“杀手程序”（Killer Apps），即竞争、科学革命、财产权、现代医药、消费社会和工作伦理。其中财产权被认为是西方社会制度的基础。历史学家能够把财产权提到整个西方世界的六大优势之一的高度来认识，这就充分说明了财产权制度在现代市场经济和现代社会制度中的奠基性作用。

回到现代国家治理的基本经验来看，无外乎市场和法治两条路径。市场是激发社会获利和发展的有效社会组织形式，而法治是市场得以顺利运行的制度保障。根据我国改革开放三十多年来的发展经验，我国《物权法》第一次在法律上提出了平等保护原则，实际上就是把老百姓财产权和国家财产权、集体财产权放到平等地位上。这在我国历史上还是首次。在《物权法》制定过程中，有人指出，《物权法》平等保护原则是违宪的，因为《宪法》明确规定了“公共财产神圣不可侵犯，私有财产权应该受到法律保护”，并没有提到“神圣”二字，因此不能平等保护，那么这是否意味着《宪法》将财产权区分类型、实行差别对待？其实，这种观点完全是对《宪法》的误解。为此，我曾经专门请教过几位参与起草 1982 年《宪法》的同志，为什么要使用“神圣”二字，他们对我讲，当时刚刚经历“文革”，鉴于在“文革”期间对公共财产肆意破坏，打砸抢盛行的状况，为了增进人们保护公共财产的意识，因而在《宪法》中使用“神圣”一词，但绝无将财产权分等级差别对待的意思。因而在《物权法》制定过程中，我主张要反映我国基本经济制度，采用按所有权类型划分的形式构建所有权制度，同时也强烈呼吁要确立平等保护的原则。而《物权法》第一章关于基本原则的规定也贯彻了平等保护的精神，尤其是第 4 条更是将这一原则作了细化规定。

平等保护其实与“风可进，雨可进，国王不可进”法谚不谋而合。即使是老百姓的茅草屋，国家也应该予以尊重和保护。物权的观念其实就是法治的观念、人权的观念，因为物权与财产、生命、自由是个人的三大基本人权，物权特别是不动产物权为人们提供了基本的生存保障，保护物权也是保护个人的基本生存条件，是保护基本民生的当然要求。平等保护其实也是对身份等级观念的重大冲击和变革。中国几千年的封建社会形成了以身份为等级划分标准的特征，并将这种身份等级观念贯彻到方方面面。《物权法》确立平等保护原则就是要打破封建身份等级观念的束缚，使得一切社会主体的财产在法律上真正实现平等。

平等保护也是确立财产保护长效机制的当然要求。古人说，有恒产者有恒心，但实际上中国几千年里一直缺乏对财产权进行稳定保护的长效机制。孟子有一句话讲“君子之泽，五世而斩”，其本意是指一个人辛苦成就的事业和获得的恩惠福禄，经过几代人就消耗殆尽了。但其实也包括了积累的财富也不能长期维持，这与我国古代缺乏财产权保护制度密切相关，俗话说“富不过五代”，也是指此种现象。黄仁宇先生在其《万历十五年》等著述中，曾讨论中国为什么没能进入资本主义社会，其认为中国几千年来未对私有财产权提供充分的保障是主要原因。中国历史上尽管颁布过很多法典，但并没有形成较为完整的所有权、债权等制度。平等保护要真正实现，还要靠完整的法律机制。《物权法》平等保护体现了现代法治的精神，是激励人们创造财富的法治保障。一个社会是否充满活力和创造力，关键在于能否形成一套良好的法律机制，形成创造的动力，鼓励人们不断进取，努力创造社会财富。美国人引以为豪的所谓“美国梦”，即认为美国社会能够吸引全世界最优秀的人才，并能够使个人的能力得到充分发挥，个人的创新才华得到充分展示，这也是美国保持强盛的主要原因，其实“美国梦”背后有一套良好的法律体制作为支撑。我们要放飞“中国梦”，也需要建立一套良好的法律机制，鼓励创新、鼓励和保护财富创造。

“风可进，雨可进，国王不可进”，在今天，也传达了另一个重要的理念，就是要尊重老百姓对房屋享有的物权，以及禁止任何人非法私闯民宅、非法强拆民宅。中国传统社会其实缺乏一种对住宅的高度尊重，在“文革”中甚至发展到随便进门抄家搜查、砸坏财物、焚烧书籍等，这说明树立民宅神圣不可侵犯的观念何等重要。民宅不仅仅是物权，同时也是房主的个人隐私，还与个人的安全紧密联系在一起。如果可以擅自闯入他人民宅，则房主的隐私甚至人身安全都将受到威胁和侵犯。

依法行政，保障物权

据《南方都市报》报道，在《物权法》通过不久，深圳发生火烧近千平方违章建筑的事情。深圳宝安区上塘工业区龙塘社区旁的外来人口聚居地，某天，240 多名执法队员完成了一次拆除违章建筑行动，在将七八十名违建住户带到一边后，点火烧掉了近千平方米违章建筑。近百人火中抢家当，住所被烧搭棚过夜。一位自称是路过、目睹了清拆全过程的青年男子向记者抱怨，“清拆本身没有错，只是操作的手段太野蛮”。

这个事件报道出来之后，引起较多争议，有些人认为执法队员的行为没有错误，因为违章建筑本身就应该拆除；而有些人则认为违章建筑也不能随便被清拆，而要遵守一定的程序，尤其是执法人员应当文明守法。我认为，从行政法的角度来看，行政法上有比例原则，即处理相应事项或问题时所选择适用的法律手段和其他手段的强度，要与所处理事项的性质相适应。如果能够采用带来更小危害的手段就能实现特定的目的，就不必采取危害较大的手段来实现这一目的。即便有关部门决定拆除这些违章建筑，在拆除的方式和手段上，也是有多种选择的。可以采取温和一点的手段，例如，可以考虑提前逐户通知、限令搬离，到期不搬离的，由执法人员陪同取出家中财物，再采取机械清除的方式进行拆除，而不必采取本事件中“火烧连营”的野蛮手法。从报道来看，执法人员并没有提前进行充分的通知，就直接火烧违章建筑，导致被执法人员的家具等财物都一同被烧毁。从《物权法》的角度来看，执法人员显然没有充分尊重老百姓的物权。

违章建筑是否能够取得物权，在《物权法》上是一个存在争议的问题。毫无疑问，违章建筑的建造人不能取得合法的所有权，也不能取得其他物权，否则等同于承认了违章建筑的合法性。但即便违章建筑是不合法的财产，在《物权法》上依然能够受到占有的保护，也就是说，违章建筑的建造人对该建筑的占有还是应当受到法律保护的，其他人不得随意将之驱逐、烧毁建筑。就本事件而言，如果这些执法人员的行为没有取得相关部门批准，则属于违法行为。如果执法人员的行为取得了执法机关的批准，我们就不能说执法人员的行为侵害了占有权。但是，问题在于，烧毁别人的家具，造成近百人火中抢家当，此种行为是否妥当？

我认为，老百姓的财产，即便是一块木板，也是一种物权，应当受到尊重和保护。在一切法治国家，私有财产权都被视为公民最重要的权利之一，它与生命权、自由权一起被并称为公民的三大基本权利。英国学者约翰·洛克有句名言：没有个人物权的地方，就没有公正。保护合法的财产权，就是保护公民的基本人权，保护公民通过诚实合法的劳动创造的财富，保护公民基本的生产和生活条件。什么是民生？在我们看来，首先是要维护老百姓的基本利益。民生的问题首先是一个权利问题，这是最大的民生。平等保护强调了对老百姓私产的尊重，其内涵是非常深刻的。在平等保护的原则之下，较以往更加关注、重视、保障、改善民生，注重对老百姓的财产权益的确认和保障。在一些执法人员看来，违章建筑本就应该受到处罚，不予以罚款已经是格外开恩，予以烧毁算是比较轻的处罚了。我认为，行政法上的处罚和物权法对财产权的保护是不同的，老百姓家具等财产不是违章建筑，执法人员不能够以侵害他人物权的方式进行处罚。即使是违章建筑，予以清除是一种处罚方式，但实施该种处罚方式时，也应当遵循一定的程序性要求，而不能一把火烧毁了之。

从这个案例也可以看出，我们在行政执法过程中，如何强化对物权的保护，也是化解社会矛盾的一个重要内容。物权作为老百姓的基本财产权利，同时也确立了依法行政的基本标准，即任何行政机关在行使行政权力的时候，应当尊重老百姓的物权。在我国，一切公权力都来源于人民的授予，其存在的正当性在于保护和实现最广大人民群众的利益。如果行使行政权最终以侵害老百姓的物权为代价，则不仅不能认为是做到了依法行政，而且也违反了公权力行使的固有边界。依法行政首先是指行政权的行使必须合法。法无明文允许，即为禁止。其实就是讲，公权力对于物权行使的边界，对公民权利的限制必须要有法律依据，行政机关不能随意实施征收、征用等行为。行政机关在依法执政、行使公权力过程中，要充分树立物权观念和意识，注重和保护私人财产权。例如，警察执行公务，在没有合法的授权和符合合法程序的情况下，不能随意进入私人住宅；对于违章摆摊设点，城管部门有权依法予以管理和处罚，但不能随意砸毁摆摊设点者的财物。从本案来看也是如此，拆迁违章建筑也必须符合法定的程序。由于家具等是老百姓的物权，行政权的行使不能以侵害物权为代价。

从这个案例也可以看出，我们在行政执法过程中，也应当树立通过正当程序保护财产的观念。保护占有就是要通过正常程序来保护财产,维护正常的财产秩序,防止弱肉强食,防止出现非法的私力救济如以暴制暴等行为。我国《物权法》设置专章规定了占有制度,其所保护的占有并不限于有本权的占有,即使是非法占有,如果占有人是善意的,也可受到占有制度的保护,任何人不能以他人占有是非法的为由,而随意抢夺、强拆、毁损等。否则,不可能形成良好的社会秩序和安全。如果以侵权的方式剥夺他人的非法占有,也可能构成侵权。这些规定都对我们未来制定民法典提供了很好的经验。如果因为火烧违章建筑造成他人火中取家具而被烧伤等后果,则执法机关也可能要承担相应的侵权责任。

这个例子还提出了行政执法活动应当严格遵守法定程序的问题,只有做到程序合法,才有利于保护行政相对人的合法利益。例如,本次拆迁中,没有进行事前通知,在执法时直接放火烧房,没有留给被拆迁人取出自己私人财物、家具的机会,在事后也没有进行任何的临时安置,导致当事人怨声载道。其实在执法之前,执法机关应当遵守程序,事先和民政部门等进行协调,对被拆迁人的安置作出计划,从而不至于让被拆迁人在违章建筑被执法人员火烧之后,只能露宿街头。

这个例子再次说明了强化物权理念的重要性,物权的观念其实就是法治的观念,充分尊重和保护个人的财产权,也是尊重个人的基本人权。推进依法治国战略,必须要树立严格保护公民财产权的理念。

规范拆迁　保障私权*

为社会各界广泛关注的《国有土地上房屋征收与拆迁补偿条例》（以下简称《条例》）顺利通过，这是关注民生、保障民生的重要举措，也是我国民主政治生活中的一件大事。《条例》事关国计民生和经济社会发展全局，它的颁布和施行，将有助于规范拆迁活动、保障被拆迁人的合法权益，促进经济社会和谐发展。

一、《条例》是规范拆迁活动的制度保障

原拆迁条例是2001年颁布施行的，虽然它满足了当时城镇化、工业化发展的需要，对促进房地产业的发展也发挥了一定的积极作用，但是，由于该条例以建设单位作为拆迁主体，拆迁程序规定得较为简略，对被拆迁人的合法权益保障没有给予充分的关注，从而导致了拆迁活动缺乏规范，暴力拆迁、不文明拆迁等现象时有发生，这在不同程度上损害了被拆迁人的合法权益。尤其是2007年《物权法》颁布以后，原拆迁条例与《物权法》的有关规定不一致，也进一步加剧了实践中因拆迁所引发的各种社会矛盾。

---

* 原载《人民日报》2011年1月24日。

新的条例在修改原条例的过程中，秉持了规范公权和保障私权的基本法治理念，统筹兼顾了工业化、城镇化建设，强化了对被征收人合法权益的保护，协调了公共利益和私人利益之间的关系。由于我国社会目前正处于经济快速发展时期，基于公共利益的征收与拆迁活动仍然是必要的。在此情形下，因为征收与拆迁活动必然涉及公民私有财产权的保护，且体现了公权力对私权的适度干预，因此，在承认征收活动必要性的同时，必须通过规范拆迁活动，强化对被征收人权益的保护。

《条例》正是通过秉持上述理念，在以下几方面规范了征收和拆迁活动：第一，明确了政府是征收补偿的主体，并禁止建设单位参与搬迁，要求房屋征收实施单位不得从中营利等，这些都有助于化解长期以来因建设单位作为拆迁主体所引发的各种社会矛盾，有助于维护社会稳定。例如，不少建设单位受利益驱使对被拆迁人断水、断电、断路、断气，甚至以暴力胁迫等手段强迫被拆迁人搬迁，严重影响社会稳定。如果以政府作为拆迁主体，明显会减少甚至可以避免上述违法行为的发生。第二，界定了公共利益的范围，从而明确了征收的前提条件。可以说，公共利益的范围界定，是一个世界性的难题，也是我国立法长期没有解决的问题。《条例》第 8 条规定了公共利益的范围，这是一个立法的重大完善。第三，强化了被征收人的参与。从制定征收补偿方案到征收程序启动，以及有关补偿标准的确定，《条例》都要求尊重被征收人的意愿。第四，完善了征收程序，包括征收决定的作出程序、补偿方案制订程序、强制搬迁程序、争议解决机制以及救济程序。第五，提高了征收补偿标准，充分维护了被征收人的利益。

二、《条例》是充分保护被拆迁人合法权益的法律依据

《条例》贯彻充分保护被征收人的合法权益的精神，集中体现在强

化对被拆迁人的补偿方面。《条例》的核心是提高补偿标准，其最大的亮点也体现在强化补偿方面。事实上，因征收与拆迁所引发的各种矛盾，主要不是在是否符合公共利益的需要而进行征收方面，大多是围绕征收补偿的标准和补偿的公平性而产生的。《条例》针对实践中存在的主要矛盾，集中就补偿制度作了重大完善，这主要体现在如下方面：第一，《条例》要求在拟订征收补偿方案时要征集公众的意见，包括被征收人的意见。这就在征收补偿决定之前，强化了被拆迁人的保护。第二，《条例》明确了征收的补偿标准。根据《条例》第19条，"对被征收房屋价值的补偿，不得低于房屋征收决定公告之日被征收房屋类似房地产的市场价格"。需要指出的是，以市场价格作为补偿标准，就使得被征收人的基本利益得到保障。尤其是此处所说的补偿，不仅包括对房屋的补偿，也包括对土地使用权的补偿，这就大体上可以确保被征收人的居住条件有改善、生活水平不下降。此外，根据《条例》第21条规定，被征收人在要求补偿时，可以选择货币补偿或者产权调换，这也充分尊重了被征收人的选择权。第三，根据《条例》的规定，征收个人房屋应当对被征收人优先给予住房保障，这就意味着，如果被征收人符合住房保障条件，征收程序启动以后，被征收人不轮侯、不排队，优先享受住房保障，这也充分体现了《物权法》第42条中征收个人住宅应当保障其居住条件的精神。第四，《条例》明确了"先补偿后搬迁"的原则，且明确规定要实行"专户存储"。这解决了实践中补偿没有到位就强制搬迁，从而引发社会矛盾的问题。第五，《条例》赋予了被征收人选择房地产价格评估机构的权利，从而避免在评估机构选择上，因政府干预而产生的压价、压低补偿的现象。

三、《条例》是完善拆迁程序的重要举措

程序是制度的保障，整个《条例》也正是通过程序的完善，从而保障了征收和拆迁的有序进行，切实保护了被拆迁人的合法权益。如果说提高征收补偿标准是《条例》的核心，那么，严格程序是《条例》施行的制度性保障。在程序完善方面，主要体现在：第一，明确规定了符合公共利益的各项建设活动，应当符合国民经济和社会发展规划等要求，从而可以通过代表民意的各级人大机关在制定和审议规划时，判断有关建设活动是否符合社会公共利益。第二，完善了征收决定程序。例如，征收决定作出前，应当进行社会稳定风险评估，并且要求征收费用补偿足额到位。第三，明确了强制搬迁程序。《条例》取消了行政强制搬迁，完全通过司法程序进行强制搬迁。由具有中立地位的第三者（即司法机关）来决定是否应当强制搬迁，这也有利于保障强制搬迁的有序、公平、公正的进行。采取司法强制搬迁的措施，也是现代社会程序公正的必然要求。第四，完善了救济途径。《条例》给被征收人提供了充分的行政救济和司法救济途径。被征收人对于征收决定、补偿决定不服的，可以申请行政复议，也可以提起行政诉讼。对于不履行补偿协议的一方，可以提起诉讼。

民法的人文关怀

一提到法律，普通人可能会认为它是冷冰冰的、生硬的条文，但现代法律并非如此。孟德斯鸠说过，“在民法的慈母般的眼里，每个个人就是整个国家”。这句话充分表达了民法所体现的人文关怀，即民法对人自由和尊严的充分保障以及对社会弱势群体的特殊关爱。

我国民法不仅平等保护每个公民的人身、财产权益，而且也注重保护弱势群体以及无辜的受害人。例如，在实践中曾经多次发生了高空抛物砸伤行人，但找不到加害人的案件，诸如重庆的“飞坛”案、辽宁丹东的“花盆”案及深圳的“建筑材料”伤人案，这些案件中，损害一旦发生，其对受害人造成的伤害往往非常巨大，有的受害人终生残疾甚至死亡。但因为找不到加害人，受害人很难获得救济。无辜的受害人的生存权得不到保障，生命健康权也不能得到维护，这可能造成自己以及家人今后整个生活陷入困顿。如果法律对这样的受害人不能提供任何救济，无辜受害人的损失不能得到补偿，这对受害人是极不公平的。因此，我国《侵权责任法》第87条规定了高空抛物致人损害的侵权责任，强化了对受害人的救济，《侵权责任法》规定在难以确定具体侵权人的情况下，除非相关住户能够证明自己不是侵权人，否则由可能加害的建筑物使用人给予补偿，这就强化了对处于弱势地位的受害人的保护，体现了民法的人文关怀精神。星野英一曾经指出，人生之中既有诸多的欢喜和快乐，也有无尽的懊恼和愁苦，作为一种人类的或多或少的有意识的社会活动，民法当然与人的某一方面相关，民法正是致力于处理人在社会生活中的诸种疾苦。人文关怀作为民法的价值理念是民法的重要发展趋势，其也渗透到民法的各项具体制度之中。

人文关怀决定了我国民法的未来走向。就立法层面而言，虽然各法律部门中基本的、主要的法律已经制定，但由于民法典未最终完成，法律体系的整合、完善的任务仍然相当繁重。如何使我国法律体系为社会主义市场经济和民主政治的发展、为和谐社会的积极构建发挥应有的作用，必须要在民法典中明确价值取向，并以此为指引，构建科学、合理、富有时代气息的民法典体系。基于这样的背景，讨论民法的人文关怀价值，并非是为了满足形而上的学术偏好，而是旨在解决中国民事立法和司法实践中的价值选择问题。在我国这样一个长期缺乏民法传统的国家，虽然已经建立了初步的法律秩序，但是依靠现行民法还不足以为市场经济提供有效的制度支撑。如何在社会、经济发展到达一个新阶段的情况下，更新法律理念，更好地适应社会的发展，使民法更有效地发挥其法律功能，从而使整个法律体系发挥其应有的作用，乃是摆在我们面前的紧迫任务。

如同我国法律体系是一个开放的体系一样，民法也处于动态的发展过程之中，在不同的历史时期承载着不同的历史使命，体现出不同的功能和特点。从我国的民事立法历程来看，在改革开放初期，佟柔教授提出商品经济论主要是从民法对交易关系的作用的角度来构建整个民法体系。此种思想奠定了民法的基本框架和理念，其论证的逻辑依据是从罗马法到法典化时期的民法典都强调的以财产法为中心规范财产的流转这一理念。此种观点使我们真正认识到民法在市场中的作用，即如果实行市场经济，就应当确立民法作为规范平等主体之间的财产关系和人身关系的基本法地位。同时，我们应当建立市场的基本规则，即民法的规则，包括主体、所有权和债权。这三项制度确立了市场经济的基本规则。按照佟柔教授的看法，发达的商品经济是人类社会自身发展的不可逾越的阶段。因此，我国民法必须担负保障商品经济秩序和促进经济发展的重要功能。这一理论作为民法学中的重要创新，奠定了我国民事立法的基础。改革开放三十多年来，我国民法走过了西方国家数百年的发展历程，可以说，商品经济的民法观居功至伟。

随着我国市场经济体制的确立，市场化和工业化得到了充分发展。在我国已成为世界第二大经济体，物质财富有相当的积累，人民生活有相当改善的情况下，我们应当进一步考虑民事立法的任务，不仅仅是为市场经济奠定基本框架，还要承担对人的关怀的更高目标。我国社会正处于快速转型期。从经济角度来看，是从计划经济向市场经济转变，从农业文明向工业文明转变，从不发达国家向现代国家转变；从社会角度来说，是从熟人社会向陌生人社会转变。这种转型确实是中国三千多年来所未遇到的变化。在社会转型期，各种社会矛盾加剧，社会生活变动不居，各类社会矛盾和纠纷也日益加剧，如征收拆迁过程中的矛盾、资源和环境的紧张等纠纷不断出现。如何妥善解决发展中出现的这些问题，这需要我们回到人本身，重新思考如何实现人的全面发展，而不仅仅是片面追求 GDP 的增长。我们的法律体系需要应对这样一种社会转型现实，尤其是需要制定一部面向 21 世纪的、有中国特色、在世界民法之林中有独特地位的民法典，更应当适应社会经济发展需要，引入人文关怀，不固守 19 世纪西方价值体系和形式体系，将其奉为圭臬，而应当从中国的现实需要出发，强化人文关怀，在价值体系和形式体系上有所创新，有所发展。

要深刻意识到我国民法在新时期的历史使命。未来的民法典应当以人文关怀为基础。一方面，要按照人文关怀的要求构建民法典的价值体系。民法典的价值理性，就是对人的终极关怀。在民法理念上，除了强化意思自治以外，还要以人的尊严和自由作为同样重要的价值考量，并贯彻在民法的制度和体系之中。在制定法律的过程中，应充分考虑社会相对弱势群体一方的利益和诉求，给予相对弱势的一方充分表达自己意思的途径，充分尊重其人格尊严，保障其合法权益。另一方面，要秉持人文关怀的理念来构建民法的内在体系。在规范财产权利和财产流转的同时，以人文关怀作为制度设计的基础，除了要维持既有的财产权体系之外，还应当增加独立成编的人格权制度和侵权责任制度，并且在民法的其他领域，也要弘扬人文关怀精神。人文关怀要求始终保持一种正义的理念，秉持一种对人的尊严的尊重和保障。法律应当充满对人的关怀，体现社会公平正义。法律为人们的行为提供一定的指引，而不是使人们服从强力统治的工具。强调人文关怀，在当下也是化解社会矛盾的重要方式。

民法的适用更应贯彻以人为本的理念。在司法过程中，对于法律条文中尚不全面的部分，在具体个案中，在解释法律和适用法律时，在不违背法律基本原则的情况下，尽量采取倾向于相对弱势一方的解释。人文主义是一个逻辑严密的高度一致的理论体系，通过人文教育发挥人的潜能、培养人的品性，把人塑造成完美的人。法律人不是机械适用法律的工具，所面对的是现实社会具体的社会冲突和矛盾，往往具有复杂的背景和社会根源。对此，在法学教育中，要培养学生的人文情怀和素养，使其在未来的工作中更顺利、有效地化解社会冲突和矛盾。人文关怀在法学教育中的体现，就是要求从人的视角上看待人，既不能采用机械主义的思维模式，也不能采用功利主义的思维模式，不能把人简单化。梅利曼曾经指出，大陆法系审判过程所呈现出来的画面是一种典型的机械式活动的操作图。法官酷似一种专业书记官。这种模式实际上过度强调了法律形式主义和概念法学，完全把法律看做是一个逻辑三段论的自然衍生。与之相对，人文关怀要求始终保持一种正义的理念，秉持一种尊重人格尊严的态度。法律是理性的，也是情感的。人文关怀是法官应当秉持的一种情怀，拉近法官与民众的距离，使司法为民不仅仅体现在口号上，更体现在具体的案件中。

我看公司的“社会责任”*

“天下熙熙，皆为利来，天下攘攘，皆为利往。”这句话能够很好地形容公司逐利的特点，但是在现代社会，公司的宗旨不仅仅是实现股东利益的最大化。从两大法系公司法的发展趋势来看，都要求公司不仅要以营利为目的，还要充分考虑劳工的利益、消费者的利益、环境的保护，等等，这就是所谓公司的社会责任。公司的社会责任理论最初起源于美国20世纪30年代，有人认为是由美国学者谢尔顿最早提出的。但是在我国《公司法》修改过程中，关于公司的社会责任是否有必要写入立法之中，存在着争议。在讨论过程中，有人认为在《公司法》中规定公司的社会责任必要性不大，因为法律只能要求公司行为合法，而不能要求公司在法律义务之外再承担其他义务，不能把道德上的义务塞进《公司法》。让公司承担道德义务，这会给公司强加过重的负担。还有人认为公司就是一个营利性组织，它的主要责任是使股东利益最大化，除此之外公司不可能再去承担其他的义务与责任。公司股东利益最大化就会使公司进一步发展，就会促进经济的发展，只要股东利益得到最大化，公司就是

* 原载《北京日报》2012年6月11日。

尽到了它的“社会责任”。

从比较法上来看，各国公司法普遍地强化了公司的社会责任。一般而言，学者所言的公司社会责任主要包含如下几个方面：一是公司应当注重保护生态环境，不能将其经营成本外部化，以牺牲生态环境为代价而谋取利益，例如公司如何节省能源、减少空气污染、处理废料和降低风险等。二是公司应当从事公平经营。例如公司应当诚实守信，重视合同义务，在销售和促销中遵守道德规范，应当注重产品的质量和安全等。三是公司应当尊重消费者的合法权益，不得侵害消费者的合法权益，不得掺杂使假、蒙混拐骗、偷工减料。四是公司应当遵守法律和商业道德，不得从事商业贿赂等腐败行为。五是公司应当保护劳动者的权益，尊重劳动者的人身自由和人格尊严。例如，公司不得雇佣童工，不得违规加班。六是公司应当尊重员工的人格尊严，例如，公司不得对员工有性别、年龄、种族等歧视，不得强令员工从事有损其人格尊严的行为。因为公司行为不仅仅是为了谋求股东利益的最大化，还关系到劳工、社会环境、债权人的利益等一系列的问题，这些问题都对公司提出了更高的社会责任要求。公司确实要实现股东利益最大化，但是也应当考虑相关者的利益。

我国《公司法》第5条专门规定了公司应当承担社会责任，并且将此作为《公司法》的一项原则规定下来，具有重要意义。我认为仅仅要求公司遵守法定义务是不够的，因为现实生活中有大量的例子说明公司不能仅通过遵守法定义务就能尽到社会责任。比如说，某地有一些小煤矿主，他们拿到了采煤许可证以后，就任意开采，造成资源的严重浪费。很多专家看了开采现场之后都感到非常痛心，认为这种乱采资源的行为如果不制止，会对我们的资源造成极大的浪费。我们本来就是一个资源极度匮乏的国家，应当想各种办法来节约资源，实现可持续发展，怎么能像他们那样胡乱开采破坏资源？但是小煤矿主也会说，他们有合法的采煤许可证。在他们的开采区域内，如何开采是他们的一项权利，而且他们也没有干违法的事情，没有理由对他们进行干涉，更不能收缴他们的许可证。我认为这里面就涉及公司的社会责任问题，需要我们讨论。

之所以要明确公司的社会责任，第一个原因是有必要加强公司的道德责任。由于法律不可能穷尽公司的各种义务和责任，也不可能在《公司法》中详尽地规定公司的所有义务，而且公司在不同的经营时期，它负有的义务也是动态变化的，所以仅仅依靠法定义务来约束公司显然是不够的，应该通过一些抽象性的、原则性的规定来整体上规范公司的行为。我国《公司法》第5条就是这样的规定。同时，要进一步强化公司的道德责任，来弥补法律规定的公司义务的不足。规定公司的社会责任也有利于促进社会良好风气的形成。比如现在有一些公司就存在着商业贿赂问题。官商勾结、权钱交易时有发生。讲社会责任，就要求公司应该遵守商业道德，而不应当从事不正当的商业贿赂行为。

第二个原因，规定公司社会责任有利于我们构建一个社会主义和谐社会。公司在构建和谐社会中会发挥相当大的作用。公司虽然不是自然人，但公司是社会的基本经济单位，它们不仅涉及人和自然的关系问题，也涉及劳资问题、社区问题、税收问题、消费者权益保护以及债权人利益保护问题，这些问题不能仅仅依靠劳动法、税法、消费者权益保护法和合同法等法律来解决。如果公司能够履行其社会责任，这些问题将能够更好地解决。尤其是公司和个人不能截然分开，每一个公司的背后其实都有股东个人的身影。公司实际上都是通过个人来管理经营的。

如果给公司设定一定的社会责任，实际上也是在约束个人的行为。我们要求公司承担社会责任，就会督促公司经营者去关注环境问题和劳资问题等，这样也会使社会更加和谐、稳定。

第三个原因，规定公司社会责任有利于降低社会成本。公司在从事经营活动中，有可能会产生一定的社会成本，这些成本也可能出现“外部化”的现象。比如说有一些跨国公司利用发展中国家廉价的劳动力和资源，赚取大量的利润，但是对发展中国家的发展贡献很少，甚至存在着严重偷税漏税、破坏环境和资源、剥削劳工等问题。有一些损害可能是对特定人的损害，比如造成污染损害的受害人可以要求跨国公司赔偿，但是造成环境污染之后，治理环境污染的成本却是由全社会共同承担的。所以，为了防止出现外部化的成本，公司必须要尽到社会责任，否则就有可能给社会造成不利的后果。

第四个原因，强调公司社会责任，就是要保护社会利益相关者的利益。在公司经营中，会涉及社会利益相关者，比如说劳动者、消费者、债权人，等等。如果某公司在组织生产过程中不注意劳动者的安全，出了大量工伤事故，这不仅仅是赔几个钱就能了事的，因为劳动者可能会造成终生残废。再比如说，有的公司会造成严重的环境污染，这也不仅仅是赔钱的问题，有些污染是根本无法治理的，所以社会利益相关者的权益保护理应引起我们的高度重视。

当然，强调公司的社会责任不是否认公司的营利性。公司是以营利为目的的组织体，必然要追求盈利。公司也要追求股东利益的最大化，但是公司追求盈利应当是合法经营，取之有道的。规定公司社会责任之后，更有助于规范公司的经营行为。俗话说，“商贾重利”“在商言商”，但重利不可罔义，公司的社会责任实际上就是借助于法律规则进一步强化了公司的商业道德，换言之，就是将商业道德以宣示性的法律规则表达出来，使其具有一定的强制力，诚然，违反公司的社会责任应当承担何种法律后果，存在一定的争议，但即便将公司社会责任作为一种倡导性的法律规则，也具有一定的现实意义，可以引导公司在经营中兼顾其他主体和社会的利益。如果每个公司都能够尽到其应尽的社会责任，将能够最大限度地实现各方的利益，使公司的经营行为获得最大的社会效果。

家事关系的法律调整[*]

英国的科克曾经说过：家庭是每个人的城堡。应当说，家庭是人类社会生活中一种基本的结合方式，是人类社会组织的基本单元。中国有着几千年的家庭传统道德观念。孟子曾言，人人亲其亲长其长，而天下平。中国古代法律文化十分重视家庭伦理制度，儒家思想更是强调“齐家而后治国平天下”“家齐而天下治”。与一些西方社会国家契约式的家庭法律关系不同，中国古代家庭法律关系是建立在伦理道德血缘关系基础上，具有很强的农业社会特征，家庭成员中个人的成败荣辱与其他家庭成员之间有密切关联。因此，古代家庭法律制度也具有了较浓厚的伦理色彩，甚至在很大程度上是对家庭伦理道德规范的直接转述，将“以孝悌为本”等道德观直接转化为法律。

今天，传统道德文明的主导地位在很多方面被法治文明模式所取代。法治文明成为构建当代中国文明形态的一项核心内容。这不仅在财产领域表现得淋漓尽致，在家事关系领域也有同样表现。问题在于，在今天的家事治理中，法律应该发挥什么样的作用？

* 原载《人民法院报》2013 年 1 月 15—16 日。

我认为，在家事领域，法律的主要功能在于维护家庭的和谐稳定，维护家庭秩序，保护家庭中相对弱势一方（如妇女、儿童、老人等）的利益。但这绝不意味着法律应当面面俱到、事无巨细地介入家庭领域、调整家事关系。正如柏拉图所言："如果立法者屈尊去对家务管理发布大量琐碎的指令……那么立法者会显得缺乏尊严。"[①] 之所以如此，是由家事关系的性质和特点所决定的。家事关系主要包括两类，一类是夫妻之间的婚姻关系，另一类是父母与子女之间的血缘关系和随之而来的抚养教育等监护关系。无论是婚姻关系，还是父母子女关系，都以伦理情感为其核心和基础。梁漱溟曾经这样描述，"伦理首重家庭"。在情感领域，很大程度上有一种冷暖自知的色彩，具有强烈的主观性。尤其是在婚姻关系之中，夫妻二人之所以能够组成稳定的婚姻关系，皆因为二者之间产生了排他性的情感依赖。在世俗的法治文明中，这种情感依赖经过法律的确认变成了法律上的婚姻关系。这正如黑格尔所言："婚姻是精神的统一，其实质是伦理关系，婚姻的爱是具有法的意义的伦理性的爱。"[②] 除两性关系之外，信任、友爱和互助是婚姻情感依赖的重要内容。有些婚姻之所以破裂，在很大程度上就是因为此种情感上的彼此依赖性降低乃至丧失。同样，父母子女关系因为血缘或者拟制血缘关系而产生情感依赖，这种情感依赖也通常因为长期的共同生活和抚助而产生。正因如此，俗话才有"清官难断家务事"之喟。例如，夫妻之间基于生活琐事发生口角，甚至对簿公堂，但法官作为夫妻情感的局外人，很难以专业法律技能对其中情感世界的是非作出判断。

从维护婚姻、家庭关系的长期稳定角度考虑，法律应当鼓励家事关

① 《柏拉图全集》（第3卷），人民出版社2003年版，第565页。

② 黑格尔：《法哲学原理》，贺麟等译，商务印书馆1982年版，第117页。

系的自治，鼓励当事人通过自治的方式来处理复杂的情感问题。如果法律对家事问题作出事无巨细的规定，则要求所有人在很多问题上整齐划一。然而，人们不同的生活和知识背景，很可能决定了不同的家庭关系组织模式。这正如托尔斯泰所言："幸福的家庭都十分相似；而不幸的家庭各有各的不幸。"要想使夫妻之间的关系更加和谐幸福，则必须允许其根据自身家庭情况进行自主的生活安排。而整齐划一的模式就意味着排除了构建多元化、弹性化的家庭生活的机会，影响了家庭生活的幸福。

维护家庭关系的和谐稳定，应当更多注重道德的教化作用，而适当淡化法律的惩罚作用。对于那些处于情感世界之中的家事关系，法律应当尽量保持克制，交由伦理道德去调整。这不仅是因为情感世界本身的复杂性，而且是因为法律治理模式面临诸多实际困难。例如，我国《婚姻法》第46条规定了四种无过错方在离婚时有权请求损害赔偿的情形，其中包括"实施家庭暴力"的情形。但是，在夫妻关系存续期间内，则不宜采用损害赔偿的办法，因为在夫妻财产共同共有制的背景下，夫妻存续期间内的财产损害赔偿只不过是将财产从一个人的左手转移到了其右手，基本起不到防止家庭暴力的效果。又如，在我国《侵权责任法》制定过程中，许多学者呼吁应当针对家庭暴力、夫妻一方与他人发生不正当两性关系等行为规定侵权损害赔偿责任。但最终立法并没有采纳这一观点。即便是在其中规定了夫妻关系存续期间的侵权损害赔偿责任，也不具有实务上的可操作性。因为家庭关系十分复杂，涉及情感、血缘等非常复杂的因素，如果《侵权责任法》过度介入，可能适得其反，不仅起不到解决家庭矛盾的效果，甚至可能激化家庭矛盾、造成家庭不和和家庭破碎。所以，在这一点上，法律应当保持其谦抑性。

当然，我主张法律应当在家事关系领域保持克制，并不是说就要放任包二奶等影响婚姻和家庭稳定的行为，而是主张要将法律调整与道德规范结合起来，维护家庭关系的和谐与稳定。正如俗语所言，家庭是事业的大后方。一个稳定的家事情感关系能够为成年人的社会工作提供精神动力；和谐稳定的家庭环境是未成年子女健康成长的重要条件。现在有大量心理学和社会学的研究表明，与在稳定家庭关系中成长的子女相比，单亲家庭子女在智力发育、心理健康指数等方面都面临比较严重的问题。因此，要综合发挥法律和道德在家庭领域的调整作用，尽量形成稳定和睦的家庭环境，这对于整个社会秩序的稳定也是具有非常重要的积极作用的。实践中，在家事关系领域，我们除了发挥社会伦理道德的教化功能之外，还应当通过一些适当的法律机制，去引导人们积极地维护稳定的情感关系。以家庭财产制为例，应当提倡更多家庭采取共同财产制，而不应过多提倡通过合同约定的形式去确立夫妻分别财产制。我国古代甲骨文中的“家”，其含义就是房子里有猪，这就说明我国家庭观念的形成最初与生产资料、家庭财产有关，而古代的家庭财产形式就是采取的家庭共同财产制。我国还有“父母在，不别籍异财”的古训，也是强调维持家庭共有财产制的重要性。虽然现在的家庭观念没有古代那么厚重，但强调家庭共有财产制的优先性，对于维护现代家庭关系的和谐稳定仍然具有重要意义，也更符合我国长期以来所形成的家庭伦理要求。在我国《物权法》制定中，针对夫妻财产约定制度，我提出不宜在《物权法》中过多提倡夫妻分别财产制，在立法中应当以夫妻共同财产为原则，对于夫妻分别财产制，则交给当事人进行意思自治，由当事人自由约定即可。在我国的现实生活中，如果要求刚刚步入婚姻殿堂的男女双方明确财产界限、约定婚后各自财产的归属，则很可能会影响夫妻双方的相互信任关系，不利于夫妻之间情感依赖的维系以及家庭关系的稳定。在这一点上，中国人与很多西方人的观念截然不同。相对而言，许多西方人主张在家庭关系中也应当明晰产权，因为这样有利于防止纠纷发生。但是，根据我们的传统，在家庭关系中，过度地强调家庭财产的产权明晰，反而不利于增进家庭关系的稳定。

虽然家事关系主要是一种私密的社会关系，一般不会给家庭之外的其他人造成直接的影响，但这也并不是说不存在例外，即家事关系也可能与其他社会关系发生一些实质性的联系。正是因为这一原因，家庭治理不宜简单地归入道德调整的范畴、独立于法律之外，而应当适当通过法律治理模式予以调整。例如，在古代社会，父子之间的血缘亲情被当作至高无上的伦理原则，这就为父权惩戒提供了更多的机会，而这是与现代法治理念相违背的。例如，《说文解字》中说："矩也，家长率教者，从又举杖。"这就是说，规矩的矩字，本身是指家长行使家长权威惩责子女。在中国古代，父权非常强大，在家庭领域里基本只受到道德伦理的调整，法律也支持父母对子女行使惩戒权，只要子孙存在违反人伦孝道等行为，父母就可以对子女进行肉刑的惩戒，甚至将子孙杀死也可以免罪。但是在现代法治社会，这种强大的父权则不存在了，父母对子女的行为也要受到法律的调整。在民法上，父母基于监护人的地位，有义务照顾子女的生活、教育和成长。如果父母对子女进行暴力殴打等行为，则可能构成家庭暴力，国家公权力机关有权介入，追究父母的行政责任甚至刑事责任。此外，朱熹《集注》中曾经记载："父子相隐，天理人情之至（极点）也，故不求为直而直在其中。"在该文中，朱熹评述了舜为其父隐的故事，舜的父亲瞽杀人，舜将瞽从监狱中救出并携其逃至海边，朱熹认为，"当是时，爱亲之心胜，其于直不直，何暇计哉?”所以，在朱熹看来，家庭成员之间所具有的亲情可以超越“王法”，排斥法律适用。在今天来看，亲亲相隐可能对社会公共利益造成不利影响，需要通过法律手段加以调整。对于前述案例，今天实际上已经构成包庇罪，但是在古代家庭伦理制度之下，亲情甚至逾越法律，这就表明家庭关系主要受到伦理道德的调整，而不受法律约束。这种传统做法与现代法治是格格不入的。从民法的角度看，家庭关系是民法调整的重要社会关系内容，家庭自治也要以遵纪守法为前提。家庭法现在已经成为民法的重要组成部分，人身关系也成为民法的重要调整对象之一。《法国民法典》的起草人波塔利斯认为，“家庭法是指导和确定法国民法典的两大主要基石之一”。按照西方学者的普遍观点，正是通过这种家庭法的调整，才能维护家庭的和谐秩序。

“徒善不足以为政，徒法不足以自行。”在家事领域，我们要强调法律功能的有限性，即法律介入婚姻家庭关系是必要的，但也是有限的，如果要求法律完全替代传统道德规范的功能、调整所有社会关系，则法律难承其重，甚至适得其反，影响婚姻、家庭关系的稳定。

谈谈预算立法与监督

预算是依法编制并经法定程序审核的国家财政收支计划。就其实质而言，预算就是要管好纳税人的钱袋子。预算监督在现代社会是民主与法治建设的重要内容。首先，预算是民主政治的重要组成部分。众所周知，近代资产阶级革命的起因，大多是因为政府希望不经议会批准而收税，经由这些革命所确立的现代民主政治规则的基本要求，都是政府收税和花钱必须经过议会的批准。近代以来，在实行代议制民主的国家中，作为民众代议机关的议会享有的几项最为重要的权利就是税收、预算和立法。在我国，依据宪法规定，全国人大享有审查和批准预算的权利，对预算案的审核就是代表全体纳税人对于他们所交纳的税收如何使用进行必要的审查，这是民主政治的基本内容。其次，预算监督是法治的基本要求。由经选举产生的代议机关对于政府的收支行为进行监督，这也是代表全体选民对于公权力的运作进行必要的监督，也是现代法治的必然要求。最后，预算监督是保障公民基本权利得以落实的重要手段。在现代国家里，人民享有的各种权利几乎都与预算具有密切的关系，保障人民当家作主，就要充分实现预算的人民性。宪法为人民所规定的许多基本权利，例如劳动就业权、社会保障权利、受教育权，等等，需要政府创造具体的物质保障条件，预算中对就业、医疗、教育等领域的支出，显然与人民的这些基本权利能否得到具体落实息息相关。预算案是政府收入和支出计划的集中反映，其公开和透明是政务公开的重要环节，也是保障民众知情权的重要手段。

我在九届全国人大做财经委委员期间，与一些经济学家在一起讨论预算问题，深感预算立法的重要性，并在此后多次呼吁完善预算立法。十多年过去了，预算法的修改和完善现在仍然是我们立法的一项重要任务。我认为，在修改和完善预算立法的过程中，主要应当着力解决如下几个问题：

第一个问题是，健全预算的编制。现代的预算编制主要是由各级政府的财政部门负责本级政府的总预算和调整预算。科学合理的预算规划是保障预算得到真正执行的基础，因此，在预算立法中应当解决好预算的编制问题。具体而言，在预算的编制方面，有必要从以下几方面完善：首先，在编制预算的过程中，应当成立专家委员会为预算的编制提供指导和帮助，借此增强预算的民主性和科学性，真正使预算取之于民、用之于民。应提高预算编制的科学性，提高对预支出项目的估算的精确性，不至于出现估算与实际支出的大幅偏差。近些年出现的“预算年底突击花钱”等现象表明我们在预算的科学性方面有待进一步加强和完善。其次，预算的制定必须要细化，而不能是一种粗线条的或者是模糊的。只有将预算的项目进行合理细化，并辅以必要的解释和说明，才能确保人大代表能够清楚了解支出的去向，理解预算的内容，能够真正代表人民对政府的支出进行有效的监督。在细化预算编制内容方面，应当对部门预算支出项目，不管是人员经费，还是公用经费，均应细化落实到具体单位和具体支出项目上。各级政府在编制本级政府的预算时，应当将公共预算一般收支至少编列到款，重点支出至少编列到项，重点支出甚至应当细化到用款单位。最后，应当保证预算编制的时间，无论是预算的编制，还是预算的审核，都应该留出充分的时间以保证编制和审核的实际质量，而绝不能仓促为之，流于形式。

第二个问题是，完善预算的监督。全国人大有权审查和批准中央政府和地方政府关于预算的执行情况的报告，并对预算的执行情况予以监督。依据我国《预算法》的规定，全国各级政府的预算应当经过全国各级人大的批准，而且在批准后，非经法律程序，不得擅自改变。经过批准的预算，应当向全社会公开，使全社会民众都能够了解预算的内容。同时，各级人大有权审查各级政府预算执行的情况。在预算的监督方面，仍有如下问题需要进一步完善：一是预算批准的时间。我国预算年度从每年1月1日至同年12月31日，但每年全国人民代表大会的会议则集中在3月，因此，预算草案要待3月份举行的人民代表大会审批，在此期间，有两个月的时间处于无法监督状态，这就使部门预算的严肃性大打折扣，有可能导致各级、各部门“先斩后奏”的支出冲动。因此，在时间上应进行有效衔接。二是加强对专项资金使用的监督，专项资金是国家有关部门下拨的具有专门指定用途或特殊用途的资金，这种资金都会要求进行单独核算，专款专用，不准挪用。实践中，这类资金存在的问题是，事先没有列入政府的预算，或者在预算中极为粗略，让人无法清楚地知道其具体用途和去向。换言之，此类专项资金的预算和使用缺乏透明度，因而极易造成使用不当，甚至出现权力寻租的现象。从实际情况看，正是由于存在上述问题，造成了现在大量存在的所谓“跑部钱进”现象。有些地方政府甚至多头申请、重复要钱。因此，应当制定严格的规范，将专项资金纳入到预算监督的范围。三是关于预算的公开。预算的公开不仅包括预算方案和预算草案的公开，对预算所作出的调整也应当予以公开。由于预算涉及整个财政资金的分配和使用，涉及公民方方面面的利益。预算案的编制应当经历一个合理的公开讨论过程，而不应当关门编制预算。四是要严格禁止地方政府对外举债和为他人提供担保。近些年来，为了促进经济增长，各级政府设立了各种融资平台，欠下了大量债务，这可能形成潜在的金融风险；《预算法》必须要严格规范地方政府的举债行为，严格禁止地方政府对外举债和为他人提供担保。有人认为，《担保法》已经规定了政府不得为他人担保，因此《预算法》没有必要对此进行规定。我认为，这是一种误解。其实，《预算法》涉及债务的预算问题，当然应当对这一问题作出明确规定，尤其是《担保法》的规定是从事后的角度出发而作出的规定，对于事先担保应当从预算角度进行防范。因此，应当作出详细的规定，严格控制债务规模，有效防范金融风险。

第三个问题是，统一预算分配权，成立专门编制和审查预算的预算机构。按照预算编制、执行、监督三分离的原则，以部门预算为基础，将分散在各个职能部门的预算分配权和财政内部各业务部门的预算编制职责统一起来，成立专门编制和审查预算的预算机构。现在各个部门都有专门负责财务的司局负责编制本部门的预算，报财政部统一汇总后形成整体的政府预算。这种做法有一定的合理性，但是也带来很多的问题，因为各个部门完全从本部门的利益出发，必然存在超额报送预算申请的冲动，因此，有必要改变现行的分散体制，建立相对集中的预算编制机构，并赋予其以必要的权力和独立性，统一负责政府部门预算的编制，统筹编制综合财政预算。

第四个问题是，加强人大预算监督的组织建设，建立专家型、职业化的预算审查队伍。该机构由经济、法律等方面的专家学者或代表组成，代表人大名副其实地行使监督职能。同时，应在《预算法》中明确该机构的法律地位，对其初审的时间、初审的具体内容、所享有的权力、法律责任、工作程序等都作明确的规定。

预算的编制和审核纳入法制的轨道，必将有力地促进我国的社会主义民主和法治建设，也有助于提高财政资金使用的规范化和效率。

为什么需要强制赔礼道歉*

近日，有位法官向我咨询一个案件：被告是一家公司的老板，多次在公开场合辱骂其下属员工，甚至辱骂该员工的父母和其他亲友。该员工作为原告在法院起诉，要求被告赔礼道歉。被告承认其构成侵权，愿意赔偿精神损害，但拒绝赔礼道歉。法官本想以赔偿精神损害数万元而结案，但原告仍然坚持被告赔礼道歉，而不要求赔偿。对此，法官很是为难。

这一案件引起了我的思考。在民法中我们是否需要赔礼道歉的责任方式，这种责任应方式应如何实现？1991 年，在韩国宪法法院的一个判决中，法院认为赔礼道歉违背了人们的意志自由，与宪法保护公民基本权利的宗旨相冲突。在我国台湾地区，虽然规定了赔礼道歉的责任方式，但有很多学者强烈反对采用赔礼道歉的做法。我国自 1986 年《民法通则》第 134 条规定了赔礼道歉的责任形式后，理论界对此就一直存在争议。有人认为，赔礼道歉不仅违反了宪法上的行为自由原则，而且违反了道德相对主义。也有人认为赔礼道歉超出了法律可以强制的事项范围，而且难以执行，因为

---

* 原载《人民法院报》2012 年 10 月 16 日。

赔礼道歉应当是发自内心的，无法通过司法强制的形式来实现，实践中出现的公布判决书等替代方式，实际上已经不是真正意义上的赔礼道歉。

其实，这些看法有欠妥当。一个不愿意赔礼道歉的人内心并没有真正自省。中国传统文化主张一种道德的自省、反求诸己。自省思想是儒家理论体系中的重要组成部分。作为一种修养方法，曾子曰“吾日三省吾身”。孟子则提出“万物皆备于我矣。反身而诚，乐莫大焉”的思想。韩愈认为，“古之君子，其责己也重以周”，其意思是说，古时的君子，善于通过自我反省来团结别人。这些都是要求人们不断地反省自己的言行举止，辨察、修正其中的丑恶，提高自身的道德水准的格言。我国传统文化强调道德自省，本身就是一种重要的道德教化形式。赔礼道歉也是一种道德自省，这种道德自省可以预防纠纷、维护和谐。因为一个人只有深刻认识到了某种行为的违法性，才能真正实现法律的预防作用。在前述案件中，被告虽然承认其行为构成侵权，但是，他连一句对不起都不肯讲，也就没有真正认识到自己的错误，无法保证其以后不再犯类似的错误。赔礼道歉的真正作用是将法律的制裁和道德的教化结合起来，通过法律的惩戒和道德教化的结合，来防止加害人再犯类似的错误。

说一声对不起，虽然简单，但它可能具有损害赔偿所不具有的功能。其实，在法经济学看来，作为一种“责任规则”（liability rule），赔偿损害在一定程度上具有交易的功能，它是把给受让人造成的损害通过金钱购买的办法加以化解。但并非所有人都愿意接受这种交易。虽然损害赔偿反映了矫正正义的要求，在财产领域尚谓正当，而在人格权领域，则并非在任何情况下都具有妥当性。如果在前述案件中，被告根本没有进行赔礼道歉，仅仅乐意赔偿金钱，就好像打人一耳光赔 100 元钱后扬长而去一样，加害人没有做到真正的自省悔过，受害人也没有得到真正的抚慰。这不是说受害人太要面子，相反，我认为受害人要求赔礼道歉是在维护其个人的人格尊严。因为假如原告获得这笔钱，而以其所要求的赔礼道歉遭到拒绝为代价，就类似于其人格尊严被出卖了一样。所以我认为，在上述案件中，赔礼道歉是必要的。

说一声对不起，表明侵害人已经认识到其行为的错误，同时也表达了对受害人人格尊严的尊重。由此赔礼道歉本身可以发挥一种抚慰的功能，使受害人在其人格利益遭受侵害之后获得某种心理的抚慰。因为在侵害人格权的情形下，若未产生现实的财产损失或严重的精神损害，受害人要求赔偿损失也不尽合理，且于法无据。在此情况下，赔礼道歉是对受害人提供救济的最恰当方式。

说一声对不起，也表明了对是非曲直的正确认识。其实，对于大多数人格权遭受侵害的受害人而言，更重要的救济是对有关是非的辨明以及对加害人的必要谴责。而赔礼道歉可以澄清是非曲直，也表明了加害人为自省而付出的努力。这在一定程度上可以平抑和减缓侵权行为的损害后果。由此我也想到了很多时候为什么受害人放弃主张损害赔偿，而仅仅选择要求赔礼道歉的方式，因为在各种责任方式之中，赔礼道歉有自身特有的功能，是其他责任方式所不可替代的。

在这个案件中，我赞成采取强制赔礼道歉的做法。诚然，可强制执行性也是赔礼道歉从一种道德责任转化为法律责任的重要条件。但作为一种承担民事责任方式的赔礼道歉，与一般道义上的赔礼道歉有所不同，它是依靠国家的强制力保障实施的。这种责任形式的实现，可以采取多种方式完成，既可以采取口头方式也可以采取书面方式，既可以采取公开方式也可以采取非公开方式。若法院判决侵害人赔礼道歉，侵害人拒不执行，法院虽然不能直接干涉侵害人的意志自由，用人身强制的办法来要求侵害人赔礼道歉，但仍然可通过追究赔礼道歉的责任来明辨是非，保护受害人的权益。在此情形下，可以追究侵害人拒不执行法院判决裁定的责任，同时也可以将有关责令侵害人赔礼道歉的判决或裁定登报公示，登报等公示费用由侵害人承担。虽然此种公示并非以侵害人的名义作出的道歉，但这种公示已经可以给予受害人相应的慰藉，可以缓解受害人所遭受的精神痛苦。

我从强制赔礼道歉悟出了人与人在社会生活中的和睦相处之道，这就是在做错某件事之后，我们应当主动说一声“对不起”，这样就将各种可能发生的矛盾消弭于无形之中。因为人们在日常生活中，难免发生各种摩擦和矛盾。比如说，当我们关门过重而声音过大时，可能影响邻人休息；当我们在高峰时段乘坐地铁公交车时，可能因拥挤而相互碰撞或踩到别人；当我们在雨天驾车时，可能不慎把积水溅到行人身上；当我们清晨遛狗时，宠物的叫声可能会影响周围邻居的生活。凡此种种，都或多或少给他人造成了轻微损害，但并不是说都需要金钱赔偿，或者干脆相互辱骂甚至施以拳脚来解决纠纷。如果我们主动说一声“对不起”，可以达到“退一步海阔天空”的效果，进而减少很多纠纷，换来一片和谐。民法上将赔礼道歉规定为一种责任形式，其实就是倡导民众勇于自省，多说“对不起”，用最小的成本换来人们和睦相处的最佳社会效果。

法治的社会需要司法公正*

司法公正，就是指审判人员依法独立地行使审判权，切实保障公民、法人和其他组织的合法权益，真正做到有法必依、执法必严、违法必究。司法公正，直接关涉公民的财产和人身安全，经济的有序、健康发展，政治的稳定以及社会的安宁。

我们需要司法公正，是因为司法是保障人民权利、实现社会正义的最后一道防线。在我们这个社会，行政的调处、领导的平衡或干预，曾经是解决民间纠纷的重要方式。但随着市场经济的发展，这些形成于旧体制的解决争议的方法已被证明无法适应变化了的社会需要。在开放的、由平等主体的交易构成的市场经济中，平等主体之间的纠纷只能由一个独立的、中立的、享有公共权力的司法机构来解决，这个机构就是人民法院。公民和法人之间的各种纠纷，不论是民事、经济的，还是刑事、行政的，只有依法院的裁判，才得以最终解决。这种裁判借助了公共权力的强制执行而具有其他任何类型的裁判所不具有的权威性。当公民和法人的权益受到侵害，当弱者受到强者的欺凌，当社会的良知受到恶势

* 原载《人民司法》1998 年第 2 期。

力的践踏，受害人能够寻求的最后一处伸张正义的地方就是法院。法院是保护人民权利的最后屏障。

我们需要司法公正，是因为司法公正是法治的最重要内容。法治意味着法律的普遍适用和至高无上，法律平等地约束社会一切成员的法治原则，必须经由公正的司法活动来贯彻实施。公正的司法，不仅在于惩恶扬善，弘扬法治，同时也是对民众遵纪守法的法治观念的教化，是对经济活动当事人高效有序地从事合法交易的规制。而枉法的裁判、不公的裁判，不仅扭曲了是非，混淆了正义与邪恶，而且会造成民众对法律的权威性的怀疑、不信任甚至蔑视，法律虚无主义的观念由此滋生，社会主义法制建设的成果将因此而遭受毁灭性的摧残。正如培根所指出的，“一次不公的（司法）判决比多次不公平的举动为祸尤烈。因为这些不公平的举动不过弄脏了水流，而不公的判决则把水源败坏了”。①

我们需要司法公正，是因为公正的司法是市场经济发展的重要条件。在现代社会，经济和法律是不可绝对分开的。经济的增长、财富的创造需要一个良好的法律环境，法律对经济的保障和规制都需要公正的司法来体现。公正的司法不仅使投资者和交易当事人充分享有法定的投资自由和交易自由，而且也可以使其合法权益得到司法的充分保障，这就会使人们产生投资信心、置产愿望和创业的动力，经济由此会得到繁荣和发展。

我们需要司法公正，是因为它是社会安定的基础。一方面，司法公正能够给予民众切实的安全感，使其对于经由正当途径获取的财富产生合理的期待；对于依法享有的人格尊严和人身自由的保障充满信心。这样，人们可以在法定范围内自由行动，全社会的公正观念亦得以形成和

① 参见《培根论说文集》，水天同译，商务印书馆1983年版，第193页。

强化。另一方面，司法公正真正能够维护民众对公共权力机构的信任，即使公民的权利受到来自行政机构及其工作人员的侵害，也可通过公正的行政诉讼，使其遭受侵害的权利得到充分补偿。公民和政府之间的良好关系，通过公正的司法而维系。尤其应当看到，当无辜的受害者、权利受侵害的当事人不能通过诉讼讨回正义和公道时，很可能导致其对法律和社会的公平与正义的失望甚至绝望，并可能采用合法途径以外的乃至于非法的方式自行解决纠纷，从而危害社会的秩序和稳定。所以，在我们这样一个改革的时代，当各种利益发生冲突、摩擦的时候，通过司法公正而保持社会安定，尤其重要。

司法公正是人民的真诚企盼。那些秉公执法、刚直不阿、明镜高悬的清官的故事，千百年来给予了庶民百姓莫大的慰藉，包拯、海瑞这些“青天”，也因此成为人们崇拜的正义的保护神。我们的法官是人民的法官，法官手中的裁判权来自于人民的授予，如果我们的法官不能够为了人民的利益而公正执法，其手中的权力还有什么价值？维护司法公正是每一个法官的神圣职责，司法公正是对司法腐败的摒弃，是对司法专横的否定，我们应当公正执法、杜绝腐败，充分保障公民、法人的合法权益，为建设社会主义法治国家作出自己的贡献。

人民的福祉是最高的法律

第四编

司 法 制 度

从足球裁判看司法的独立公正*

世人瞩目的欧洲杯尘烟刚散去不久，相信精彩的盘带和进球画面还刻在球迷朋友的脑海中。我虽不是球迷，但也很留意比赛的过程和球场上裁判的公正性。与欧洲足球相比，低迷的中国足球始终让人失望，重要原因之一就是人人痛恨的“黑哨”现象。“黑哨”除了收黑钱吹哨之外，还表现为吹“官哨”，即裁判完全按照官员的意志吹哨。前不久，对一些足协官员、裁判和个别队员开展的打黑风暴中，披露了某些前足协官员经常指令足球裁判吹哨、掌控比赛结果的不法行为。一些足球比赛的输赢平局，都要按照官员的事先安排来决定。足球裁判吹“黑哨”行为的严重后果是玷污了足球比赛的过程，让极具观赏性的足球比赛变成了肮脏的交易和事先预定的表演。足球裁判一旦丧失独立性和中立性，就使得足球比赛丧失了本身的价值。

公正的裁判不仅对足球事业的发展具有重要的意义，对中国的法治建设也具有启示意义。众所周知，法院是解决民事争议的审判机构。法院所享有的司法权，实质上是判断权、裁判权。从这个意义上说，法官就是裁判者，其在司法

---

* 原载《人民法院报》2012年9月4日。

裁判中的作用与足球裁判在足球比赛中的作用极为相似。一旦民事争议的当事人将其争议提交法院，双方就类似于足球比赛的两方，其争议的结果可能是零和游戏，需要分出输赢胜负，如果双方经过法院调解最后达成一致，就像比赛中双方握手言和一样。在整个诉讼过程中，法官就是居中的裁判者。其角色和定位类似于足球裁判，其在司法裁判过程中也要遵循程序法的基本规则。

首先，法官应当恪守独立性原则。在足球比赛中，裁判应当严格依据比赛规则独立判断，不仅不能受任何领导、队员、俱乐部等的干扰，甚至要避免受到观众情绪的影响。如果裁判独立公正地吹哨，整个比赛的程序就是公正的。同样，在司法中，也应当强调裁判的独立性原则。该原则主要表现为法官应当依法独立行使审判权，不受他人的非法干涉。审判独立是司法公正的重要保障。因为法官就像足球比赛中的裁判一样，必须保持独立公正，依法裁判，这样“吹哨”的结果才能令当事人信服。正如马克思所说的，“法官除了法律就没有别的上司”。我国《宪法》第126条明确规定，人民法院应当依法独立行使审判权，不受行政机关、社会团体和个人的干涉。因此，法官行使审判权必须遵循法律，以事实为根据、以法律为准绳，坚决杜绝各种人情案、关系案，也不能完全按照某个领导的批条办案。

其次，法官应当遵守裁判的中立性原则。在足球比赛中，裁判应当始终秉持公正，不偏不倚，中立执法，不得偏袒参加比赛的任何一方。为了实现裁判的中立，裁判在比赛开始前不得与比赛任何一方有所接触。必须确保足球裁判的选拔与指定的中立性，避免因裁判的个人利益或其他因素影响裁判结果。同样，在司法裁判中，法官也要保持中立，如果法官与一方当事人具有某种利害关系，另一方当事人有权依法要求法官回避。在审判过程中，法官应当避免单方或私下接触当事人，包括私下接触案件当事人的亲属、代理人、辩护人或者其他利害关系人。实践中，有的法院为了提高调解结案比例，提倡法官应与当事人“零距离接触”，这种做法固然有利于法官充分了解当事人的诉求和想法，但应当在法庭上进行，且不得采取单独接触的方式。毕竟任何私下的“零距离接触”，都有可能导致当事人对法官施加不当影响，影响法官的中立裁判。

再次，应当遵守正当程序的规则。对于足球裁判而言，在裁判过程中，保持执法独立，以公正中立的第三方出现，这本身就是裁判的正当程序的要求。在比赛过程中，裁判按照裁判规则，秉持独立公正的精神吹哨，就是遵守正当的裁判程序。这一道理在司法中同样适用。司法强调程序正义。程序正义起源于古老的自然公正（natural justice）原则，一般认为，程序公正至少要满足两个要求：一是任何人不能作为自己案件的法官，因此要求法官保持独立和中立，也是法律赋予诉讼当事人所享有的程序权利。唯其如此，整个审判程序才是公正的，人们才能信服裁判的结果。二是要充分听取诉讼双方的意见，每个人都享有为自己辩护的权利。法官应当严格按照程序规则查明事实，在程序上充分保障当事人陈述与抗辩的权利。程序正义是看得见的正义，要使当事人看得见正义，就要求整个诉讼过程都应当符合程序正义的要求。

最后，法官应具备专业性素养。在足球场上，足球裁判本身也必须是足球运动的专业人士，必须深谙足球运动的各项规则，否则将无法进行裁判。一个不懂规则的裁判，必将出现大量的错判、误判。同理，法官在依法行使裁判权时，必须具有精深的法律知识、熟练的裁判技巧和丰富的审判经验，法官如果不是专业人士、没有精湛的专业知识，则同样会在案件的裁判中出现错判、误判，无法实现案件裁判的公平正义。

从足球裁判看司法裁判，更使我们深感审判的独立、中立、程序正义和专业性的重要性。它们是司法的生命，是维护司法公正和权威的基本保障。正如裁判的好坏关系到整个足球事业的发展一样，中国的法治事业在很大程度上也是建立在审判的独立、中立、程序正义和专业性之上的。这也是我在观看足球比赛之余，所悟出的一点体会。

司法的权威性

据报载，在一起有关矿权纠纷的案件中，榆林市中级人民法院曾判定陕西省国土资源厅违法行政，判决陕西省国土资源厅批准该矿变更《采矿许可证》的行为违法，应予撤销。陕西省国土资源厅提出申诉后，陕西省高级人民法院于2007年4月裁定，支持榆林市中级人民法院的判决。但陕西省国土资源厅召开内部协调会，宣告否定生效的法院判决。此事在媒体上引起轩然大波，以致最高人民法院新闻发言人都表态，希望行政机关尊重法院的生效判决。

此事涉及司法的权威性问题，在一个法治社会，司法作为维护社会正义的最后一道防线，其作出的生效判决，理应获得所有个人和组织的尊重，即便当事人有根据认为判决确实存在错误，也应当依据法律程序来提出上诉或申诉，而不能径自否定法院判决的效力。

尊重司法的权威，其实就是尊重法律的权威，也是尊重宪法的权威。1998年我在哈佛大学进修时，曾撰写《司法改革研究》一书，当时就感觉在中国强调司法的权威性极为重要。我与多位在哈佛学习的学者讨论过这个问题，但他们都认为，司法的权威性并不是一个问题，不值得专门讨论，因为他们认为司法的权威性是司法的应有之义。我在翻译美国律师协会制定的司法行为准则时，也发现其中对于司法只是强调了独立、公正、廉洁，而并没有强调司法的权威性。苦于难于寻找相关资料，所以当时我只能在书中提出了司法的权威性的命题，希望引起大家的关注，但对此并没有展开深入的研究。

尽管在美国这不是一个值得探讨的问题，但在中国讨论司法的权威性问题还是非常有必要的。为什么这样讲呢？主要是考虑到中国判决书打白条的现象十分严重。媒体曾经报道，一位当事人拿到判决书之后，虽然法院判决他胜诉，获赔一千多万，但他苦等几年，判决仍未得到执行。最后这位当事人公开把判决书打折拍卖给别人。是否有人买这份判决书，我并不清楚。但是，大量的案件得不到执行，则是一种司空见惯的现象。当时我国有些法官到美国交流访问，总喜欢询问美国的同行执行难的问题如何解决，但美国的法官对此均一头雾水，不知所云。因为在美国根本不存在执行难的问题。不必说判决，甚至只是一方的律师向对方当事人发出律师函，都会令对方感到畏惧。我们在美国参观法庭审判时，深切感受到了旁听民众对法庭和法官的敬畏。即使中途离席，旁听者通常也向法官鞠躬示意，对法官都冠以“尊敬的”（your honor）之称。在这样的司法背景下，司法判决的权威性非常高。无论是胜诉方，还是败诉方，最后都自愿接受判决。即便是辛普森案的离奇判决，也不影响美国民众对司法裁判权威性的认同，更不影响各方当事人自觉地遵守判决。

司法具有权威性，实际上体现了法律的权威性。司法的权威性正是司法能够有效运作、并能发挥其应有作用的基础和前提。司法越具有权威，则表明法律越具有权威。如果一旦发生了纠纷，当事人都想到通过法院就能使纠纷得到公正解决，法律的权威就能够真正树立起来，司法也就能够成为解决社会纠纷的最后一道防线。

从上例中可以看出，司法的权威和公信力在我国确实存在疑问，在该案中，陕西省国土资源厅本来就是行政诉讼的一方当事人，相当于足球比赛中的一方运动员，而法院就类似于足球裁判，裁判吹哨决定一个进球无效，被判进球无效的一方球队怎么能够自己作出决定，宣告裁判的吹哨无效呢？这种做法是匪夷所思的。司法的权威性是司法机构固有的性质所决定的。司法不仅应当管辖涉及各类主体的案件，而且对纠纷享有最终的裁决权。任何国家机构都无权推翻司法机构作出的裁判。如果司法不具有最终解决纠纷的权威性，司法就不可能发挥作用。例如，司法机关在审理案件中，必须禁止任何人进行非法的妨碍和干预，法院的裁判活动本身必须在严肃的公正的程序中进行，整个裁判活动都要有一定的司法秩序，任何人都不得干扰法庭的秩序，已生效的判决必须要由当事人自觉执行。唯其如此，才能保证司法活动正常的进行。因此，在判决书生效以后，任何人都不得以实事求是的名义而随意推翻判决的效力。在程序终止以后，也不能将案件反复审理、否定既判力。否则，不仅法定程序难以进行，而且司法很难具有权威性。

当然，要真正树立司法的权威性，必须要求司法机关依法独立、公正司法。司法的权威性最终依赖于司法的独立、公正、廉洁，只有当人民群众从每一个个案中感受到司法是公正的，人们才能对司法产生信赖和尊重。古人说，唯公则生明，唯廉则生威。司法必须廉洁公正，才能换取民众的信赖和认同。据我所知，美国建国以来，法官徇私枉法、贪污腐败的案件十分罕见，基本不足以成为人们怀疑司法权威性的原因。这也是司法权威性的重要来源。千百年来，人们世代传诵着“包青天”“海大人”等清官断案、执法如山的故事，也反映了人们对法官独立、公正判案的期待和向往。如果今天的法官都能像古代清官那样刚正不阿、公正廉洁，则司法的权威性就是自然而然的事情了。

树立司法的权威性，也必须推进法官的职业化、专业化建设，建立严格的法官选拔制度，认真选拔法官，努力提高法官的全面素质。日本在第二次世界大战后司法改革的经验表明，正是通过严格的司法考试和培训，在成千上万个人中挑选一个法官，使公众普遍认为，担任法官极为不易，从而极大地增强了法官在公众中的权威性，也增强了法官的荣誉感。法官掌握着国家法律赋予的审判权，该项权利的运用直接关系着诉讼当事人的生命财产安全，因此对执掌审判权的法官在素质方面提出了较高的要求，只有将那些品行端正、法律素养较高、社会经验丰富的人士选拔到法官的队伍当中，使普通民众真正相信法官是廉洁公正、具有足够的能力裁决各类冲突和纠纷的人，才有助于提高司法的权威性。

回到开篇所讲的案例，我认为在法院的终审判决作出之后，陕西省国土资源厅正确的做法应当是表示尊重法院的判决，即使对法院判决不满，也要表示对法院判决的尊重，从而为全社会作出表率。如果确实存在裁判不当甚至错误的地方，应当通过正当的法律程序予以纠正，而绝不能自行宣告法院判决无效。如果行政机关都能够带头尊重法院的判决，司法的权威性必将大大增强。

司法裁判的可预期性

我在和法律实务界人士探讨案件时，一些人常常抱怨，即使一些事实清楚、法律关系简单的案件，诉讼过程也往往非常曲折，裁判结果难以预料。例如，在一个合同纠纷中，当事人双方在合同中约定了违约时的损害赔偿计算方法，法院在判决时也确认该合同有效，但法院完全忽略当事人约定的损害赔偿计算方法而要求原告就所受到的损害进行举证。后因原告无法举证，法院采用自由裁量的办法判决了大大低于合同约定标准的损害赔偿。在法院看来，这一赔偿的数额并不低，但当事人认为，法院在未确认有关损害赔偿计算方法的约定无效时就径行裁判，显属错案。因此不断申诉、上访。

这样一个案件，看起来很复杂，但实际上就是关于损害赔偿计算方法约定的效力的争议。法院认为，在这一案件中赔偿过多有失公平，因此应当由法院通过自由裁量的办法加以确定。而且，法院在判决中反复强调应注重法律效果与社会效果的统一。但问题在于，究竟应当赔偿多少才算达到法律效果与社会效果的统一，这是个主观判断性极强的问题，不同的法官可能有完全不同的解读。该案中关于损害赔偿计算方法的约定，本来完全不属于法官自由裁量的范围，因为既然法官确认了合同有效，如果法院没有充足的理由宣告该约定无效，那就意味着该损害赔偿计算方法约定当然有效，应当按照当事人的约定进行裁判。即使依照该约定进行赔偿出现过高过低的结果，若有关当事人未要求调整，法院也无权干涉。在此情形下，法院不能凭自己认为的正义观念来行使自由裁量权。

这一案件使我想到了司法裁判的可预期性问题。裁判的可预期性是法安定性的要求。韦伯曾经说过，形式合理性的法律就是可预期的法律，而此种可预期，既包括立法上的可预期，也包括司法裁判上的可预期。法律规则制定出之后，任何人都要遵守，如果有违反，也应能够预见到其后果，这样才能保证法律的有效实施。裁判的可预期性，是关系到法律的可预期性的问题。裁判越具有可预期性，越表明遵守法律的后果具有可预期性。也就是说，人们知道遵守法律会产生怎样的后果，违反法律会产生怎样的后果。假如裁判结果无法预期，这实际上就无法给人们提供明确的行为指引，难以维护法律的权威性。就从前面举的事例来看，被告无任何理由违约，理应承担相应的违约责任，除非合同效力存在瑕疵，当事人根据合同享有的权利当然应该获得法院的确认。法院既然已经确认合同有效，结果又拒绝承认损害赔偿计算条款的效力，就会使得一方违约时仅付出极小成本和代价，这就有可能给社会成员发出了合同不必严格遵守的信号。

增进裁判的可预期性，也是维护法院权威的要求。法院的裁判越有可预期性，越会增加社会成员对法院的信任，越可以排除其他因素对法院的干扰。若有一天当事人将案件提交法院裁判时，其确信只要按照诉讼程序正常地进行，最终的结果将完全遵循法律的规定、遵循法院既往的做法，而不需要托人说情，更不需要找领导批示，久而久之，自然形成法院的公信力和权威性，真正确立法院作为维护社会正义最后一道防线的地位。

当然，裁判的可预期性应当区分不同的案件加以判断。我们不能要求所有的案件裁判结果都具有可预期性，否则就否定了司法的专业性和复杂性；但对于大量的案件事实清楚、实体争议较小的案件而言，不能不强调裁判的可预期性。例如欠债应当还钱、损害应当赔偿，这就是基本的预期。德沃金、波斯纳等人都根据有关案件是否有唯一正解而将其区分为简单案件与疑难案件（hard case）。所谓简单案件，是指在案件事实的认定和法律的适用上，案情比较简单，待适用的法律规则较为清晰，当事人对于法律的适用可能没有太大的争议的案件。在实践中，履行合同、欠债还钱、赔偿损害等要求作为共通的社会观念被民众所接受，与此相关的案件，若事实清楚，常常是简单案件。而所谓疑难案件，是指案件事实的认定或法律的适用或以上两个方面都存在着较大的争议的案件。对这一类案件，需要依次运用多种法律解释方法进行妥当权衡和裁判。从法律实践来看，百分之九十乃至更高比例的案件是简单案件。此类案件按统一标准处理，是确立裁判可预期性的关键。

如何增进裁判的可预期性？从根本上说，就是要严格依法裁判。人民群众将案件提交到法院审理，其对法院的最基本期待就是相信法院能够秉公执法、依法裁判。而这种期待就体现在对裁判结果具有一种正当的预期。当人们的权利受到他人侵害，有效的合同被无端拒绝履行，人身权益遭受损害时，当他们把这些纠纷提交到法院时，他们相信法院会依法保护他们的合法权益，会依法还当事人一个公正，这就是我们所说的裁判的可预期性的内容。然而在现实中，妨碍可预期性的因素太多，其中最严重的就是各种批条、人情、关系。现在流行的一句话是“案子一进门，两头都找人”。对方当事人究竟找到什么人，其对裁判结果影响到什么程度，另一方都很难预料。这样的现象存在就难以保证裁判的可预期性。

规范法官的自由裁量权也是增进裁判的可预期性的重要途径。实践中，大量案件的裁判结果缺乏可预期性，与法院自由裁量权过大，甚至将本不属于法院自由裁量的案件纳入到自由裁量范围中有密切关系。在前面所述的案例中，既然合同约定明确，则依据《合同法》的相关规定，应当按照当事人的约定计算损害后果，但是法官对合同约定的损害赔偿条款完全避而不谈，认为有关赔偿的问题属于法官自由裁量权的范围，于是以自己的意志代替了当事人的意志。即使法官品行高尚、没有私心，但如果法官个人所秉持的公正观念超出了既有法律确定的行为规范和裁判规则，由此所作出的“公正裁判”也可能是有问题的。就上述案例而言，我们应该为法官的自由裁量设定一个界限，这就是说，若合同本身就是当事人按照私法自治的原则确定的，在不存在效力瑕疵的情况下，就应该按照合同约定的权利义务来履行。在当事人没有对损害赔偿条款提出异议的情况下，法官不能任意裁量，这些规则实际上就是对法官自由裁量权的限制。如果缺少对自由裁量的必要规范，司法公正就难以保障。

一个法治社会应当是对司法裁判充满信任的社会，而信任很大程度上来源于对法官裁判案件结论的合理预期。当然，这里说的合理预期，并非当事人可以在任何诉讼之前都能预见到裁判的结果，这也不符合司法的性质和规律。对于疑难案件来说，当事人不能合理预见裁判的结果也是正常的，是司法裁判专业性的体现。但对于大量的是非比较清晰、法律关系比较明确、法律适用比较简单的案件而言，应当使当事人对裁判结果有一定预期，对法院的公正裁判充满信任。总之，当裁判的可预期性大大提高时，中国进入法治社会、实现依法治国战略也将为期不远。

定分止争与定纷止争*

几年前，我在一份提交给全国人大关于物权法的专题报告中，提到物权法的功能之一是定分止争。这里特别使用了“分”字，而不是“纷”，在讨论中，引起了不同的看法。因为“定纷止争”的运用频率相当高，不仅频频见诸媒体报端，也常常为一些法院的宣传标语所用，与此相比，“定分止争”相对少见，这是否意味着应用“定纷止争”替代“定分止争”？

中国古代法律文献对法律的功能有较为全面的叙述，强调的是定“分”止争，而不是定“纷”止争。早在《管子·七臣七主》中，就有“定分止争”的用法，即“法者所以兴功惧暴也，律者所以定分止争也，令者所以令人知事也”。再看商鞅的说法，就更能明晰“定分止争”的正统地位，商鞅在《商君书》中说：“一兔走，百人逐之，非以兔为可分以为百，由名之未定也。夫卖兔者满市，而盗不敢取，由名分已定也。故名分未定，尧、舜、禹、汤且皆如骛焉而逐之；名分已定，贪盗不取。”其大意是指，众人之所以追逐在野外奔跑的野兔，并不是因为众人对野兔可分而得

---

* 原载《法制晚报》2012年8月20日。

之，而是因为无主的野兔给众人提供了积极争取所有权的动力。被捕获的野兔在市场出售，因其权属既定，他人就不能随意盗取。这意味着，诸如野兔之类的东西在名分未定的情况下，即使是尧舜等圣人，也会去追逐它；而在归属已定时，即使是盗贼也不能随意掠取。显然，无论管子还是商鞅，都认为法制的对象是熙熙攘攘的名利之徒，因此需要依靠法律的奖惩，使之趋利避害，减少纠纷。可见，其均将定分止争看做是法律的重要功能。在这里，"分"有不同解释，儒家学说把它表述为一种名分，孔子就说"必也正名乎"，而在法律领域，"分"的意义更在于"权利归属"。

从法律的功能来看，应当是定"分"止争，而不是定"纷"止争。只有确立了权利的归属，才能够进行进一步的交易和分配，就此而言，"定分"是"止争"的基础，同时也具有"止争"的功能。法家历来认为，定分止争是稳定社会秩序的前提和基础，而法律才是定分止争的工具，是定分止争的法宝，财产"盗不敢取，由名分已定也。"（《商君书·定分》）"故圣人必为法令置官也、置吏也，为天下师，所以定名分也。"（《商君书·定分》）这种定分止争的思想也可以说是我国古代学者对世界法律文化的重要贡献，它深刻地揭示了法律的本质和功能，尤其是揭示了确认产权在维护秩序方面的功能。实际上，近几十年来，如科斯、诺斯等人所提出的关于产权经济学的理论，核心问题仍然是如何通过界定和保护产权来促进社会财富的创造和流通，其实都是定分止争思想的体现。

定分止争意味着只有确定权利归属，才能减少权利归属的不确定性，防止纠纷的发生，维护社会秩序的安定。申言之，法律首先要全面、明确、合理地配置权利义务关系，只有划定明确的权属界线，才能理清每个人的行为界限，以便合理保持个人的自由空间和利益范围，确保自己的行为不会逾越界线，进而防止纠纷的发生。显然，定分止争中“定分”的目的不仅仅是解决已经发生的纠纷，还要通过事先配置权利义务的方式预防纠纷。“定分止争”是法治的重要功能，这一点在《物权法》上有更为充分的体现，其有未雨绸缪的预防功能，在现代社会中更值得提倡。

再回到《物权法》，它的目的正在于通过确认权利主体就特定的财产享有支配权，并对该财产进行占有、使用、收益和处分，从而产生了排他的效力和优先的效力，这对形成安定有序的财产秩序具有重要作用。按照法经济学的观点，虽然产权的分配对于财产社会福利的最大化并无直接影响，但产权界定是进一步交易的前提，一旦产权界定，即可通过自愿交易实现资源的最优化配置，达到物尽其用和社会福利的最大化目的。所以《物权法》通过界定产权、定分止争，不仅维护了财产秩序，促进资源的优化配置，还能够通过解决纠纷达到物尽其用的效果。在安定有序的财产秩序下，每个人尽其才智发挥物的最大效用，整个社会的生产效率和总财富也就会得到增加。

从司法的功能来看，应当也是定“分”止争，而不是定“纷”止争。目前法院在审判中特别提倡“案结事了”，并将其作为司法的主要目标。也就是说，司法的目标就是解决纠纷。此种理解实际上是一个“定纷止争”的概念。在这种思想指导下，很多法院以调解作为首要的结案方式，并下达调解率或调解指标，个别地方法院甚至打出“零判决”的口号。于是，即使是简单的“欠债还钱”案件，法院也要进行无休止的调解，以至于最后债权人不得不作出重大让步，因为只有达成调解协议才能结案，其结果等于变相鼓励赖账不还的行为。我认为，现代社会矛盾频繁，而法院公信力和权威性不彰，在此情况下，重视调解无疑是正确的，但调解的前提是当事人自愿，而且即便是自愿调解，也应当以分清是非为基础。比如，“欠钱还债”天经地义，债权人愿意调解，法院当然不能径行判决，但法院在进行调解的过程中也须首先明确债务人应该还债及债的数额，在这个基础上，债权人如果愿意放弃自己的部分权利，法律不必进行干涉。可见，即使采取调解方式，也必须是在“定分”的前提下进行。结合我国当前的现实，我们应当强调的是，解决纠纷的目的，最终是要通过明辨是非来贯彻和实现正义，以实现长久而稳定的和谐，而不在于短视的“息事宁人”。为了维护和谐，我们也应当鼓励沟通、协商和宽容，但这必须在分清是非的基础上完成。没有是非，必将导致法律的可预期性的降低，大大削弱其对人们行为的调整功能。这就是说，我们需要通过“止争”来维护社会的稳定及和谐，但前提必须是在“定分”即明辨是非的基础上进行。换言之，“定分”和“止争”是有机统一的，只有确定名分，方能止息纷争。在这里我们讲的名分，其实可以在更宽泛的意义上讲，即追求公正。正是通过“定分止争”，方能实现公平正义，这也正是人民法院的职责所在，即其作为审判机构，宪法赋予其重要职能就是依法裁判、公正司法。如果不先进行定分而进行止争，则难以真正达到案结事了的目的。实践中已经出现了强制一方接受调解结果而导致结案后无休止申诉上访的现象，这也说明只有公正才能止争，而公正的重要内容就是要“定分”。故而，我认为司法的最高目标不是“案结事了”，而是公平正义。

古老的“定分止争”而不是“定纷止争”在当今法治建设中仍有重要意义，它既是法律、也是司法的重要功能，司法绝不能为了突出“止争”而忘记“定分”的前提。

明辨是非是正义的基本要求

我的一位毕业后在法院从事审判工作的学生，跟我交流一个简单的债务纠纷案件。债务人欠债权人 10 万元人民币，加上利息 1 万元，但到期后无力偿还。债务人现今提出了宽限半年的要求，后经法院反复调解，债权人同意宽限半年，并没有提出支付迟延期间利息的要求。但半年后，债务人仍然无力偿还，要求减免 1 万元的利息。经再次调解，债权人同意免除债务人的 1 万元利息。在法院已经作好了调解书，并要求双方当事人签字时，被告进一步提出：其无力清偿 10 万元债务，要求减少本金。我的学生，即本案主审法官认为不能接受债务人的要求，准备作出判决。但庭长提出，该判决即便作出也无法执行，要求他继续调解。该法官对我说，他对此案的审理实在不知该怎么办，只能按照庭长的要求办。

近几年，各级法院极为重视调解。在整个诉讼活动中，都贯彻了“调解优先”原则。应当承认，在目前的社会矛盾多发期，强调调解对化解社会矛盾和纠纷的确发挥了积极作用，但由此也引发了应当如何调解的争论。本来调解应当以自愿为前提，在诉讼的任何环节和阶段，只要当事人愿意，法院都应当积极促成调解。就民事案件而言，基于当事人自主自愿的调解大都具有判决所不具备的优越性。从自愿调解的角度，强调调解优先是正确的。但是，在许多基层法院，“调解优先”被理解成“任何调解、包括非自愿的调解，都优先于判决”。因此，不少法院明确提出了调解率要求，将调解率作为考核法官司法工作的指标，甚至个别法院喊出了“零判决”的口号。因此，在一些案件中，无论当事人是否愿意，法院也会无休止地进行调解。前面的案例就很好地说明了这一点。关于此种做法的妥当性，一些人提出了大量理由。其中一个重要的理由就是这有利于促进社会和谐。因为，判决的结果可能会激发矛盾，而调解能够让当事人握手言和、“化干戈为玉帛”。且如上例所表明的，如果判决后无法执行，判了也白判，还不如通过调解挽回原告的一些损失。

非自愿的调解是否有助于真正促进社会和谐？我对此表示怀疑。中国传统文化的确有“和为贵”的思想。这是中华民族的宝贵财富，也是维持社会和谐稳定的思想源泉。但这种思想后来被演绎成了“和睦贵于是非”的想法。例如，明代著名的思想家王阳明曾言“无善无恶心之体”“知善知恶是良知”，这都是把“良知”之“良”放到“知”的优先地位，认为人心首先是“良”的，其次才会“知”，因此，道德重于是非。而以老庄为代表的“无为”、“寡欲”等观念，都有强烈的消融是非、排遣是非的倾向，觉得世间的一切是非都是人为的纷争，是欲望的陷阱，是人为的误区，所以应该摆脱而不是面对，计较是非反而成为一个很低层次的思想境界了。其实，不辨是非的做法并非儒家的传统，也不是“和为贵”的必然要求。例如，孟子提出，“无是非之心，非人也”，强调分辨是非之心是人所特有，丧失了是非之心，也就泯灭了良知。无是非之心，非君子之道。所以，将“不讲是非”与“和为贵”相挂钩是不正确的。

相反，“和为贵”应当是建立在明辨是非基础之上的。“和”应当是一种在明辨是非曲直基础上形成的社会秩序，而不应当是一种蕴含矛盾的表面和谐。从行为引导效果来看，前例中的债务人可以通过无休止的要求，从延期还款、到利息减免、再到减少本金，则说明债务人很可能是一个贪婪者。而调解机制就很可能满足了这类人的贪婪欲望。很难想象，即便其签订了调解协议之后，该债务人就能够积极地履行协议。

从道德层面来看，欠债还钱是千百年来的道德准则。但如果债务人能够通过利用调解机制来迟延还款、减免利息甚至减少本金，则实际上是对背信弃义者的一种“奖赏”。这种做法的危险在于，给社会传递一种不良的信号，导致更多人效仿债务人的行为。其结果就可能引发一种道德风险，让那些有能力偿债、且必须偿债的人借机逃债，并通过一纸调解书使逃避债务的行为合法化。这样一来，调解是否真的达到社会和谐，需要打一个问号。相反，一个真正和谐的社会，应当是遵守规矩和道德的社会。只有大家都依法律办事了，才能有真正的和谐。

传统的东方文化重视调解这一争端解决方式，但非自愿调解的方式并不是我们所说的调解的固有的特点。在调解中贯彻“和为贵”，只能是自愿的调解所产生的和睦和谐。那些非自愿的调解，并不能真正地化解纠纷。我们也看到，实践中，有的债权人在被迫接受调解后，事后感觉权利没有受到保护，拒不接受调解协议，走上了无休止的上访告状之路。这里的问题还在于，非自愿的调解并没有从根本上消除社会矛盾因素，无法做到案结事了。相反，真正的和谐应当是建立在明辨是非基础上的调解。当事人的权利通过司法裁判得以确立。从个案来看，在当事人不愿意接受调解的情况下，通过司法裁判明辨是非，才是做到真正

"案结事了"的关键。

从社会层面来看，在当事人不愿意接受调解的情况下，可以通过司法裁判明辨是非，向社会传递正义观念和法治理念，进而实现社会的真正和谐。孔子说，"刑罚不中，则民无所措手足"（《论语·子路》）。这就是说，如果法律适用不公正，老百姓将惶惶不安、无所适从。管子说，"法者，天下之程式也，万事之仪表也"（《管子·明法解》）。"君臣上下贵贱皆从法，此为谓大治"《管子·任法》。当人们明确自己的权利义务边界，并积极地行使和维护权利，自觉地履行法律义务时，社会矛盾才能从根本上减少和得到化解，才能真正维护社会的和谐。俗话说"无规矩不成方圆"，也讲的是这个道理。如前所述，在《秋菊打官司》电影中，如果村民和村长都知道人身权不可侵犯，则村长就不会踢秋菊丈夫一脚，也自然就没有秋菊的不断上访和警察介入情况了。电影最后以村长被警察带走落幕，其正是向社会传递一种信号，即任何人都无权侵害他人人身，否则要受到法律追究。如果人们都能树立这样的意识，社会就更加和谐了。相反，假如电影以"村长安然无恙"结尾，则其在传递另一种完全不同的信号：踢了人也不一定有事。在这部电影中，秋菊要求"给个说法"就是要求公权力机关辨明是非，确定谁对谁错、谁是谁非，这就是对正义的追求。

司法机关通过辨明是非，才能够发挥依法公正裁判、维护社会正义的基本功能。司法权本身就是一个判断权，性质上决定了须对是非曲直进行判断。司法裁判在中国古代称为"断案"，其含义是判断、决断。在英文中的 judgement 对应了判断的含义。法官(Judge)这个词又表示判断的意思，这也就说明法官依法判断是其本职。判断本身就是要辨清是非曲直。judgement 在法律上表达的就是依法判断的意思，其是在 Jus

(法) 一词的基础上派生出的概念。法官就是要判断是非曲直。如何理解是非曲直？我国《民事诉讼法》第7条规定："人民法院审理民事案件，必须以事实为根据，以法律为准绳。" 这实际上就是对民事裁判过程中明辨是非要求的具体体现。而明辨是非中的"是非"既包括法律事实上的是非，也包括法律适用上的是非，就是要在查清事实的基础上正确适用法律判断，这样方能达到明辨是非的目的。从个人行为层面而言，是非要以法律为准绳加以判断，合法行为会受到保护，非法行为则会受到法律的追究。

明辨是非，是维护社会和谐的基本要求。一方面，明辨是非是保障法律的实施、维护法律尊严的基本要求。法律本身就是判断是非曲直的依据，合法的行为就是正确的，非法的行为就是错误的，这就是维护法律的尊严。例如，欠债还钱就是对的，是法律的基本要求。在当事人自愿放弃的情况下，这也是合法的。但是如果硬性调解、逼迫债权人放弃债权，只会扭曲债权制度的基本规则。另一方面，明辨是非也给人们一种明确的行为指引。只有明辨是非，才能让人们明确地知道自己行为的后果。常言道，"种瓜得瓜，种豆得豆"。每个人都应当对自己的行为后果具有合理的预期，知道实施某种行为将会产生何种后果。如果通过调解扭曲了是非曲直，那将会导致人们的预期被打乱。例如，借钱给别人，债权人本来具有合理的预期，即债务人应当到期还本付息，债务人也知道必须还债。但是经过非自愿的一再调解，结果却变成债务人无须或者只需偿还很少一部分的债务便可了事，那么这就完全打乱了债权人和债务人的合理预期，变成了欠债可以不用还、借钱给别人之后打水漂的结果。无止无休的非自愿调解只会牺牲债权人利益来对债务人进行一再让步，赖账者的要求一再得到满足，其结果是助长赖账行为，社会更无诚信可言。这种模式容易向当事人传达不恰当的信息，鼓励欠债不还、有约不守的行为。长此以往，整个市场信用将会荡然无存，市场秩序也将陷入混乱。裁判是正义的载体。明辨是非就是要向公众传递尊重规则和违反规则会有不同待遇的信号，充分体现法律奖罚分明的可预期性。

在这个案件中，法官认为已经不能再继续调解，但庭长提出，该判决即便作出判决也无法执行。我个人不赞同此种观点。一方面，这个案件还没有进行判决，更没有进行到执行程序，庭长怎么知道无法执行？庭长的建议权是否干预了法官的独立审判？另一方面，即便是当事人在判决之后确实无力偿债，也不影响案件的公正判决。因为执行阶段是另外一个程序，如果公司无力偿债，就进入破产清算程序，如果是个人无力偿债，那么个人的信用就会降低，将来如果制定了《个人破产法》，还会对破产的个人的消费行为进行严格的限制。许多赖账者，一旦被宣告破产，不仅个人名誉扫地，而且不能再住豪华宾馆、坐飞机、开豪华汽车，更不用说花天酒地、挥金如土。即使该法现在还未出台，如果将拒不执行者公之于众，也可以起到促使当事人履行义务的效果，这样就能够大大缓解执行难的问题。所以以判决后不能执行为由来要求必须调解，并不是解决问题的办法。尤其应当看到，如果认为难以执行就不判决，必然出现一种反向激励机制，使得那些具有赖账倾向者更不愿意去执行判决。

法的本来含义，就是要通过明辨是非来实现正义。《说文解字》对“法”（灋）的注解就体现了其公平正义的内涵。所谓“法者，平之如水”。法要体现公平正义的要求，但“正义”作为实质推理的依据，并非只是空洞的说辞。恰恰相反，正义不仅有实质性的内容，而且也需要通过不断在个案裁判中得以彰显而具体化其在不同领域中的相应内涵。只有通过无数个明辨是非、正义的具体案件才能够反复确认正义的具体内涵，也才能够在民众中建立起是非分明的价值观念，并在将来面对争议时进一步强化是非的辨别，形成良好的秩序。按照法律经济学的看法，法律作为一种社会规范秩序，其具体制度设计不应当局限于实际发生纠纷的个案，而应当考虑特定规则可能对个案之外的其他人产生的行为诱导效果。法律规则的评价应当从其对社会的整体影响来考察，这也深刻地解释了法律应当具有预防功能的原因。通过司法明辨是非，其实就是在培育和强化民众的公平正义理念。法制的健全既要进一步启发民众的“是非之心”，让民众通过增进法律思维、法律意识来分辨是非；也要让民众警惕情感式的是非观，即走出以情感式的非正义代替主流正义的是非观怪圈，人们形成了具有共识的、体现为社会核心价值的正义观，才能够有良好的诚信观，才能建立一个诚实守信、公平正义、和谐有序的社会，法律的劝善功能也由此得以实现。

要强化判决书说理

据媒体报道，在云南“李昌奎案件”中，被告李昌奎因杀害两人，经一审判决，其因犯故意杀人罪被判处死刑，剥夺政治权利终身，犯强奸罪，判处有期徒刑5年，数罪并罚，决定执行死刑，并处剥夺政治权利终身。二审改判为死缓，再审改判死刑。在二审后，针对社会公众对被告二审被改判死缓存在的疑问，云南省高级人民法院进行了相关的说明，针对二审改判理由过于简单的问题，该院某副院长表示，“这是由我国的司法制度决定的，判决书的书写是概括式的，法官不能自由发挥”[①]，因而判决书不应详细阐述判决理由。

诚然，该副院长所讲述的情况是我国目前存在的客观事实，不仅在刑事判决中，在民事判决中，判决不陈述理由的现象也司空见惯。过去民事判决书不仅说理简单，而且对事实的陈述也十分简单，但随着审判改革的推进，民事判决书对证据的认定和是否采信的分析和判断相对详细一些了，有的判决中对此甚至用数十页进行分析，这不能不说是审判方

---

① 廉颖婷：《药家鑫死了，李昌奎为什么活着》，载《法治周末》2011年7月11日。

式改革以来司法改革的重要成就和进步，也是法治进步的体现。但遗憾的是，无论是在民事判决还是刑事判决中，有关判决说理仍十分欠缺，主要表现在：一是法官在陈述案情之后，直接援引法条作出裁判，但为什么依据该条而不是依据其他法律条文、为什么依据该条就能够得出裁判结论，则常常语焉不详。二是有的判决根本不援引具体法律规则，而只是援引法律原则，如公平原则或公序良俗原则等得出判决结果。此种情况俗称“戴高帽”的裁判。基本原则放之四海而皆准，可以说适用于任何案件。也就是说，这种裁判其实根本没有援引具体法条进行说理。许多判决书，不要说当事人看不懂理由，就是一般的法学专业人士，在浏览完判决书后也是一头雾水。三是不针对当事人的主张和依据来说理。数年前，笔者曾接待一位来自新疆的上访者，其打了一个普通的民事官司，经过几年的审理之后，经过终审到再审，他仍对判决不服。我仔细阅读了案件材料之后，发现判决的结果其实是有道理的，但遗憾的是，判决没有针对当事人提出的主张来进行回答，也没有陈述判决理由，以至于无法说服当事人，甚至导致当事人始终认为裁判不公正。后来，我对案件进行了分析，当事人听明白之后，表示不再上访了。可以说，民事判决书缺乏充分的说理论证，已经为社会广为诟病。

判决书是否说理是判断裁判是否正确和公正的重要标准和依据。俗话说“有理走遍天下，无理寸步难行”，判决是否公正的重要标准，就是看其说理是否符合法律逻辑。只有法官判决充分地进行说理，才能使判决经得起检验，否则将很难使各方当事人和社会公众认可该判决结果。如果没有书面说理和论证过程，其是否准确适用了法律、是否真正体现了公平正义，是无从判断的。法谚有云：正义是从裁判中发声的。正义是具体的，法律条文所体现的抽象正义通常是通过具体的案件体现出来的，判决的说理性越强，其公正性越强，也越能够为当事人所接受，起到案结事了的作用。在实践中，许多判例从结果上看，对当事人双方是公平合理的，但因为欠缺说理，所以一方或者双方不能相信该判决是公正的，因此，就常常出现无休止的“公说公有理、婆说婆有理”的现象，甚至导致一方当事人无休止的上访申诉，从而引发一些社会问题。

判决书说理，是保障裁判公正的重要措施。因为要求判决书具有说理论证过程，可以保证法官在进行裁判时认真听取各方当事人意见，查明案件事实，正确适用具体法律规定，这就在一定程度上可以保障裁判的公正性。判决需要强化说理，首先，就是为了说服裁判者自己。这就要求案件裁判结果必须要有正当理由的支撑，如果缺少充分的说理论证，法官连自己都无法说服，如何说服别人？法官就无法确信自己裁判结果的公正性、合理性。一般来说，如果法官连自己都说服不了，那就可能存在枉法裁判，就是俗话说的昧着良心判案。其次，是为了说服当事人。尽管有的当事人从自己利益出发，时常固执地坚持己见，但大多数当事人还是理性的。如果法官确实在判决中讲出了充足的道理，分清了是非，辨明了曲直，且当事人无法对法官在判决中阐述的理由进行辩驳，我想大多数当事人还是可以接受的。如果判决书没有讲清楚理由，即便裁判结果有道理，败诉的一方也可能认为裁判对其不公正，这就可能给判决执行带来困难。最后，是为了说服当事人以外的其他人。现在越来越强化对司法的社会监督，但监督必须依法进行，如果裁判是依法充分说理的，社会一般人都信服判决的理由，对这样的判决有什么理由进行批评和指责呢？现在很多人说领导批示过多，干预司法，这确实是需要改进的。但是，我认为，如果一个裁判确实讲出了充分的道理，我想这些领导也应是能够理解和接受。现在批示太多，在一定程度上也正是因为判决书缺乏说理论证，难以说服这些领导。所以判决书的充分说理，可有效地减少对法官的质疑，能够对自由裁量形成一种有效的规范，并能够防止司法专横、肆意裁判。裁判结果不仅仅是要回应当事人的诉求，更应该经得起社会公众的检验。因而，其受众对象是广泛的。为了实现裁判的社会认同，法官应当尽可能充分地进行论证说理。越是增加“思考理性”，越是容易实现公正或者达成公正共识，从而提高司法裁判在法律共同体中的接受程度。

判决书说理是“以事实为依据、以法律为准绳”原则的基本要求，也是法官应尽的责任。一份判决书实际上就是法官向社会呈现的考试答卷。在国外，一份判决可能就是一篇极好的学术论文。当然，要求判决都成为学术论文，这显然是不现实也是不必要的。但一份判决至少要讲出足够的理由，这样的要求，无论如何不算过分。在封建社会，许多朝代都规定，官吏如果不能自写述职公文，应被免职；在当今社会，法官在其判决中详写理由，乃是其基本职责，如果做不到这一点，很难说该法官是称职的。可以说，民事判决，理由说得越充分，越说明法官是忠实于法律、认真维护当事人合法权益的。道理透彻的判决，也足以说明该法官是一名称职合格的法官。在前述李昌奎案件中，云南省高级人民法院某副院长表示，由于在我国判决书的书写是概括式的，所以难以写明理由。我认为，这种做法尽管反映了我国司法裁判的现状，但事实上，“判决书的书写是概括式的”根本就不存在法律依据。相反，《民事诉讼法》第152条规定，“判决书应当写明判决结果和作出该判决的理由”。这实际上是将判决书的说理作为法官的一项义务确定下来。由此可见，法官在判决书中写明判决理由，不仅是其应当承担的一种社会责任，而且是其负担的一项法定义务。只有履行了这种义务，才能努力使人民群众在每一个司法案件中都能感受到公平正义。

判决书说理是司法公开的重要内容。在一个法治社会，法律规则作为调整人们行为的基本规范，应当公开、明晰，内容包括行为规则内容和该规则背后所体现的基本精神，使公民对法律规范有一个清楚的了解和掌握，以便有序安排自己的行为。在司法审判活动中，如果法官能够在司法判决中通过逻辑推理，详细说明判决的理由，则有利于公民及时便捷地了解法官裁判的理由；如果法官充分展示了裁判理由，当事人知道究竟赢在哪里、输在何处，我相信大多数当事人是能够理解和接受的。这样的判决也经得起社会的评价。更何况，在信息畅通的网络时代，每一个个案都可能引起社会公众的关注。可以说，今天人们对司法的关注超过了以往任何时候。此种关注当然不限于对判决结果的单纯关注，还在于对判决背后详细理由的关注。这不仅反映了我国公民法律素养的普遍提升，也反映了公民对司法裁判活动提出新的需求。所以要求司法公开，最基本的就是要求法官将判决理由公开，如果这一点做不到，也难以使公民切身感受到司法的公平正义。

判决书说理是验证裁判结果是否妥当的重要措施。法官要在判决书中强化说理论证，就必须指出适用于待决案件的具体法律规定，为什么要根据待决案件的事实来援引该法条而不是其他法条？该法条如何理解？该法条所确立的规范要件和法律效果是什么？该法条与案件事实的联系性如何？我国当前司法裁判存在的一个问题是，一些法官乐于在判决书中直接援引法律原则来判案。例如，援引《民法通则》第5条关于保护合法民事权益的原则来判案，或者根据《民法通则》第4条自愿公平等原则来直接判案。这种做法实际上是“大帽子下面开小差”，因为这给了法官很大的自由裁量权，无法保障裁判的公正。由于法律原则一般是普遍适用于各种案件的共同规则，如果法官仅仅援引法律原则进行裁判，实际上和没有援引任何规则来判案一样。如果仅仅根据一项原则就能判案，那么为什么还需要《合同法》《物权法》《侵权责任法》这些法律所确立的具体规则呢？立法者之所以需要颁布这些具体的法律，就是要为法官提供正确的指引，同时还可以为当事人的行为提供指引和规范。仅仅以一般原则来判案，等于向一般条款逃逸。看起来是依法裁判，但实际上是法官在自由裁量，把法律的具体规则抛开，以法官自己的认识来进行判案。如果法律确实存在漏洞，需要通过原则来进行填补，此时也必须要进行充分的说理论证。

司法裁判作为一种社会控制手段，具有引导人们正确行为的功能。社会生活关系纷繁复杂，而法律规范是有限的，在社会生活中，大量的行为并不能完全通过制定法来规范，这就需要借助法官的裁判活动为人们的行为提供正确的引导。但是，司法要发挥此种功能，使社会公众信服司法裁判，并将其转化为人们的行为规则，法官在裁判中就必须进行充分的说理论证，而不能简单地给出裁判的结论。在现代社会，对裁判正义的要求，不仅表现在法官应当援引法律进行裁判，更表现在法官应当通过充分的说理论证证成裁判的正当性。总之，强化判决书的说理，是保障司法公正的必然要求。我相信此种说理不仅可以有效保证判决书的质量，而且能够真正保证依法公正裁判。

法官与医生

表面上看，法官与医生是两个相去甚远的职业，一般无法进行比较。因为医生专职治病救人，而非行使公权力，法官则作为行使司法权的主体，在民事案件中通常要面对两造相争的诉讼，进行必要的裁断。医生要靠“望闻问切”获取诊治的信息，而法官要依据当事人的诉讼对抗进行裁断。这是两种不同的职业。不过，法官与医生仍有很多共同点和相似性。由于法官的主要职责在于化解社会纠纷，解决各种社会矛盾，所以，在国外有不少人认为，法官属于“社会医生”[①]，面对的是社会有机体的健康问题，诊疗的是人际社会关系中的病症。

法官与医生一样，都需要注重职业道德。医师又称为白衣天使，治病救人本身就是一种善行，如果医师缺少职业道德，将可能危害患者的生命、健康。职业道德是支配医师诊疗行为的内在的道德规范，一旦这种规范缺失，即便医术再高、经验再丰富，也会损害患者利益。医生应当遵守医德，法官同样如此，如果其缺少职业道德，在具体裁判中不能做

---

① 参见唐明、周永利：《天平之星：法官的界定、思维和语言》，广东经济出版社2007年版，第81页。

到公正裁判，其掌握精湛的法律知识不仅不能为解决纠纷提供帮助，反而可能成为其玩弄法律的工具。此类人可能比具有较高职业道德素养而法律专业水平一般的法官，对法治事业的危害更甚，因为医生只是以其个人或医院的名义实施诊疗，而法官则是头戴国徽，代表国家行使其司法权。如果法官徇私枉法，则受害的不仅是个体的当事人，还有整个国家的司法形象和体制。

法官与医生一样，都须充分强调其专业性。两者都需要以其个人自身的技能、判断去进行裁判或诊治。对医师而言，其不仅需要掌握高深的医学理论，还需要积累丰富的诊疗经验。虽然某些患者也可能或多或少了解一些医学知识，但仅凭这些知识是无法行医的，更不可能应对疑难杂症。所以，医师职业具有很强的专业性，某个医师的知识和经验越丰富，其声望越高。对于患者而言，医院的概念其实是抽象的，其对医院的认识显然来自于其直接接触的医生，医生就是医院具体化的形象和代表。毫无疑问，患者对于三甲医院比对普通医院具有更高的信赖度。但是，其更信赖的，往往仍然还是工作于三甲医院中的名医，这也是为什么会存在“专家挂号”的做法。实践中，名医越多，医院的知名度就越高，其整体声誉也越高。所以，医生的诊断，因人命关天，他人很难干涉。其实法官的职业也具有极强的技术性和专业性，法官作为专司法律适用的职业，无疑应当具有良好的法律素养和坚实的专业知识。当然，丰富的裁判经验同样不可或缺，正如霍尔姆斯所言，“法律的生命不在于逻辑，而在于经验”，这就更深刻地阐释了经验对一个法官的重要性。司法的公正或者权威不仅仅体现在当事人对法院公正或者权威形象的认知上，更具体地体现为当事人对每个具体裁判的信服中，因为“正义是从裁判中发声的”。法院的公信力、司法的权威性要靠每一个法官自身的行为维系，在这一点上，其与医院与医生的关系类似。对于每个当事人而言，他们所直接面对的是每个具体的法官，他们对法律的认识来自于每一个具体案件的判决，所以法律在他们眼里具体化为法官以及法官对他们所作出的判决。为此，与医院中的医生一样，法官也需要具有良好的专业素养和丰富的实践经验。因此，对法官依法独立、公正行使审判权，也不应过多进行干预。

法官与医生一样，都是运用专业知识服务社会的专业人士，医生诊治患者的生理和心理疾病，而法官并不诊治个体的生理或心理疾病，而是运用法律的天平来衡量和矫正社会的不公和秩序失衡，他所针对的是社会的疾病，其职责就是要预防或者解决已经发生的社会疾病，对症下药，进行治疗或必要的切除。知法、懂法以及熟练适用法律的技能对法官正确办案至关重要。就像庸医会治死病人一样，不合格的法官会产生很大的危害。一方面，错误的裁判会给当事人造成严重的后果，如错误的民事裁判会导致当事人有巨额金钱损害，错误的刑事裁判会致使当事人被非法关押、身陷囹圄；另一方面，错误的裁判也会导致人们对法制、法律、法院信任的降低，最终危及法院作为危急解决机制的权威的地位。错误的司法与错误的治疗一样，会产生巨大危害。

法官与医生一样，都不可能凭借书本的经验或者书面的规定来机械地处理，而是需要运用专业知识、针对具体的案情和病情来进行“对症下药”，作出准确的判断和处理。尽管如今信息技术飞速发展，办公和处理的过程实现了高度的计算机化，但是，显然计算机程序不可能替代医生或法官的判断；曾有人设想完全通过软件程序进行问诊和治疗，这显然是一种天方夜谭式的臆想，因为人体的差异性、病情的特殊性等都决定了很难运用固定的软件程序来对疾病进行判断和治疗。同理，法官的判案也是如此，人类社会永远不可能运用计算机程序设计来代替法官对具体个案的判断。必须结合具体的个案的具体情况，进行具体分析和处理。孟德斯鸠曾经说，法官只是法律的“传声筒”，法官只需要将法律的规定套用到案件的情况上，直接宣告法律的处理结果即可。法律的机械适用论者甚至认为，司法的过程就类似于自动售货机一样，输入简单的案件事实，就能够自然得出裁判结果。这种认识显然是一种机械的幻想。因为每一个个案都是千差万别的，而法律的规则只是一般的行为规则，不能机械地套用于纷繁复杂的具体个案，必须运用法官对案情的分析、判断以及对法律的解释等，才能依法得出准确的案件裁判结果。

法官与医生一样，其作出准确判断的前提是了解客观情况。对医生来说，他要接触病人，深入病房，详细了解病情，在此基础上，才能够制订出正确的治疗方案，因为病人个体的差异性较大，理论上固定的治疗方案不一定适合每个个体。因此，医师不应当仅仅依靠听取病情汇报而作出判断。法官更是如此，其要作出准确的判断，不仅需要查询证据，而且要亲自参加庭审，认真听取当事人的庭审辩论，有时候，案件的一个细节，都有可能对整个案件产生影响，但要了解该细节，就需要在庭审中认真听取当事人的陈述和辩论，必要时还要亲自考察案件现场，才能准确了解案情，作出正确的裁判。因此，一般而言，由主审法官通过参与合议庭或作为独任庭的法官来作出裁判，比由没有参与庭审的法官作出裁判，更为客观和公正。在实践中，有的法院采取了“层层审批、层层把关”的做法，并认为这就可以保证裁判公正，但结果往往事与愿违，反而容易导致错案，因为一些法院内部的行政领导在没有参与庭审的情况下，通过听取汇报即作出审批，难免会有失偏颇。层层把关所采取的阅卷书面审的方式，也不一定能降低错案率。而且，由没有参与庭审的人作出审批和裁判，也可能剥夺诉讼当事人向裁判者当面陈述意见的权利。在这一点上类似于医师的诊疗活动，若医生仅仅听取汇报而非问诊而进行诊断，其后果将是难以想象的。

法官与医生一样，都应该对自己的决断行为负责。一个主治医师需要在其治疗方案、处方等上面签字，这意味着其要对这些决断负责。在比较法上，各国都承认专家责任（professional liability），若医生违反了应尽的注意义务和诊疗规范，造成患者损害，其应承担相应责任。在我国医疗侵权案件中，法律虽然仅要求医院承担责任，但医院可以追究医生个人的责任，以尽量促使医生个人尽职尽责。法官同样如此，主审法官需要在判决书上签字，这也意味着，其要对该判决负责。实践中，有一种观点认为，裁判权只是给予法院而非赋予法官的，因此，在我国，应当通过集体决定而不能由个人行使裁判权。我认为，与医师从事诊疗行为一样，法官从事的司法裁判活动难以实行集体负责制，集体负责往往会成为个人逃避责任的借口，其结果往往是无人负责，这种机制更容易导致冤假错案。集体负责，也会养成法官的惰性，因没有责任制，裁判都交领导决断，将导致主审法官“无权一身轻”，对案件不作认真调查，不作认真研究，最终作出不适当的判决。在这一点上，法官也和医生类似，若医生只问诊而不开方、不决断，不仅医生的素质无法真正提高，最终也不可能真正正确诊治患者。司法裁判的规律决定了不能采取集体负责制，每一个主审法官既然在裁判书上签字，就应该对裁判结果负责。

通过比较法官与医师的相似性，从人们已经耳熟能详的医疗活动的思考中，可以更好地发现司法的一些运作规律。从中国今后发展的趋势来看，为了人们身体的健康，我们需要大批的名医；而为了社会的健康，我们需要培养大批具有专业知识和丰富经验并具有良好职业道德的优秀法官。

如何理解法律效果与社会效果的统一

多年前，有一个法官曾经和我讨论一个案例，在该案中，一个债务人欠了三个人的债，三个债权人都打赢了官司，案件进入到执行阶段。在执行时，法官发现债务人只有不到一千万的财产，而其欠每个债权人的债务，都超过了一千万。这是实践中经常遇到的问题。究竟如何执行？有人主张应当考虑执行的社会效果。但社会效果如何把握，就又成了一个问题。有人说，债务人的财产应该先给本地的企业，要支持地方的经济发展；有人说，应当将债务人的财产执行给国有企业，防止国有资产流失；还有人说应该将财产执行给私营企业，才能体现对民营经济的促进和支持。

其实，如果债权人都拿到了胜诉判决而债务人资不抵债，债权人可以依法申请进入破产程序；如果不能启动破产程序，也可以适用和解和重组等方式；如果这些方式也不能适用，就只能按照债权平等的原则，在债权人之间进行公平分配。但是执行若通过社会效果考量来进行，这就未免给执行法官带来过大的权力。

我一直认为，法律效果和社会效果的统一这个提法是不严谨的。因为该提法有可能会使人误以为法律本身是不讲社会效果的，法律效果是偏离于社会效果之外的。这种认识在实践中会带来法律怀疑论，认为严格执法会不讲求社会效果，只有在法律之外，通过社会效果考量，才能实现真正的公平。其实，每一部法律在制定的过程中都要考虑社会效果，所谓社会效果就是有效地协调了各种利益关系，最符合广大人民群众的根本利益。我们的法律是最广大人民意志的产物，从这个意义上讲，法律都是讲究社会效果的。按照彭真同志的说法，法律本身就是在社会矛盾的焦点上“打杠杠”，就是要协调不同的社会群体利益及其矛盾冲突。如果法律不能反映社会效果，法律本身就失去了其规范社会生活的重要功能。在立法过程中我们强调民主立法、科学立法，很重要的原因就是要保证法律最大限度地体现和反映社会生活的需要。所以，法律效果和社会效果的统一，在很大程度上是要强调在立法过程中保持两种效果的统一。

在司法活动中，强调两个效果的统一，绝不是意味着允许法官完全根据自己所理解的社会效果作判断而不考虑法律规定。首先，必须认识到，“司法”的本意就是指实施法律。而“司”的含义，也带有维护和适用的意思。也就是说，司法就是维护法律的权威。法官，顾名思义就是司法的官。所以，法官的职责就是在司法实践中依法公正裁判，维护法律的尊严和权威，这就必须要摒弃法律不讲社会效果的观点。除非是法律存在明显的缺陷，否则法官都应当坚信法律是追求社会效果的，只有遵守法律，才能实现特定社会效果。伯尔曼指出，在法治社会中，“法律必须被信仰，否则它将形同虚设”。而要树立全社会对法律的崇尚、尊重乃至信仰，必须借助司法机构的严格司法行为才能实现。

在司法活动中，法官可以“自主地”追求社会效果，主要是两种情形。一是法律允许法官针对特定的案件享有一定的自由裁量权。例如某条刑法规则规定，法官可以对某种犯罪判处 5 年以上、10 年以下的有期徒刑，在该幅度范围内，法官就可以根据社会效果考量，选择一个合理的刑期。但超出了这一自由裁量的范围，法官就属于违法裁判。在自由裁量的范围内考量社会效果，也就是遵守了法律。二是法律出现明显漏洞，需要法官填补漏洞。这时候法官可以通过考察社会效果来弥补法律规定的不足。应当看到，由于立法者理性局限等原因，法律本身的滞后性在所难免，这确实需要法官在实践中灵活运用法律解释、漏洞填补等方法来弥补法律的不足。举个例子，关于民间借贷利率的限制问题，最高人民法院通过司法解释确定为同期存款利率的 4 倍。对为什么定为 4 倍的问题，我曾经不理解，为此请教过最高人民法院的有关领导。据他们介绍，4 倍的限制最初出现在 1956 年时任国务院副总理的邓子恢同志在给中央的一个报告中，该报告提到民间借贷可以超出银行同期存款利率的 4 倍，后来人民银行在有关文件中采纳这一标准。最高人民法院相关司法解释也以此作为认定高利贷的标准，但时过境迁，经过五十多年的发展，情况已经有很大的变化，许多地方通行的民间借贷利率已经远远超出 4 倍的利率限制，仍然按照此种认定标准，就很难对民间借贷起到真正的规范作用。所以很多法院在认定高利贷时已经采取了变通做法，这实际上就考虑到了法律效果和社会效果的统一。

当然，社会效果不是裁判者个人主观上理解的“社会效果”，而应当是从社会一般观念出发来认定的社会效果。同时也要充分考虑立法者的意志，以寻求立法者所追求的社会效果。换言之，社会效果正是孕育于法律效果之中。因此，实现了法律中的价值选择，也就实现了其社会效果。因而在法官裁判的过程中，就需要考量立法者的立法目的、意旨。在考量社会效果时，必须坚持“依法裁判”的精神，不能以社会效果为名，逾越法律的界限，而只能在法律条文的文义可能范围之内进行解释。

在全社会牢固树立法律的权威，使法律真正深入人心，走入人民群众，首先必须要求执法者对法律有尊崇之心，不能动辄撇开现行法，追求所谓“社会效果”，如此必然损害法律的权威性。回到前述案例，其实法律对此种情况已经确立了债权人平等保护的规则，法官不得以追求社会效果为由而完全置该规则于不顾，在债务人进入破产程序之前，只能依据债权人平等保护的原则保护债权人，否则，法官在没有法律依据的情形下，对任何一个债权人优先保护都构成对该原则的损害。

裁判方法研究：依法公正裁判的源泉*

中国特色社会主义法律体系的形成，表明我们已经基本结束了无法可依的历史，进入到了有法可依的时代。法治工作的重心应当从解决有法可依的问题，转向有法必依、执法必严、违法必究方面来。可以说，社会主义法律体系的形成也预示着一个“解释者时代”的到来。相应的，法学研究要从过去的立法论导向转向解释论导向，要从过去关注应然问题转向关注实然问题，要从过去关注规范如何产生转向关注法律如何运用。在这个过程中，我们需要加强法学方法论的研究。

法学方法论不是指法学研究的方法，而是指裁判的方法，是以裁判活动为研究对象，从裁判中总结规律，进而上升为一种理论的方法。裁判方法研究的根本是实现依法公正裁判，具体包括对案件事实的认定、对拟适用法律文本的解释、将解释后的法律适用于具体案件事实等内容。对这一系列关于法律运用和操作的技巧的抽象和系统研究便构成了法学方法论。毛泽东同志曾经形象地概括了方法的重要性，他说，“不解决桥和船的问题，过河就是一句空话”。在这里，

---

* 原载《光明日报》2012 年 4 月 19 日。

毛泽东同志主要强调了方法的重要性。俗话说，“磨刀不误砍柴工”“工欲善其事，必先利其器”，都强调的是方法的重要性。法学方法论要围绕依法公正裁判而展开。近几年来，我研究了一些民事裁判文书。发现在许多判决裁判中，法官对于事实的认定和分析不错，对证据的认定也有很大进步，一份判决书可能在事实认定方面要写十多页。但比较令人费解的是，这些判决很少讨论如何对所涉法律文本进行解释、如何对法律和事实加以结合，法律适用的说理论证较为欠缺。我们说要以事实为根据、以法律为准绳，就是说，既要把事实认定清楚，又要把法律的适用理由阐述清楚。而且法律的适用必须和事实形成密切的连接，两者缺一不可。

法谚有云，正义产生于裁判。司法的公正性在很大程度上体现在裁判文书说理和论证。我国《民事诉讼法》第 152 条规定：“判决书应当写明判决结果和作出该判决的理由。”该规定明确了法官在裁判中说理并将判决公开的义务。说理既包括对事实认定合理性的论证，又包括法律适用正当性的阐释。最重要的是把为什么要依据该事实、根据某法律规定来作出特定判决表达清楚了。通常来说，一份理由明晰的司法判决也预示着一份结果公正的判决。在我国当前涉诉的信访中，很多并不是因为判决的结果本身引起的争议，而是因为司法判决没有把裁判的理由讲清楚，致使当事人难以接受相应的司法裁判。

加强对裁判方法的研究，提高法官自觉掌握和运用裁判方法的意识和能力，是改进我国司法裁判风格和提升司法权威的重要途径。裁判方法博大精深，从保障裁判的妥当性而言，以下四个问题尤为重要：

一是如何“找法”。在事实认定清楚之后，要解决根据事实“找法”的问题。在民事诉讼活动中，“同案不同判”“同法不同解”的很大原因就是“找法”上没有形成共同方法、没有形成共识性规则。我认为，“找法”除了要遵循方法论上的“特别法优于普通法”“新法优于旧法”等规则外，还应当确立基本民事规则优先的原则。当一般的法律法规与基本民事规则并存时，优先考虑适用后者。我们经常看到这样的案件：某消费者从商场购买了一件商品质量不合格，造成损害，于是起诉商家赔偿。这样的案件生活中俯拾皆是，但是究竟应当根据什么样的法律规则来裁判，法官援引的法律可以说是形形色色。有的援引《消费者权益保护法》，有的援引《合同法》，有的援引《民法通则》，有的援引《侵权责任法》，有的援引《产品质量法》。援引的法律规定不同，导致难以保障同案同判、难以保障法律适用的统一性和行为的可预期性。这就需要我们首先从方法论上考虑，形成寻找法律的共识。这个共识就是，在有基本法律存在的情况下，首先应当援引民事基本法律，而不能援引民事一般法来裁判案件。哪些法律是民事基本法？在大陆法系国家，这些基本法律规范主要是从民法典中寻找。目前，我国尚未颁布民法典，但《民法通则》、《合同法》、《侵权责任法》等，就是民事基本法。《侵权责任法》第 2 条就明确规定：侵害民事权益应当依据本法承担侵权责任。为什么要加上“依据本法”四个字？这就是强调，凡是侵权案件，原则上都要援引《侵权责任法》。所以，《侵权责任法》有规定的，就应当援引《侵权责任法》。

二是如何“释法”。只有在对法律文本的解释上形成共识，才能保证“同案同判”“同法同解”。而如何解释法律，本身就是一门科学。这又需要大家对解释法律的规则形成共识。刑法修正案关于醉驾入刑的规定，之所以会产生如此多的争议，就在于对其如何解释产生了分歧。而分歧的产生又源于如何解释尚未形成共识的规则。必须强调的是，在我国社会主义法律体系初步形成之后，绝大多数法律争议都在不同层面上存在相应的具体法律规定。因此，当存在具体裁判规则时，必须援引具体裁判规则，而不能援引抽象的原则。

实践中经常见到这样的现象：法官在判决中直接援引《民法通则》第 4 条关于诚实信用、公平责任的规定作出判决，还有的援引《民法通则》第 5 条关于保护合法民事权益的原则进行判决。这种裁判表面上看也是“依法”裁判，但实际上却并没有严格依法裁判，因为法官已经“向一般条款逃逸”，未适用与案件具有最密切联系的法律规则。依法裁判要求法官必须找到与案件具有最密切联系的法律规则，从而产生特定的法律效果。如果法官都援引一个空洞而抽象的基本原则来判案，那么制定《物权法》《合同法》《侵权责任法》的意义就不大了。更为重要的是，以抽象法律原则判案的模式，可能掩盖了立法者或者法官本人所秉持的较为具体的各种利益考量和价值观念。尤其是在一些情况下，持有不同价值立场者可能根据同一基本原则得出不同的裁判结论。如此一来，几乎任何一个民事案件都可以援引这些基本原则来进行裁判。其带来的问题在于，人们难以通过依原则模式的判决认识法律及判决所遵守和宣扬的具体价值观念。我们对司法判决的进一步评论和讨论也就失去了具体的讨论基础。也就是说，这种模式将赋予法官过大的自由裁量权，法官可以在援引一个抽象的原则之后，完全依据自己的想法作出判决。这种做法怎么称得上是依法裁判呢？当然，有一些案件的情况较新，法律缺乏具体规定，确实需要援引基本原则。即便如此，在援引基本原则时，也要进行充分说理论证，而不能直接根据基本原则得出结论。

三是如何连接事实和法律。“以事实为根据、以法律为准绳”，就是解决事实和法律如何连接及“三段论”中大前提和小前提如何对应的问题。连接过程中，应当进行详细的充分的说理论证。前面已经说过，法官在分析大量事实之后，应该寻找与这些事实中具有最密切联系的法律规则。怎么寻找到这些法律规则呢？就是要对法律进行全方位、体系化的思考和考察，来找到与案件有最密切联系的法律规则。找到这些规则之后，要对规则的构成要件进行准确的解释，然后看案件的事实是否符合法律规则的构成要件，这就需要进行说理论证。如果不符合这样的构成要件，我们就需要再去寻找新的法律规则。德国恩吉施教授首先提出了所谓“目光的往返流转”（Hinund Herwandern des Blickes）的观点[①]，这就是说，连接不是一次性完成的，而是需要不断观察事实、寻找法律；或者从找到的法律中再回到事实进行验证。只有通过往返回顾和验证，才能找到与案件事实联系最密切的法律。

四是如何进行价值判断和利益衡量。霍姆斯有句名言：法律的生命不在逻辑，而在于经验。他还有另外一句名言：在逻辑的背后总是隐藏着人们对价值和相互冲突的立法理由的判断。司法裁判其实就是一个价值判断的过程。而最高的价值，我始终认为，应该是公平正义。一个案件只有做到了公平公正，才能真正做到案结事了。如果裁判结果不公正，就只能是案结事不了。公平公正是法官应当始终秉持的价值取向。在进行价值判断时，要依据法律规定作出价值判断，而不能抛开法律规定随意判断。作出价值判断时还要准确把握立法中预设的价值取向。我们讲法律效果与社会效果的统一，绝不能误认为法律是不讲社会效果的，不能把法律规定与社会效果对立起来。任何一个法律规定都有立法

① Karl Engisch, Lagische Studien. Zur Gesetzesanwendung, Aufl. 3, Heidelberg, 1963, S. 14—15.

者预设的价值判断，都已经考虑到了法律要实现的社会效果。所以，首先要发现立法者在立法中预设的社会效果，然后具体运用到待裁判的个案；只有发现立法规定已经不符合社会需求时，才可以根据社会的需求来解释论证法律规定，以实现更大的社会效果。此外，无论法官采取什么样的价值取向，都需要在司法判决中予以具体的表达，以便于证成判决结论，加强裁判的说理性。

方法论研究非常重要。过去几百年，科学给人类社会带来的变化已经超过人类几千年历史的自然演化。司法过程中，仅靠经验累积是不够的，更需要的是方法的指引。所以，方法论研究将为法官依法公正裁判案件、促进司法公正起到重要作用。

建构符合中国国情的法律解释学*

自改革开放以来，我国社会主义法制建设事业蓬勃发展，取得了举世瞩目的成就，先后颁布了《民法通则》《合同法》《物权法》等一系列基本的民商事法律。经过三十多年的法制建设，我国立法工作取得了长足进展，基本结束了当初“无法可依”的局面，中国特色社会主义法律体系已经初步形成。可以说，我们在立法方面用短短几十年时间走过了西方发达国家几百年才经历的道路。随着改革开放的全面深入和立法工作的稳步推进，我国社会主义法律体系建设事业的最后完成也指日可待。

一、 科学的法律解释是因应之策

然而，在社会主义法律体系建成之后，摆在我们面前的有两大重要任务：一是如何使“纸面上的法律”变为“行动中的法律”；二是如何最大限度地发挥现有法律的实际效果。这两个问题都离不开科学的法律解释。一方面，在法律适用过程中，法律解释可以说是一个核心环节，这正如法谚所云，“法无解释，不得适用”。只有完成解释活动，才能

* 原载《法制日报》2012年6月13日。

够将抽象的、普遍性的法律规范应用于具体的、千差万别的个案之中。另一方面，社会关系纷繁芜杂，尤其是当今社会不同利益之间的冲突越来越频繁和尖锐，立法者显然无法对所有的具体法律关系提供一一对应的调整规范。

诚然，法治首先要做到有法可依，但是，有法可依也并非要通过大规模的立法活动来完成。过多的法律可能会使得人们在规范选择面前变得无所适从，法官的法律适用活动也变得异常困难。立法应当重点解决社会生活的主要矛盾，但显然不是要去规范社会生活中的一切问题。在社会生活的基本法律确定之后，通过一定的法律进行必要的配套，再辅之以法律的解释，如此则可以解决社会生活的规范问题。立法并非多多益善，繁杂但又不实用的法律，不仅将耗费大量的立法成本，也使得有些法律会形同虚设，影响法律的权威和对法律的信仰。法国民法典之父波塔利斯在两个世纪前就曾告诫后世的立法者："不可制定无用的法律，它们会损害那些真正有用的法律。"这句话在今天仍然有相当的启示意义。

在中国社会主义法律体系初步形成以后，当前和今后的法制建设所迫切需要的，是如何有效解释和利用现有法律。在逐步完善立法的同时，辅以科学的法律解释方法体系并加以合理运用，才能够在保证现有立法被正确适用的同时，为调整日益复杂的社会关系提供准确的法律依据。诚然，学界对于法律适用中法律解释的重要性已有共识，但对于法律解释方法在整个法制建设中的功能和意义，尚未进行广泛而深入的探讨；尤其就法律解释方法对法制建设的推动作用，缺乏系统性研究。就对社会的调整功能而言，与单纯的立法相比较，法律解释具有节约立法成本、提高立法效用、维持法律稳定、保持法制安定等优势。

二、 法律解释决定成文法的生命力

在调整社会关系过程中，并非所有的问题都需要通过一一立法来解决，事实上，从国外的成熟经验来看，相当多的新问题可以通过法律解释来解决。因此，不难理解的是，《法国民法典》在问世两百多年之后，在农业社会时代所制定的许多条款，在信息时代的今天仍具有相当的生命力。可以说，成文法的生命力在相当程度上取决于法律解释活动。从这个意义上说，法律解释活动越发达，科学性越强，成文法的生命力就越长久，其在社会生活中的规范效果就越明显。法律解释活动还可以有效地填补成文法的漏洞，弥补其不足，成为克服成文法刚性和僵化缺点的“润滑剂”。因此，如果相关的解释技术比较落后，成文法在遭遇挑战之后的生命力就显得十分脆弱，许多内容很快会暴露出其滞后性并最终被废弃。

在我国现阶段，虽然社会主义法律体系尚未最终建成，甚至许多领域还处于法律空白状态，但在民事、刑事和行政等领域，相关的基本法律都已经颁行。这些法律还没有完全发挥其应有的全部效果，因此，在现阶段，社会主义法治建设的一个重要内容就是通过法律解释弥补现有法律体系的不足，消除现有法律之间的矛盾，使法律得到有效适用，最大限度地发挥立法的效用。这正是法律解释在今天所应发挥的功能。因此，无论是立法者还是司法者，都应当高度重视法律解释问题；法学研究也应当比以往更为重视法律解释。这也是成文法国家法律发展史上的重要规律。

正如帕特森所言：“毋庸置疑，我们的时代是解释的时代。从自然科学到社会科学、人文科学到艺术，有大量的数据显示，解释成为20

世纪后期最重要的研究主题。在法律中，‘向解释学转向’的重要性怎么评价也不过分。”① 我们也热切期盼这样一个“解释学时代”在我国的出现。法学研究工作也应当充分把握这一趋势，开展具有前瞻性的学术研究，尤其是要加强对法律解释学的关注。

三、加强对法律解释方法的研究

从我国的司法实践来看，法律解释方法正是防止法官解释和裁判活动的任意性、保障司法判决公正性的有效手段。这是因为：一方面，规范法官的自由裁量权，说到底就是要规范法官的解释活动。这就要求法官在进行法律解释时要秉持正确的解释方法，并辅以充分的说理性论证。必须承认，目前有些裁判文书中的说理性论证并不充分，这很大程度上是因为我们缺乏方法论的自觉运用，实践中没有一套科学的解释方法，导致法官针对法律文本的思维模式差异很大，对同一文本的理解相去甚远。同案不同判现象在司法实践中常有发生；更为极端的是，个别法官甚至操“两可之说”随意进行裁判。这些现象显然都有损于法律的可预期性和法治的统一。另一方面，有的法官动辄以法律效果不符合社会效果为由，简单地对生效的法律规则作否定性评价，甚至完全撇开现行法，以追求所谓的“社会效果”，损害了法律的权威性。从中国当下的情况来看，问题常常不是“无法可依”，而是“有法不依”。这一现象产生的原因是多方面的，而缺乏法律解释学是一个重要的原因。

正是基于上述原因，我们需要大力加强对法律解释方法的研究。以法律解释活动为研究对象的学问，就是法律解释学。这门科学早在罗马

---

① 〔美〕帕特森：《法律与真理》，陈锐译，中国法制出版社2007年版，序言。

法时代就已存在；经过两千多年的发展，如今它在西方已经成为一门内容十分丰富的学科；而在我国，这门学科才处于刚刚起步的阶段。我们完全可以在充分借鉴西方经验的基础上，针对中国法律解释的现实和需要，总结传统中国法律解释的经验以及中国近几十年来丰富的司法解释实践，来构建中国的法律解释学。秉持“创造性转换”的态度，我们就能建立一套符合中国国情的法律解释学。法律解释学的发展，必将有力地促进我国社会主义法制建设的繁荣和发展。

成文法传统中的创新

——怎么看案例指导制度*

我国历来具有以成文法主导、案例补充的传统。从我国古代到民国以后，案例都具有一定的拘束力，所以，案例指导制度与我国法律传统是相吻合的。最高人民法院一直非常重视案例指导工作，多年来进行了许多有益的经验总结和制度探索。

在我国成文法背景下，建立案例指导制度是社会主义法律体系形成之后一项重要的司法制度创新。建立案例指导制度可以使我国的成文法传统中融入一些判例法的因素，这对于司法审判工作具有重要的意义。尤其是在法官队伍的整体素质还不是很高的情形下，建立这一制度可以发挥指导法官公正裁判案件、准确适用法律的作用。

一、 案例指导制度的现实必要性

指导性案例，是一种由最高人民法院确定并发布的，对全国法院审判、执行工作具有指导作用的案例。在英美法系国家，判例具有法律渊源的效力。但是在我国，根据现行的立法体制和司法制度的性质和特点，法院的案例只是指导性的，不是法律渊源。

---

* 原载《人民法院报》2012 年 2 月 20 日。

从法律适用来看，案例指导制度对于保障裁判的统一、规范法官自由裁量权、保障法律的准确适用等都具有十分重要的意义。

不同地域、不同审级的法院，对于特定法律的解释应当趋于统一。但在实践中，经常出现同案不同判、同法不同解的现象。制定司法解释虽然在一定程度上有助于解决这一问题，但司法解释又往往制定得比较概括和抽象，其抽象性和非具体针对性都使法官难以应对不同的具体个案。这样在一定程度上影响了类似案件的类似处理。指导性案例制度正是为解决这一问题而创设的。

法律适用的过程应当遵循一定的框架、步骤和规则，从而确保裁判的公正性。但这些步骤和方法，在审判实践中的运用却普遍存在一定的障碍。而在存在指导性案例的情形下，法官只要确定待决案件与指导性案例的事实之间存在相似性，就可以参照指导性案例作出判决，这意味着法官的法律适用具有明确的标准，相当于套用了类似的公式。当然，法官仍然要履行自己的审判职责，组织法庭辩论、发现事实真相，参照指导性案例只是在一定程度上简化了法官寻找大前提以及将大前提和小前提进行连接的过程。

社会上的各种新问题、新矛盾层出不穷，而成文法又具有固有的滞后性，法律为了维护其自身的稳定性、权威性和可预期性，不可能频繁进行修改。指导性案例对于法官裁判上的指引和参考是全方位的，既包括对于案件事实的认定，也包括对于法律的运用和解释，从而起到了填补法律漏洞的作用。因此，以指导性案例作为填补法律漏洞的方式之一，是一种制度上的创新。

指导性案例是精心筛选过的，其中浓缩着优秀法官的审判方法和智慧，通过发布指导性案例，可以将他们的有益经验传授给其他法官进行学习和参考。在法官队伍整体素质还有待提高的背景下，这种方法具有重要意义，可以约束法官的自由裁量权，从而有助于提高裁判的可预期性，保持法律适用的统一性。

整个法律适用过程其实就是一种法律论证的过程，而论证的结论应该经得起社会公众的检验。我认为，对于指导性案例中所包含的裁判文书，虽然不可以在其他裁判中直接作为法律依据来援引，但是，可以成为法官说理论证的重要素材。在我看来，指导性案例制度建立的一个重要意义，就在于能够强化判决书的说理。

二、 指导性案例与司法解释的关系

成文的法律天然具有相对滞后性，因此，指导性案例是弥补司法解释的不足，并配合司法解释发挥作用的重要制度。必须予以肯定的是，司法解释在改革开放以来的司法工作中发挥了积极的、重要的作用，但司法解释本身又难免具有抽象性、一般性和滞后性等缺陷。因此，司法解释必须要与指导性案例相结合，才能更好地发挥其应有的作用、避免其缺陷。具体来说，指导性案例制度在弥补司法解释不足方面的功能主要表现在：

第一，具有具体针对性。法律适用中出现的问题，都是针对特定案件事实提出来的、具体的问题，而司法解释通常不是基于解决个案争议问题制定的，而是基于解决立法的模糊或者缺陷等普遍性问题制定的。相比较而言，指导性案例都是为了解决个案纠纷而存在，因此其具有更强的具体针对性。

第二，具有及时性。司法解释是对既往司法审判经验的总结，因此难免具有滞后性，对于今后社会生活中出现的新型案件可能也会难以适用。而指导性案例都是直接针对个案作出的，及时反映了实践中出现的新情况、新问题，因此能够对现实中发生的案例作出及时应对。

第三，具有准确性。法谚道，法无解释不得适用。但要保障法官准确理解和适用法律、做到同案同判，则需要对法律进行具体、明确的解释。相比较而言，指导性案例对法律的解释更为具体、准确。

第四，更有利于规范法官的自由裁量权。司法解释在颁布之后，不一定能够保障法官都照此作出同样的判决，因为法官还具有一定的自由解释空间，其自由裁量权较大。但是在指导性案例公布之后，在相同或相似情形下，法官就必须按照指导性案例进行裁判，这样更进一步规范了法官的自由裁量权。

因此，只有通过指导性案例制度与司法解释制度的相互配合，才能够进一步保障司法的公正性和法律适用的准确性，实现公正司法和依法裁判的目标。

三、 指导性案例的选择标准

要充分发挥指导性案例的作用，首先必须精心选择指导性案例，为此，必须制定指导性案例的选择标准。我认为，选择指导性案例应参考如下标准：

第一，发布机关的特定性。指导性案例的来源很广，可以来自全国各地、各级的法院，但是，其发布机关应当具有特定性。我认为，从中国目前现有的法院权威性来看，以最高人民法院来作为指导性案例的发布机关较为合适。因为这样有利于保障案例的权威性、指导性和判决文书的说理性，也有利于确保所发布的指导性案例对各级法院具有拘束力。

第二，典型性。指导性案例的典型性既表现在其事实具有典型的特点，也表现在其针对法律适用的疑难性、新型性等问题所提出的解决方案。疑难性是指在法院判决中出现了法律适用方面的疑难问题，而指导性案例中的判决则将这一疑难问题较为全面地展示出来，并作出了公正裁判，其说理也较为充分；新型性主要是指在审判实践中遇到新问题，此类问题在立法上没有明确的规定，在以往的审判经验中也未曾遇到，因此这类案件的判决可以为以后同类情况的判决提供有益的指导。

第三，正确性。指导性案例应该是裁判正确的案件，这一正确性既包括认定事实的准确性，也包括适用法律的准确性。在指导性案例发布以后，并不是永远具有拘束力，经过一段时期，可能与新的立法或者社会的变化不相适应，这就需要发布新的指导性案例来代替旧的指导性案例。

第四，确定性。指导性案例必须是已经生效的判决，具有确定的效力。否则，在案件没有经过上诉期限，或者尚在二审、再审审理期间，就作为指导性案例予以发布，则会干扰正在进行的或者将要进行的审判，影响法官的自主判断。

第五，发布程序的严格性。指导性案例的发布应当与司法解释制定程序相同，由最高人民法院审委会讨论通过。此外，指导性案例应当具有统一的格式、体例和编号，并且应当在《最高人民法院公报》《人民法院报》等司法系统的权威媒体上统一进行发布。

四、 指导性案例具有的参照效力

建立案例指导制度的关键，在于明确指导性案例的效力。在我国，指导性案例不具有判例法的效力。因此，指导性案例不能作为裁判依据加以援引，而只能作为裁判的参考。或者说，指导性案例类似于案件处理的参照标准。但是，指导性案例并不取决于法官的自由选择，而是一种“应当参照”的标准。具体来说，第一，指导性案例具有权威性。“应当”的含义包含了强制性的要求。这就是说，所有的法官在遇到类似案件时，都应当参照指导性案例来进行裁判。第二，“参照”是指在没有充分且正当的理由时，法官对于同类案件应当参照指导性案例作出裁判。第三，“参照”还表现在，法官可以在说理部分直接援引指导性案例进行论证。第四，参照的内容并不是指导性案例的全部内容，而主要是其判决理由，也就是判决中具有一般性、指导性的关于适用法律的部分。

参照指导性判例作出裁判，实质上是要实现类似问题类似处理，保障裁判可预期性目标的实现。但问题在于，如果在案件事实具有与指导性案例相类似的情况下，法官应当参照而不予参照，此时会产生何种后果？当事人是否可以以此为由提起上诉或再审？上级法院能否因此而对下级法院的判决进行改判？这实际上是涉及如何发挥指导性案例制度的作用的机制问题，也是建立这项制度后必须要解决的关键问题。

五、 指导性案例运用中的“类似性”

指导性案例运用的关键问题在于对“同案或者类似案件”的判断。因为相似性程度越高，越有利于适用指导性案例，同时法官受到先前案例的拘束就越多。从我国司法实践来看，类似性应当具有如下几个特点：

第一，案件事实相类似。即考虑系争案例和指导性案例中的关键事实是否具有类似性。在考虑的时候，应当注重比较两者之间的区别，以及这种区别是否会对争议焦点的法律适用和当事人责任的承担产生实质性的影响。

第二，法律关系相类似。法律关系即法律规范所调整的社会关系。在进行案件的比较时，要判断指导性案例中的法律关系与待决案件中的法律关系是否具有相同的性质。此处所说的法律关系不是泛泛的判断，如侵权案件或合同案件，而是指具体的法律关系类型。例如，就合同案件来说，其究竟属于有名合同还是无名合同，是买卖合同还是赠与合同。

第三，案件的争议点相类似。法官的主要任务就是解决案件的争议，所以在适用指导性案例时，应该要求案件中争议点相同。例如，案件都是以是否构成根本违约为争议的焦点。

第四，案件所争议的法律问题具有相似性。在网络侵权案件中，系争案例和指导性案例都涉及的是网络经营者是否具有审查义务，在何种情况下具有审查义务的问题，这就表明争议的法律问题具有相似性。

凡是具备了上述特点的案件都可以认为与指导性案例之间存在类似性。由此可以看出，类似性的判断就是逻辑上类推方法的运用。因此裁判者必须谨慎对待类推方法，深入分析指导性案例与系争案件的相似之处与差异之处，认真选择比较点，使类比推理的过程具有合理性，这样才能得出科学的结论。

普法,最需要普及的是什么

2012年是全面实施“六五”普法规划的关键一年，也是实施“十二五”规划的重要一年。但在我国的法治建设进程中，几十年普法活动的实际效果与预期效果之间仍然存在比较大的差距。在这样的背景下，我们除了坚持不懈地开展普法活动之外，还需要反思如何才能使普法活动达到更好的效果。尤其是，我们需要去深思影响普法活动效果的各种因素，并对症下药，切实收到普法实效。古人说，“徒法不足以自行”，一般认为，这主要是指法律需要执法者严格执行才能够得到严格遵守，其实这句话还有另外一层含义，这就是说，法律颁布之后，不仅仅需要执法者懂法、严格执行法律，还有赖于广大民众懂得法律并遵守法律。正如卢梭所说，最重要的法律既不是铭刻在大理石上，也不是铭刻在铜表上，而是铭刻在公民的心中。只有这样，这样才能使纸上的法律变为行动中的法律。以交通管理为例，仅仅是执法的交警了解具体的规则是不够的，其真正执行更需要广大司机、行人的了解与遵守，因为只有民众广为了解交通管理法规，才能使这些规定真正得到遵守与执行。

普法活动是我国建设社会主义法治国家进程中的重要举措，其功能在于让人们知法、懂法、守法和用法，培育良好的法治环境和法治文化。在一个理想的法治国家，社会活动的组织和运转应当基本围绕法律来展开。每个公民，无论什么职业和群体，都应当将法律作为其参与社会活动的基本准则。因此，与道德教育一样，普法活动应当是公民教育的一项重要内容。遵纪守法是公民的道德底线，遵守法律本身就是一种美德，也是最基本的道德底线。我们无法要求每个公民都是活雷锋，但是，我们至少可以要求，每个公民都遵守法律为人们设定的行为准则底线。逾越法律底线的行为，不仅仅要受到道德上的谴责，而且应当受到法律的制裁。

普法不是简单地解释某个法律的条文，而更应当宣传法治精神、传播法治理念。我国是一个具有五千年光辉灿烂文明史的国家，但同时也是一个有两千多年封建历史且封建主义传统、思想意识根深蒂固的国家。正如邓小平同志所指出的："旧中国留给我们的，封建专制传统比较大，民主法制传统很少。"因此，不仅一般民众甚至许多领导干部也深受封建等级特权思想的影响，人们的权利意识和平等观念十分淡薄，且等级观念、特权观念、长官意识、官本位思想等，在社会中极为盛行，这些都是和现代法治精神不符的。因此，培育和发展公民的权利意识和平等观念，是十分必要的。普法教育不仅仅是为了告诉民众有什么法律和法条，其更重要的任务还在于对法治理念的培育。正如孙中山先生所言，人们的民主意识是可以培养的。法治意识同样如此。在普法过程中，最迫切需要普及的是法治的精神和理念，即弘扬法律至上、公平正义等理念，规范公权、保障民权，在全社会真正树立法律的权威，使每个公民、尤其是领导干部养成办事依法、遇事找法、解决问题用法、化解矛盾靠法的好习惯。要真正建立法治国家，必须要反对任何形式的封建特权，提倡人格的独立、平等，充分尊重公民的各项人格权，保护民事主体的财产权。普法教育只有全社会都知法懂法，才有可能做到人人守法。为此，首先需要我们的领导干部必须彻底摒弃“权大于法”的观念，要真正树立“法律至上”“法比权大”的观念。实践中假药、假酒等触目惊心的违法犯罪事件所反映的不是法律规则的缺失，而是人们对法律规则的蔑视。归根结底，是全社会没有在整体上树立宪法和法律至上的观念。如果人们都养成了遵纪守法的好习惯，领导干部形成了依法办事的好作风，普法活动才算达到我们所真正期待的效果。

普法教育需要强化公务人员，特别是领导干部的法治观念。古人说，“以法为教、以吏为师”。领导干部带头守法是法律能够得到严格遵守的关键，也是最有感召力的普法教材。与对民众法治意识的培养相比，塑造官员的法治观念甚至更为重要。法治本身具有实践性、亲历性，这就是说，如果每一个领导干部都能够严格遵纪守法，就能给民众提供鲜活的、最有说服力的教材，引导一种良好社会风气的形成。相反，如果某个地方的官员相信权大于法，以权抗法、以权压法，甚至目无国法、违法乱纪，其结果不仅仅破坏了法律秩序，而且很可能给民众传递一种信息，即不遵纪守法也能获得利益。例如，有的地方政府官员基于不正确的政绩观，违规征地、违法拆迁，漠视法律赋予公民的权利和利益。这种行为不仅损害了被拆迁人的利益，而且也损害了法治的权威。如此一来，人们日益丧失对法治的信心，或者说，越难以培育人们的法治观念。为此，需要加强对公权力的监督和规范，真正按照平等原则，对一切碰触法律红线的行为都要严惩不贷。借此，人们才能普遍遵从并信仰法律。我们要求民众诚实守信，政府必须首先带头讲诚信。我们要求民众遵纪守法，领导必须率先垂范，做守法的榜样。因此，普法教育要注重强化法律面前人人平等的观念，任何组织或者个人，都不得有超越宪法和法律的特权。

普法重在培育公民的权利义务的理念和意识。普法的一项重要内容是宣传公民的权利义务，使人们的行为边界更为明确清晰，行为自由的范围更为确定，只有这样，人与人之间的关系才能更为和睦。同时，明确的权利边界也有利于鼓励人们积极地行使和维护自己的权利。尤其是在权利遭到他人或者国家机关的侵害时，公民会自发形成捍卫法律权利的意识，敢于与一些侵害公民权利的行为作斗争。1872 年 3 月 11 日，德国法学家鲁道夫·冯·耶林在维也纳法律协会上作了一个《为权利而斗争》的演讲，这也是一篇震撼了全世界的、最畅销的、迄今为止流传最广的德语法学著作。[①] 耶林在这篇文章中提出，只有公民积极为权利去斗争，才能使法律确立的权利得以实现，社会才会因此变得有序。为权利而斗争就是为法律而斗争，其甚至呼吁将“为权利而斗争”培育成一种基本的道德义务。虽然耶林的学说不无争议，但法律界存在这么一个基本共识，即权利观念其实就是法律观念，权利意识往往就是法律意识，充分保障权利就是构建法治社会的基础，因此依法为权利而斗争就是为法律的实现而斗争。如果每一个公民在其权利受到侵害时，都能积极捍卫权利、主张权利，也就更有利于权利乃至法律的实现。所以，为权利而斗争不仅仅是为了私人利益，也有利于法律的实现和法治社会的构建。从这个意义上说，权利教育就是基本的普法教育。但是，权利和义务是相互对应、相辅相成的。可以说，权利和义务是一个硬币的两面，没有无权利的义务，也没有无义务的权利。除了宣传权利以外，普

① 参见〔德〕鲁道夫·冯·耶林著，奥科·贝伦茨编注：《法学是一门科学吗?》，李君韬译，法律出版社 2010 年版。

法活动还需要使人们认识和理解自己的义务和责任，要强调个人应履行对社会和国家的义务。所以，普法教育的另一项重要内容就是要培育公民的义务观和社会责任感。

普法教育应当和道德教育结合起来。一方面，如果能够将普法活动所宣传的观念纳入道德教育的范畴，不仅能够增强普法宣传的效果，而且能够将“遵纪守法”内化为一种行为道德。通常来说，良好的道德观是培育法治观念的基础。很难想象，一个人漠视道德、无视操守、不重诚信、不择手段，其能够遵纪守法。我们很难相信，一个没有道德底线的人会将法律作为自己的行为底线。从这意义上讲，道德观是法治的基础。所以，普法活动本身不应当是孤立的，而应当与道德教育相结合。但另一方面，道德教育不能替代普法教育，二者有不同的作用范畴和运行机理。道德的标准往往比法律的标准更高，而且没有强制力的约束。我们应当要求每个人首先做一个合格的公民，然后做一个道德高尚的人。“道之以政，齐之以刑，民免而无耻。道之以德，齐之以礼，有耻且格”（《论语·为政》）。这就深刻说明了道德和法律的互动关系。既要以刑、法来治理社会，也要用德、礼进行教化，才可使民众向善、社会和谐。尤其值得注意的是，普法教育能够在很多方面反过来促进道德教育，甚至引导民众形成新的道德风尚。例如，关于醉驾入刑的普法教育，不仅减少了马路杀手，也使饭桌上“逼迫”驾车朋友喝酒的行为逐步被认为是一种不道德的行为。这表明，普法教育也可以成为一些道德规范实现的基础。

普法应当成为一项常抓不懈的工作。我国具有长期封建专制的传统，历史遗留给我们的，既有大量的精华，也有沉重的包袱，比如说电视节目所展现的帝王将相、才子佳人，很多时候都不是体现现代法治的理念，而是君王口含天宪、皇亲国戚享受特权、“父母官”主宰一切的思想。很难想象，一个天天看康熙大帝、乾隆大帝、还珠格格等宫廷戏，尤其是看充满权谋、尔虞我诈的宫斗剧长大的人，能够具有强烈的人格独立、人格平等的意识，以及浓厚的民主法治思想。这更加说明了普法的艰巨性，路漫漫其修远兮，我们的普法工作任重道远。

人民的福祉是最高的法律

第五编

法 学 教 育

法学是一门科学

法学是一门科学吗？这个看似简单的问题，却一直未能得到令人信服的回答，千百年来一直挑战着法律人的智慧。“法学”一词最早可追溯到拉丁语“juris prudentia”。这个词是由两个词即 juris 和 prudentia 组合而成的，前者的意思是法、权利、正义，后者的意思是智慧或实践智慧，两者合起来的意思是法的智慧或法的实践智慧。魏德士在其《法理学》一书中认为，该问题并非无病呻吟、无关宏旨。因为，法学的科学性实际上隐含着这样一个问题，即“我能够信赖法的内容吗”？这实际上就是指法律问题是否具有确定性答案，能否凭借人们的经验和理性思考加以认知。如果有答案，那么该答案在多大程度上是确定的？

法学是一门研究法律现象及其规律的学问。法学知识直接作用于人们的行为，进而作用于社会，人们通过法律规范来建立社会的规则秩序。在现代社会，法学和经济学等学科一样，其重要性是不言而喻的。由于研究方法的进步，特别是数学方法在经济学中的广泛运用，经济学实现了定性和定量的分析与研究，因此，人们可能并不怀疑经济学研究的科学性。但同样作为社会科学，法学问题的共识性似乎主观性更强，容易出现“公说公有理婆说婆有理”的现象，一个问题，往往会出现甲说、乙说、折衷说，甚至众说纷纭、莫衷一是的局面。这也导致了长期以来的一个争论，即法学是一门科学吗？

对这一问题的回答，主要取决于对法学的内涵如何界定。在对法学的内涵进行界定之后，如果认为法学符合科学的标准，则其应当属于科学的范畴，反之则不属于科学。应当承认，“法学”一直是一个比较模糊的概念，是几个世纪以来困扰法律哲人的重大课题。例如，德国法学家耶林曾经从法学易受立法者的影响以其固有的本土性等方面出发，认为法学不是一门科学，并提出：“人们可以问道，有哪一门科学，竟需仰赖立法者之心情，使今日有效之事物，于明日遭废弃，使于某处为假之事，于他处为真？有哪一门科学，竟需受国家边境界桩所限？”在他看来，一门科学应当具有普适性，就像自然科学中的定律一样，是放之四海而皆准的，但法学具有很强的本土性，显然不是科学。我认为，耶林的这一观点失之过简，并不全面。事实上，法学本身也有许多普适性的价值和规律，例如，法学所追求的公平正义的理念，是人类共同追求的价值；民法上对合同的成立与抗辩、对财产权的保护等，都是世界通行的规则；刑法上对罪刑法定、无罪推定等制度的规定，也是现代国家一致采纳的制度。更何况，在经济全球化的情况下，法学所研究的内容、范畴等越来越具有趋同性。即便我们承认法律具有一定的本土性，但也不能因此否定其是一门科学。如果将科学仅仅定义为一种认识人类社会、包括特定区域内的人类社会的发展规律的方法，那么无疑法学在很大程度上也具有科学的特征。

法学是否是一种科学？对这个问题进行回答，也需要对科学的内涵进行界定。知识界历来将科学分为自然科学、社会科学与人文科学三大类，并依据这种划分标准形成了三套不同的知识体系。人文科学是以人的社会存在为研究对象，以揭示人的本质和人类社会发展规律为目的的科学；自然科学注重对客观规律、定律的探索，其研究结果具有很强的客观性和普遍适用性；社会科学的研究则注重解决具体的社会问题，其在研究过程中受到研究者个人偏好（personal preference）和生活背景（background）的影响程度较高，这就使得不同研究者在同一问题上的研究结论呈现出较大的差异性。尤其是在不同问题的研究上，我们很难说不同的研究结论之间有对错之分。社会科学的研究结果主要用于应对复杂多变的社会现象，而不同社会的具体情形不同，其所面临的社会问题也存在较大差异。因此，社会科学研究的本土性较强。有人将其称为一种“本土性知识”（domestic knowledge）也不无道理。法学就其性质而言，属于社会科学的范畴，因此，不能因为法学不是自然科学就否认其是一门科学，而应当按照社会科学而不是自然科学的判断标准来进行界定。

方舟子在《科学是什么》一文中，曾经援引了美国学者伯恩斯坦（Root-Bernstein）的观点，即判断一个理论是否属于科学，要看其是否符合逻辑的、经验的、社会学的和历史的四项标准，缺一不可。[①] 我认为，伯恩斯坦的这个判断标准应当是社会科学的判断方法，可以用于判断法学是否是一门科学。而按照这个标准判断，法学符合伯恩斯坦标准的四个要素，应当是一门科学：

一是逻辑的标准。逻辑是通过概念、判断、推理、论证来理解和区分客观世界的思维过程。法学具有自身的体系，而该体系是按照一定的逻辑标准来构建的。现代法学知识和法学论辩也是以逻辑学为基础的。法学具有自身的特定研究对象，是人类认识和运用一切法律现象活动的

① 参见方舟子：《方舟子破解世界之谜》，陕西师范大学出版社 2007 年版，序言。

集合体，其不仅包括对法律的形式性描述，还包括对法律性质的哲学思辨以及对法律操作技艺的抽象和总结。依据这些研究对象的不同特点，法学学科又可以分为理论法学、法律史学、宪法与行政法学、民法学、刑法学、比较法学等二级学科。这样的层级划分适应了学科对象的差别和“术业有专攻”的社会分工规律。依据不同的研究对象，各个部门法都形成了自身的规则、逻辑体系。法学不仅具有自己独特的体系，也具有逻辑严谨的重要特征。

二是经验的标准。法学理论是对实践的总结，并可以通过实践加以运用与检验，具有显著的经验性的特点。科学的基本特征是具有可观察性和可验证性，也就是卡尔·波普尔所说的可证伪性。我们说法学是一门科学，但必须强调法学是一门实践性科学。美国大法官霍姆斯说过，法律的生命在于经验而非逻辑。现代社会普遍认可“民法作为市民社会百科全书”的论断。在这一点上，法律的实践性明显地区别于哲学、文学等人文科学。在不断积累经验的基础上，法学的理论基础也在不断完善。在罗马法中，法学被称为真正的哲学（vera philosophia），或者说罗马人的民族哲学，因为其基础是罗马人在实际生活中长期积累的经验。而从自然法学到概念法学、利益法学和自由法学，不同时期、不同流派的学者都在努力探究法学发展的基本规律。当前英美法学研究中的实证法学、法律经济分析等都以实证分析为其基本方法。即便是近几十年兴起的法律现实主义和批判法律运动，也面向法律实际，解决法律实践中的具体问题，其更强调“生活中的法”。正是法学方法在起源上的实践品性，使其能够被人们以经验和逻辑加以认识、抽象和总结，并反过来作用于社会生活。法律的生命在于适用，无论法学怎么分类，其核心是法律在社会生活中的实践，因此非常注重法律的可操作性分析，强调法律的实际运用。法学工作者的任务事实上并不仅仅局限于构建法律的概念和体系，以及对概念体系进行理论描述，还应当在此基础上对法律这一社会调整工具的实际运用及其方法给予积极关注和深入思考，从而实现霍姆斯所说的将“纸面上的法”（law in book）转化为“现实中的法”（law in action）。法律的精髓在后者，而不是前者。即便我们对于法律文本的价值作出了准确、科学的判断，但如果不能通过法律适用体现在具体的个案中，那还是一种象牙塔式的形而上的研究。与之相类似，即使对于部门法中的每一个具体规范都有深入研究，但如果不能把握法律适用在实际操作中的一般方法、规律，仍然不能准确地、娴熟地将具体的法律条文运用到个案之中，并实现公正裁判。因而，法学是在实践中产生，其发展也是为了指导实践，从而是治国理政、经世济民的学问。

法学是一门符合逻辑、符合经验和社会历史演进规律的社会科学，是一种人类通过理性认识事物、且能够为人们所反复使用的方法，即我们所称的一般意义上的科学。法学也具有一定的确定性，甚至在大量问题上体现出了较高的确定性。人类社会存在着一些不可更改的基本规则，例如，遵守允诺、勿害他人、欠债还钱、尊重他人生命、保护人身安全，等等。无论是自然法学派，还是法律实证主义者，在这些问题上都存在着高度的共识。相反，并非所有的自然科学都具有确定性，或者都能够被理性所验证。哈佛大学昂格尔教授在《社会理论》（*Social Theory*）一书中举例道，关于宇宙是如何形成的这一重要自然科学命题，很难说“大爆炸说”与“渐进扩张说”之中哪一个就是绝对的真理，且这些理论也很难得到科学的证明，但我们并不能否认“宇宙形成理论”这一问题的科学性。

三是社会学的标准。这一标准是指针对社会生活现象，能够把握认知人类社会发展的规律，不断根据社会生活的发展提出新问题并提出解决问题的途径。显然，法学作为一门重要的社会科学，其具备这些功能。法学就是研究法现象的学问，法学家的主要工作就是要从法的运行活动和现象中把握其发展的规律，并在此基础上构建相应的知识体系，从而指导特定社会的法律发展活动。具体而言，首先是解决立法的科学性。立法机关意图实现的价值也要通过对权利义务的调整和规范予以落实。而权利义务关系正是法学研究中的核心内容，法学家需要以现行的法律为研究对象，但又不能囿于现有规则，而应有一定的超前意识，从法律发展规律和社会现实需要等角度提出立法的目标以及完善的方向。所谓科学立法，很大程度上取决于科学理论的指导。这些指导可适用于立法的制定与修改、法律适用效果的评估等所有领域。其次是法律适用的规律。法学需要研究文本，并指出这些文本如何在社会生活中得到有效的运用。因为法律的生命在于适用，我们通过具体适用法律才能解决具体的各种社会问题。最后是法律在整个社会治理中对人们的行为和社会关系产生的实际影响。法学需要认识法律在社会治理中的独特作用，以及其与道德、宗教、政治等各种社会规范之间的相互关系，并从分析法律与其他社会规范的互动关系中，探索和总结法律自身独特的规律性，在此基础上形成自身的知识体系。

四是历史的标准。一门知识能否成为一门科学，应当具有历史的演进过程。事实上，法学是一门古老的学问，其最早可以追溯到两千多年前的古罗马法，欧洲最早的大学即 1087 年的博洛尼亚大学，其最初开设的主要课程就包括了法学。在中世纪，法学与逻辑、修辞、神学等一起，成为欧洲贵族子弟必须学习的科目之一。而中国的法律制度史则可以追溯得更远。由此可见，法学比许多近现代才出现的自然科学要具有更为悠久的历史。在不同历史时期，虽然为适应社会发展的需要，会设置不同的法律规则，但各个法律规则并非凭空而来，其具有一定的历史继承性，以现代大陆法系民法规则为例，其基本理论框架主要来源于古罗马法。正是因为法学具有厚重的历史积淀，这本身也决定了我们是可以在法学这一历史性知识中寻找规律的。

另外，任何科学都应当遵循一定的方法，离开方法的科学就不能称之为科学。一种科学的研究方法首要看其研究对象。因此，讨论法律科学的方法及其特征，首先需要考虑这门科学到底研究什么。从研究对象上看，法学至少具有两个维度。在第一个维度上，法学关注的是那些写在文本上或者表现在判例中的法律规范，包括其形成、解释和适用。所以，法学研究采用了规范分析方法、法律文本分析方法等法学独有的方法。在第二个维度上，无论是法律文本还是判例，其背后反映的都是特定的社会关系和社会关系发展规律。在这个维度上，法学研究应当在一个更为广阔的视野上关注社会关系及其规律，包括这些关系的人文性和社会性。只有在对各种社会关系的社会性和人文性有一个清楚的认识之后制定出来的法律规则才具有妥当性。为此，法学需要广泛采用伦理学、哲学、经济学、社会学、历史学等各种学科的方法。但是，由于法学本身所要求的“规则性”及“规则确定性”，其他人文社会科学的运用必须要服务于法学自身的特征。古往今来的自然法学、社会连带法学、历史法学、功利主义法学、利益法学、社会法学、法律现实主义法学等各大学派都致力于对法律的社会功能及其属性进行研究。这些思想流派广泛使用了其他学科的分析方法，在此基础上也促进了法学自身的发展，构成了对法的现象进行观察的多样化的视角。因为这一原因，法学也需要借助多个学科的知识才能够全面地理解和研究法现象，因此其在西方常常被称为“博学的学科”（a learned discipline）。

应当看到，在英美法国家，法学教育是作为一种职业教育（professional education）来进行的，其宗旨在于培养职业的法律人，法学也逐渐形成了自身的知识体系和话语体系。但并不能因此否认法学是社会科学的组成部分，毕竟法学教育和法学自身的体系是两个不同的概念，虽然二者相互影响，但还是存在一定的区别，这就是说，法学形成了自身的科学体系，但如何将其运用于教学以及采用何种方法进行传授，则是另外一个问题，即便在英美法国家，也从来并未因为法律的职业化特征而否认法学的理论性，这些国家仍然十分重视对法学知识体系的研究。

魏德士在讨论“法律是否为科学”的命题时，认为应当坚持法律的科学性，其重要目的在于，强调坚持法律的可信仰品质。① 这就是说，如果认为法律不是科学，那么，法学可能走向法律虚无主义和个人专断主义。如此一来，法律不仅不能经受理性分析的科学检验，甚至可能成为权力滥用的工具。在第二次世界大战中，纳粹分子通过国家正式颁布的法律来屠杀犹太人，并通过战争给世界人民带来了深重的灾难。这正是法律虚无主义和专断主义的后果。法学是一门科学，可以带给人们以理性的思考，立法者会运用理性的思维去制定法律，而不是将法律完全变成一种纯粹主观的臆断。而司法者则运用理性的思维去发现法律的精髓和立法意旨，实现法律的公平正义价值。而这将使法治文明真正结出丰硕的果实。从这个意义上说，讨论法学是否为一门科学，具有十分重

① 参见〔德〕魏德士：《法理学》，丁小春、吴越译，法律出版社 2005 年版，第 8—10 页。

要的现实意义。

法学，归根结底，是一门科学制定法律并准确适用法律的学科。法学是一门科学，需要构建其自身的理论体系，但法学不是象牙之塔，不能仅仅满足于概念、体系的自我周延，更应当以解决实践中具体的法律问题为目标。

法学学科应当步入知识融合时代

十多年前，我在哈佛大学法学院做富布莱特访问学者时，发现雷可夫教授（Todd D. Rakoff）同时讲授合同法和行政法。我感到有些新奇，便向他介绍道：在中国，民法和行政法是两个不同的学科，法学院教授一般是不能既讲行政法，又开民法课程的。但雷可夫教授回答说，这种做法是有一些问题的。他说，虽然美国是市场经济社会，但政府对经济的干预依然大量存在。所以，不懂合同法就不懂市场是如何运行的，而不懂行政法就难以理解政府对市场的管制道理在什么地方。因此，不懂行政法就难以真正了解合同法，反之亦然。十多年后，我浏览雷可夫教授的个人网页，发现他仍然开设这两门课程。我现在回想当年他提出同时开设这两门课程的理由，感到颇有道理。

雷可夫教授实际上指出了法学内容知识结构划分的问题。其实，从法学学科内容知识划分的形成历史来看，民法、刑法、行政法等法学领域并不是天然形成的，而是法律人为了更有效率地认识和理解法学知识而人为创造的。这些领域的划分的确是有助于形成各领域的知识体系和研究方法，并有助于各领域学说的发展。且从国家法律制度体系的内在划分来看，这种知识体系也是与这种在历史中形成的学说体系相对应的。因此，通过发展不同的法学领域，也有助于推进各领域的制度建设。问题在于，我们现在不少法律人将法学学科内部的划分当成一种真理，或者视为一种封闭性的知识。甚至有人演变成了饭碗法学理论，认为教民法的人不能染指行政法，行政法教授也不能把手伸到民法领域。这种现象已经严重阻碍了法学知识的发展，乃至整个法学教育体制的创新。

事实上，法学学科内部领域的划分本身主要是满足一种工具性和认识论需求，其本身并不是绝对的真理。归根结底，这种工具性和认识论知识要服务于对整个社会的认识和组织。现代社会是一个信息爆炸、知识剧增的社会，也是一个知识融合的社会。科技和互联网的发展、经济全球化都使许多新的知识不断产生，任何学科都不可能游离于其他学科之外单独存在。一方面，任何一门社会科学都在致力于从某一个方面认识和解读人类的社会活动。但现代社会纷繁芜杂，一项社会活动通常涉及政治、经济、文化、历史和哲学等不同方面的知识。如果仅仅从某一个方面去认识该活动，那么，该方面知识本身的局限性将导致认识结论的片面性。反之，如果能够尽可能地把握特定活动的诸多面向，则认识活动将更为准确，社会建议和决策将更为可靠和科学。另一方面，不同学科实际上都是从不同的角度、从一个方面在一定限度内把握人，任何一个学科都无法单独全面地把握人，解决人遇到的全部困境。马克思说，人的本质是社会关系的总和。这就说明了人及人类社会活动的复杂性。清初颜李学派的代表人物之一李塨说：“人，天所生也。人之事，即天道也。”休谟曾经认为所有各种学科都要回到人的本性上来。作为主体，人是一切社会关系的总和，包括法学在内的社会科学的研究对象正是各种社会关系，其核心所指当然是“人”，就此来讲，无论哪门社会科学，都不能脱离对人的研究，法学也不能例外。而且，不可否认，集社会关系总和于一身的人是最复杂的社会动物，要从理论上合理地体现人的复杂性，并尽可能合理地认识人的活动规律和规范人的行为，就不能只靠某一门学科提供研究成果，而是要综合相关多学科的研究。比如，在对习惯的研究方面，就需要综合人类学、社会学、法学等学科知识。

法学作为一门社会科学，其要真正深入研究社会现象，把握人类活动的规律，并构建科学合理的社会行为规范，仅仅靠法学自身的知识是不够的，而必须要充分利用其他学科研究者所积累的人类智慧，吸纳其他学科认识人类活动的方法和知识。为此，法学必须向其他社会科学和自然科学开放。法学如果向其他学科开放，可以从其他学科获取合理的知识资源，同时也为其他学科提供研究素材，共同促进学科知识的发展；法学和其他学科在本质上均属于理论探讨的学术范畴，均体现了学者通过说理来阐释问题并寻求解决方案的理论努力，但不能因此就特别强化它们纯粹的理论色彩以及相互间的差异性，而忽视它们之间的共性，尤其不能忽视它们的共同目的，即服务于社会，以及它们共同的研究对象，即“人”。而要真正实现这一目的，要妥切理解这一对象，就必须打破学科分立，通过各学科知识的融合来反映社会真实问题、满足社会真实需要，最终促成“人”的全面发展和实现对“人”的终极关怀，这正是知识融合的根本意义。从另一层面上讲，通过学术研究来深入认识、反映和促进人的全面发展，实际上体现的是对人的终极关怀。一切科学与人性总是或多或少地有些关系，某些学科形式上似乎离人性较远，但它们总是会通过这样或那样的途径回到人性。例如，属于人之终极关怀的还有犯罪人的保护、死刑存废等问题，要妥当处理它们，需要综合心理学、社会学、民俗学、刑法学等学科知识；再如，在全球化过程中出现的全球变暖、食品安全、产品质量等问题，需要综合社会学、经济学、政治学、法学等学科知识。这样的事例不胜枚举。它们均说明，要促进人的全面发展和实现对人的终极关怀，就必定要实现知识融合。但遗憾的是，法学向其他学科开放的程度是不够的。例如，中国人民大学法学院和经济学院都是国内一流的研究和教学机构，仅一墙之隔，但两院学者之间少有学术上的交流和联系。这在我国其他高校也很普遍。

再回到雷可夫教授的观点上来，法学作为一门社会科学，也需要在内容上实现相互开放。法学内部各个领域之间森严壁垒，其实是法学发展的大碍。在我国，仍有些学者将自己研究的法学学科视为“饭碗”，饭碗法学不仅阻碍各研究者去全面认识人类社会活动，而且排除了法律人去培养自己跨学科认识能力的可能性。更值得重视的是，今天法学领域的划分，不仅是民法、刑法和行政法等大领域的划分，而且在各领域内部也存在子领域的划分，如民法领域中的民法基本理论、财产法、合同法和侵权责任法的划分。如果这些子领域的划分变成一种僵化的界限，则将同样带来前述问题。很难想象，一个仅仅研究侵权责任法的学者能够很好回答合同与财产的侵害同时发生的问题，因为，现实中大量的违约既构成侵权，而且又涉及物权法上的保护方法。因此，要选择一种最优的法律治理方法，有赖于对整个民法体系化知识的研究，并同样需要借助体系思考的方法。正如雷可夫教授所言，合同交织着复杂的社会因素，一个不懂政府经济调控和管理行为的合同法研习者同样无法深入研习合同法。

知识融合的趋势也提醒我们遵循体系化的观念，形成知识的互补，并促进不同学科知识的发展和知识体系的重构。以古典政治经济学的形成为例，其正是因为法理学家、哲学家和经济学家的集体智慧才发现了支配人类经济生活的“看不见的手”，从而使他们运用了新的方法来研究财产权利、财富以及权力的演化。经后人考证，亚当·斯密的《国富论》一书中，仅仅在有限的地方采用了“看不见的手”（invisible hand）这一词汇。至于亚当·斯密本人是否就认为存在一个客观的由“看不见的手”支配的市场，仍存疑问。但经过后世学者从法学、哲学、经济学和心理学等多个层面予以研究和展开，才形成了今天广为流传的“看不见的手”的市场理论。在德国，社会或“国家”科学的研究方法从理论性和法条化开始向实践性、经济性和统计学的方向转变，其主要原因在于传统的自然法理论与财政科学的结合，这一转变也导致了“国民经济学”的产生。而社会学方法和统计学方法的引入，使法律规则也越来越具有实证性。通过学科划分，各科学者能集中研究本领域问题，凝聚最大的共识，从而促进各科知识的发展。在现代社会，法律已深入到社会治理、公司治理等社会生活的方方面面。哈贝马斯说，这是法律对人类生活的“殖民化”。这也导致了法律很难和其他学科截然分离。

虽然我国法学研究在三十多年来已经初步呈现出了一片繁荣的景象，但近些年来，有标志性的精品并不多。这在很大程度上与法学学科内部以及法学学科与其他学科之间的森严壁垒有很大的联系。美国多位诺贝尔经济学奖获得者，如科斯等人，其成就就在于从经济学角度提供社会政策建议。诺贝尔奖获得者贝克尔（G. Becker）认为，既然经济活动是人类最基本的社会活动之一，人类在这个领域所形成的思维和行为方式可能扩散到其他活动领域，因此可以采用经济学的方法研究犯罪、家庭、婚姻、人口、种族歧视等法学问题。更值得注意的是，这些经济学知识后来在法学领域得到了很好的嫁接。波斯纳也曾对美国的几乎全部法学领域进行了经济学的重构，从而促进了法经济学的发展。但在我国，法学和经济学之间的交往甚少，法学界也很少运用经济学的方法来探究法律现象。再如，法社会学是在 19 世纪末期兴起于欧洲大陆，并随后在北美地区逐渐扩展的一门社会科学。但在我国当前的法学研究中，法社会学研究的方法并没有引起高度的重视。尤其是，法学理论界不太重视通过社会调研等经验研究等方法来论证法律规则的需求、使用效果等问题。这也使得大量研究缺乏实证的支撑，并在说服力上有不少欠缺，甚至影响了整个法学学科的发展。在研究的实践操作中，由于法学者通常缺乏必要的数据分析知识，或者难以掌握定量分析的技巧，或者不能妥当处理定量和定性分析之间的关系，导致对某些具体问题的探讨，不仅没有正常的说服力，反而会出现明显的瑕疵和缺漏。从今后的发展来看，法律经济学、法律伦理学、法律社会学、法律心理学、法律人类学、法律与文学、法律与宗教、法律的性别分析等都有分别成为独立学科的趋势。而法学也可能与一些文艺、体育和卫生等各个领域发生知识的交流与融合，并形成所谓的卫生法、药品法、体育法、金融法等研究课题。这也客观上要求法学对其他学科开放，打破学科划分疆界，法学要广泛汲取其他学科的养分。

朱苏力教授指出，“一个学者如果忘记了生活本身提出的问题，而沉溺于某个学科的现有的定理、概念、命题，那么就不仅丧失了社会责任感，而且丧失了真正的自我，也丧失了学术”[①]，这一观点是值得深思的。要达到知识融合的目的，各科学者绝对不能将自己学科知识视为“饭碗”和“私域”，以限制法学学科之间的交流。要改变这种现状的

---

① 朱苏力：《经济学帝国主义》，载《读书》1999 年第 6 期。

途径无他，只能借助研究者超越学科藩篱的实际行动，促成与其他学科的对话，积极借鉴其他学科的研究成果，综合可用的学科知识和方法，以尽可能扩大学术眼界。其实，如果研究者有真挚的学术责任心和可能的学术能力，在学术研究中不难发现，在学科已然刚性区分的基础上，再将自己封闭在更狭小的学术空间中进行研究，总会有自缚手脚的感觉。与其如此，还不如挣脱学科束缚，以学术为公器，跨学科或用交叉学科来研究法律现象。当然，这样的研究不是学者一时兴起的产物，只有发现并解决现实存在的问题，并且综合运用各种学科的研究方法，才有可能跨越学科界限，用开放的视野对待学术问题，促进学科知识的交流和融合。

法学与其他知识，以及法学内部的知识融合，不仅会给法学研究带来新的生命力，也将对我国法学教育产生深远的影响。在我国传统的法学教育中，各种学科划分使得教学的内容在很大程度上具有单一性。这就阻碍了学生去全方位认识我们的社会。而我国近年来倡导的素质教育，其实很大程度上是要求学生掌握基本的人文和社会科学知识，培养和陶冶青年人的人文情怀，树立他们的人文关怀理念。但此种素质教育并不单纯地限于法学学科的教育，而是一种融合各学科知识的教育模式。从这个意义上讲，只懂法律，而不了解其他社会知识的法律人是不成功的。今天，我国高等院校鼓励本科生选修其他学科的课程和学位，这无疑是必要的，也是素质教育的重要内容。但如果学生仅仅将获得多个学位作为目的是不够的，更重要的是如何掌握和融会贯通各个学科的知识，学会运用各个学科的方法，并培养综合运用各种知识和方法来观察和分析社会现象的能力。比如说，一个公司的法务经理，如果他仅仅懂法律而不懂会计，他常常遇到许多的麻烦，他不知道合同中涉及的财务安排是否正确，对财务的监督也很难进行。所以，公司法和会计知识也是无法分割的。

可以肯定地说，只有融合不同学科的知识，法学才能因循时势发展，从现实问题中把握理论价值，将形而上的理论研究和具体的制度研究完美结合，进一步完善既有的理论体系和制度构造，将法律现象和问题处理得更到位，为法律和法学动态而稳定的发展作出应有的贡献。

“饭碗法学”应当休矣*

现代的法学研究已经朝着越来越专业化、细致化的方向发展，这可以说是法学研究的必然趋势，但是这种趋势并不意味着学者必须将自己禁锢在某一领域，更不意味着学者之间必须硬性地划分研究范围，不准他人越雷池半步。

目前，在我国法学研究中存在着一种可以称之为“饭碗法学”的观点，表现在两个方面。首先是自我封闭，将法学的学科严格划分为若干门类，如民法学、宪法学、刑法学、民事诉讼法学等。各个学科之间壁垒森严，甚至学科内部也沟壑纵横。比如民法学还要进一步分为合同法、物权法、侵权法、公司法，等等。只要我从事这个学科，那么这里就是我的一亩三分地，必须牢牢把握住自己的“饭碗”，任何人都不能染指。其次是封闭他人，持“饭碗法学”观点者对其他领域的学者从事自己这个领域的研究往往表现出高度的警惕，一旦有越雷池者，便表现出强烈不满，认为这种学者是不务正业，或者说是“手伸得太长”。甚至认为，这些跨学科研究的学者违反了学术界的所谓“游戏规则”，并对这些学者进行各种形式的非议。考虑到这种风气倘若蔓延下

* 原载《法学家茶座》2003 年第 4 辑。

去，必将对我国法学研究产生巨大危害。

众所周知，学术乃天下之公器，天下公器就意味着学术是任何人都可以享用、研究的，任何领域的学术殿堂都是向每一位有志之士打开的。在这个世界上，任何人都不能为那些正在从事或者希望从事学术研究的人划定学术研究的领域，除非这个人自愿地将自己终身禁锢在某个领域。即便某个人在一个领域中进行终身的研究，取得了非凡的成就，那也不意味着这个领域就是他的私物，更不意味着真理在他这里就穷尽了，他人不能进行研究。如果是这样的话，我们的学术如何前进、如何发展呢？

学术的发展本身就依赖学科之间的互相促进和互相支持，每一个学科都有其不可避免的缺陷，都需要其他学科研究成果的弥补促进。法学与其他学科如此，法学内部各个分支学科更是如此。我在哈佛大学法学院做访问学者时，与一位从事合同法研究的学者有过交往，我发现他不仅在合同法领域内成就非凡，而且在行政法、宪法等其他领域都有了不起的建树。他自豪地向我介绍，跨学科研究是他取得成就的秘诀之一，因为合同法与行政法、宪法之间具有内在的紧密联系，如果不了解合同法，那么就很难真正地理解行政法与宪法。他的话使我深受启发。这些年我接触的大量国外法学家当中，还很少发现一个研究合同法的学者终身只研究合同法，或者说一个研究民事诉讼法的人对民法一窍不通。

先哲孔子也曾说过"君子不器"，《论语正义》解释云："君子之德则不如器物各守一用，见机而作无所不施"。学者的研究也不能"如器物各守一用"，而应当"见机而作无所不施"。但"饭碗法学"使我们长期禁锢在一个狭窄的领域，不敢越雷池半步，或许这样终身耕耘一亩三分地最终也是会有一些收获，甚至是收获颇丰的，但是这种做法的危害也是不可低估的：

首先，对学科领域的严格区分，将使学者视野变得非常狭窄。法学本身就是一个完整、开放的体系，各个法学分支本身是有机联系不可分割的，只不过是由于研究者的能力、精力有限，才不得不强行进行学科的划分。但是，当一些学者具有跨学科、跨领域研究的能力与精力的时候，从事这样的研究不仅是非常必要的，而且对研究者来说也是终身受益的。就我个人的感受而言，我是从事民法研究的，近年来，由于我进行了证据法的研究，才使得我在参与民法典制定时，重新审视一些以前认为理所当然的规定，尤其是民法总则中的法律行为制度、侵权行为法中对各类侵权行为举证责任的规定。可以坦率地说，对民事证据法的研究极大地拓宽了我的视野，使我能够比以前更深入地研究民法学问题，看问题的视野更为开阔。

其次，现代社会中法学各个学科在不断分工细化的同时出现了另一个现象，就是一些融合多个学科的交叉学科的出现。例如法学与经济学的融合产生了法经济学，法学与人类学、社会学的融合产生了法人类学与法社会学。如果诞生这些学科的西方国家的学者也是持“饭碗法学”的立场的话，很难想象会有上述交叉学科的出现。更何况，有一些制度的研究很难限定在特定的学科领域，例如民事证据法学，我们很难说它属于民法还是民事诉讼法，但是一些人却固执地将其视为自己的领地，这样就造成了这些新型学科很难获得来自其他学科的知识支持，一些有志于此的学者因害怕被封杀或者讥讽而不敢去研究。

最后，“饭碗法学”将严重地阻碍法学内部各个学科之间的正常交流，使其彼此之间变得十分隔膜，也将使各门学科内部自身的发展受到严重阻碍。其实，各门学科都具有共通性，因此，部门法之间需要交流。各个部门法只有相互取长补短，才能够相互促进、共同发展，才能使法学研究的园地生机勃勃、春意盎然。如果都是抱着一种“饭碗法学”的态度相互排斥、互相封杀，各学科之间将无法进行真正的交流和合作，这将对法学研究事业的发展造成巨大的损害。

如果这种“饭碗法学”的方法运用到教学上将更为麻烦。我发现个别学者存在这样一种偏见，认为一个教民法的只能谈民法，不能去涉猎其他问题，否则就是引导学生不务正业。这种看法更是害人不浅。实际上，任何一个案例很难仅仅涉及实体法的一个问题，甚至很难说仅仅涉及一个部门法的问题。一个案件可能既有实体问题，又有程序问题，既有私法问题，还可能涉及公法问题。仅仅懂得某一个学科的人，很难对案件进行全面的分析，其观点有时难免偏颇。我们需要尊重具有专门知识的人，但我们也同样应当鼓励学生系统掌握法学的全部知识体系，而不必固守门户，仅仅了解一个部门法的知识。

“饭碗法学”的观点将严肃的学术研究贬低到一种为了自身的生存而研究的地步，其情可悯，其状可悲。我们的学术研究究竟是为了真理还是饭碗？实际上学者自己根本不应当存在任何饭碗之争，持“饭碗法学”观点的人其实是人为地造成了一种“饭碗”的区分。说到底，我认为持“饭碗法学”观点的人已经将我们的法学变成了一种自私的法学、利己的法学，此种观点是对学术最大的亵渎。所以，我认为“饭碗法学”是法学界必须彻底摒弃的“陋习”，借此一角，我要大声疾呼：

“饭碗法学”应当休矣！

构建中国特色的民法学体系*

我国民法学是一门与我国社会主义市场经济建设同呼吸、共命运的重要社会科学，也是发展社会主义民主、健全社会主义法制所迫切要求繁荣和发展的学科。经由数代民法学者的不懈努力，我国民法学在过去30年内已经取得了令人瞩目的成就，为我国经济发展、政治文明、法治发展和法学繁荣作出了重大的理论贡献。

但在看到我国民商法学在过去几十年所取得的辉煌成就的同时，我们也必须清醒地认识到不足与缺陷。虽然近年来民商法学研究成果不断涌现，数量众多，但是其中高质量的学术精品尚难以满足广大读者的期待，原创性不足的问题依然存在。尤其是在这些成果中，主编的作品较多，独著的高水平的成果较少；编译的作品较多，翻译的精品较少；粗放性的研究较多，深入实证性的研究较少。某些领域的研究发展过于缓慢，例如，以罗马法的研究为例，20世纪30年代陈朝壁先生的《罗马法原理》一书至今依旧是该领域的代表性作品。从数量上来看，尽管有关司法考试、案例汇编等方面的著述以及教科书不少，但其数量与我国现有法学研究

---

* 原载《检察日报》2010年10月21日。

人员的数量相比，仍然显得单薄；尤其是对专门领域进行系统、深入研究的专著较为缺乏。以民法总论为例，目前该领域的专著和教材全国加起来不过十来本，而我国台湾地区民法总论著作不下五十部。此外，我国民法学界的学风也有待进一步改进。例如研究上浮躁、冒进现象和低水平的重复现象依然存在；个别学者宽容精神不够，存在着自我封闭的现象，也有个别学者持“饭碗法学”的观点，自己研究的领域不容其他学者染指，等等。这些现象都会影响我国民商法学乃至整个法学事业的发展。

展望未来，我们要构建具有中国特色的民法学体系，应当符合中国的国情，回应本国经济生活和法治建设中的现实问题，并从中国的法治建设实践出发，在借鉴国外先进经验的基础上，建构自己的理论体系，我建议，我国民商法的发展应当注意如下几个问题：

第一，增强民商法学研究的本土性。民法虽然具有相当的普适性特征，但其本质上仍根植于不同国家的社会、经济条件和文化传统。因此，民法学研究不可避免地具有相当强的本土性，这尤其表现在民事主体、物权、人格权、婚姻和继承等制度上。由此，民法学内容和体系的构建也一定要从本国的国情和实际需要出发，立足于中国的现实，着眼于解决实际需要。例如，我国民法典如何在立足中国、面向未来并借鉴国外先进经验的基础上构建一个科学、合理的体系？我国的合同法融合了两大法系合同制度的精华，颇具特色，如何运用合同法上的各项制度以促进合同自由、保护交易安全，值得我们不断探讨和思考；我国的物权法在对物权的保护上具有中国特色，我们应当着重研究物权法在实践中如何对民事主体各类物权进行保护；我国的侵权责任法在对权利和利益的保护以及各类具体制度的设计上都具有自身的特点，我们应当侧重研究该部法律在实施中碰到的重大疑难问题。又如，人格权的独立成编已经列入民法典草案，我们应当在构建未来民法典中人格权法部分的体系的同时，结合我国的实际，完善人格权法的各项具体制度的设计。

什么是民商法学中的国际领先水平？我认为，解决了中国特色的市场经济体制构建中的民商法重大问题就是解决了为世界关注的问题，就是对世界民商法学发展的贡献，也就是达到了国际领先水平。我们要研究国际前沿问题，而国际前沿问题首先就包括中国社会所面临的法律问题。我们不能说外国学者关注和感兴趣的问题，才是国际前沿问题。人在天地间贵在自立，国家和民族贵在自强，我们的民法也应当在世界民法之林中占有一席之地，因而我们的民法学应当创建自己的内容和体系，这不仅是因为我们所处的历史传统和文化积淀有其特性，我们的经济和社会现实独具特点，还因为我们负有将历史辉煌的中华法系发扬光大的艰巨任务。所以，我们的研究需要借鉴两大法系的经验，需要把握国际民商法学的发展趋势，但也不能妄自菲薄，跟着外国学者亦步亦趋、随波逐流。不能完全照搬外国的法律体系来设计我们的民法学体系。现在，有的杂志为追求引证率和引证形式，片面追求外国文献的引注，这也导致了我们有些学者在做研究时只顾大量引证、分析国外的案例和学说，而缺乏对中国学者的论述和中国社会生活以及司法实践的分析，以至于有些学者所谈的理论，和中国的现实问题形成两层皮，这种现象值得我们高度关注和反思。

第二，提升民商法学研究的国际性。在经济全球化的今天，我们的民商法学研究必须具有国际视野。一方面，我们要广泛借鉴国际上两大法系的先进经验，服务于中国问题的解决。另一方面，我们要有广阔的视野，开放的胸襟，不能成为“井底之蛙”，我们要以国际视野来把握民商法学的发展趋势。此外，我们还应当加强与国外民法学者的对话和合作，未来中国民商法学应走向世界，在国际舞台上争夺话语权，参与国际规则的制定，为世界范围内民商法学的发展作出自己的贡献。例如我国《合同法》不仅吸收了大陆法系的成熟的规则，而且还借鉴了英美法系中的一些先进经验，这就使得该法具有鲜明的时代特色和中国特色。需要指出的是，虽然前述中强调提升民商法学研究的本土性，并不意味着要否定比较法研究，我国作为法律继受国家，应当高度重视比较法的研究。但是，比较法不仅仅是对外国制度和学说的介绍，而且要结合中国的立法和学说，并且要对二者进行比较分析。如果仅仅谈外国法，而不结合中国民事立法进行比较，那只是外国法的介绍，不是真正的比较法。比较法也不仅仅是比较德国或者法国，比较法的视野应当是宽广的、全面的。

第三，注重研究方法的多样性。过去我们的研究方法比较偏重于法律本身的解释，过多依赖逻辑解释方法，导致在发现问题和解决问题方面存在某些缺陷。发现问题是解决问题的前提，唯有发现真实存在的问题，才能发展出真正有用的学问。为此，我们应当提倡在未来的民商法学研究中加强实证研究，广泛地运用社会科学研究方法，例如鼓励多开展实地调查、抽样分析等，致力于把握法律在社会现实中的实际运行状况和社会效果，发现从“纸面上的法”向“行动中的法”转化的规律，揭示各种利益冲突和纠纷的解决机制及社会正义的实现途径。结合跨学科方法的运用，可以增强民商法学研究的科学性和实用性。我们应当注重方法上的创新，实现方法上的多元化，尤其应当注重借鉴经济学、社会学、哲学、历史学、心理学甚至统计学等其他社会科学的研究方法。只有这样，我们才能够摆脱“僵化的法条”束缚，开展“活跃的法学”

文化。

此外，我们应当注重民商法学与其他法学学科以及其他的人文社科学科之间的有效沟通和交流，避免形成“隔行如隔山”的学科封闭和知识割裂现象。法学学科的发展还必须加强法学内部各学科的知识融合，加强法学学科与其他学科的知识融合，唯有如此，法学才能形成知识有机关联的学科体系，才能真正使民法学融入整个社会科学知识系统之中。

比较法之我见

在当今的法学教育和法学研究中，比较法是一个时髦的概念。学术界关于比较法的著作和文章比比皆是，各大法学院系也开设了林林总总的比较法课程。比较法已经成为法学研究中广泛运用的方法。甚至有人断言，没有比较就没有法学。产生比较法热的现象，原因是多方面的，经历了改革开放前长期封闭的环境，一旦打开国门，大量的国外法学理论和经验如春风扑面而来，令法学界同仁耳目一新，对比较法产生钟爱也是情理之中的事情。从经济层面来看，比较法的研究兴起也无疑是受到世界经济全球化的深刻影响。在中国已经加入 WTO 并成为世界主要经济体的时候，比较法无疑是法学教育和法学研究中不可或缺的方法。

但在比较法已经成为热门话题的今天，却少有人关注“比较法是什么”，也没有对这一问题给出一个令人信服的回答。我个人也对此深感困惑，诚然，比较法博大精深。但我认为，要回答好这一问题，至少需要讨论如下几个层面的问题：

一是为什么要进行比较？

“他山之石，可以攻玉”，这就说明了比较、借鉴他国法律的重要性。茨威格特在其《比较法导论》开篇引用了德国诗人诺瓦利斯的名言："一切知识和认识都可溯源于比较。"[①] 格罗斯菲尔德也指出："比较法把我们的目光转向其他法律制度，并把我们从民族主义的夜郎自大之中拯救出来。"[②] 这些都揭示了比较法的重要性。人类社会在生存环境、发展阶段等方面有很多共同点，这也决定了人类社会发展经验具有很大的共同性，包括运用法律手段协调利益冲突的经验。因此，通过比较法来实现法律的移植与借鉴是许多国家法律现代化的经验。尤其是随着经济全球化的发展，在世界范围内的公司投资、货物买卖、金融交易等方面的规则也日益趋同。这就更进一步凸显了比较法的重要性。

法学作为一门科学，其主要功能在于探索人类社会法律文明发展的规律，寻求以法律来治理社会的最佳模式。在这一过程中，如果不从全球视野的角度，通过域外经验的比较与分析，是难以找到最佳答案的。法治文明曾经被认为是西方所独有的文明形态，事实上，以法律治理社会，并非是西方的专利。中国古代社会虽然是以人治为主要治理模式，但其中仍然不乏一些有益的经验。但我们更需要的是，怎么在借鉴西方先进法治文明的基础上，把法治文明与我国国情结合起来，这是值得我们研究的重大课题。在人类社会的历史演进中，虽然不同社会在民族、地域和语言等诸多方面存在重大差异，但人与人之间的生产和生活关系在类型上具有高度的相似性。在人类演进过程中，不同社会可能就同一类社会关系采取了不同的调整模式。在进入市场经济以及全球化时代这一大背景之下，如果我们能够放眼世界，将既有的、多元的法律治理模

---

① 〔德〕K. 茨威格特：《比较法导论》，潘汉典等译，法律出版社 2003 年版，序言。

② 〔德〕格罗斯菲尔德：《比较法的力量与弱点》，孙世彦、姚建宗译，清华大学出版社 2002 年版，第 21 页。

式作为本国制度选择的参考对象，这不仅有利于节省我们去构想替代方案的时间，而且能够帮助我们预见采取不同法律治理方案可能给中国社会治理带来的好处和弊端。这也就是说，比较法是一种工具。其目的在于向法律研究者和法律制定者提供可选择的各种法律治理方案，以及采用不同方案的优缺点。比较法的最终落脚点在于通过将不同法域的学说、立法和判例与中国的情况相比较，从而确定哪些是能够在我们这块土地上发挥最好社会治理效果的制度。从这个意义上讲，比较法最终要服务于我国的法治建设和法学理论建设的需要。

二是比较什么？

这好像是一个再简单不过的问题，即比较就是比较外国的问题。但关键在于“什么是外国的问题”。一是外国的什么问题？是不是仅限于法律制度的比较？二是是不是所有法律制度都需要通过比较来解决？

首先，比较法并不是简单的法律规则比较。除法律规则本身之外，一个完整的比较至少应当包括对如下内容的比较：作为法律制度基础的法学原理、法律制度产生的社会背景、该法律制度施行后的社会效果，等等。比较法注重功能主义比较方法，即观察者必须尽量全面地观察所比较的对象，将之放在特定地域的整体制度以及关联因素制约的大背景下进行分析和评判，将之定位为具有特定功能的关联系统的一个子系统。据此，在针对不同地域制度进行比较解析时，必须看清所欲比较之对象的周围和背后，切不可仅仅从只言片语的规则中得出武断结论。日本学者五十岚清认为，比较法中的所谓比较，是指两个以上的法律体系，对其规范、原理、制度等等方面加以对比，由此找出两者的异同点来。比较法的重点并不在于制度或规范的阐明，而在于制度与其产生的相应基础的分析与比较。法律植根于特定历史时期的政治制度、历史文化传统、经济实践。因此，在制度或规范比较的层面，往往会局限于表象，而不能看到产生该制度的深层根源。这也是比较法学者强调“功能性比较法学”（functional comparative law）的原因。因此，在采用比较法方法时，不能局限于法律条文的比较，要全面比较，也就是要考察在外国土壤中孕育的法律制度能否生长在中国的法律体系中。各国法律制度适用的社会背景不同，如语言、文化、地理等，这也会影响到比较法运用的效果。比较法不仅仅是一种制度的比较，它更应当挖掘法律制度产生的根源和基础。如果仅仅限于法律制度之间的比较，则属于舍本逐末，只见树木不见森林。比较法还应当重视法律思想的比较。传统的比较法研究忽视了法律思想的比较，但实际上，思想的比较和制度的比较是分不开的，因为理论常常是法律规则的指导，法律规则之后一般都会有法学理论作为支撑，只有不断探寻法律规则后的理论基础，才能更为全面地把握法律规则的含义。因此，比较法应扩及判例学说，尽可能对外国法的真意和现实作用有充分了解，并对所引资料和参考理由进行说明。比较法作为一种方法，应该是通过将中国的实际与域外的相关制度、价值、规范、理论、判例、学说等方面进行比较，适应中国的需求，得出合理的结论。

比较法不限于与某一法系或法域的比较。一种流行的观点认为中国属于大陆法系，因此进行比较法研究时，主要应与大陆法系相比较。这种理解比较狭隘。我认为，比较法应当是包括两大法系在内的诸多法系的综合比较。目前的比较法研究主要还是西方法律文明的比较，看不到东方的经验，也见不到伊斯兰文明的踪影。

其次，比较法研究并不是简单地看其他国家事实上存在什么样的法律制度和法律思想，而是要看比较法上的做法是否有在我们的土地上生长的可能性。对于那些今天不适合在中国栽种的优秀法律制度，明天是否还有可能？通常比较法的方法主要适用于国际化程度比较高的领域（如合同法等具有国际通用性、惯例性的商事交易规则），在固有性较强的领域，比较法的方法一定要慎重使用。例如，在物权法、亲属法等领域。值得注意的是，在寻求比较法的渊源时，除了关注一些成熟的国家法律制度、规则和经验之外，还可以考察比较法上判例和学说的发展经验，观察他国法律发展的动态和趋势。例如，英国的不动产制度，主要是从封建土地制度发展出来的，其基本的概念和范畴都与我们相距甚远。对于这种制度，我们完全没有必要照搬。在进行比较时，不能简单地以“国际化”为由来主张某种制度的合理性。关键在于，“国际化”能够给我们带来什么好处。对于那些涉及国际贸易规则同一性的问题，即各国普遍认可的交易规则，最好要国际化。但对于那些根本无涉国际贸易和国际交往的社会关系，则应注重各国法律固有的特点。但如果涉及人类生活的普适价值和规则，也可能需要国际化。例如，一位法国旅游者在爱丁堡的餐馆内体罚其孩子而在苏格兰法院被起诉。过去，在法国体罚行为是合法的，但自从1989年《儿童权利公约》颁布后，法国参加该公约，该行为已被法律禁止。

三是如何比较？

比较法之所以时髦，一个重要原因在于，自清末变法的百年以来，我国立法和法学理论大多为舶来品。这在最初的几十年尤为明显。早期的这种进口模式的确在一定程度上促进并加快了我国法制的现代化进程。但这一历史进程给不少人造成了这么一种印象：即认为外国的制度都是好的。其实，通过比较就可以发现，一个民族的法律通常带着深厚的民族烙印。很难说一个民族国家的法律是放之四海而皆准的行为准则。例如，很多人认为美国的法律都是先进的，但殊不知其也有很多规则也是明显不合理的。例如，直到 2003 年，美国才彻底废除鸡奸罪。而这一规则早已被世界上大量国家所废除。我认为，比较法所要解决的，就是如何在好的外国的制度之间进行比较，不能采用简单的拿来主义，而是要区分好的与不好的经验，拿来好的经验，扬弃不好的经验。

比较法的借鉴必须要符合中国的实际国情。比较法不是简单地介绍外国法律，这种做法实际上是外国法研究，而不是比较法研究。如果仅仅是对外国法律制度和法律文化做描述性研究，而不是讨论这些制度对我们有什么启示，那只不过是一种异域法律问题的介绍和欣赏。虽然其能够为我国法律文化的发展提供一定的间接帮助，但无法回答中国的现实问题。所以，那不是真正的比较法。在我看来，比较法更应该注重外国和中国制度的比较，要立足于中国的实践。我们不能够在外国法的笼子里跳舞。尽管我国民法的范畴和概念大多来源于西方，我们不能抛开这些约定俗成的话语而另起炉灶，但是，这并不意味着在制度层面，我们就应该完全以外国法为我们的出发点。我国民法学理论立足于我国改革开放以来的实践，能够适应我国的国情，展现时代的风貌，因此，我们的民法学应该从我们自身的社会实践出发进行研究，而不能盲目照搬外国法。

比较法也不是以某一个外国法为出发点和论证的前提。早在 20 世纪 40 年代，哈佛大学法学院庞德教授在造访中国大陆之后，在《哈佛法律评论》上发表了《中国法律之基石：比较法和历史》（Comparative Law and History as Bases for Chinese Law）一文。他建议不要迷信比较法的功能。他认为，比较法研究仅仅是给中国法律同仁提供一些外国的参考经验。这些经验可能对中国有启示意义，也可能没有。尤其是，并不是任何中国问题都能在比较法上找到答案。对于那些深具中国特色的社会生活关系，需要由中国人自己去构造适合于本土的法律制度。今天，重新拜读庞德的这篇大作，我们能够再次感受到庞德教授建议的深刻性。中国面临前所未有的三千年大变革时期，中国问题本身错综复杂，甚至是人类面对的前所未有的新挑战。因为，在公有制基础上实行市场经济，这是人类前所未有的创举，如何能够通过法律手段实现二者的成功结合，大量的制度规则需要我们自己去创造，通过制度的创新来回应中国现实问题。这告诉我们，并不是任何问题都能够从比较法中找到答案。更不能认为，凡是外国成功的法律制度都能在中国成功，凡是外国认为是好的，在中国就当然好。如果遇到任何新问题，都直觉性地期待从比较法上找到答案，那很可能是一种对比较法的迷信。按照庞德的说法，一个民族的法律，应当由这个民族自己去塑造，而不是以其他民族的法律来构建。

我们需要学习西方观察问题的方法，但是我们不能简单照搬他们经由这些方法观察社会现象所获得的结果。另外，即便是对于西方观察问题的方法，我们也有必要进行“创造性转换”。秉持这样的态度，才能达到比较法的目的。

法学教育的使命

改革开放以来，中国法学教育经历了重建、恢复、发展的过程。三十多年来，中国法学教育发生了翻天覆地的变化。高等法律院校达六百多所，各类在校法科学生近百万。然而，耐人寻味的是，在这个庞大的法律人群体中，并没有太多的人对法学教育本身作出专门的思考。然而，对法科学生、法律人乃至整个法治建设而言，法学教育具有基础性作用和意义。如果我国法学教育能够在该领域集思广益，共同讨论法学教育的使命，将对推动中国法学教育乃至整个法治建设发挥基础性作用。

法学教育的根本目标究竟是什么？我认为，概括地讲，法学教育要培养社会主义法治事业合格的建设者。我们的教育目的是培养社会主义事业的建设者，法学教育同样如此。但如何判断合格与否，这是一个需要细致研究的问题。我个人理解，法学教育培养的目标是要培养具有良好的职业道德和修养、具备法治理念和法治思维、掌握系统法律知识、能熟练运用法治方法的卓越法律人才。

法学教育首先应当是一种素质教育。法学教育是现代高等教育的一大类别，其首先应当具有现代高等教育的一般特征，因此，法学教育应当注重培育青年人的基本公民素质。

这就是说，首先应当培养一个优秀公民应当具有的素质，或者说作为国民表率的素质。法律人首先是中国社会的一位公民。大学教育时期是青年人成长最快、最重要的时期。在这一点上，大学法学院应当与其他学院和专业的教育具有相似性，应当培养一个人的基本公民意识。法学教育应当培养法学学生对于国家、民族的责任感、使命感。法学教育培养的学生还应当具备良好的人文关怀理念和素质，培养学生的人文素养和人文精神。一个不能够关爱民众、同情弱者、尊重他人的人，即使法律知识学得再好，法条背得再多，也很难说是合格的法律人。在执法中必然会出现野蛮执法、暴力执法等问题。此外，法律人应有严格的道德自律精神，其人性应当具备更高的修养，应当在诚信守法等方面成为社会的表率。这正如陶行知先生所说的，“千学万学，学做真人”。这是任何一种教育的目的。

法学教育是现代高等教育中的一门职业教育。尽管法学教育也是一种公民教育和素质教育，但又有很强的技术性。职业教育首先需要注重职业道德问题。一个缺乏良好职业操守的法律人，就很难忠实于法律并服务于社会。一些法律人纯粹受经济利益驱使，徇私枉法、违背良心和道德，非但没有促进法治，反而破坏了法治。只有形成良好的职业道德体系，才能够保证所学能为所用。法律人应当具备良好的法律思维和法治理念，这些理念和思维都是从事法律职业的指导。同时，现代法律正朝着专业化发展，与医学等科学一样，要求操练者具有良好的职业技能。所以法学教育很重要的一点就是要培养法科学生的法治理念和观察问题的方式，打下扎实的法学功底。扎实的理论基础是良好实践活动的必要条件。缺乏法学理论的指导，无论法律人能够记忆多少法条，总会遇到无法有效应对的疑难案件。法学院培养的人才应当具备解决纠纷、化解矛盾的能力。法律技能既包括法学技能，也包括社会技能，法学技能例如各类法律规范的含义，法学逻辑推导能力，法律事实的判断，等等。法学学生应当具有良好的法学专业知识和法学思维能力，以及社会技能，例如心理学知识、经济学知识、谈判能力，等等。

法学教育也应当是一种实践教育，这些能力仅仅通过课堂教育是不够的，还需要学生从实践中吸取经验，培养法律人的法律实践操作能力，例如，诊所、实习、法学院与法律实践部门的互动。法学院要承担起培养一大批专门以法律为职业、从事专门性的法律工作，如立法、执法和司法，以及公证、律师、专利、商标等人才的职责。这些人才的特点在于，他们能够熟练掌握法律知识以及实务操作技巧，具有良好的法律人思维能力和分析问题的能力，熟练掌握运用法律分析的方法，这样的人才不是在图书馆看书就能培养出来，也不是仅仅从互联网上下载信息就能够培养出来，更重要的是要积极参与大量的实务工作。法科学生的法学素养，不在于其能够背诵或记忆多少法条和经典，而在于其掌握了多少实际应用的本领。也就是说，其在无法记忆和背诵法条时，能否获取认定事实、寻找法条并解决问题的途径。仅仅靠掌握概念、理论、学说是不够的，关键是将其作为活的知识加以适用，具备解决法律实际问题的能力。我发现，在美国特别重视诊所教育，特别重视学生在模拟法庭的辩论和教学，重视学生实际分析案例的能力。他们更希望，在学习期间解决学生的动手能力问题。这些经验也是值得我们高度重视的。为此，我们需要强化法律教育机构与法律实践部门之间的沟通与合作，共同提高未来法律人的实践能力。

一个当前热议的话题还在于，法学教育是否要培养精英人才？按照现在时髦的说法，就是是否要培养领袖人才？关于这个问题，我认为，法学教育大众化与法学教育精英化之间并不存在必然的矛盾。我们不妨从两个方面予以观察。一方面，从世界高等教育的发展趋势来看，从传统的精英教育主导模式向大众教育模式的发展已经是大势所趋。其原因在于，高等教育大众化有利于提高社会公民的平均智力水平，增进个人的创造力。增强高等教育的开放性和大众化，也有利于提升教育的公平。法学教育作为高等教育的一项重要内容，也应当向大众化教育方向发展。尤其是在我国社会整体法律意识还有待于全面提高的情况下，法学教育更有必要面向社会大众和社会群体。另一方面，法学院培养精英人才与法学教育大众化并不矛盾。法学院培养的人才要具备熟练掌握法律知识、掌握处理各种社会和法律问题方法的能力，这本身就是社会需要的精英人才。如果法学院培养的人才都是领军人才，对国家和社会来说无疑是一件好事。

但法律人才培养要坚持以大众教育为主、兼顾精英教育的改革理念。从我国当前的法治建设进程来看，我们现在需要的仍然是大量的面向大众、扎根基层的法律人才。法律人应当和社会公众保持密切联系，而不能以一种精英人才的心态高高在上，阻断和社会大众的接触和联系。我们需要具有国际视野，通晓国际规则，能够参与国际视野和国际竞争的国际化人才，但这些人才首先应该是从一名平凡的律师做起，从一个普通的基层法官做起，而不能以为自己是精英而自命不凡，把自己封闭在象牙塔之中。只有在实践中不断增长经验，才能够成为真正的精英。真正有水平的法官、律师都是长期扎根基层，不断磨炼，理论联系实践并能解决实际问题的法律人才。从这点来看，法学院对于精英人才的培养只是起基础性的作用，法学院培养的人才能否最终成为精英人才，关键在于他们以后如何锻炼自己，精英不可能是几年的学院式教育的结果，不论在政界、商界，都需要经过各种各样的失败、挫折的磨炼方能养成。只有这样，他们才能够担当领导社会转型的重任，才能引领中国法治的建设发展。

所以，法学院应当培养一大批优秀的法律人才，而不是仅仅培养少数精英。当然，法学院在培养一大批法律人才的同时，也需要培养领袖型人才。领袖型人才的范围是很宽泛的，包括政界、商界等各领域的人才。未来社会的发展方向是法治社会，因此，无论是国家管理还是社会管理，需要一大批具有法律知识的专门人才。也就是说，必然有一批法律人才要走上国家和社会管理岗位，成为社会的领导者。法学教育也应当将培养法律学生的组织和领导能力作为学生培养的重要内容。但是，这里说的领导能力应当包括在各个行业从事各类管理活动的领导能力，而不仅仅限于某一个领域的组织协调能力。在现代法治社会，法律人才所需要具备的不仅仅是法律专业知识和法律操作技能，还需要具备社会组织和领导能力。他们要参与到国家政治、外交、经济、文化和社会管理的各方面事务中，要能够妥善应对各种事务管理中所涉及的各种实际法律问题。

法学院也需要培养一大批优秀的涉外法律人才。在经济全球化时代，由于经济交往日益频繁，法律事务日益增多，我国正在积极推行“走出去”战略，但企业走出去后遇到的一个最大的困难是法律障碍，出现了纠纷以后，往往不知道如何从法律层面应对，许多企业为此蒙受重大损失。虽然我国是联合国常任理事国，但无论是在联合国还是在有关的国际组织中，所派驻的相关法律人才远远落后于韩国等国家，这与我国的大国地位是不相称的。因此，法学院需要培养一大批具有国际视野、面向世界的能够熟练运用法律解决涉外问题的高素质人才。他们具有国际视野，通晓国际规则，能够参与国际交往和国际竞争。

法学教育还需要培养法律人浓厚的法律意识、法律思维，以及敏锐地观察、分析和反思各种社会现象的能力。法律思维要求依循法律规范，运用法律逻辑，秉持公平正义等价值观念，去思考问题、处理问题、解决问题。法律思维不仅需要符合法律，更需要符合法治，即要符合现代法治理念。法律思维需要从权利与义务这个特定的角度来认识和处理各种社会关系。在个案的裁判中，法律人在得出结论之前，应当按照法定的、严密的程序进行分析和论证。所以，法学院的教育不仅仅是关于知识的教育，而且应当是理念的教育；不仅仅是对法律规则的认知，而且要包含价值的熏陶。

21 世纪国家之间的竞争是综合国力的竞争，其中也包括了法治力量的竞争，而法治力量的竞争又体现在法律人才的竞争上。中国将继续顺应法学教育的发展趋势，在涉及法科学生的培养上提出更高的要求，同时在改善教育管理体制、师资知识结构、评价机制等方面作出积极的努力。

追寻现代大学的特征*

大学是人类创造的最具生命力和影响力的组织。据考证意大利博洛尼亚大学是全世界最早的大学，其始建于1088年，距今已有近千年的历史，故有“千年大学”之美誉。博洛尼亚大学早期培养了一批人才，初步确立了人文社会科学的分类和大学自治的精神，也因此被誉为欧洲的“万校之母”。2012年10月初，我有幸访问了这所历史悠久的著名大学。在青砖铺就的“大学路”两旁，是一条长长的圆形柱廊，周边是一栋栋红黄色的建筑，给人一种温暖的感觉。据介绍，这些建筑大都有几百年的历史，个别建筑的历史甚至上千年。虽然这些建筑略显陈旧，但在“大学路”上的简短旅程，让人深切感受到这所大学的悠久历史和厚重文化气息。

追溯博洛尼亚大学的历史，可以说是罗马法复兴的结果。在11世纪的博洛尼亚城，一位名叫伊纽耐利乌斯（Irnerius，1050—1128）的传教士，在这个城市的图书馆偶然发现了罗马法的原始文献。这些文献主要是用拉丁文和希腊文写成的，但能够鉴赏这些文献的人十分有限，而伊纽耐

---

* 原载《中国教育报》2012年12月17日。

利乌斯恰好是研究拉丁文的。于是，他一边研究这些文献，一边开始在博洛尼亚城以圣经为基础来讲授罗马法。后来伊纽耐利乌斯的知名度逐渐提高，到其课堂上的学生越来越多，欧洲各地的大批学生慕名前来，在博洛尼亚的学生最多时已经超过了万人。伊纽耐利乌斯的一项著名成就在于对《国法大全》作注，他为庞杂的罗马法的体系化作出了重要贡献，因此被称为“注释法学派”的鼻祖。

后来，聆听其课程的学生人数不断增多。在学习罗马法过程中，这些学生受到了罗马法中社团概念（universitas）的启发，相继建立了各种学生的自治团体。学生通过自治社团来选择教授和课程。这可以说是现代大学自治的雏形。1988 年博洛尼亚大学举行 900 周年校庆，全世界数百所大学的校长汇集于此。出席该庆典的人士认同博洛尼亚大学是大学自治的开端，伊纽耐利乌斯在此期间讲授罗马法并培养了大批罗马法后裔，因此，大家签署宣言共认博洛尼亚是“万校之母”。

在博洛尼亚大学的许多场所，我们都能看到伊纽耐利乌斯的肖像。建筑物上也有很多关于伊纽耐利乌斯讲学的雕刻，后人借此表达对伊纽耐利乌斯的崇敬。但在博洛尼亚大学访问期间，让我深感困惑的是：与伊纽耐利乌斯最初开设课程相似，中国早期也出现了“私塾”这一教育模式，但为什么中国的私塾在当时没有被称为大学，而博洛尼亚就成为了大学？在古罗马法，曾经出现过讲授罗马法的著名学者，甚至形成了四大法学家讲学的局面。《法学阶梯》既是一部法律汇编，也是一部供学生学习和阅读的教科书。但是，为什么在古罗马时期没有形成现代大学？我在追寻这一问题的答案，实际上也是希望能够探究现代大学的特征。后来，我还就此与博洛尼亚大学的负责人和法学院院长等做了专门交流。我初步认为，现代大学应当具有这么一些特征：

第一，现代大学以人才培养为目标。回归本位，大学应当是一个培养人才的领地。但现代意义的大学，与中国早期的私塾、学堂等教育机构存在重大区别，尤其是在于“开放性”上。现代大学入门不以身份、等级等为入学条件，而是向公民平等开放，保持了大学的开放性和平等性。博洛尼亚大学的开放性，一开始就决定了其是具有国际性的。当时博洛尼亚已经汇集了来自欧洲的许多成年学生，当然其中不少是贵族。最初，没有公共的教室，所以老师在家里讲课；后来，政府提供一些公共教室来让老师们授课。在 11 世纪末期的博洛尼亚，之所以有欧洲各地的学生慕名而来，一是因为所学习内容本身的新颖性和科学性。与当时欧洲各地流行的习惯法和教会法相比较，罗马法关于市民社会的规则非常精细，显得更为科学和文明，其体现了个人主义和人文主义的精神，因此学习罗马法成为一种时尚。二是由于伊纽耐利乌斯的声誉。在当时，为学习罗马法，欧洲各地年轻人纷至沓来，以能够听到伊纽耐利乌斯等人的讲授为荣。这些学生在学成之后，又把罗马法带回当地。有人成了法官，有人成了律师，也有人成为继续传播罗马法的教授。与此不同，古罗马时期的讲学之所以不能形成现代意义上的大学，在很大程度上是因为当时法学家的讲学具有封闭性，不是向所有学生开放，具有师徒传授技艺的私塾性质。

第二，现代大学是以人文理念为基础来构建的。在古罗马法时期，基督教的影响力尚未占据主导地位，古罗马法在总体上也没有受到基督教教义的影响。随着罗马帝国的解体，古罗马法也日益衰落。在罗马法复兴之前，在欧洲占据主导地位的是教会法。而教会法与古罗马法明显不同。教会法主要是对宗教教义的阐述，深刻地反映了神本主义思想。而罗马法并没有受到神本思想的实质性影响。正因如此，文艺复兴时期很多学者传播罗马法，在某种意义上也是以其作为对抗教会法和神本主义的武器。伊纽耐利乌斯等人讲授罗马法，虽然是以圣经为基础讲授的，但已经开始世俗化，实际上是在宗教的外衣之下开始探索人的价值。伊纽耐利乌斯在研究罗马法的过程中，感受到罗马法以私权为中心，更符合社会的需要，而教会法束缚了人们的思想。因此，宣讲罗马法本身就是一种思想的解放。学生之所以纷至沓来，与罗马法本身所体现和追求的人文主义精神密不可分。后人认为，博洛尼亚是一个现代启蒙运动的思想发源地。这在很大程度上是与当时日益复兴的罗马法及其人文精神相联系的。罗马法充满了自然法思想，提倡尊重财产自由、遗嘱自由、居住权以及自由人应当享有自由权等观念。罗马法主张罗马市民之间的平等地位，这些都深入到了文艺复兴的思想之中。据说，但丁、彼特拉克等文艺复兴运动的巨匠，都受到了博洛尼亚罗马法关于自由、公平、正义等精神的影响，后将这些财富带到佛罗伦萨，并在那里发起了文艺复兴运动。至今有一些西方学者认为，罗马法的复兴（Renaissance of Roman Law）、宗教改革运动（Reformation of Religion）和文艺复兴（Renaissance），可以被称为资本主义早期的“三大思想运动”（简称为“3R”运动）。同样，现代大学应当体现鲜明的人本主义精神，贯彻人文精神的教育。这在社会科学教育中的重要意义自不待言，在自然科学领域同样重要。

第三，现代大学以自治为特点。意大利一些思想家在早期就已经有了城邦自治的思想，主张城邦通过与教会谈判的方式获得城市的自治权。这种自治思想对后来的大学自治思想显然产生了一定的影响。尤其是，罗马法的讲授使罗马法中的“社团”概念得以广泛接受。在博洛尼亚大学，不少人认为，大学的真正形成是以学生组建的各种社团为标志的，社团的组建要登记。但是，一旦社团成立，就成为自治性的组织。学生可以通过社团来确定课程和老师，对外可以以社团的名义交往。不管学生如何变动，社团作为法人始终存在，教学活动也因此得以延续。对于此种学生自治组织，政府并不干预。这可以说是大学自治的雏形，后人又在此基础上逐渐发展出了一套大学自治的理念和制度。

第四，现代大学以学科分类为特征。当时，由于罗马法的传播，法学成为了一门独立的学科。后来，医学、神学（以后逐渐被包括在哲学中）都相继诞生。这是最古老大学的三个最重要学科。此种划分就形成了最初的学科划分。而在法学作为一门学科形成之后，其内部又形成了所谓公法、私法等分类，并在各门类之中设置了相应的课程。这种学科、课程的分类，也是现代大学的一个重要标准。广义上所谓的人文学（Liberal Arts），其实包含了今天非常广泛的学科，例如，文学、历史、哲学、艺术以及部分今天所讲的社会科学。这个学科的称谓和提法，显然是与早期大学奠基性学科的格局密切相关。在博洛尼亚大学之后，欧洲又诞生了巴黎索邦大学、海德堡大学和牛津大学等一批现代意义上的大学。以巴黎大学为例，建校之时设立了四大学科：神学、哲学、法学和文学。这一学科格局显然也受到了博洛尼亚大学的影响。虽然我们今天开始关注学科融合的现代意义，但这并不能否认学科划分本身的重要工具和认识论意义。探索一个科学的学科分类体系，仍然是现代大学的重要任务。我们今天强调素质教育和综合教育，但此种追求仍然是以专业划分和专业教育为基础的。

第五，现代大学一开始就是和学术自由、学术争鸣结合在一起。追求学术自由，现代大学促进了人们的思想解放，也促进了制度文明。在当时博洛尼亚的罗马法讲授过程中，伊纽耐利乌斯成为注释法学派的开创性人物，但是，博洛尼亚的注释法学活动并不就此终结。相反，伊纽耐利乌斯作为注释法学派的始祖，培养了不少卓越的弟子，其中最著名的是被誉为“法的百合”的四博士，即博尔噶儒士（Bulgarus）、玛提努斯·高西安（Martinus Gosia）、雅克布斯（Jacobus）和胡果·拿温那特（Hugo de Porta Ravennate）。注释法学派内部又形成了不同的流派，甚至呈现出了百家争鸣的景象。正是这种开放的学术讨论，促进了罗马法的繁荣，并为欧洲后来的法典化运动奠定了基础。后来欧洲几部民法典的诞生，都是在罗马法的基础上产生的。例如，《法国民法典》就是在罗马法三编制基础上形成的。为《德国民法典》的诞生作出重大贡献的萨维尼，便是研究当代罗马法体系的学者。从西方的经验来看，进入现代社会之后，西方要么如大陆法通过复兴罗马法传统，通过成文法来规范社会，要么像普通法通过判例法形成规则约束行为，这些都是通过确立依法治理的框架来回应社会治理的需要。无论如何，两大法系都不同程度上受到了罗马法的影响。由此可见，现代大学崇尚学术自由，并以包容性和开放性为其基本特征。包容是容纳各种不同的思想和观点；开放是汇集一批勇于探索的思想者。一个现代大学应该是不同思想争鸣和碰撞的场所，而不应当是简单地进行思想灌输的古代私塾。

漫步在博洛尼亚大学千年校园的幽静小径上，追寻博洛尼亚大学的发展轨迹，探究现代大学的特征，使我产生了前述点滴感悟。

什么是法学家的社会责任

什么是法学家的社会责任，对此仁者见仁，智者见智。有人认为，法学家的社会责任就是阐释法律的精神，探寻法学的真谛；有人会说，法学家的社会责任就在于维护社会正义，推动法治进程；还有人认为，法学家的社会责任应当是宣传法治理念，弘扬法治精神。从不同的角度来看，这些说法都有一定的道理。事实上，法学家的社会责任究竟是什么，这个问题在学界并没有获得应有的重视。我想这主要是因为我们对于法学家的角色定位缺乏足够的认识，一些人甚至认为这样的问题大而空泛，离现实过于遥远，而实际情况并非如此。

我认为，法学家首先应当是一个从事法学研究的知识分子。“法学家”既不是一种荣誉称号，也不代表着某种社会地位，法学家无论多么出名，地位多么显赫，他也只是一个法学理论工作者。不清楚这一点，就很难认识到法学家与法官、政府官员或者律师的社会责任究竟有什么区别。法学本身就是思想的产品，也是知识的产品，优秀的法学著作本身也属于人类宝贵知识财富的一部分，甚至可以说是现代社会文明的重要组成部分。

作为一个从事法学研究的知识分子，法学家应当尽可能为国家、社会的发展提供所需要的法学智力成果。法学家最大的社会责任，就是为中国的法治建设提供理论支持。一是为国家法律的制定和修改提供理论上的论证。法学家应当积极参与国家的立法活动，为各项具体法律规则的拟定提供建设性的意见。尽管一项法律的规定涉及多个学科的知识，但法律规则的设计最终要落实到权利义务的调整和规范上。立法机关意图实现的价值取向也要通过对权利义务的调整和规范予以落实。而权利义务关系正是法学家研究中的核心内容，法学家需要以现行的法律为研究对象，但又不能囿于现有规则，而应有一定的超前意识，应当从法律发展规律和社会现实需要等角度提出立法的目标，以及完善的方向。二是为司法公正献言献策。比如法学家可以从解释论的角度出发，去界定现行法上所确立的各项法律规则的含义，为裁判者适用法律解决纠纷提供借鉴和参考。法学家还可以通过对裁判者适用法律技术的研究，为裁判者更为妥当地认定案件事实以及适用法律提供有价值的意见。三是传播法律文化、普及法律知识。中国推行法治的过程，实际上是一个倡导新的社会治理机制，倡导新的生活方式的过程。建设社会主义法治国家，就要提高全民族的法律文化和法治文化素养，培养全体人民对法治的忠诚，为此就必须进一步宣传法治，使法治观念更加深入人心。法律知识的传播和普及，对于实现依法治国和建设社会主义法治国家的目标非常关键。没有法学知识、法律文化的积累和沉淀，没有人民群众对法治的信仰，法治就不可能发展，法治的进程就会迟滞甚至出现倒退。法学家在弘扬法治理念，普及法律知识方面负有天然的职责，法学家应当努力通过讲授和撰写各种论著在社会上不断地普及法律知识，传播法律文化，弘扬法治的理念与精神，特别是传播权利的意识与观念，从而为中国法治的大厦奠定坚实的基础。

法学家提供的理论产品应当尽可能是社会所需要的，也就是说，要符合社会法治建设的实际需要，产生积极的作用。那么，法学家怎样才能更好地尽到其对于社会的责任呢？

法学家要尽到其对于社会的责任，必须把握时代精神。法学家需要顺应历史的潮流与社会发展的客观规律，准确地把握时代的脉搏。崇尚法治、推进法治，建设社会主义法治国家，建立完善的社会主义市场经济体制，构建社会主义和谐社会，这些都是中国发展的趋势和必然要求。法学家要顺应这些历史趋势，而不能无视这样的趋势甚至逆潮流而动。要看到改革开放的历史也是一部社会主义法治建设不断取得进步的历史，要看到在中国变法治理想为社会现实这一历史任务的艰巨性，不能仅凭个人好恶，或一时之偏见，对中国推进法治建设的重要性视而不见。法学家应当对法治建设的发展起到一定的引导和推动作用。

法学家要尽到其对于社会的责任，必须要有自己独立的人格与学术良知。法学是一门治理国家和管理社会的学问，无论是立法、执法还是司法工作，都需要有法学家的参与，需要法学家提出富有建设性的思想和主张。因此，法学家思想是否纯粹、品行是否高洁，对于立法、执法和司法的公正性有着不容忽视的影响。法学家为社会服务，就是要为社会大众服务，为老百姓的利益服务，要始终关注民生的疾苦，顺应民众的愿望，倾听百姓的呼声，他们的观点应该反映大多数人的利益。法学家不是某一社会集团的“代言人”，不能屈从于任何私人或部门的利益甚至压力而说空话、套话甚至假话，应当坦坦荡荡做人，实实在在做事，一就是一，二就是二，来不得半点虚假。法学家必须实事求是、客观地研究问题、解决问题，而不能看某个领导的脸色或者某个部门的利益行事。法律与道德本身就是密切联系的，法学家应当有良好的道德品行，心存良善，不惧权势，憎恶邪恶。法学家如果没有良好的道德品行，怎么可能研究好法律？

法学家要尽到其对于社会的责任，要具有敏锐的问题意识和强烈的创新意识。法学家应当始终清醒地认识到自己的角色，要有强烈的国家和民族的忧患意识和责任感，努力探索新问题，并对全局性、战略性、前瞻性的重大课题作出科学的理论回答。当然，法学家主要是就法治建设提供理论支持，而不应当动辄指点江山，忘记自己的位置所在。作为法学家，应当了解社会发展的总的规律与趋势，注意观察与了解法治建设的动态过程，敏锐地发现与把握法治建设中出现的新情况与新问题，并且及时深入地加以研究以提出相应的解决方案。法学家需要深入改革开放和现代化建设的实践，深入国家民主法制建设的实践，在理论上不断开拓进取，不能满足于一孔之见而故步自封。我们身处在信息爆炸的社会，知识更新速度日新月异，正所谓“逝者如斯夫，不舍昼夜”。法学家要不断追求、不断挑战自我，在这样一个永无止境的过程中不断超越自我、实现自我价值，学问也才能不断升华。如果满足于陈旧之知识，不及时更新，则势必难以适应时代之需要。

法学家要尽到其对于社会的责任，必须要有严谨求实的学风。法学研究有着严格的学术规范与学术规律，法学家也要有“板凳坐得十年冷”的精神，坚持严谨治学、求真务实的学风，不能为追求轰动效应而故意违反学术常识，人为制造一些问题，诱发毫无价值的争议，更不能离开已经达成共识的学术平台，自说自话，自弹自唱。另一方面，术业有专攻，法学家不可能通晓各种事务，社会上对法学家也不应提出这样的要求。法学家应当努力追求的是严谨的学问，不应当不甚了了、信口开河，经常犯一些常识性的错误，这既会对公众产生误导，也会降低社会对法学家的信任，有损法学家的荣誉。法学家在看待问题时应当具有一定的前瞻性和独立性，应该有自己理性的分析和判断，绝不能迎合一些时髦的“概念”或炒作，不能仅仅跟在实践后面，仅仅做一些对实务问题的总结而没有任何的分析，更不能以个人的偏见、僵硬的教条、某个领导的好恶，来代替理性的分析和对法治的信仰。

法学家要尽到其对于社会的责任，必须要具有强烈的本土意识和现实精神，树立正确的学风。法学家应当将自己的研究植根于中国社会的深厚土壤，不能无视本土的法治现实而醉心于希腊、罗马法。虽然治学需要激情，但满足个人的兴趣绝不是做学问的目的。治学更需要严谨求实，治学的目标就是探索真善美，寻求真理，是要对现实问题从理论上给予回答和解决。法学家应该常怀报国之心，以国家民族的利益追求、以学术的发展为己任，这样才是真正具有远大的目标。做学问也是一个长期坚苦的过程，法学家必须踏踏实实、平心静气，不可寄希望于走捷径，任何投机取巧的行为都不可能做出真正的学问，也会使学问失去本身存在的意义。

此外，法学家还要克服一些影响法学研究健康发展的意识与倾向。一是要克服狭隘的“饭碗法学”的倾向，不能将学问仅仅看做个人谋取生存的饭碗。法学是为人类、为社会服务的学问，它本身是一个完整的体系，法学各个学科之间，甚至法学与其他学科之间的交叉与融合，是法学得以繁荣发展的趋势与必由之路。二是要克服脱离现实、孤芳自赏的倾向。法学不是书法、字画、古玩等艺术，不能将法学作为一个艺术品欣赏把玩，自娱自乐。法学是一门实践之学，法学家要关注现实，关注实践，致力于解决现实问题。法学家提供的知识产品不是象牙塔式的学问，如果法学家撰写的论著写的只是自己或者圈子里几个人才能看懂的部落语言，那是没有多少价值的。

做一个真正的法学家，是一件非常困难的事，是一个艰苦而漫长的过程。他要时刻意识到自己的社会责任并努力践行，我们说的这种责任既是社会对我们的一种要求，也是我们自己实践的目标。不是说只有履行了上述所有的责任才能成为法学家，而是说法学家必须树立正确的方向，一步一步迈向这个目标。这是我个人对“法学家”一词的感悟，写下来权作自勉。

第六编

人 生 感 悟

登山 · 治学 · 做人*

登山是一项非常好的运动，既可以锻炼身体，又能呼吸新鲜空气。登山，尤其是登高山、险山、大山，比较累人，常常要出一身大汗，但是出过汗后，整个人却感到无比的轻松与愉悦。尤其在经过一番艰苦的跋涉，终于登上山顶，饱览眼前的美景时，更是有心旷神怡之感。春之生机、夏之热烈、秋之成熟与冬之冷峻，皆能在山水的流连忘返中一一体味。久居城市喧嚣之人，在静谧与雄阔的大自然中往往能够体会到人生的另一种意境。古人游历山川，登高望远，托物明志，借景抒怀，发思古之幽情，陶开阔之心胸，留下了多少登山抒怀的不朽作品。“一生好入名山游”的大诗人李白云：“众鸟高飞尽，孤云独去闲。相看两不厌，唯有敬亭山。”这首诗抒发了诗人在孤寂中仍然保持高洁品质的情怀。杜甫在《望岳》一诗中的“会当凌绝顶，一览众山小”更是把泰山的雄伟描述得淋漓尽致，也抒发了诗人志存高远的情怀。而宋代苏轼的名句“横看成岭侧成峰，远近高低各不同”是以庐山为例，精辟说明了人们看事物的角度不同所得出的结论也不同的哲理。所以，只要有空闲，我就会带着学

---

* 原载《法学》2006年第5期。

生去爬山。登山的次数越多，我就愈发感到登山与治学两个似乎毫不相干的事情，实际上存在很多共通之处。

一则，无论是登山还是治学都是一种有目标的活动。登山不同于散步，散步常常是没有目的的，兴之所至，随心所欲，但是登山总是与追求联系在一起的。登山是要沿着山路向峰顶前进，而山顶就是目标。所以登山是一种有目的的追求，在这一点上同于治学。治学虽需要激情，但不同于吟诗作画，可以自娱自乐。治学需要的是严谨、求实，是要对现实与理论问题的解决，治学的目标就是探索真善美，寻求真理。学者应该常怀报国之心，治学应以国家民族的利益追求以及学术的发展为己任，这样的治学才具有持久性与永恒性。

二则，无论登山还是治学都是永无止境的活动。当人们登上一座山的峰顶之后，常常会发现还有更高、更险峻的山在等着他，于是又要向新的目标前进。一个真正的登山爱好者绝不会满足于登上一个山峰，他会不断地挑战自我，去征服那些更高、更陡峭的山。做学问也是如此，任何有志于学术之人都绝不会满足于一孔之得而沾沾自喜，他总是会不断地追求、不断挑战自我、超越自我，也正是在这样一个永无止境的过程中不断实现自我价值，他的学问也在不断升华。现代社会中信息、知识的发展速度一日千里，尤其需要治学者不断地求索以适应时代发展之需要，如果满足于陈旧之知识，不及时更新，则势必为时代所淘汰。

登山不仅仅是对美景的观赏也是对自我意志的一种考验，“无限风光在险峰”既是登山者的追求也是学问人的心境。王安石在《游褒禅山记》中说：“夫夷以近，则游者众；险以远，则至者少。而世之奇伟、瑰怪、非常之观，常在于险远，而人之罕至焉，故非有志者不能至也。”由此可见，登山与治学实在是有异曲同工之妙。因为学问研究得越深、越新，则需要付出的努力就越大。任何学术精品非经年累月之功无法完成，她是由作者的心血所铸造的。简单的重复性劳动，众人皆可为之，难以体现学问之真谛，而任何艰深学问永远都只是少数恒者、艰辛者才能达至。浅尝辄止，眼高手低，这山望着那山高，永远不可能探寻到学问的奥秘。在茹苦中坚持，在含辛中锤炼，登山与做学问一样都需要付出艰辛的努力，登的山越高就越辛苦，学问做得越深越扎实也越辛苦，这二者是成正比的。创作是一件非常艰苦的事情，需要把别人喝咖啡的时间都运用在创作上，需要牺牲很多个人的乐趣、甚至与家人朋友相处的诸多幸福。俗语有云，“一分耕耘，一分收获”。尽管有些时候，付出了劳动却未必有收获，或者没有得到预期的回报，但是“尽吾志不能至者，无悔也”。

三则，无论是登山还是做学问，都需要脚踏实地，一步一个脚印，没有终南捷径。伟人马克思曾言：“在科学上没有平坦的大道，只有不畏劳苦沿着陡峭山路攀登的人，才有希望达到光辉的顶点。”尽管现代科技高度发达，人们乘坐汽车或缆车可直达山顶，但是这样也就失去了登山本身所具有的诸多乐趣，不能称之为登山。同样，做学问也是一个长期坚苦的过程，必须踏踏实实、平心静气，不可寄希望于走捷径，任何投机取巧的行为也许能获得短暂的喝彩，但不可能作出真正的学问。登山的过程是平凡的，没有什么精彩之处，一步一步，汗流浃背的背后常常是平凡甚至枯燥。同样，做学问也是一个很清苦的事情，既没有鲜花也没有掌声，有时甚至会被世人所遗忘，但是做学问又必须要这样，所谓“衣带渐宽终不悔，为伊消得人憔悴”。没有板凳坐得十年冷的态度与精神，是不可能做出真学问的。

四则，登山与做学问一样都需要顽强的毅力，持之以恒，锲而不舍，决不可半途而废。在登山的过程中，经常要遭受肌酸腿累之苦，承受风吹雨淋日晒，甚至会遇上各种不测之险，如果没有顽强的毅力与恒心，因为畏惧、痛苦而退缩，那么永远不可能登上山峰。做学问一样，任何真学问都不可能是三天两日就可以做出来的，必须持之以恒，数年甚至数十年如一日，如果因为短期内没有出成果就灰心丧气，一曝十寒，甚至完全放弃，那么也永远做不出真学问。尤其在现代社会，各种诱惑甚多，生活就像万花筒一样，千变万化，多姿多彩，做学问的人要是没有顽强的毅力与恒心，因为外界的诱惑而浮躁，心存杂念，如何能够做得了学问？

在登山的过程中，我也领悟到了许多做人的道理。人生在于奋斗。人要有一定追求，要有自己的信念与理想，人的一生应当像登山那样一步一步地追求自己的目标，而不能漫无目的，虚度年华，游戏人生。人生要脚踏实地，一步一个脚印，不能追求一时的狂飙突进，不能超越他应当经历的阶段。古人云，“路漫漫其修远兮，吾将上下而求索”。做人也同样要在实现自己人生理想的过程中，不断求索，砥砺自我。登山有上坡也有下坡，有平坦的大路也有陡峭的悬崖，而人生不是同样既有一帆风顺，也有坎坷曲折吗？如果因为一时的困难挫折而灰心丧气，怎么可能会取得更大的成功呢？毛主席说：“世上无难事，只要肯登攀。”只要勇于追求、持之以恒，任何艰难险阻都不是不可战胜的。登山时即便已经登上山峰一座，也会看到山外有山，因此做人要谦虚谨慎，戒骄戒躁。尤其是登上山顶，尽管颇有一览众山小的架势，但是高处不胜寒。由此看来，人要始终有敬畏之心，切不可以小成绩而洋洋自得，忘乎所以，始终保持“不以物喜，不以己悲”之心境。

这也许是古人所谓的“仁者乐山，智者乐水”吧。尽管不敢称自己为仁者与智者，但从登山中也领悟出许多人生真谛。将这些感悟写出来，主要是为了激励自己在今后的学术之路上能够走得更加扎实，同时也希望能够与同仁共勉之。

桃李不言，下自成蹊

在学校里，时常听到同学们用“桃李不言，下自成蹊”这句成语来表达对老师的赞美。据考证，该成语最早出自《史记·李将军列传》：“余睹李将军悛悛如鄙人，口不能道辞。及死之日，天下知与不知，皆为尽哀。彼其忠实心诚信于士大夫也？谚曰：‘桃李不言，下自成蹊。’此言虽小，可以谕大也。”司马贞索隐：“姚氏云：桃李本不能言，但以华实感物，故人不期而往，其下自成蹊径也。”由此可知，这句成语是司马迁所引用的当时的“谚语”，是民间流传的俗话。这句谚语后来也出现了一些类似的说法，如“桃李不言，下自成行”“桃李无言，下自成蹊”“桃李成蹊”等，意思基本是一样的。

既然是谚语，就表明它在民间相当流行，不仅如此，它还进入诗词之中，如宋代的辛弃疾在《一剪梅·游蒋山呈叶丞相》中写道：“多情山鸟不须啼。桃李无言，下自成蹊。”又如，金朝的元好问在《送杜招抚归西山》中也写道：“父老樵渔知有社，将军桃李自成蹊。”再如，元好问《南乡子》一词有云：“迟日惠风柔，桃李成蹊绿渐稠。”一句民间谚语竟能被文人骚客所接受，进入诗词作品，可以见其流传范围之广，影响之深远。

“桃李不言，下自成蹊”的本意是说，虽然桃树和李树不会说话，但它们有芬芳的花朵和甜美的果实，仍然能吸引许多人到树下赏花尝果，以至于树下会被踩出一条小路来。这句话后被引申用来比喻一个人做了好事，不用张扬、夸耀，也不向别人邀功，人们自然也会记住他。这句成语为什么会流传如此广泛？在当今时代的环境下我们可以对它的寓意和哲理进行哪些新的解读？值得我们细细考究。下面我将分享几点自己的思考：

一是自然纯真，永葆本色。桃树和李树是相当常见的树种，几乎到处都是，它们的生命力十分顽强，比如，吃完桃子后把桃核随手扔在土里，稍微掩埋一下，第二年，桃树苗就能够破土而出了。桃核的外壳如此坚硬，用石头都未必砸得开，但在春天到来的时候，桃核竟然能够冲破坚硬的外壳，嫩芽破土而出，桃核有如此顺应自然召唤的能力，有如此强大的生命力，不能不令人惊讶和感慨。正因为它的生命力如此强大，所以在生长过程中几乎不需人工介入。桃树和李树与玫瑰等需要人工精心栽培的植物不同，它们是自然生长的植物，无须雕琢就能成就自然和纯真的美，而且靠其本色就能吸引人们前来观赏。

二是谦虚低调，实至名归。这个成语的重点之一是“不言”。“不言”就是不张扬不吆喝、不显山不显水，深藏若虚，大智若愚。老子曾言，其有三宝，“一曰慈，二曰俭，三曰不敢为天下先”。老子所谓的“不敢为天下先”，说的并非是碌碌无为、不敢进取，而是说要低调做人、不事张扬，毕竟宝玉在璞，不减其光，宝剑在鞘，不损其锋。桃树、李树花朵颜色淡雅，并不炫耀自己的美丽芬芳，而是默默无言。做人也应当如此，时刻保持谦虚、低调的品格。其实我们每个人在生活和工作中都会发现，越是有本事的人往往越谦虚，而喜欢自我吹嘘的人往往不是真正有本事的人，所谓“满桶水不荡，半桶水荡”。“桃李不言，下自成蹊”赞美的就是这样一种低调、无声、不炫耀、不邀功的良好品行修养。

三是埋头做事，默默耕耘。“不言”还表明桃树和李树不与外界争锋，而是默默汲取营养，悄悄绽放花朵，结出果实，这也象征着一种埋头做事的精神。有一个稻子与芒草的典故与此异曲同工，说的是有一个城里人到乡下，无法区分稻田里的稻子和芒草，他去请教一位老农，问他如何区分稻田里的稻子和芒草，有经验的老农告诉他：沉甸甸低头向着大地的就是稻子，而向着天空朝上的就是芒草。在这个典故中，稻子的成长就是默默做事精神的化身，而且其头愈低，表明其愈成熟。真正做实事的人，不会像芒草眼高于顶，高高在上，而是像稻子低头不语，埋头做事。就此说来，学习桃李的“不言”，就是要有一种脚踏实地做事的精神，只要勤奋努力，达致惠及他人的程度，就自然能够得到人们的肯定和赞赏。

四是人格感召，道德吸引。“桃李”的意象在中国古代诗文中有多重含义，它们既是最常见的果实，也是美好形貌的象征。例如，唐朝张说在《崔讷妻刘氏墓志》一文中写到：“珪璋其節，桃李其容”。“桃李”还被用来比喻美好的事物，如《诗·召南·何彼襛矣》有云：“何彼襛矣，华如桃李”。陶渊明更是用桃花源来描绘其设想的人间仙境，桃花是仙境中一个重要的意象。不过在我看来，“桃李”最重要的内涵，是其被用来比喻为人真诚笃实。只有具备这样强大的人格感召力，才能感召人心，人们才会纷纷聚集在桃李树下，以至于踏出一条小路来。

晋代潘岳《太宰鲁武公诔》云：“桃李不言，下自成行；德之休明，没能弥彰。”中国上下几千年出现了无数的伟人，他们无一不是凭着其道德感召力，来获得民众的认可和称赞，并引领社会进步的。颜渊赞美孔子："仰之弥高，钻之弥坚，瞻之在前，忽焉在后。"（《论语·子罕》）曹操在《短歌行》中这样赞美周公："周公吐哺，天下归心。"这都是在表达高尚人格的感召力作用，它是一种无声的力量，是最强的感召，可以说是无言胜有言。

"桃李不言，下自成蹊"现在很多时候用来赞美教师。教师是平凡而光荣的职业，是平淡中孕育着伟大的职业，是谦虚低调、务实求真的职业。教师没有显赫的地位，也没有车马驾驭和炙手可热的权势，只是在三尺讲坛默默耕耘的一介书生。三尺讲台就是教师的人生舞台，他们在这里默默耕耘，这里没有欢呼、喝彩、鲜花与掌声的伴随，也没有镁光灯的闪亮，更没有一呼百应、只手遮天的权势。但通过踏踏实实做研究、认认真真备课、实实在在育人，教师自然就具有了人格感召力，自然就能够吸引学生们来学习，自然能够得到学生的爱戴，自然能把一批批的人才培养出来，送向社会、惠及他人。这正是所谓"桃李不言，下自成蹊"。而中国传统意象中的"桃李"一直还有另外一层意思，指的是贤才俊彦。宋朝杨万里在《送刘童子》中说："长成来奏三千牍，桃李春风冠集英。"清朝金人瑞在《吴明府生日》中说："菖蒲夜雨平郊坰，桃李春风动学墙。"所谓"桃李天下""桃李满园"，这里的"桃李"讲的是桃李结出的硕果，即优秀的学子，人们常用"桃李之教"感念师德，这种表达是十分恰当的。

教师要享受"桃李不言，下自成蹊"的美誉，也要名副其实，"学高为师，德高为范"。人们之所以愿意用"辛勤的园丁""燃烧的蜡烛""阳光下最光辉的职业"等美好的比喻来赞美教师这个职业，就是因为教师有良好的品德修行。为人师者不能天天高谈阔论、空喊口号，而是要有精湛的专业知识，能够传授给学生一技之能。不仅如此，更重要的是教师必须具备正直、高洁、朴实、低调的品行修养，能在品行方面为学生提供榜样和示范。教师应当通过提高个人的品德修行，吸引更多的学子前来求学，并以身为范，成为他们人生道路上的提灯指路之人。只有这样，才能既让学生学习了知识，又教会学生如何做人，使他们具备高尚的品德，从而真正成大器、做大事，成为栋梁之才。

我愿终身为师，忠于三尺讲台，如桃李一般无言，身体力行地影响学生。

回忆家乡奔流的东荆河

我的家乡在江汉平原上，是个河流纵横的水乡，大大小小、有名无名的河流有好几十条，可谓水网如织，其中深深印在我的记忆中的是东荆河。历史上，东荆河淤积频繁，常酿成灾，新中国成立前荆楚大地上有一首家喻户晓的民谣："沙湖沔阳州，十年九不收"，说的就是这片区域的情况。东荆河是长江的一个支流，因为河道处于荆北水系东侧，故称东荆河，它西承汉水，起自潜江市泽口镇，东注长江，终于武汉市汉南区三合垸，全长 173 公里，它横贯江汉平原腹地，连通着四湖流域的密集水系。流经我家乡的东荆河水面宽阔，自荆州往下，最后注入洪湖。

我的家乡离东荆河不远，只有五里地。春天的东荆河水流平缓，田野里到处都是金黄的油菜花，远远望去，就像是一片片金色的地毯。我们从田埂上穿越一片片油菜地，来到东荆河边，河两岸的杨柳都吐出了嫩绿的新芽，河边的草地也泛出一片片新绿，万物复苏，到处都是生机勃勃的景象。到了五月初五划龙船、包粽子的时节，我们都要到东荆河边去割芦苇叶。那时候东荆河边成片成片的都是芦苇，长得比人还高，如果跑到芦苇里面捉迷藏，根本见不到人，需要同伴互相大声喊叫才能辨清方向。那时，东荆河边有一些专门割芦苇的人，他们半夜开始收割，到了早晨就可以割出几大捆，用牛车慢慢拉回家，再用芦苇编织成箩筐等各种手工品卖给别人，或者用它们来整修房顶，而我和我的伙伴们只是割一小捆新鲜而又宽大的芦苇叶带回家，用来包粽子。

到了夏天，几场大雨之后，东荆河的河水开始上涨，这意味着汛期即将来临。那时，大雨会把东荆河两边的泥沙都带进去，浑浊的河水就像奔腾的野马一样奔流向前，河滩也会被吞噬，河面一下子就变得宽阔起来了。曾经有一次，还没涨水前，我和一群小朋友在河边玩，突然，平缓清澈的河水变浑了，不一会儿，水流也变得湍急起来，河水一瞬间就涨了起来。我们一群人吓得手脚并用地往边上划拉，幸好大家爬到了一个浅滩上，躲过了汹涌而来的河水。后来想想，如果我们几个在原处多停留一刻，说不定就被水卷走了。

东荆河汛期时，镇上附近的村民都会被组织起来，到河堤上防汛，到源头打桩，把麻袋装上泥土，一层一层往上垒。防汛期间，很多人晚上不能回家，大家就在堤上安营扎寨，随时防备意外。那个时候，防护堤坝是人们最重要的事情，因为身后就是自己的家园，只有挡住河汛，才能守住家园。后来我去附近的一个村子下乡插队，每年夏天也都要去东荆河抗洪。堤坝被冲垮是很可怕的事情，我记得有一年汛期，半夜的时候村里面的广播突然大声喊，说东荆河上游的一个堤坝倒了，紧急动员大家到垸子上，加固堤坝，还有人敲着锣大声喊叫，让大家赶紧带上工具。后来洪水一下子就卷过来了，当时可怕的场景至今仍历历在目：浑浊的洪水挟裹着各种木头的碎片，水面漂浮着的猪狗等动物的尸体，从堤坝下面滚滚而去，夜色中成群成群的青蛙在堤坝边上发出凄厉的叫声，那种感觉就像是到了世界末日一般。我们垸子的堤坝本来是很高的，但眼见洪水不断上涨，我们民兵连赶紧冲到最前面把准备好的木桩一根根打下去，再把事先准备好的沙袋不停地往上垒，经过一夜的奋战才勉强顶住了这次大洪水。

秋天来到的时候，过了汛期的东荆河重新变得宽阔宁静，岸边杨柳的树叶开始渐渐变黄，风一吹，枯黄的树叶星星点点地落在水面上，顺着河流漂下。枯树枝也会掉落下来，我们跑到河边捡这些枯树枝做柴火。我在上小学时第一次和同伴去东荆河边捡柴火，记得那天我们凌晨就起床，每人带两块锅块，带上一根扁担和两根绳子就出发了。等我们来到东荆河边时，太阳已经升起老高了，东荆河水流不大的时候，会露出一块很大的河滩，河滩两岸都是杨柳树林，经过大风的劲吹，许多树枝都掉在地上。我们就捡起这些树枝，用绳子捆起来，然后去河边玩耍，中午就挑着一小捆柴火回家。

入冬后，刚刚过了紧张的秋收季节的庄稼人来不及喘一口气，就要上河去修河堤、挖河道。冬天的东荆河水很少，有的地方甚至看得见底了，需要挖深并疏浚河道。1976 年冬天，我 16 岁，作为下乡知青，第一次参加疏浚河道的劳动。由于要疏浚的河道离家有点远，为了节省时间，村民就在河边安营扎寨。当时每个生产队都是按照军事编制进行管理的，每个村编成一个营，下面又分别编成一个个连、排。我记得当时我们还在河边插了好几面旗帜，有“民兵营”“铁姑娘战斗队”等等，旗帜在寒冬中迎风飘扬。我们大队书记为了鼓舞士气，还专门弄了个高音喇叭架在河边的树上，时不时讲一段鼓舞人心的话，喇叭还会反复播放毛主席的语录—“下定决心，不怕牺牲”，一天要放十来遍。鲜艳的旗帜和高昂的广播口号，让冬天清寂的东荆河变得热闹起来，疏浚河道的工地也充满了热烈的气氛。

疏浚河道的劳动十分辛苦，我们住在河边，用莲梗稻草扎成简易房，把稻草铺在地上当床，每天天不亮就开始挖河道，挖了几天之后，河水渐渐地沁出来，没过了我们的胶鞋，这时生产队长就让大家脱掉胶鞋，赤脚下去。大家脱掉胶鞋，顶着凛冽的北风，走进结了冰的河水里面挖泥。为了鼓舞大家，生产队长教大家先用凉水使劲地搓两脚，搓红了就失去知觉了，然后再下水挖泥。晚上收工前，再用水把腿和脚搓半天，等有知觉了才能穿上袜子和鞋子。收工回来后，大家扒两口饭就想睡觉，有经验的村民会在地下铺一点棉梗或者木板，我那时没什么经验，直接在地上垫一捆稻草就在上面睡觉了，第二天早上醒来，发现自己嘴都肿起来了，好几天吃饭都困难。后来我才从村民那儿得知，这主要是因为我直接睡在稻草上，与地面没有阻隔，地下的潮气上升使我体内上火，从而导致嘴肿。

修堤同样也是苦差事。我们需要从别的地方取土，装进沙袋再抬到堤边。队长给的任务是每个人每天要挖出五立方的土，完不成任务不许收工。这样的任务是十分繁重的，因为除了挖土外，我们还要把土挑到河堤上去。一天下来，我们的胳膊因为过度负重都要裂开了，血会从皮肤表面渗出来。后来我和一个村民合作，先由我来挖土，他负责把土挑到河堤，几天之后，再换做他挖土，我来挑，这样慢慢才缓过来。那时候我挑着一担土，每步都走得摇摇晃晃，但还是得咬紧牙关，一步一个脚印地慢慢挑到河堤上去。一担泥土挑在肩膀上的沉重感，我现在依然记忆犹新。有村民跟我说："每个庄稼人的肩膀都有厚厚的茧，你这样一个冬天下来，肩膀也会长茧子，明年再挖土挑土就好多了。"那时候，每天最幸福的事就是听见生产队长吹口哨，让大家歇一会儿，哨声一响，我们就可以坐到树边，惬意地休息一会儿。

四季更替，每个时节的东荆河都承载了我太多的记忆。我最近一次见到东荆河是在一个夏天，但那时河水已经非常浅了，昔日像野马一样奔腾不息的景象很难再见到了。那个时节河边的芦苇已经开始枯黄，但再也见不到打草人了。当地的村民告诉我，自从三峡大坝修起来之后，东荆河的水流减少了很多，当地人再也不用抗洪抢险修河道了，那些曾经用于抵御洪水的东荆河堤坝也已经失修多年，破旧不堪。虽然当年的那些人和事再也无法重现了，但我们在东荆河边嬉戏、忙碌的场景仍深埋在我的记忆之中，历久弥新。

寒山寺的钟声

在年幼时，读到张继那首著名的《枫桥夜泊》，我喜不自胜，期盼见一见姑苏城外寒山寺。正巧，2015 年年初，学校调我到苏州分校工作。趁周末闲暇，我再次游览了多年前来过的寒山寺，自然也想到了张继那首著名的《枫桥夜泊》：

月落乌啼霜满天，

江枫渔火对愁眠，

姑苏城外寒山寺，

夜半钟声到客船。

从字面看，这首诗描绘了一幅游子乡愁图画：在寂寥的静夜中，远处是若隐若现的江畔青枫和忽明忽暗的江中渔火，游子客居泊船，听着那苍凉的寒山寺钟声，彻夜不眠。这幅文字画面引起无数游子的共鸣，代代相传，成为公认的乡愁代表诗作，如今还被扩展谱成流行歌曲。在这首诗中，寒山寺的夜半钟声堪称点睛之笔，广泛流唱。每每读到这首诗，仿佛置身于诗中的美丽夜景，夜半寒山寺的钟声悠悠传到停泊的小船上，声声渗入我们的心中，思乡之情油然而生。乡愁是人们共同的情绪，乡愁意境因此是跨国界的，据苏州人介绍，《枫桥夜泊》在日本也就广为流传，寒山寺因此在日本相当有名。也许，正是为了找寻寒山寺的钟声里的幽幽乡愁，日本人竟把寒山寺的钟买了回去。

《枫桥夜泊》成就了寒山诗的夜半钟声，令其穿越时空，声声不绝。不过，透过这种诗情画意，有人看到了虚无，即这一著名的钟声不过是文学的想象，时常有人质疑，夜半是否会有人打钟？《诗薮》有云："张继'夜半钟声到客船'，谈者纷纷，皆为昔人愚弄。诗流借景立言，唯在声律之调，兴象之合，区区事实，彼岂暇计？无论夜半是非，即钟声闻否，未可知也"。无独有偶，《唐诗摘钞》也说："夜半钟声，或谓其误，或谓此地故有半夜钟，俱非解人。要之，诗人兴象所至，不可执着。必曰执着者，则'晨钟云外湿'，'钟声和白云'，'落叶满疏钟'皆不可通矣。"欧阳修《六一诗话》持相同见解："三更不是打钟时。"从通常的生活经验来看，这种质疑不无道理。因为夜半钟声不仅没有实质作用，反倒会影响僧众乃至周边居民的休息。不过，凡事均需具体分析，不能凭仅经验来下结论。正如后人所考证的，唐朝寺庙有夜半打钟的习惯，此即"无常钟"，无论白乐天的"新秋松影下，半夜钟声后"，还是温庭筠的"悠然旅榜频回首，无复松窗半夜钟"，均属例证。[①] 既然如此，张继在《枫桥夜泊》用写实的笔触记下寒山寺的夜半钟声，也就并非不可能。

不仅如此，在这首诗中，寒山寺的夜半钟声叩击和传递的是否就是张继的愁倦之意，也不无争议。正如前文所言，《枫桥夜泊》描绘了一幅游子乡愁画面，不少人引申解释道，张继赶考失败，赋闲苏州，他仕途失意，客居他乡，内心充满抑郁和惆怅，于是，他带着一身的落魄和

① 详见傅璇琮《张继考》一文，载傅璇琮：《唐代诗人丛考》，中华书局1980年版。

疲倦返回故乡。在途经寒山寺时，天色已晚，倦鸟早已归巢，张继就在停泊于枫桥附近的客船中歇息。躺在简陋的船上，听着江水潺潺，想起十年寒窗付诸流水，更因漂泊他乡的孤苦落寞而辗转反侧，夜半时分仍不能入睡。这时，寒山寺钟声响起，缓缓传到客船，张继听闻钟声，顿生游子思乡之情和对前程的惆怅。这种解释已成共识，流传至今。

若张继确有赶考失利之事，这种解释无疑会相当有力。但史料记载的事实恰恰相反，《唐诗纪事》卷二五记载："继，字懿孙，襄州人。大历末，检校祠部员外郎，分掌财赋于洪州。"照此来看，张继并非科考失意，反而在天宝年间就已经中了进士，并被委以重任，担任洪州的财政长官。这一事实还有旁证，如元朝辛文房在《唐才子传·张继》中说："继，字懿孙，襄州人。天宝十二年，礼部侍郎杨浚下及第。与皇甫冉有髫年之故，契逾昆玉，早振词名。初来长安，颇矜气节。"又如，清朝彭定求在《御定全唐诗》的"诗人小传"里同样写道："张继，字懿孙，襄州人，登天宝进士第。大历末，检校祠部员外郎，分掌财赋于洪州。高仲武谓其累代词伯，秀发当时。诗体清迥，有道者风。今编诗一卷。"也就是说，在写《枫桥夜泊》时，张继喜中进士，正值春风得意、踌躇满志之时，更有一展宏图、施展抱负之志，说他以诗言志，表达失意和愁意，恐怕有失客观。

其实，说张继用夜半钟声到客船来衬托游子思乡之情，还体现了语境化的体系化思维，因为《枫桥夜泊》的颔联提到"愁眠"，望文生义，只能理解为因乡愁而不能眠、怀愁之人难以入眠，在此注释的引导下，说寒山寺的钟声敲出游子的乡愁和失意，当然恰当不过。然而，有考证指出，在唐宋古籍中，"愁眠"只是一个地名，即寒山寺对面的愁眠山。[1] 这样一来，江枫渔火不是与诗人因惆怅而难以入眠相伴，只不过是描写江枫渔火与愁眠山相对的寒夜景色而已，于是，寒山寺的夜半钟声就更不能传递旅愁之感了。

按照上述理解，张继在诗中描述的应当是另外一幅情景：虽然诗人羁旅他乡，但他正处于科举入仕、执掌权柄之时，意气风发，踌躇满志，当他在客船中听到寒山寺铿锵有力的钟声时，他正欲整装待发，大展宏图。在这种画面中，无论是月落之后乌鸦寂寥的啼声，还是天地中弥漫的寒冷霜气，无论是影影绰绰的江畔枫树，还是对面愁眠山闪亮的点滴渔舟火光，都体现出或肃杀或静谧的冷色调，而诗人用寒山寺的钟声打破了这种色调，在其中添加了生机勃勃的色彩，也展现了其欲施展才华、大展宏图的奋发向上心情。在这种鲜明对比中，寒山寺的钟声撞击出的不是游子的思乡心绪，反而展现了作者心安之处即故乡的心境。

再者，通常认为与寒山寺钟声相连的“到”是指钟声传到客船，但也有观点认为它处于倒装句之中，不是钟声传到客船，而是指客船到达之义。例如，废名先生（冯文炳，湖北黄梅人）在1947年《平明日报》上发文，就提出“到”是客船到达的解释。他还提到，清人编的《古唐诗合解》对“到”也有相同的解释，即“钟声催晓，客船即到，天渐晓矣”。虽然废名先生与《古唐诗合解》都将《枫桥夜泊》中的“到客船”解释为“客船到了”，但这里的客船是指诗人自己的客船，还是他人的客船，依然众说纷纭。

通过上述解读，可以真切地体味出“诗无达诂”“文无达诂”，也即在不同心境的导引下，在不同证据的支撑下，在不同方法的解释下，

---

① 参见魏忠：《大数据破解一首古诗的罗生门》，载《中小学信息技术教育》2016年第1期。

对《枫桥夜泊》的整体意境、个别字词的解释会有不同所得。显然，这涉及了解释学的理论问题，即对于文本的解释，究竟应从作者的角度来理解，还是以读者受众为主体来进行理解。若要尊重作者原意，就应穷尽可能的材料，努力还原其真实意思。若注重读者自己体会，强调境由心生，则应在尊重字面意思的前提下，提出读者自己的见解。这样一来，寒山寺的钟声究竟叩击出作者的思乡之情，还是传递出作者积极向上的信息，在不同的观察视角，就各有各的正解。如此说来，对诗文的解释不可拘泥于共识，更不可完全人云亦云，而应当注重考证诗作的写作背景、语境以及诗人的个人经历等，进行综合解读。

诗词的理解如此，其他文学作品的理解同样如此，法律的解释又何尝不是这样?！在实践中，同一法律条文有不同的理解，是相当常见的现象，面对这种争执，有人认为不能拘泥于条文的字面意思，而应回归到立法者的目的，有人则认为应注重条文的文义，立法者目的只是辅助的参考。对这种不一致，我们应视为法律解释的正常现象，不能认为法律条文只有唯一正解，否则，未必能够得出法律的真谛。当然，与诗词等文学作品的解释不同，法律的解释涉及国家治理、公共利益或个人权益，更注重解释方法的得当性、解释依据的充足性，尤其是应将法律条文置于历史背景和条文的前后语境进行解释。共识有时候是常识，不需要太多的争辩和讨论就能自然达成，但也有很多时候，共识是需要进行反复的澄清、商谈和劝诱而逐渐形成的。共识一定是相互理解和共同接受的认识，而不是基于某一部分人的看法做出的判断，否则，所谓的共识很有可能就是偏见。

等游完寒山寺，已夜幕低垂，放眼望去，已经看不到江畔枫树，看不到绵绵愁眠山，看不到渔船的灯火，所能看到的只是一派都市的夜景，当年的诗情画意已不复重现，不禁令人唏嘘。突然，寒山寺的钟声缓缓响起，雄浑有力、亢奋激昂，钟声停下后，仍然余音袅袅、悠悠扬扬、不绝于耳，听起来使人振奋有力，似乎提醒我不忘初心，奋发有为。闻听钟声，似乎又回到了《枫桥夜泊》的意境。

在这种心境下，我不揣浅陋，按照个人的理解，把《枫桥夜泊》解释如下：

> 明月沉没，乌鸦凄厉的啼声此起彼伏，寒冷的天空布满了秋霜；
>
> 远处是江畔的枫树，渔舟的火光面对愁眠山若隐若现；
>
> 在那姑苏城外，寒山寺的钟声雄浑有力地敲响了；
>
> 伴随着这悠扬、洪亮的钟声，一艘客船缓缓地停靠岸边。

是啊，在寒山寺的钟声里，我脑海里不但有了这幅姑苏城冬夜的美景，也更坚定了砥砺前行的信心。

后　记

本书是作者多年探索法治理论和实践的一点心得，在初稿形成后，承蒙中国人民大学程天权教授、郑水泉同志等人拨冗审阅，北京大学法学院许德风副教授、常鹏翱副教授、中国人民大学法学院的熊丙万、王叶刚、张尧、邵泽开以及中国青年政治学院王雷博士、北京理工大学孟强博士等人提出了许多修改意见，在此谨致谢意。

图书在版编目(CIP)数据

人民的福祉是最高的法律/王利明著. —2 版. —北京:北京大学出版社,2018.2

ISBN 978 - 7 - 301 - 29149 - 8

Ⅰ. ①人… Ⅱ. ①王… Ⅲ. ①随笔—作品集—中国—当代 Ⅳ. ①I267.1

中国版本图书馆 CIP 数据核字(2017)第 327829 号

书　　名 人民的福祉是最高的法律(第二版)
RENMIN DE FUZHI SHI ZUIGAO DE FALÜ

著作责任者 王利明 著

责任编辑 白丽丽

标准书号 ISBN 978 - 7 - 301 - 29149 - 8

出版发行 北京大学出版社

地　　址 北京市海淀区成府路 205 号 100871

网　　址 http://www.pup.cn

电子信箱 law@pup.pku.edu.cn

新浪微博 @北京大学出版社 @北大出版社法律图书

电　　话 邮购部 62752015 发行部 62750672 编辑部 62752027

印 刷 者 北京中科印刷有限公司

经 销 者 新华书店

965 毫米×1300 毫米 16 开本 30.25 印张 360 千字

2013 年 4 月第 1 版

2018 年 2 月第 2 版 2018 年 2 月第 1 次印刷

定　　价 68.00 元
